小学館文庫

ザ・プラスワン

マリハラがつらくて、カレを自作してみた。

サラ・アーチャー

池本尚美 訳

小学館

The Plus One by Sarah Archer

This edition published by arrangement with G.P. Putnam's Sons,
an imprint of Penguin Publishing Group,
a division of Penguin Random House LLC
through Tuttle-Mori Agency, Inc., Tokyo

ザ・プラスワン

マリハラがつらくて、カレを自作してみた。

＊主な登場人物＊

ケリー・サトル…………………………シリコンバレーで働くロボット・エンジニア。
ダイアン……………………………………ケリーの母。ブライダルショップを経営。
カール………………………………………ケリーの父。水道局の土木技師。
ゲイリー……………………………………ケリーの兄。三つ子を育てる専業主夫。
クララ………………………………………ケリーの妹。古着屋勤務。
ジョナサン…………………………………クララの婚約者。
プリヤ………………………………………ケリーの親友でAHI 社の同僚。
ロビー………………………………………AHI 社の同僚。
アニタ・リヴェラス………………………AHI 社のCEO。
ドクター・マスデン………………………心理学者。

どこから見ても完璧な人間のグナーへ

第1章

デモンストレーションルームの壇上に立っているのは三人で、そのうちのふたりだけが人間だ。でも、こんな状況はロボット・エンジニアのケリー（人間のうちのひとり）にとってはあたりまえのこと。彼女は、親友で同僚でもあるプリヤ（もうひとりの人間）といっしょに、壇上から明るい照明の室内に詰め込まれた観客たちを見渡していた。一月初旬の曇り空のこの日、校外学習でやってきた五十人ほどの児童たちは、もぞもぞと体を動かし、気の乗らない顔をしていた。二週間のクリスマス休暇が終わり、また建物に閉じ込められる日々が始まったばかり。パジャマデー（パジャマのまま登校して過ごす日）やパンプキンパイの朝食の興奮が、どの子の目にもまだくすぶっている。そしていま、この子たちの散漫な注意力をいかに引きつけるかはケリーにかかっているのだ。

「みなさんに〈ゼッド〉を紹介します」ケリーが隣に立っているロボットを身振りで示しながらおずおずと話しはじめた。小規模ながらも最先端を行くオートメイティッド・ヒューマン・インダストリーズ（ＡＨＩ）社で、だれもがうらやむロボット・エンジニアとして働きはじめて五年。〈ゼッド〉はそのあいだにケリーがはじめて手がけたロボットだ。背の高さは約百二十センチ、スチール製のパーツでできていて、導線はむきだし、顔はフラットパネルで、ぱっと見、地味な印象を与える。「ひと昔前のロボットみたいな感じと思っているかもしれませんね」そう続けたけれど、その声は、後ろのほうで楽しそうにお腹をつつき合っている四人の女の子たちのドゥボーイ（アメリカの食品メーカー、ピルズベリー社のイメージキャラクター。お腹をつつかれると笑って反応する）のような笑い声を打ち負かすことができない。ケリーは人前で話すのが得意ではなかった。なにしろ、小学校三年生のときの劇の発表会であがってしまい――せりふはひと言もなかったにもかかわらず――舞台から派手に逃げ出したことがあるくらいなのだ。といっても両脚を木の幹に結びつけられていたのだから、逃げ出すのもひと苦労だったはずだけれど。

でもいま、自分の仕事について話しながら気持ちがたかぶるにつれ、その声はだんだん大きくなっていった。「ですが、〈ゼッド〉をつくったときは、そのとき市場に出ていたどんなロボットよりもすぐれた運動能力を持っていたんです。〈ゼッド〉は特許を取得した予測型立体視機能を持つ、わが社初のロボットで――」

そのとき、最前列にいる濃い金髪の男の子がこっそり持ち込んでいた携帯電話から音がした。どうやらゲームで勝ったらしい。ケリーの話が途切れる。同僚のロビーがせかせかと歩いてきて、男の子に片手を差し出した。「携帯」と命令口調で言う。男の子は言われるままに千ドルのスマートフォンを赤いバケツ形のプラスチックの容器に入れた。すでに入っていたほかのスマートフォンに当たって、ガラスと金属がぶつかったような音がする。ロビーは、この日の校外学習で携帯電話を没収する係に、いちばんに手をあげた。最新の技術を人目にさらしている企業などいまやどこにもないとはいえ、親のためにプログラムを撮影する子どもスパイへの対策を打っておくにこしたことはない。おそらく、ここにいる子どもたちの親の三分の二は、ここシリコンバレーで競合するテクノロジー企業に勤めているはずなのだ。ロビーはしてやったりという表情で容器をつかんだまま、壇を正面にして横の定位置にもどると、そこから子どもたちを看守のように見張った。ときどきケリーは、この人と昔、付き合っていたことがあったのよね、と自分でも信じられなくなるときがあるのだった。

　ケリーは気持ちを切り替えた。この子たちをみんな、わたしの話に引きつけよう。いや、せめて半分は。ひとりでもいい。ほんのさわりだけでもわかってくれれば。でも、どの子もおしゃべりに夢中で、わたしの話なんてほとんど聴いていない。どうやってプレゼンするか、あれほど入念に準備して練習もしたというのに、このままでは失敗に終わってしまう。「ええと、わが社ではまず、確率論的(ストキャスティック)なマッピングというものから始めました。わかりやすく言うと――」言葉がつかえ、つい出口に目が行ってしまう。また〝舞台から逃げ出す木〟になってしまいそうないやな予感。

「まずは、実際に見てみるほうがわかりやすいんじゃないかな」プリヤがやんわりと助け船を出した。「このロボットが動くところを見たい人はいる?」

「はい!」何人かの子どもたちが返事をし、背筋を伸ばした。ケリーは助けてくれたことに感謝しながらプリヤに目をやり、ほっとした表情を見せた。やっぱりプリヤは、こういったことに対処するのがわたしよりも上手。ケリーの顔にようやく笑みがもどる。

「では、よろしくお願いします、マダム」プリヤが言った。

「かしこまりました、マドモワゼル」ケリーが手に持ったリモコンを操作すると、ビーッという音がして、青い目の〈ゼッド〉がまばたきをした。さらに何人かの子どもたちが、なんだろう、というようにぱっと顔をあげる。「もちろん、歩くことだってできます」ケリーがリモコンについた小さなジョイスティックを前に押すと、〈ゼッド〉が数歩、歩いた。その動きは見た目の武骨さから想像するよりもずっとなめらかだ。

「どう、すごいでしょ？」プリヤが子どもたちに向かって言った。「といっても、きみたちは、もう何年も前から歩いてるもんね」クスクスと笑い声をあげる子もいる。

「でも、〈ゼッド〉は横にだって歩くことができるんです。とってもかっこいいんですよ」ケリーがジョイスティックを右に倒すと、〈ゼッド〉は足を左右に交差させてグレープバイン・ステップを踏んだ。「さらに腕の動きを加えると――」

今度はプリヤが、手に持っていたリモコンの一列に並んだボタンを押すと、〈ゼッド〉はそれまでの動きに合わせて、リズミカルに腕を動かしはじめた。プリヤが言った。「〈ゼッド〉は基本的な動きはだいたいできるのよ」子どもたちから拍手が起こりはじめる。

「よく見ててください」と言ってケリーがジョイスティックを回した。すると、〈ゼッド〉

がくるくるとつま先立ちで回り出したかと思うと、ぴたりと止まった。濃い金髪の男の子が思わず声をあげる。「すっげえ！」

「わたしより上手ね。正直に認めます」ケリーが言った。

子どもたちが笑って歓声をあげると、プリヤをこっそり見てにやりとした。ふたりでいっしょに科学の甘い蜜を使って、堂々と子どもたちの心をつかんだのだ。わたしたちはスーパーヒーローよ。ケリーは自信に満ちた口調で、製作の過程について話しはじめた。ここは好きなパートだった。まさにエンジニアリングの魔法。解決不可能と思われる課題を提起し、その課題を分析し、ひとつひとつ時間をかけて解決可能へと近づけていく。

「ロボットに歩き方を教えるとしたら、みなさんならまず何をしますか」ケリーは子どもたちに尋ねた。みんなすっかり夢中になり、黙って聴き入っている。「だれかに歩く力を与えるとしたら、どうすればいいか想像してみて。何が必要だと思いますか？」

「足！」と子どもたちの中のひとりが叫ぶ。

「そう。まずは足が必要ですね」ケリーはいまや話すのが楽しくなっていた。「では、その足をどうする必要があるでしょう」

そのとき、携帯のバイブ音が鳴った。その音は静まり返った中でよく響き、話をやめた。さっとロビーのほうを向き、犯人を捕まえてくれるよう目配せする。でも、ロビーはまっすぐにこっちをにらみつけたままだ。「ごめんなさい」ケリーは小声で言うと、ポケットを探って携帯を取り出し、拒否ボタンをタップした。みんなの視線が刺さるように痛い。

母からだ、と画面を見なくてもわかった。母はしょっちゅう電話をかけてくる。咳払いをして話を続けようとしたけれど、思考が途切れて何を話していたのか思い出せない。「えっと……そう、足。足が地面でバランスよく立つようにしなければなりません。ほかには？」

ポケットの中で携帯がかすかに震えたのがわかった。母が留守電にメッセージを吹き込んでいるのだろう。いつものように、きっと五、六件のメッセージがたまっているにちがいない。どんな内容なのか聞かなくてもわかる。〝週末の家族の食事会には来るの？〟（イエス。二週間おきの食事会は、毎回、欠かさず顔を出しているでしょう）〝カレは連れてくる？〟（ノー。家族の食事会に、いきなりカレを連れていくなんておかしいじゃない）といっても、ここのところずっと、だれともデートなんかしてないけれど。わたしったら、こんなこと考えている場合じゃなかった。

母ダイアンのエネルギッシュな声が頭の中で鳴り響いていたので、子どもたちが叫ぶ答えを聞きのがしてしまった。「ごめんなさい、何？　ひとりずつ言ってもらえると助かります」ちょっと前までは、すごくうまくいっていたのに。仕事中には電話をかけてこないで、と何度も繰り返し頼んでいるけれど、母はどうやら、わたしの仕事は邪魔してもかまわないと思っているらしい。話に集中しなければ。「バランスについてはどう思いますか？　あっ、これはさっき言ったんだっけ？　えっと――」

プリヤが気の毒そうにこっちをちらりと見たあと、前に進み出た。「なんて言ったのかな？　そこの、超かっこいいスパイダーマンのシャツを着てる、きみ。足が脳に話しかけるようにしないといけない？　そう、そのとおり。足が何をすべきか知るための方法を考える必要があるね」

ケリーは後ずさりし、プリヤにやってもらうことにした。気持ちが萎えてしまって、もう一度チャレンジする気にはなれなかった。

その週の日曜日。ＡＨＩ社から両親の家までのドライブは、それほど時間はかからない。でも、ガラス張りの企業のビルが広がるノースサンノゼから緑豊かな郊外のウィローグレンの通りに入ると、ケリーはいつも別世界に来たような気持ちになる。きっと、いまの大人の自分が影をひそめて、ここで育った少女のころの自分がいつもより顔を出すからだろう。

両親の家は、ランチ様式の住宅で、いかにも中流階級の家という風情でつつましく立っているけれど、実際にはＩＴブームの追い風を受けて百万ドルの値札のつく物件だ。灰色がかった緑色の外壁も、建物をぐるりと囲む植え込みも、オークの木の木陰に置いてある白いベンチもまだ十分見栄えがいい。でも、仲がいいとはいえない父との数十年の結婚生活を経ているうちに、母の関心は家の外側よりも内側に向けられるようになり、いまや家の中は母の縄張りと化していると言ってよかった。おびただしい数のふさのついたクッション、位置を入念に考慮して飾られた、花のプリント柄の入ったいくつもの額縁、磁器やガラス製の動物たち。母ダイアンはきれいなものや、かわいらしいものならどんなものでも目がなく、炉棚の上には、実物大の猫の置物まであってこっちをにらみつけている。家族の歴史を物語る写真がどの部屋にも飾ってあり、写真の中の五人のサトル家の人間たちは、完璧な笑みをたたえている。でも、この家の中で実際に繰り広げられた活劇は、写真のように穏やかなものだけではなかった。家に足を踏み入れると、深く息を吸い込んだ。あちこちに置かれたポプリの香り、正体不明の料理のにおい、むっとこもった空気に包まれていると、抑えつけていた子どものころの感情が湧きあがり、息をするのが苦しくなってくる。家族のことは愛している。でもときどき、いまよりも離れた場所で仕事をしていたら、もっと楽に家族を愛せるのに、と思うことがあった。

　キッチンに入って母がつくっている料理を見たとたん、げんなりした。母は不気味なゼラチン状のものを皿によそっているところだった。年々、母の料理はロシアンルーレットふうの危険を伴うようになっている。思いつくままに材料を入れるので、できあがったものが食中毒を引き起こすような代物になる可能性だってなくはなかった。今日の料理は期待薄ね、と食べる前からもうわかっていた。そうしているあいだにも、母はクララにひっきりなしに話しかけている。クララはケリーの妹で二十五歳。スーパーモデルのような美人ではないけれど、くりっとした大きな目に陽気な笑顔がチャーミングで、まるでディズニーのプリンセスのようなかわいらしさを持ち合わせている。そのかわいらしさは、レジ待ちの列の赤ちゃんが、目があったとたん思わずほほえんでしまうほどで、クララが勤務している古着屋でも、クララを目当てに服を購入する顧客も多かった。クララはストロベリーブロンドの髪を揺らしてうなずき熱心に母の話を聴きながら、オーブンにロールパンの生地を入れている。その隣には、クララの婚約者のジョナサンがいる。背が高く、気立てのいいジョナサンは、バターをいじくりながら何やら忙しそうにしていた。

キッチンの奥のほうに、兄のゲイリーがいた。兄の幼い娘たちがシロイワヤギのように体によじのぼっているので、その姿は半分隠れてしまっている。兄にまとわりついているのは三人だとわかっていたけれど――なにしろ三つ子なのだから――ときどき、髪に木の葉をくっつけるように、兄がどこからかもうひとり拾ってきてしまったのではないかと思うことがあった。三人がそろって歩き出したら、もうひとりいるのかと思うほどにぎやかになるし、走りまわり出したら、いったい何人いるのやら、何が起こっているのかわからないほど騒がしくなる。まるで、どのカップの下に硬貨が入っているかあてる手品のようだ。あともうひとつ秘密のカップでもないかぎり、謎は解決できない。三つ子たちはそれぞれ自我が芽生える年ごろにさしかかっていて、ケリーは三人の個性が花開くのを見られることに半分わくわくもしていたし、物事がわかりはじめた三人が、いまにも玄関に走っていってドアノブを回すのではないかと半分ひやひやもしていた。

「椿のことをフローリストに話してみたわ」母がばたばたと動きまわりながら話している。ブレスレットが軽やかな音をたてているけれど、コイフ（修道女などがベールの下にかぶる頭にぴったり合った頭巾）のような黒髪はそよとも動かない。二か月後に迫ったクララの結婚式が目下のいちばんの話題で、うわさ話に代わって、母は、経営するブライダルショップ〈ブラッシュ〉から情報を持ちかえっては、あれこれと話していた。「とにかくフローリストにこっちの希望をわかってもらわないと。ゲイリー、サラダ用のトングを持ってきてちょうだい」母はゲイリーが片手に靴を持ち、もう片方の手で三つ子のひとりを逆さまにして抱え、口に《アナと雪の女王》のアナの人形をくわえているのに気づいていないようだった。ゲイリーがもたもたと収納かごからトングを出しているのを見るや、ケリーは走っていって三つ子のひとりを抱えた。「あら、ケリー、やっと来たのね。野菜水切り器（サラダスピナー）を取ってくれる？」

　ケリーは片手で姪を抱きかかえながら、サラダスピナーを棚のいちばん上から取り出した。

「花をピンクにするなら――」

「リボンは白ね」クララが言い終わらないうちに母が言った。「だったら――」

「ブライズメイド（花嫁付添人）たちのサッシュ（飾り帯）も白ってことね」クララが言った。

「それって、ちょっと前に見せてくれたやつ？」ケリーが訊いた。

「何で見た？」とクララは言い、せわしなくバターをテーブルに置いた。ケリーはなんだっただろう、と考えながら母にサラダスピナーを差し出したけれど、母はそれを取って、と頼んでいたことをそもそも忘れてしまったようだった。

「えーと、なんだったかな、カタログか何か？」

「カタログっていったって山ほどあるのよ、ケリー」母が強い口調で言った。「心配しなくてだいじょうぶよ。当日、何を着るかはちゃんと教えるから」ケリーはサラダスピナーをカウンターに置くと、姪をしっかりと抱え直し、おもしろい顔をして笑わせた。こうしているほうが、さっきのような会話をしているより元気が出る。

「あっ、お父さん」ケリーは父がいるのに気づいて言った。父のまとう静けさのせいで、このあわただしい部屋に父が入ってきていたことに、気づいていなかった。

「ああ、ケリーか」父は手にしたノートから顔をあげずに言った。父カールはいつも仕事に関するメモを読んだり、何かを書き込んだりしている。父は地元の水道局の土木技師をしているけれど、家族に自分の仕事の話をしたことは一度もない。テクノロジーと密接に関わる仕事をしているわりには、多くの時間をアナログ的なことをして過ごしている。父がそうしているのは、食事のときに電子機器を持ち込むのを母がいやがるからではないか、とケリーはうすうす感じていた。父がノートで何かしているぶんには、母は口やかましいことは言わず、いつも父のしたいようにさせていた。

父はまるで、生まれたときからあごひげを生やして眼鏡をかけ、五十五歳だったかのように見える男性だ。二十歳のころの父を想像しただけでも、おかしみが込みあげてくる。歳のわりには白髪が多く、正面から見ると三日月形に見える髪型は、いつも同じ長さで、伸びているようにも、カットされているようにも、抜け落ちているようにも見えない。お気に入りの肘かけ椅子は、父の座り癖に合わせてくぼんでしまい、椅子がくたびれるにつれ、父はあまり座らなくなった。同様に、父は母との結婚生活にもくたびれていた。ふたりが出会ったとき、父は生化学を、母は演劇を学んでいた。ふたりは卒業を待たずに結婚した。性格が正反対のふたりは激しく惹かれ合い、最初の数年は愛情あふれる結婚生活を送った。でも時が過ぎ、愛情が冷めていくころにはゲイリーがすでに生まれていて、家のローンもあり、この先ずっと変わらないであろう未来が待ち受けていた。母の演技への熱心さと才能は時が経つにつれ次第にメッキが剥げ、父の分析的思考に長けた知性は、ただ退屈なだけになった。ふたりがいま結婚生活を続けているのは、愛があるからではなく惰性からだ。といっても父はそのことに気づいていないようだった。

母は気づいていたけれど、経営するブライダルショップに来る若き未来の花嫁の手本となるべく、頑ななまでに長く続く幸せな結婚生活だけしか視界に入れないようにしていた。だから、父にもしきりに話しかけていたけれど、幸せなことに、父に無視されているのは気に留めないらしく、これがおそらく、この結婚が持ちこたえている秘密かもしれなかった。母は家に飾られている家族写真そのままの完璧な結婚生活のイメージにだけ心を注ぎ、父は仕事にだけ集中し、ふたりとも目の前にいる生身の人間としての配偶者を見ていなかった。

こういった家庭で育ったことに加え、生まれつき合理的なことを好む性格のケリーは、両親の結婚生活を綿密に分析せずにはいられず、その結果、おとぎ話なんて嘘(うそ)やでたらめばかり、と結論づけた。身近にミスマッチな夫婦のモデルがいるので、ケリーにとって人間関係なんて、良くてばかげたもの、悪くて苦痛のもとだった。それで、幼いころはレゴばかりして遊んでいたけれど、その対象がやがてコンピュータになり、さらには複雑なロボットシステムになった。機械は人間よりずっとわかりやすい、というのが持論だった。

家族そろって食事をしているあいだ、もしくは食べているように見えるよう皿の上のチキンをつついているあいだ、話題になるのは、もちろんクララの結婚式のことだった。いくつか大事な話が出た。ゲイリーの妻のジーナは、過密スケジュールの緊急救命室の看護師をしていて、この日も仕事で家族の食事会には来ていなかったのだけれど、いつも尋常ではないスケジュールで働いているので結婚式用のドレスを買いにいく暇がなく、ゲイリーがふさわしい配色のドレスをみつくろったこと。ジョナサンが、母ダイアンから受けた髪型についてのアドバイス(命令ともいう)をグルームズマン(花婿付添人)に伝え、きちんと承諾してもらったこと。父が、結婚式で父親と娘がするダンス(ファーザー・ドーター・ダンス)のために、ダンスのレッスンを受けること。この件は父には初耳のようだった。

「ダンスのレッスンだと？　たかだか結婚式じゃないか。キャバレーの余興じゃあるまいし」

「カール、ひとり娘の結婚式なのよ――」

ケリーはほかにだれか気づいた人がいるかどうか、まわりに視線を走らせた。気づいたのは自分だけのようだった。

「ダンスのレッスンに行くのは、もう決まったことよ」母が〝こっちは真剣なのよ〟という声音で言った。父の顔がこわばり、眼鏡までこわばったように見える。クララが、目をきらめかせながらもっと穏やかな声で訴えるように言った。

「お父さん、レッスンは一回だけだし、受けておけば、あとあと楽になると思うの。このまま何の準備もしないまま結婚式に出たら、当日、どうしたらいいかわからないでしょ。あらかじめ習っておいたら、もう心配しなくていいじゃない」

「ああ、そうだな。まあ、おまえの言うとおりかもしれないな」父がぼそぼそと言った。ケリーはチキンをごくりと飲み込んだ。クララったらすごい。どうやったらクララみたいに、いつも適切なことを言えるようになれるのだろう。

でも、その思考は、避けては通れない質問ですぐさま中断された。「ところでケリー」母が軽やかな声で言った。「ここ最近、いい出会いはあった？」

「〈リンクトイン〉(ビジネス特化型SNS)にフィリピンの甲板長っていう人から連絡があって、それで……」

「もう、ほんとはわかってるくせに。男よ！」

「ない。このあいだ訊かれたばかりなのに、もう未来の夫を見つけてるわけないじゃない」

「そんなに怒らなくてもいいでしょう。あなたにとって最善のことを望んでるだけなんだから。だって、あなたもう二十九歳なのよ。そんな状況なんだから、わたしの助けを喜んで受け入れてくれてもいいと思うのよね。それでラッキーなことに、よさそうな人を見つけたのよ！」

「そいつはおめでとう。わたしも結婚式に呼んでもらえるのかい？」父がサラダから顔をあげずに言った。

「ケリーのことを心から思って言ってるのよ」

「お母さん、だけどわたし――」

「ああ、この前、お母さんが話してくれた人ね」クララが興奮した様子で口をはさんだ。

「あの人なら、きっと気に入ると思う、ケル」

「お願いだから――」とケリーが言いかけたところで、また横やりが入った。

「会うだけ会ってみたらどうだ。はじめてのデートで最悪そいつに殺されたとしても、最期を看取ってくれるやつがいるだけ、まだましじゃないか」ゲイリーが、三つ子のうちのふたりに食べ物を切り分けながら言った。手もとの自分の料理にはまだ手をつけていない。ゲイリーがまじめくさった顔で言ったので、ほかのみんなは、これがジョークだとは思っていないにちがいなかった。ケリーだって確信は持てなかったけれど。

「ほんとに、もうほっといて――」

今度は母が話に割り込んできた。「ちょっと、わたしに最後まで話をさせてちょうだい」

もうみんな勝手なことばかり言っていやになっちゃう。「名前はマーティン。ドナの妹の近所の人の息子よ。仕事は不動産仲介業で、趣味はテニス。見た目もほれぼれするほどすてきだし、なんといっても背がゲイリーと同じくらいだから、写真を撮ったときに左右の釣り合いがとれていいわ!」

「写真て?」ゲイリーが尋ねた。

「結婚式の写真に決まってるじゃない」

ケリーはもういいかげんにしてほしかった。「お母さん、その人がゲイリーの隣で写ったときにどんなに見栄えがよかろうと、そんなのわたしにはどうだっていい。その人と結婚なんてしないんだから」

「ばかね、あなたの結婚式じゃないわよ。なんでわかんないのかしら。クララの結婚式のことを言ってるの。ああ、うっかり忘れるところだった。その人ね、コッカースパニエルを飼ってるのよ」と言うと、母は満足げに椅子の背にもたれた。コッカースパニエル犬を飼っている男。

「カンペキでしょ、ケリー」クララが顔をほころばせた。

「ちょっと待って、つまり、わたしのためにわざわざプラスワン(同伴者)を見つけてきたってこと？」

「わかってるのよ。あなたがどうしようかって気をもんでたことくらい」母が言った。「でも、もう心配する必要ないわ」

「なんで、わたしには付き合ってる人がいないって決めつけるわけ？」

「だって、いないでしょ」

ケリーは早口でまくしたてた。「そういうことを言ってるんじゃないの！　わたしは妹の結婚式に、テニスが趣味だとかいう、よく知りもしない男と出席したくなんかないのよ」

「だけど、これから知ればいいでしょう。あなたたちのために、レストランのディナーの席を予約したのよ。お互いに知り合うための時間は二か月あるわ」

ケリーは父を見た。「お父さん、写真を撮るとき、わたしの横に並んでくれる？　そうすれば見栄えもよくなるし。プラスワンなんて必要ないでしょう？」

「かまわないが、わたしではおまえの母さんの基準に満たないんじゃないか。ほれぼれするほどすてき、なんて言われたことはないからな」

「ゲイリーは？　だれも味方はしてくれないわけ？　みんな、わたしが通りで見知らぬ男を客引きすればいいとでも思ってるの？」

「いや、家族のテーブルに男が新しく加わるって考えるだけでわくわくするな」ゲイリーが言った。「医者に言われたんだよ。ジーナと三つ子の娘たちのほかにも、自分をさらけ出せる相手を見つけないと、そのうち乳が出はじめるぞって」

「ケリー、ばかも休み休み言いなさい。プラスワンは必要よ」母が有無を言わさぬ口調で言った。

「どうして？　だれが気にするわけ？」

「だれが気にするですって？」母はフォークをテーブルに置いた。どうやら、言ってはいけないことを言ってしまったらしい。「結婚式っていうのは、トランプでつくった家のように崩れやすいものなの。あなたがわたしの考えた席の配置を乱したりしたら、すべてが大混乱に陥るわ。友人も、親戚も、仕事仲間もみんな来るのよ。ベイエリアじゅうの注目が集まってるの。わたしは結婚式のプロで、その娘の結婚式なんだから！　これはわたしの三冠レースとも言うべき大勝負なのよ！」

「待ってよ、じゃあ、お母さんはこのレースの競走馬ってこと？」ケリーは訊かずにいられなかった。

「いや、騎手のほうだろ」ゲイリーはケリーと目が合うとすぐにそらし、ひそかににやりとした。

「お願い、ケル、彼にチャンスをあげて」クララが言った。「一回、食事するだけよ。結婚式のときにだれか話す人がいたら、きっともっと楽しいはずよ。そしたらわたしも、ケリーが楽しんでるか心配しなくてすむし。ね、お願い？　わたしのためと思って」

ケリーはため息をもらした。母からがんがんまくしたてられるのとちがって、クララの甘い声で頼まれてしまうと、ノーとは言えなくなってしまう。コッカースパニエル男と会うしかないか、と思いはじめていた。

第2章

次の土曜、ブラインドデートの準備をしながらケリーは思った。どうしてほかの女の人とちがって、わたしはこの準備の過程を楽しめないのだろう。映画では、色とりどりの服を試着しては、あれでもないこれでもないと、ハンガーにかけることなんかおかまいなしに服をぽんぽん放りあげる陽気なシーンがよくある。それとは正反対に、わたしは殺風景な部屋で、クローゼットの中をしょんぼりと見つめている。まるで、パーティのためのドレスを探す『クマのプーさん』のイーヨーになった気分だ。

部屋は、殺風景というよりも優雅さに少し欠けると言い換えたほうがいいかもしれない。物件はなんの申し分もなかった(なんといっても、シリコンバレー価格の家賃を払っているのだから)。モダンなつくりの寝室に、黒と赤茶色のまだら模様の御影石(みかげいし)のキッチンカウンター。広々とした窓からは、通りの向こうの平地の公園が一望でき、そこでは、犬が芝生を走ったり、子どもたちがサッカーをしたりしている。〈イケア〉で買った家具はこれといって際立った特徴がなく、趣味がいいと言えなくもないが、言い方を換えれば月並みだ。物を選ぶときは、すっきりとしたシンプルなデザインのものをそろえがちだった。そのほうがお互いに調和を乱したり、狭すぎてなんの用途にも使えない無駄な空間をつくり出したりする心配もない。ベーシックなのがいちばん楽——いちばん無難とも言えるけれど——なのだと思う。当たり障りのない物を選んでおけば、それについてあれこれ考えたり、ほかの人にどう思われるだろうと気をもんだりするのに無駄な時間や労力を費やす必要もない。まちがっても、あの横長のソファを買ったのは大失敗だったなどと後悔することはありえない。インテリアに凝るのなんて、有意義どころか害にしかならないのだ。

同じ哲学は、いまのぞき込んでいるクローゼットの中身にも通じていた。突然、買った覚えのない魔法の服か何かが現れてくれたらいいのに。でもそれは、『ナルニア国物語』のナルニアに通じる入り口を、クローゼットの中に探しているようなものだった。外出用の服どころか、普段着さえあまり持っていない。そもそも外出なんて、近所に出かけるのも含めてめったにしない。クローゼットの中にあるのは、仕事に着ていくものがほとんどだった。クリーム色かグレージュのブラウスに、シンプルなラインのスカートとパンツ。じつのところ、勤務する会社は、エンジニアリング部門にいる、いわゆる〝アーティスト、コンピュータ技術者、あごひげにシラミでもいそうな天才〟ふうの人がするような服装に寛容で、授業に遅刻しないようベッドから転がり出たままの学生みたいな格好の人も少なくなかった。でも、ケリーはそこまで服装に無頓着なタイプではなかった。

三着あるワンピースのひとつを取り出して眺めてみる。ハイネックのノースリーブ。夜のデートといえばノースリーブだろう。しっかりした素材でできた、軽くフィットするデザインのシンプルな深緑色のワンピース。緑の服だと、緑色の目と合いすぎているかもしれない。でも、ほかに、もっと目の色に合う服は持っていないし。服を着る前に、ワンピース型の水着に足を入れる。安上がりな補正下着として代用するのだ。内臓の位置が変わるのではないかと思うほどぴちぴちの水着に体を押し込みながら、頭の中で、〝きれいに見えますように、きれいに見えますように〟とマントラのように繰り返した。

金色の髪をブローしながら、鏡の中の自分を見つめた。髪をセットしたりメイクしたりするときにいつも心がけているのは、容貌の特徴を際立たせるのではなく、修正することだ。ロールブラシを回しながら、天然のウェーヴを飾り気のないストレートに整えていく。次に、ファンデーションを塗ってそばかすを目立たなくする。顔と鼻は理想よりも少し長いけれど、メーキャップのテクニックで修正する方法を学んで実践している。緑色の目は気に入っていて、マスカラを軽くつけ、ペールグレーのアイシャドウをまぶたにのせるだけだ。唇には何もつけないことにした。はじめてのデートなのだし、気合いを入れ過ぎていると思われたくない。

洗面所の鏡の前で数歩下がり、そこに映る自分を眺めながら、この人にはじめて会ったらどんな印象を持つだろう、と想像し、大昔から人々を悩ませてきたであろう質問に思いをめぐらす。セクシーに見える？　この人とデートしてみたい？　マーティンとデートしたくないわけじゃない。でも、マーティンに、こんな女とデートしたくないと思われるのはいやだった。

　それに、母とクララを見返したかった。ふたりとも、わたしが自力では結婚式のプラスワンを見つけられないと決めてかかっている。埃と五年生のときの体操着といっしょに心の奥深くにあるクローゼットにしまい込み、ずっと取り出さないようにしてきた考えがある。母の目に、わたしは失敗作として映っている。でも、わたしは失敗を受け入れられない人間だ。マーティンが二回目のデートにも現れて、心から好きになってくれたら、家族はどんなに驚くだろう。その顔を想像して、満足げに小さく息をつく。

　何事にもデータを重視してきたから、両親の結婚生活や自分自身のうまくいかなかった恋愛経験と照らし合わせて、将来のどの時点であっても、自分に真実の愛がもたらされるとはほとんど期待していなかった。過去にふたりの男性と付き合ったことはあり、ふたりとも肩書きは立派だったけれど、彼らといっしょにいるほうが、ひとりでいるよりもつらかった。とはいえ、もしかしたらすてきな恋愛ができるかもしれない、という希望もまだ完全に消えたわけではない。胃がきゅっとなったのは、きつい水着に締めつけられているせいだけではないだろう。

　やっぱり……ケリーは口紅にさっと手を伸ばした。

マーティンとはアラムロックにある、サフラン色の壁が鮮やかなフランス&ベトナム料理のレストランで会った。マーティンがその店のウェイターのトニーと知り合いだとわかったとき、ケリーはなんだかいやな予感がした。まるであらゆる人と知り合いのようなこのふたりに、本能的な警戒心を抱いた。頭に、自分の〈フェイスブック〉の友だちのカウント数がぱっと浮かんだ。マーティンがデートの前に、ネット・ストーキングしていたら、あまりいい印象は持たなかったにちがいない。

マーティンのルックスはまずまずだった。髪は濃い金色で、ドイツ系の少し武骨な顔立ちだけれど、温厚そうで、肩ががっちりしている。仕事ではなく、趣味でしょっちゅう屋外にいる、という雰囲気だ。

マーティンが、ケリーの仕事について尋ねて会話を始めた。「なんか、〈ホール・オブ・プレジデンツ〉系の仕事をしてるって聞いたんだけどさ。それって、ディズニーランドのアトラクションの大統領のロボットショーのことじゃないよね？ 子どものころ、あのショーを見て、ほんとぞっとしたんだ。ああでも、きみがあれに関わってるなら、すごくかっこいいと思うよ」

「ちがう、ちがう。あれとはぜんぜん関係ない」と言ってケリーは小さく笑った。もう恥ずかしい。お母さんたら、娘はディズニーランドの〈ホール・オブ・プレジデンツ〉で働いているとかなんとか、そこらじゅうで言いふらしているのかしら。

マーティンが続けた。「へえ、そうなんだ。ぼくはイーストサンノゼで不動産仲介業をしてる。家族を通じてこの仕事に就くことになったんだけど、それで幸せだったと思ってるんだ。この仕事が気に入ってるからね。人と接するのが大好きだからさ」

「う、うん」とほほえみながら、グラスの水に口をつけた。いまの話を聞いて、ショーパブのランウェイをウォーキングするのが好きなんだよ、と言われたのと同じくらい引いているのがばれないようにと願いながら。

しばらく沈黙が続いたあと、マーティンがあたりを見まわして、ウェイターのトニーを見つけて呼びとめた。「あとで、アムステルビールを追加で頼むよ」

ケリーはさっきトニーが注文を取りにきたときのことを思い返しながら気をもんでいた。何を注文するか答えるのが早すぎたかもしれない。もちろん、この店のメニューはグーグルで調べて、当日、どぎまぎしないですむよう何を注文するかはあらかじめ決めていた。クルマエビのヌードル？　食べるのが面倒くさそうなので却下。パパイヤのサラダ？　食べ物の好みがうるさいと思われそうなので却下。キハダマグロ？　うん、これがいい。牛すじ肉のほうがおいしそう。でも水着なんか着ていたら思い切り食べられないし。なんの迷いもなく、マーティンはそれを注文していたけれど。

ちらっと顔をあげると、マーティンは、舌圧子（ぜつあつし）のように平べったい指でトントンとテーブルの端を小さく鳴らしながら、なんとはなしに、さりげなくあたりを見まわしていた。しまった、とケリーはわれに返った。こんな調子じゃ、つまらない女だとしか思ってもらえない。今夜のデートを成功させるためには、ここらあたりで知的な話でもして場を盛りあげないと。それに、何かしないとなんだか申し訳ない気持ちもある。マーティンは努力してくれているのだから。

「シリコンバレーのことを、どこまであなたが知ってるかはわからないけど」ケリーは身を乗り出して話しはじめた。「ずっと取り組んできたビジュアル・フォーサイト（視覚予測）と呼ばれる、すばらしい新技術が実用化されてね。さまざまな行動連鎖の結果を予測する方法を、ロボットに独学させることができるようになったのよ。理論的には、未来を予測できるようになるはずなの」

「へえ、すごいね」マーティンは穏やかな笑みを浮かべながら言った。「そっちのほうが、〈ホール・オブ・プレジデンツ〉よりずっとかっこいい」

「そうだといいけど。それが、わたしがこの仕事を好きな理由だし。想像できるものならなんだって取り組んで、それを実現するための方法を探し出すことができるの」マーティンに笑みを返し、目を輝かせた。この調子でいけば、この初デートを成功させられるかもしれない。

「ロボットが未来を予測するのか。《マイノリティ・リポート》みたいだね。あの映画好きなんだ」

「あれとはちょっとちがうの。ロボットがダイナミック・ニューラル・アドヴェクション（動的神経移流）を使って、ビデオの次のコマに何が来るか予測するのよ。何がすごいって、ロボットはそれを自発的に学習するの」

「えっ、ということはむしろ《レインマン》に近いんだね。ロボットをラスヴェガスに連れてったら、ディーラーが次に何を出すか予測できるってこと？　まだ試したことはないの？」マーティンはそう言って笑った。

　ケリーは口をつぐみ、ふくらんでいた希望がしぼんでいくのを感じた。こんな反応が返ってくるとは夢にも思っていなかった。マーティンは、会話が続くのを待ってこっちを見つめている。何か言わなくちゃ、なんでもいいから――。

「ちょっと、洗面所に行ってくる」思わずそう口にし、だしぬけに立ちあがると、テーブルにぶつかり、グラスに氷が当たって音をたてた。ああもう、わたしったら最悪。もっとましな反応はできないのかしら。このままじゃ、デートが台無しになってしまう。

「ああ、どうぞ」と愛想よく言うと、マーティンは立ちあがり、椅子を引こうとこっちに移動した。そして、送り出そうとするように腰に手を回してきたかと思うと、その手がすぐさま尻に移動した。ぎゅっとつかまれたわけでもないし、握られたわけでもない。でも、マーティンの手は百パーセント、わたしの尻にべったりと触れている。マーティンの顔にさっと視線を走らせる。でも、その顔にはなんの表情も浮かんでいない。まるで、自分がしていることにまったく気づいていないかのようだ。とっさに考えをめぐらす。この男は、料理がまだ運ばれてもいないうちから女の尻を触っているのか、それともわたしの尻は尻だと認識すらされていないのか。どちらだろうと、どんな反応をしたらいいかまったくわからない。「あ、ありがとう」うわずった声で言うと、マーティンの手からすり抜けた。でもどういうわけか、歩き出したとたん、店の奥にある洗面所ではなく、出入り口に向かっていた。闘争本能、いや逃走本能のようなものに突き動かされていた。きっとわたしの女の祖先は、マストドン(新生代第三紀に生存した巨象)の前でおどおどと腰をかがめ「よい一日を」などとあいさつするような人たちだったんだろう。ケリーはいまや逃げ出そうとしていた。

足を速めながら思いをめぐらした。どう考えても、今夜のデートはトイレに流れて水の泡だ(文字どおり)。もしいまUターンしてテーブルに引き返したら、マーティンはこう尋ねないわけにはいかないだろう。『ハリー・ポッター』の九と四分の三番線みたいに、店の出入り口のそばに、目に見えない洗面所が隠されているとでも思った? そしたら、わたしも説明しないわけにはいかなくなる。ということは、何か言い訳を考え出さなきゃいけないってことだ。それも超高速で。デートは気まずい雰囲気の中で続けられ、話題はワインや天気のことぐらいで会話も弾まず、そのあいだずっと、マーティンは、デートの相手が店をひとめぐりした謎の行動について考えつづけ、わたしは、もしかしたらお母さんは、いつも嘆いている〝二十九歳にもなって〟人付き合いの下手(へた)な娘のために、マーティンに事前にお金を払ったかもしれないという考えに固執することになるだろう。ほんとうに、そんな状況に耐えられる？　いいえ、耐えられない。それに、いま店を出れば、ウェイターのトニーはマーティンの友人なんだから、わたしが注文したキハダマグロの代金は請求しないだろうし、マーティンだって相手もいないんだから、デザートや追加の飲み物まで注文して、いつまでも店に居残ったりしないだろう。いますぐ立ち去れば、マーティンに無駄なお金を使わせなくてすむ。五十ドルくらいは浮く？　もしそのお金を投資したら、退職するころまでには五千ドルくらいにはなっているかもしれない。論理的に考えても、やっぱり取るべき道はただひとつ。こうするのが今夜の結末としていちばんふさわしい。

店のドアを開けたとたん、チャイムが鳴った。ちらりと振り返ると、テーブルでマーティンとトニーがそろって口をぽかんと開けたまま、わけがわからないという表情を浮かべてこっちを見つめていた。

ケリーは全速力で走った。パンプスのヒールが歩道に当たって硬い音をたてる。冬の空気が冷たいこと、駐車場がストリップモール（小型のショッピングモール）の向こう側にしかないことに思わず悪態をついてしまう。速く走れば、それだけ早く車に着いて、ナショナル・パブリック・ラジオを鳴り響かせることができる。そして、胸のうちにあふれるあらゆる感情をかき消したかった。なんでもっとうまく対処できなかったんだろう。自力でプラスワンを見つけられないどころか、お膳立てしてもらった人さえしっかりつかまえておくこともできない。デートの仕方だってよくわからないし、ふさわしい相手を見つけようと気力ばかり消耗して、結局、失敗してしまう。心はひび割れ、あざだらけだというのに、性懲(しょうこ)りもなく、まだすてきな人にめぐり会いたいと思っている。いつまでたっても、ふさわしい人を見つけられないのは、わたしにそれに見合う魅力がないからじゃないだろうか。

ようやく黒の〈アコード〉に着くと、からっぽの胃が抗議するかのようにグーッと鳴った。

家に着くや、ワンピースと水着を脱ぎすてた。まるでブドウの皮をむいたような気分だった。ほっとひと息ついたところで携帯が鳴った。バッグから取り出さないうちから、画面に浮かぶ名前がだれだかわかっていた。思ったとおり、母からだ。もちろん、母は今夜のデートの報告を、やきもきしながら待っていたのだろう。わたしがロマンティック・コメディのヒロインのようにつま先立ちをし、片足を後ろにあげて、うっとりとキスする結末で終わる夢物語を思い描きながら。現実はといえば、デートの相手はこの街のどこかでひとり途方に暮れているのだろうし、わたしは薄暗い部屋に突っ立って、その足もとには補正下着として使った水着が丸まっている。母と話なんかできるわけがない。とにかくいまは。

キッチンに行き、プリヤに電話をかけた。プリヤとなら話せる。いや、プリヤと話したい。プリヤといると知的好奇心を満たすことができた。プリヤも分析的なものの見方をするけれど、わたしほどがちがちな頭じゃない。開けっぴろげな性格で、そんなことまで話さなくても、と思うときもあるけれど、自分や他人を笑い飛ばせるプリヤの底なしの能力のおかげで、出口の見えない不安から救われたことが何度もある。AHI社に入社したてのころ、〈ゼッド〉のプロジェクトでプリヤとペアを組むことになり、長時間いっしょに仕事ができたのは、ほんとうに運がよかった。そうでなければ、プリヤと親しくなることはなかっただろう。スタミナドリンクの〈レッドブル〉をつま先がぴくぴくするまで飲み、夜中の三時に、ようやく〈ゼッド〉に、その場で動かずに完璧に回転させることができたとき、ふたりの友情を固めることができたのだった。いまラボで、プリヤと並んであれこれと機械をいじったりするのは、数ある仕事の中でも楽しみな時間のひとつだ。

お気に入りの〈キャンベル〉のトマトスープとポップコーンという夜食を用意しながら今夜の悲惨なデートについて打ち明けると、すぐさま電話の向こうから大きな笑い声が飛び出してきた。電子レンジの中ではじけているポップコーンの音が一瞬、よく聞こえなかったほどだ。

「じゃあ、レストランからすぐに出てきちゃったってわけ？　よくそんなことできたね」まだ笑いのおさまらないプリヤは、息をあえがせながら言った。

「もう。そんなに笑われるほど、ひどい話じゃないと思うけど」とふてくされた声で言い返す。

「おしっこしてくるって、その男に言ったあとで？」

「そんな言い方してな――」

「ケリー、大好き。もう最高。これまでの人生で、これほど楽しかったことない」

そう聞いて、ようやく笑顔になれた。少し気分も軽くなっていた。「だけど、これからどうしたらいいと思う？　わたしの母親がどんな人なのか知ってるでしょう。ひとりで結婚式に行けるわけがない。ふつうの人のように」

「どうかな、ふつうの人は結婚式にひとりでは行かないと思うけど。ま、とにかく、相手を見つければいいだけの話じゃない」

「ああそっか、どうしていままで思いつかなかったんだろう。外に出かけていって、見つければいいのよね」

「そんなに難しいことじゃないよ、ケリー。だいじょうぶだって」

プリヤなら、きっとそうなのだろう。男性関係では過去にいろいろあったけれど、プリヤにとって相手を見つけるのはたやすいことだ。プリヤは男の人を惹きつける。とくに美人というわけではないけれど、きれいな歯並び、黒く豊かなロングヘア、長い脚が印象的で、全体の雰囲気がはつらつとして、キュートな感じなのだ。それに加え、プリヤは男の人に物怖じしない。なんのためらいもなくデートに誘うし、それで断られることはめったにない。新しい人と出会うのが大好きだし、相手を選り好みすることもほとんどない。

でも、いざデートすると、うまくいかないことが多い。男の人を磁石のように惹きつける開けっぴろげで率直な性格が、悪い方向に作用してしまうのだ。プリヤは最初のデートのときに、自分に関することで相手が不快に思うようなことを、いつもためらいなく言ってしまう。それに、相手の裸体を見て思ったこともずけずけと口にしてしまう。それで次のデートに進めなくても、へこたれない。決まってそんなことは笑い飛ばし、明るくこう言うのだ。別にひとりの男にこだわらなくても、男なんてほかにいくらでもいるんだしさ。失敗から何も学んでいないようだけれど、さりとて、男女の付き合いのことでプリヤにアドバイスできることなんて何もない。

「でも、わたしには難しいことよ」ケリーは言った。「そうじゃなければ、もうとっくに、いい相手を見つけてるはずでしょう」

「ああ、だったら〈ティンダー〉（デートアプリ）って聞いたことない？　文字どおり、寂しがってるペニスのための〈アマゾン・ドット・コム〉」

「寂しがってるペニスなんてほしくない」

「とにかく、試してみなよ。サインアップすれば、すぐに見つかるよ。なんてったって、ここはマンノゼと呼ばれてるくらいなんだから（サンノゼはハイテク企業が多く男性の人口の割合が多いから）。確率は高いよ」

「だけど、わたしに合ってる人に出会う確率は低いと思う。たぶん、わたしに合う人なんていないんじゃないかな。このままじゃ、キャットレディ（人付き合いより猫との付き合いを好む独身女性）になっちゃうかも。ていうか、猫というよりは、日本のアザラシ型の癒やしロボットかな」スープをひと口飲んで続ける。「まあ、それも悪くないか」

「そうやって言い訳をつくって逃げないで。だれにだって必ず合う人はいるよ。へんな先入観は持たないでさ。そうすれば……」プリヤはそこで急に黙り込んだ。ケリーがポップコーンをスープに浸していると、プリヤが大声をあげた。「これから、いっしょに出かけよう！あたしがいい人を見つけるのを手伝ってあげる。ボーイスカウトの一隊分ぐらいどうってことないよ。といっても、もちろん大人の男だけどね。メンローパークに新しくいいクラブができてさ――」

「クラブには行かない」

「またそんなこと言って！　まだ夜は始まったばっかじゃないの！　重い尻をあげてさ。その尻は、あんたの同意がなかったらだれにも触らせないから」

「クラブなんて、わたしの柄じゃないし。プリヤだってわかってるでしょう。それに、疲れてるの。いますぐベッドに倒れ込みたい気分なのよ」ポップコーンをもうひとつ口に入れた。なんの音だろう、とプリヤが電話の向こうで眉間にしわを寄せているのが目に浮かぶ。

「ベッドにはいないよね。ポップコーンとトマトスープをぱくついてるところ、でしょ？」

「おやすみ、プリヤ」

「想像してみなよ。若くたくましい男が、あんたのその熱を帯びた唇にスプーンでスープを運んでくれたら、どんなにおいしいだろうってさ」

「おやすみ」プッと噴き出さないようこらえながら、ケリーは電話を切った。

次の日の日曜の午前中。ケリーはサンタクララにある、兄ゲイリーの漆喰壁のこぢんまりとした家にいた。姪たちのベビーシッターができるのは、じつのところありがたかった。姪たちと過ごす時間が楽しいということもあるけれど、いまは何か気を紛らわすことが必要だった。だからゲイリーから電話があり、数時間〝自分の時間〟をつくって、〈コストコ〉で買い物をしたり、皮膚科に行って足の裏のイボを液体窒素でとってもらったりしたいから、そのあいだ娘たちを見ていてほしいと言われたときは、すぐに引き受けた。とはいえ、トイレに間に合わなくておしっこをもらしたりするような悲惨なことが起きたときは、すぐにゲイリーが駆けつけてくれる状況で、三つ子たちと〈ベイビー・アインシュタイン〉のゲームで遊ぶのと、ひとりきりで三人の面倒をみるのとではまったく状況がちがった。もう四時間が過ぎていたけれど、これ以上、ひとりで面倒をみろと言われたら、包丁を持ち出しかねなかった。ゲイリーはそろそろもどってくるころだろう。もうへとへとだった。

「このブロックは何と合わせたらいいと思う？」ケリーは三つ子の長女（数分早く生まれただけだけれど）のバーティに尋ねた。手には、クリスマスプレゼントとして奮発した最高価格のレゴのブロックの中から取ったプラスチックの灰色のタイヤがある。バーティは床に散らばっているブロックをあれこれ探して、灰色のスポークを見つけ出した。「そう！」ケリーはにっこりと笑い、バーティがふたつをはめ合わせるのを手伝った。「じゃあ、これは？」赤いブロックを差し出す。しげしげと赤いブロックを見つめていたバーティは、それをつかんだかと思うとおもむろに口に入れた。

「だめよ！」ブロックを取り出そうとバーティの口に指を突っ込んだ。そのとき、三つ子の中でいちばんすばしっこいエマが隣の部屋にダッシュしていくのに気づいた。下半身は裸だ。

「エマ！　どこに行くの？」

あとを追いかけ玄関ホールに足を踏み入れたとき、ちょうどゲイリーが玄関のドアを開けて入ってきた。片腕には〈コストコ〉の段ボール箱を、もう片方の腕にはエマを軽々と抱えている。危ういところで、通りへの大逃走劇を食い止めたのだ。「おいおい、エマのやつ、ずいぶんすてきな格好してるじゃないか」ゲイリーが言った。

「いつの間にか脱いじゃってたのよ」と息を切らしながら答えた。

「バーティとヘイゼルはどこだ？」

「リビングにいる。少なくとも二十秒前まではね。もしかしたらいまごろはもう、木星にまで行ってるかも。車にまだ荷物があるの？」

ゲイリーが放り投げたキーを受け取ると、ゆったりとした足取りでリビングに向かう兄の背中と、その腕の中で弾むエマを、ほっとした気分で見送った。

三つ子たちが大喜びで〈コストコ〉の段ボール箱から引っぱり出した小さな箱を開け、動物の形をしたビスケットを見せ合っているかたわらで、ゲイリーといっしょに食料品をしまいながら、昨晩のマーティンとのデートの一部始終を、おもしろおかしく話した。ひと晩よく寝たあとだったので、少しは楽に笑い飛ばすことができた。

「お母さんに殺されちゃう」ケリーは、ブドウの入った大きくてかさばる袋を冷蔵庫に入れるために、中の物を入れ直しながらため息をもらした。

「まあ、大けがぐらいですむんじゃないか」ゲイリーが答えた。

「わたしが結婚式にひとりで現れたりしたら、きっとお母さん、頭がおかしくなっちゃうんじゃないかな。闇市場でわたしをほかの家族に売り飛ばすかも」

「二十九歳の子どもを買おうとする夫婦がそれほどいるとは思えないが、それくらいやりかねないな」

「ねえ、わたしとデートしてくれるような独身の友だちいない？」とゲイリーのほうを向いて訴えるように言った。

「独身の友だち？　ケリー、おれの人生は幼稚園からずっと、おふくろとべったりだったんだ。いまはようやくこの家を手に入れたけどな」ゲイリーは身振りで家の中を示した。「いまでも寝言で〈ニコロデオン〉（子ども向けのケーブルテレビ局）のテーマソングを歌ってしまうぐらいなんだぞ。あのいまいましい《カイユ》（教育アニメ番組及びその主人公の名前）だって初回のストーリーから知ってるんだ。そんなんで独身の友だちなんかできるわけがないだろ」ゲイリーは収納棚にオート麦の袋をしまうと、こっちを振り向き、ぼそりと言った。「だが、ひとりいたな」

「だれ？　三月七日が空いてたら、その人を連れていけるかも」

「いや」ゲイリーは少し考えたあと、首を横に振った。「やっぱりだめだ」

「どうして？　結婚してるとか？　極悪犯とか？　遠慮なく言ってよ」

「おまえの元カレたちにすごく似てるんだよ。ロビーと、あと大学のときに付き合ってたあいつはなんて名前だったっけ？　歯をホワイトニングしないんだったら、おまえを両親には会わせたくないとか言ったやつ」

「ニックよ。なんでだめなの？　その友だち、わたしのタイプって感じだけど」

「だからだめなんじゃないか。おまえのタイプはあてにならない」

たしかに、ケリーの恋愛遍歴は、どんな女性でも危なっかしいと感じるようなものだった。ロビーも、大学のクラス委員長（クラスプレジデント）を務め課外活動にも熱心だったニックも、肩書き上はとても立派に見えたけれど、実際に付き合い出すと、惨めな気持ちになった。どちらとも短期間の付き合いだった。取ってつけたようなランチの約束をし、デートの終わりに、まるで電気柵か何かに触るように、そろそろとハグされるようなことを〝付き合う〟と呼ぶのなら。

「どっちのときも、悲惨な結末だったしな」ゲイリーが続けた。「もっとましな恋愛をしてほしいんだよ。同じことの繰り返しじゃなく。だからあいつはやめておいたほうがいい」ゲイリーは〈コストコ〉の段ボール箱を折りたたんで、リサイクル用ごみ箱のそばに重ねた。

「今日は手伝いにきてくれてありがとな。おかげでイボもなくなって、生まれ変わったような気分だ」

「ああ、うん」ケリーはなんだか解雇を言い渡されたような気がして、少ししょげ込んだ。

家にもどる車中で、自分の非運をふたたび嘆かずにはいられなかった。ゲイリーが、いい相手を見つけてほしい、と心から思ってくれているのはまちがいない。でも、マーティンとのデートでとった振る舞いを聞いて、自分の友だちに紹介するのを尻込みしたんじゃないだろうか。自分がどうしようもないやつだっていうのはわかっている。でも、じつの兄が、友だちに紹介できないほどだめなやつなんだろうか。マンションの地下の駐車場に車を停めてエンジンを切ったとき、眉間にしわを寄せながらふと思った。カイユっていまもまだ独身？

第3章

週明け、ケリーは広々としたオフィスにいた。部屋の中はたくさんの光であふれている。天井から降りそそぐ蛍光灯の光、パソコンの画面から放たれる光、スイッチやつまみが並んだ制御盤、点滅するインジケーター。隣には、心理学者のドクター・マスデンが座り、黒い目をまっすぐ前に向けている。もしケリーがびくびくと彼の視線を避けているのでなかったら、その強い目に惹かれたことだろう。ふたりの正面には、特大サイズの画面に、上半身だけの人型（ひとがた）ロボットのデジタル画像が映っている。名前は〈コンフィボット〉といい、髪は短くカットされた金髪で、細かいチェック柄のシャツを着ている。一見すると人間と変わらないようだけれど、顔があるべきはずの部分には、のっぺりと真っ白なスペースに、点線でいくつか図形が描いてあるだけだ。ふたつの楕円形（だえんけい）は目を、真ん中の三角形は鼻を、まっすぐな横線は口を表しているのだろう。これらの図形は単に顔を連想させるにすぎない。

「〈コンフィボット〉の顔を最終決定する前に、さまざまな表情をどう表現するか決めなければなりません」ケリーは心理学者に話しかけた。「それがすんではじめて、〈コンフィボット〉の製作に取りかかることができます。朝、目覚めたユーザーにあいさつするときは、どんな表情にしたらいいと思いますか」

「にこやかな微笑がいいだろう」ドクター・マスデンが答えた。

「ええ、そうですね。ですが、もっと具体的に教えていただけませんか。たとえば、こうした場合」椅子をすべらせ、制御盤の横のドクターのパソコンに近づき、よく見えるよう、画面の十字のグリッド線上に〈コンフィボット〉の顔の図形を拡大させた。「口はどの位置に置けばいいでしょうか」

「一箇所には決められないな、ケリー。人間の表情や立ち居振る舞いというものは、定規で測れるものではない」

ケリーは首を横に振り、自分のパソコンのフォルダーをクリックし、画面にいくつものウィンドウを表示させた。独自に研究したものや、AHI社のマーケティングチームがフォーカスグループ法で行った調査結果をまとめて保存しておいたものだ。「これは人間の微小表情分析に関して、これまでにわたしが研究したものです。人間の表情や立ち居振る舞いは完全に法則化できます」ケリーは人生のあらゆることにおいて、数学的、論理的にものを見ようとする自分の本能が、仕事においても効果をあげるはずだと信じていた。それが、ロボットのボディを製作するときにも、〈ゼッド〉に歩き方を教えたように難しいスキルを付与させるときにも何より重要だし、だからこそ、ロボット製作においては、機械工学と電子工学の観点を重視して進めるようにしてきた。〈コンフィボット〉は、入社以来、はじめてリーダーを務めるだけでなく、はじめて〝電子脳〟の製作も任されたプロジェクトだ。これまで、具体的かつ分析的思考のおかげで常に成果をあげてきた。取り組んでいる課題が、はるかにつかみどころのないものだからといって、いままでの方法を変えるつもりなどなかった。

〈コンフィボット〉は、ケリーのキャリアを賭けた大勝負ともいうべきプロジェクトだ。AHI社の最高経営責任者(CEO)のアニタ・リヴェラスは、消費者向け製品開発部のエンジニアたちに、隙間市場(ニッチ)として最も注目を浴びている介護ロボットかコンパニオンロボットを開発する仕事を課した。三か月後に迫ったコンペでは、投資家による投資金を勝ち取るために、それぞれが開発したロボットを競わせることになっている。ケリーは、より細やかなレベルでの社会的交流が可能な、想像しうるかぎり最もすぐれたヒューマノイドロボットを製作すると決めていた。介護の現場や生活様式を向上させるのに役立つロボットを実現させるため、膨大な数のデータも集めた。思ったとおりに製作できれば、〈コンフィボット〉はコンペで優勝できるはずだ。

「人間が身振り、表情、声のトーンで感情を表現する方法には決まったパターンがあり、科学的に分析できます」ケリーは話を続けた。

ドクター・マスデンが言った。「きみはどうしたいのだ？　どんなロボットなら世話をされたり、いっしょに住んだりしたいか考えなければならない。きみの洞察は、この場合、考慮に入れるべきではない」

「洞察は、あなたの専門分野じゃないですか」と言い返した。「わたしはデータに従っています。科学とは、あらゆる選択肢を裏づけとして存在するものですから」

ドクター・マスデンは引き下がらなかった。「そのデータのひとつとして、意見を提供しているのだ。わたしは経験を積んだ心理学者だ。専門的な指導を与えるためにここにいる」

「ですが、それだけでは不十分なんです！　いえあの、あなたのご意見が不十分だという意味ではありません」あわてて言い直し、ドクターのほうを向いた。ぱっと顔が赤くなるのを感じ、ばつが悪くなる。正直なところ、AHI社が、プロジェクトに協力してもらうために、突然、サンタクララ郡でいま最も注目されている心理学者を呼び寄せたことに戸惑いを感じていた。〈コンフィボット〉の製作に追われ、マーティンとのデートの結果も母に話さなければならず、さらには、プラスワンを自分で探し出さなければならない。やるべきことが目白押しで、ぎくしゃくした社会的交流は刺激になるというより、ストレスにしかならない。なにしろわたしは、レジ係に「よい一日を」と言われなかったら、何か悪いことをしたかしら、と思ってしまうような性格なのだ。

そろそろ〈コンフィボット〉のボディの製作に取りかかるべき時期に来ていた。でも、ロボットの全体像を把握するために、まずは、どんな顔や声、身振りやしぐさにするか決めなければならない。必要なのは、ドクター・マスデンの〝意見〟ではなく、データだった。

「〈コンフィボット〉がユーザーと完璧に交流し合えるようにしなければならないんです」

ケリーはきっぱりと言った。「すでに、市場には介護ロボットやコンパニオンロボットが出回っています。それを上回るものをつくらなければ、市場に出したって意味がありません！〈コンフィボット〉をベストなものにするには、人間とほとんど変わらないようにするしかないんです」

「ケリー、人間の複製をつくるには、人間を理解しなければならないよ」

「そんなことわかってます！　大学で三年間も、生物学を専攻したんですよ。人間や動物の体がどう動くかは理解してます。その仕組みを機械にどう応用するのかも」

「わたしは、体のことを言っているのではない」ドクター・マスデンは一瞬、目をそらし、次に言うべき言葉を考えあぐねているかのように唇をつと噛んでから、こう続けた。「人格を形成するというのは、漠然としたものだ、ケリー。データにとらわれていては、決して成し遂げることはできない。ちがう方法でアプローチしてみたらどうだろう」ドクターはいたわるようにケリーの腕に手を置いた。その瞬間、ケリーは弾かれたように腕を引き、胸の前で腕を組んだ。ドクターが驚いた表情でさっと手を引っ込める。そもそも、手を置いたことさえ自覚していなかったようだ。「すまない、わたしは――」

「ちがう方法でアプローチするつもりなんてありません！」と言い放った。すぐに、なんて言い方をしてしまったんだろうと気づき、笑おうとしたけれど、引きつった甲高い声しか出なかった。ドクターのオリーブのような形の黒い目に、みるみるうちに困惑の色が浮かぶ。

「きみに、不愉快な思いをさせたのだったら謝るよ。そんなつもりはなかったんだがね。仕事に私情を持ち込むつもりなど一切ない」

上等よ。ケリーは、頑なに心を閉ざすかのように、両腕を組んだまま脚も組んで体をこわばらせた。こうなったらもっと気まずい状況になることをしたり、言ったりしてやろう。感情を抑え、その感情を、子どものころのトラウマや、三年生のときの劇の苦い思い出や、歯がぜんぶ抜け落ちた夢といっしょに、心の奥深くにあるクローゼットに詰め込んでおけたら、もっとシンプルに事が運ぶのはわかっているけれど。

「ええ、愉快ではありません。はっきり言って不愉快です」

「さっき、きみの腕に手を置いたとき、少し不愉快そうにしたのはわかっている」ドクターが続けた。「だが、何か意図があってしたわけではない。そうすることで、気持ちを表そうとしただけだ。わたしは、つい感情を外に出してしまう性分なんでね。だが、きみのコミュニケーションのスタイルを無視してしまったのはフェアじゃなかった。まだ、このシミュレーションをいっしょにするようになって一週間しか経ってないのだから」

「そうよ、わたしはあなたが来る前から、もう何か月もこのプロジェクトに取り組んできたんですから！」と声を張りあげた。心の中でずっとくすぶっていた不満は、いまや爆発寸前だった。また、この場から逃げ出したいという衝動に襲われたけれど、なんとかしてその気持ちを押しとどめる。そう、これはわたしのプロジェクトなのよ。ずっとがまんしてきた。

でも、そろそろ、トンネルを掘りつづけるのではなく、爆破させてもいいころよ。〈コンフィボット〉のシミュレーションを自力で進行させてきて、それで満足していたのだ。なのに、このドクターがいきなりやってきて、その大きな手――いやたいして大きくもない手でわたしを、このプロジェクトを支配しようとしている。人間をわかっていないと遠回しに言いながら。そもそもエンジニアリングの世界に入ったのは、人間を理解しなくてすむからだし、人間を理解したからってなんの意味があるというの？　大切な場所に、無断でずかずかと入ってきて。でも、そんなことはもうどうでもいい。わたしにはこのドクターは必要ない。おそらくドクターとしては、社会的交流が可能なロボットの製作に、心理学的な根拠を提供しなければならないと責任を感じているのだろう。でも、そもそも心理学はソフトサイエンスの領域だ。ドクターは椅子の背に体を預けた。「きみがそんなふうに考えていたとは気づかなかったよ」

ドクターをにらみつけるケリーの頬は赤くなっている。

「注意を払っていなかっただけじゃないですか」

ドクターの顔から困惑した表情が消え、代わりに怒りの表情が浮かんだ。「わたしは心理学者だ。うぬぼれるつもりはないが、人間の言動には、いつも細心の注意を払っている」

「だったら、そんなことはやめてください！　あなたがここにいるのはシミュレーションを手伝うためであって、わたしを分析することじゃないんですから。でも、どちらにしても、たいした仕事はしてませんけどね」

「なんだと？　だったら、勝手にするがいい。きみたちは、一時間につき数百ドルも請求するような心理学者に、もうコンサルト料を支払う必要はなくなったということだ」ドクターの鋭い視線に負けまいと、ケリーは首を精いっぱい高くあげた。

「きみは支配欲が強い」

「それって、心理学の臨床で使う用語か何かですか？」

ケリーの言葉を無視して、ドクターは続けた。「きみは聡明だし、この仕事を得意としているし、自分でもそのことをわかっている。だがそれが、きみが完璧主義者な理由だ。きみのそのちっぽけな完璧な世界は、未知の不確定要素が目の前に現れただけでめちゃくちゃになってしまう。他人とは、本来、未知であり不可知であり不確定なものだ。今回の件で、きみと少しでも接触を持てたわたしは、ついていたと言わねばならないな。はじめの二、三日は、きみはただ少し内気なだけなのだと思っていた。だが、いまは、常に気が立っていて、攻撃性が強く、非社交的な傾向がある、と分析するに至った。どんな友好に満ちた提案でも、きみを混乱させるには十分だ。だれかと友人に、あるいは友人以上の関係になるとき、どんなことが起こるかはだれにも予測がつかない。ばかげたこと、はらはらするようなこと、おかしなこと、悲しいこと、さまざまなことが起こるだろう。なぜ、始まりもしないうちから、それを断ち切ってしまうのだ？　だれとも関わらず、そっとしておいてもらったほうが、自分のあらゆる悪い面が知られてしまうよりいいと思っているのか？　はじめのうちは、きみがなぜコンパニオンロボットをつくることにここまで躍起になるのか不思議だった。だがいまならその理由がはっきりとわかる。きみ自身がとても興味を持っているからだ。自分は独りで生涯を終えるのではないかと心配しているのだろう？　このままきみが変わらなければ、おそらくそうなる」

なんてこと。最初は、ドクターの言葉に怒りを覚えただけだった。でもいま、ケリーは身じろぎひとつせず呆然としていた。なんの反応もしないまま、どれくらいそうしていただろう。このままじっとしていたら、もう何も言われずそっとしておいてもらえるかもしれない。そのうち、小惑星が地球に衝突して、こんないやなことはすべてどうでもよくなってしまうかもしれない。

「すまない。言い過ぎたよ」

はっとわれに返り、ドクターがこっちを見つめているのに気づいた。ドクターの顔も赤らんでいる。ケリーは戸惑い、うろたえ、いらだっていた。ドクターをこの部屋から追い出し、いますぐにでもこんな状況を終わらせたい。一発ぶんなぐってやりたいけれど、そんなことをしたら取り返しのつかないことになるだろう。結局、こう言い返すくらいしかできなかった。

「自分のことは棚にあげて、そうやって、一日じゅう他人のあら探しをしているのが、あなたの性に合ってるんでしょうね」

ドクターは首を横に振り、椅子から立ちあがった。

「幸運を祈るよ、ケリー」制御室の裏口のドアがバタンと閉まる音とともに、ドクターは消えた。あとには、ケリーひとりが残された。

制御盤に向き直ると、無意識に両手を握り合わせた。後悔の念に駆られていた。〈コンフィボット〉のプロジェクトはどうなってしまうのだろう。会社は代わりの心理学者を探すだろうか。シミュレーションは中止されてしまう？　ドクター・マスデンにしたことをみんなはどう思うだろう。わたしのしたことは正しかったのだろうか。

わたしは内向的な性格だ。やぼったいし、プレゼンだって下手だし、人前で話すのも得意じゃないけれど、仕事だけはきちんとこなせる人間だと思っていた。でも、それはただの思いちがいだったのかもしれない。たぶんマーティンは、わたしがいきなり店から出ていって、戸惑ったというより、ほっとしているにちがいない。〝常に気が立っていて、攻撃性が強く、非社交的な傾向がある……自分のあらゆる悪い面……〟。制御盤のスイッチが、凍った窓の向こうに見えるクリスマスのイルミネーションのように、きらきらとかすんで見える。目に涙が浮かんでいた。

あわてて涙をこらえ、自分に言い聞かせた。無駄にできる時間なんてないのよ。ジェットコースターの入り口で、背が足りずに乗れない子どもみたいに泣いている場合じゃない。パートナーがいようがいなかろうが、かつてないほどにやるべき仕事が多いことに変わりはない。ソフトサイエンスもたしかに大事かもしれないけれど、専門家の指導がなくたって、自力でそれを仕事に活かす道はあるだろう。ケリーは椅子を引き、仕事にもどった。

子どものころ校長室に入ったことは一度もなかったけれど、きっとこんな感じだったにちがいない。ケリーはやわらかい日の光が差し込む部屋で、ボスのアニタを待ちながら、想像をめぐらしていた。といっても、公立学校の校長室は、こんなにしゃれてはいないはずだけれど。銀のフィラメントでできた流れるようなラインの彫刻が、トロフィーや本や写真立ての並ぶ白いオーク材の棚のあちこちにさりげなく置いてあり、船の舳先（へさき）のようなアーチを描く大きなデスクの向こうには、サンノゼのヤシの木が並ぶ通りが見渡せる。ドアのすりガラスには、「アニタ・リヴェラス、CEO」という文字が反転して写っている。

アニタの選び抜かれた写真をつぶさに眺めながら、落ち着かない様子で、しわを伸ばそうとブラウスをなでつけた。といっても、もうしわなどどこにも見当たらなかった。小柄な体から放たれるアニタの存在感には、いつも圧倒された。高く張り出した頬骨も、黒くつややかなボブヘアも、握手のために差し出された手さえも、すべてが幾何学的な図形を連想させた。わたしがボブヘアにしたらどんなふうに見えるだろう。お金はかかってそうだけれど、手入れは楽そうなアニタみたいな髪型にしたら、一目置かれる存在になれるだろうか。自分の髪を見ようと毛先に指を巻きつける。

そのとき、ドアが勢いよく開いた。ぱっと毛先から指を放して立ちあがり、その拍子に足を踏んづけた。わたしったら、いつも二人三脚で走っているみたいにもたもたしてしまう。でも、アニタはケリーなど見えていないかのように、背もたれの高い椅子のほうへさっそうと歩いていく。

「座りなさい、ケリー」

アニタは澄んだ目でこっちをひたと見つめた。その顔に非難するような表情は浮かんでいない。けれど、ケリーは非難されているように感じた。アニタにはそんなことができてしまうところがあった。アニタはただじっと黙っていた。曲線が美しく汚れひとつない、肘かけのない白い革張りの椅子。その椅子に軽やかに腰かけているアニタは、他を寄せつけないような異彩を放っている。まるでそこに座ることによって自分が支配する側であることを見せつけるために、この椅子を買ったのではないかと思わせるほどだ。

「出過ぎたまねをしてすみませんでした」ケリーは耐えきれなくなり思わず口にした。

「出過ぎたまね？」

「あの……ドクター・マスデンとわたしとのあいだに起きた個人的な問題のことです。プロジェクトには関係ありません」

「でも、関係はあるわよね。ドクターといっしょにこのプロジェクトを完成させなければいけなかったのに、彼はもういないのだから」

喉がからからに渇いているのを感じた。「あの――つまり、わたしだけではこのプロジェクトは完成できないという意味でしょうか」

「これはあなたのプロジェクトよ、ケリー。自分でそう言ったでしょう。なのに、できないというの？」

この質問には明確な答えがあった。自信がだんだんもどってくる。「いいえ、できます。このままやらせてください。わたしにとって〈コンフィボット〉がどれほど大切か、おわかりのはずです」

「口では大切だと言ってるけれど、あなたの行動からそれは伝わってこない。わたしを納得させなさい」

「〈コンフィボット〉でできることはたくさんあります」自分の仕事のことに話題が移り、いまやケリーは生き生きとよどみなく言葉を紡ぎ出していた。〈コンフィボット〉について話すことは、科学への情熱について語ることであり、兄ゲイリーの〈スピーク＆スペル〉（英単語学習用の玩具）を何度も分解しては組み立て直し、仕組みを理解しようとしていた幼かったころの自分が目覚めるのだ。「人間と同じようにコミュニケーションしあえ、だれもが納得できるようなアンドロイドをつくり出せば、ロボットによる介護をまったく新しいレベルに押しあげることができます。ユーザーはロボットと有意義な関係を築き、ロボットを信頼できる友にすることができるのです。親密な交わりと精神的な刺激が健康転帰にどのような効果をもたらすかをまとめた調査結果を読めば、孤独が身体や個々の生活にどれほど悪い影響を及ぼすかがわかり、つまり、認知症や心疾患、関節炎などさまざまな病気のリスクが高まる――」

「老人は金鉱なり」アニタが窓の外を見やりながら、ぽつりと言った。

「え、なんですか？」

アニタは椅子の背からすっと体を起こし、こっちを見据えた。「ベビーブーム世代の人が、もうすぐ高齢者の仲間入りをする。そうなったときに利益をあげられるよう、戦略は練っているわ」ケリーはそんな視点から自分の仕事について考えるのは好きではなかったけれど、口をつぐんでいた。「〈コンフィボット〉のビジネスチャンスは計り知れないほど大きい。あなたもそれはわかってると思うけど」アニタは指先に骨の絵柄のネイルアートが施された手を振りながら続けた。「このプロジェクトの成功は、人間として通用するアンドロイドをつくれるかどうかという能力にかかっている。そして、それを成し遂げられるのは、わが社のエンジニアたちの中では、あなたがいちばん近い存在よ。〈コンフィボット〉のプロジェクトを成功できれば、その技術を利用して、どんなことだってできる」

「わたし？　わたしがですか？　ありがとうございます。わたしは――〈コンフィボット〉がどれだけ人間に近づけるか、考えただけでもぞくぞくします。わたしは――」

「目下の予想では、あなたがいちばん近いという意味よ」アニタが訂正した。「でも、他社はもちろん、わが社のほかのエンジニアたちの中にも、目を見張るような成長を遂げている者がいるわ」アニタはふたたび椅子の背にもたれた。ゆったりと楽しげな表情を浮かべているけれど、相変わらず冷ややかな厳しさを放ちつづけている。

それに引きかえ、ケリーの体からは汗がにじみ出ていた。「その……このまま続けてもいいということでしょうか」

「コンペでは、そんなエンジニアたちと直接、勝負することになるのよ」ケリーの言ったことなど聞いていなかったかのようにアニタが続けた。「そして、そのコンペに勝ったら、今度は、介護ロボットやコンパニオンロボットをつくっている世界中のエンジニアたちと勝負することになる。大きな利益を得られるのは、最初に発売した会社だけ。出遅れた会社は価格を下げて売ることを余儀なくされる。だから、あなたはわが社にいちばん乗りさせなければならない。それができないのなら、別のエンジニアを探すまで」アニタがこっちをじっと見据える。その目からはなんの感情も読み取れない。「〈コンフィボット〉は、あなたがはじめてリーダーに抜擢(ばってき)されたプロジェクトよね」アニタが念を押すように言った。「あなた自身のアイデアを実現させる最初の機会でもある。だから、これまでにないハイレベルなプロジェクト管理のスキルが必要よ。今回のプロジェクトで目指すのは、ただボディだけ人間に似せているロボットではなく、人格を備えたロボットよ。もしあなたが今回のプロジェクトに失敗したら、二度とこんな恵まれたチャンスは与えられないと肝に銘じておきなさい」つばを飲み込もうとしても、喉が渇きひりひりしてできない。「ロボット・エンジニアリングの世界でやっていきたいなら、もっと人として成長しなければならないわ。ロボット製作は共同作業だし、対人関係がうまくいくかどうかが成功の鍵を握っているの。こういった観点で考えることができないなら、エンジニアとしても失敗するわね」

アニタが〝失敗〟と言うたびに、耳の中で痛いほど熱く血がどくどくと脈打った。アニタはわたしの対人関係のスキルに問題があると言い、ドクター・マスデンはわたしのことを常に気が立っていて、攻撃性が強く、非社交的な傾向があると言った。いったい、わたしの何がいけないの？　ほかの人にとってはあたりまえにできることが、わたしにはできないというの？　仕事も、人間関係も、このままうまくいかなくなってしまうのだろうか。みんな永遠にわたしから離れていってしまうの？

「相当なリスクを覚悟して、あなたに任せてるのよ」アニタの声でわれに返った。

「そのことには感謝しています。ご期待には背きません」

「そうね」アニタは静かな笑みをたたえながら言った。「そうしてもらわないと困るわ」

ケリーはドアまで移動するあいだは、なんとか姿勢を保っていた。でも廊下を歩き出したとたん、ゼリーのように膝がぐにゃりとし、冷たい壁にもたれかかった。蛍光灯の光る天井を見あげながら考える。自分の何がいけないのかわからない。でも、何かがいけないのはたしかだ。仕事に行き詰まったときはいつも、どうにかしてその状況から抜け出し、広い視野で状況を把握し、新しいやり方を模索し、それまでとはちがう方法を試すようにしてきた。いまは、それをやるべきときだ。

数分後、ラボに歩いてもどるとプリヤがいた。プリヤは椅子から立ちあがった。「やっともどってきた。ランチに行こう。もう少しでインターンをぱくついちゃおうかと思ってたところだよ。あ、そうそう、友だちが新しいクラブの写真を投稿しててさ。〈セイディ・ホーキンズ〉っていう名前なんだけど、すごくよさそうなんだ。あんたが、クラブなんて行かない主義、なんてまだ言ってるのでなければ、連れていきたいんだけど」プリヤが携帯を取り出そうとしたとき、ケリーは言った。

「行く」

「えっ？」

プリヤを決意のこもった目で見つめた。これまでとはちがうことをしてみよう。それで、〈コンフィボット〉の問題が解決することはないかもしれない。でも、何か行動を起こせば、この沈んだ気持ちを晴らすことはできるにちがいない。

「そこに行こう」ケリーはきっぱりと言った。「今週末、クラブ体験してみたい」

第4章

　ケリーの気が変わると、プリヤは待ってましたとばかりに張り切り出した。週末までの数日間、しょっちゅう携帯に連絡を寄越(よこ)しては、夜の外出が完璧になるべく計画を練った。ケリーの前で携帯を取り出しては、ふたりが行くクラブの最新情報を見せたり、〈ピンタレスト〉（画像共有SNSサイト）のボードに貼られた〈アスタイルを見せて、ぜったいこの髪型にしなよ、と勧めたりもした。プリヤは、ほぼ毎週末、友人と出かけているようだったけれど、ケリーが夜に外出することなんてシロイルカに出くわすくらい珍しいことだったので、週末が近づくにつれて、期待はふくらんでいった。一方で、週末の話題が出るたびに、ケリーは一年以上前にプリヤと出かけたときのことを、まざまざと思い出すのだった。隣街のどこかで、バッグに靴を突っ込み、膝に飲み物をのせて、不覚にも正体をなくしたときのことを。しなをつくってカウンターの向こうの男を見つめたり、誘惑するようにカクテルを飲んでいたりした記憶がうっすらとある。といっても、最後の記憶は、鼻の穴にストローを突っ込んだところで終わっていたけれど。ケリーは、このときのことはもう思い出さないことにした。

　いよいよ金曜の夜が来た。ケリーは、ノースサンノゼにあるプリヤの高層マンションにいた。ベッドの上のピンクとオレンジとゴールドのクッションのあいだに座っているケリーのかたわらで、プリヤはアイライナーと格闘している。「ケリーのメイクもしようか？」プリヤが尋ねた。

「もうすんだよ」ケリーは答えた。プリヤはリキッドタイプのアイライナーで翼のようなラインを描いている。片方の目の上に描くたびに、もう片方の目の上にも描き足し、左右のラインを均一にしているうちに、はっとするような目もとになっていった。ケリーはすでに支度を終わらせていた。プリヤが、こんな格好にしなよ、と言ったような服は着なかった。マーティンとのデートのときのことを思い出し、ジーンズにシャツという、もっと楽な服装で行くことにした。シャツは黒のシンプルなデザインだったけれど、ゴールドのボタンがついていて、これなら自由気ままなパーティ好きな人間に見られるんじゃないかと思ったのだ。

「いよいよだね。燃えるような夜にするよ」プリヤが手を止め、メイクの出来栄えをたしかめながら言った。「ダンスフロアで笑いころげて、激しく踊ろう。くたくたになるまで」

「遠慮しとく」ケリーは鼻にしわを寄せた。

「何言ってるの、楽しまなくちゃ」プリヤがけしかけた。ケリーは楽しみの定義がプリヤと同じか確信が持てなかったけれど、頭の中では〝常に気が立っていて、攻撃性が強く、非社交的な傾向がある〟というドクターの言葉が鳴り響いているし、試しにやってみたほうがいいのかもしれない、とも思っていた。プリヤに誘われてもめったにいっしょに出かけないのは、プリヤが何をしでかすかわからない、というのもあった。プリヤのことは大好きだ。でも、プリヤには、本人には悪気はないのだけれど、明らかに常軌を逸したところがある。プリヤの伝説に残るような常識はずれの行動はいくつもあった。スーパーマーケットで店内放送設備を勝手に使って、「野菜が目覚めた、攻めてくるぞ」と突然わめいたり、デパートのサンタクロースの膝にまたがってラップダンスをしたり、バーゲンで心臓発作を起こしかけたこともある。でもケリーは、スポットライトの外側にいさえすれば、プリヤのやりたい放題の行動を楽しむことができたし、型破りな親友を持っているおかげで、自分のことをそれほど変わった人間だと思わずにいられた。

プリヤの説得に根負けして、ケリーはプリヤの靴を借りることにした。ゴールドの飾り鋲のついたハイヒールだ。それを履き、椅子の背をしっかりとつかみながらよろよろと寝室の全身が映る鏡の前に立ってみると、思っていたよりずっとよく似合っていた。理屈では、体重を足の前半分にかけて歩けばいいのだとわかっていたけれど、いざやってみると足が思うように動かない。

物理学の法則に考えをめぐらしているケリーの隣で、プリヤは画家のような入念な目つきで鏡に自分の尻を映して眺めていた。「とっておきのプレゼントをあげようか」プリヤが言った。

「〈テスラ〉の電気自動車？」

「もっといいもの。あたしが考えてる、シリコンバレーで男と付き合うときの三つのルール」

「わたしはここで育ったのよ。シリコンバレーのことは、わたしのほうが詳しいはずでしょう」

「いや、ニューヨークで育ったあたしだからこそ、よくわかるってこともあるでしょ。部外者のほうが、客観的に見られるし。たとえば、男が近づいてきて、そいつがいかにもテック・ブロ（IT系の男子）っぽかったとしても、そのことにさえ気づかないんじゃないかな。なんてったって、まわりはテック・ブロだらけなんだからさ」

「そうかも。で、そのルールとは？」

「その一、ロボット関係の仕事をしてる人とは付き合うなかれ。眠ってるあいだに携帯をクラッキングされて、企業秘密を盗み見されるかもしれないから」

「なんでそんなことわかるの？」

「まあ、推測にすぎないけど」プリヤはあっけらかんとそう言って、バッグに携帯や口紅や鍵を入れた。缶入りのミントも投げ入れたけれど、もう一度取り出し、ひと粒だけミントを口に入れ顔をしかめると、またバッグにもどした。「その二、会社の社員番号をちらつかせながら近づいてくる男がいたら、逃げるべし。経験上、そんなやつは〝要注意人物〟のくそったれなことが多いから」プリヤはいったん言葉を切ってバッグを肩にかけた。「でも、ヘフェイスブック〉でコンタクトしてきて、オエッってなりそうなやつじゃなかったら、とりあえずやりとりしてみてもいいかも」

いっしょに玄関に向かいながらケリーが尋ねた。「その三は？」

「シリコンバレーではみんな、日中ハードに仕事してるでしょ。だから夜デートするときは」プリヤが意味ありげに笑みを浮かべた。「あっちのほうも思い切り楽しむべし」

メンローパークのにぎわう歩道をふたりで進んでいくと、目的のクラブに近づくにつれ騒がしい音がもれ聞こえてきた。中に入るや、ケリーは用心深く店内を見まわした。いまはやりの、天井にダクトがむきだしに走っている構造で、ブルーライトがほの暗く光っている。プリヤは、雪の土手に駆けていく子犬のように、男数人のグループのほうへ向かっていったけれど、ケリーはファッショナブルな客たちに圧倒されながら、おずおずと奥へ歩いていった。とりあえずカウンターに腰を落ち着けてみる。シェイカーを振っているバーテンダーの髪が気になってしかたがない。きれいに剃りあげた頭のてっぺんに長い髪がひと房だけ残っていて、その髪を粋にポニーテールにしているのだ。じろじろ見ないように気をつけたけれど、こんな髪型、見るなと言うほうが無理な注文だ。

「当店では、極地の氷冠が溶けてできた水を、ふたたび凍らせたものだけ使用しています」と言い、バーテンダーがこっちへグラスをすっとすべらせた。「地球上で最もまじりけのない水です。料金は二十三ドル」ケリーはポケットから札を取り出した。

一度でいいから映画のワンシーンのように、高級クラブやレストランで、注文した覚えのないカクテルがテーブルに運ばれてきたらいいのに、とケリーは思い描いていた。いや、高級デザートのほうがいいかも。なんとかいう気取ったチョコレートが上にのっているやつ。それでこう言うのだ。「え、わたし、注文してません」すると、細い口ひげを生やしたウェイターが、店内の反対側を身振りで示しながらこう答える。「あちらの方からでございます」そして、そっちに視線を向けると、そこには意味ありげにこっちを見てほほえむ、とびきりさわやかで、おしゃれで、かっこいい――。

「この席、だれか来る？」

ケリーが声のしたほうを向くと、とびきりさわやかで、おしゃれで、かっこいい男がそこにいた。

とびきりかっこいいは言い過ぎかもしれないけれど、ハシバミ色の目と丸みを帯びた唇がとっても魅力的。ケリーはあわてて答えた。

「い、いいえ。わ、わたしひとりです」ひとりです、まで言わなくてもよかったかもしれない。ハシバミ色の目の男は笑い、スツールにさっと腰かけた。「それは、ついてたな」ケリーは、クラブの薄暗い照明の中でもはっきりとわかるほど顔を赤らめた。男はケリーが注文した飲み物を見てうなずいた。「極地の氷冠が溶けてることについて、調べたことはある？」

「ええ」

「地球温暖化のせいだよね。そのせいで人類は滅亡してしまうかもしれないが、この水がおいしいのはたしかだ」男はグラスを持ちあげると、いたずらっぽく笑って、ケリーのグラスにカチンとあてた。ケリーは後ろを向き、ほんとうに男が自分にほほえんでいるのかたしかめたい衝動を抑えた。クラブに来て数分で、こんなに魅力があって、感じがよくて、興味を惹かれる人と出会えるなんてありえる？

「わたしはケリー」そう言って手を差し出したとたん、後悔した。グラスをつかんでいたせいで、手が冷たくじっとりしていたからだ。でも、男はなんのためらいもなくその手を握った。

「リースだ」

どぎまぎしながら脚を組み替えたとき、ケリーのつま先がリースのすねに当たった。「ごめんなさい！」

「いや、だいじょうぶ。わお、すてきな靴だね。見てもいい？」

「え、ええ」

リースはかがんでケリーの足を持ちあげると、自分の膝の上にのせて慣れた目つきでハイヒールをしげしげと眺めた。「女性用の靴に目がないんだ」ケリーは夢があぶくのように弾けるのを感じた。ハンサムな男がわたしに興味を示してくれた、なんて思ってたけれど、ただの足フェチだったってことね。頭に、ふとこんな光景が浮かぶ。クララの結婚式の家族が集まっているテーブルで、隣に座っているリースが母と穏やかに会話しながら、膝にのせたわたしの足をなでている……。

足をぐいっと引くと、リースが驚いたように顔をあげた。「ごめん、そんなつもりじゃ――」そのとき、もうひとりハンサムな男が現れ、リースの言葉が途切れた。黒い髪を肩まで伸ばした男が、ほほえみながらこっちに近づいてくる。ケリーは一瞬にして、もうひとりの男に釘づけになった。プリヤの言っていたとおりだ。相手を見つけるのなんて、そんなに難しいことじゃない。すっと背筋を伸ばし、ほほえみ返す。

でもそのとき、リースが立ちあがったかと思うと、黒髪の男のほうを向き、長く濃厚なキスをした。とてつもなく長く、とてつもなく濃厚なキス。

リースはこっちを向き、満面の笑みを浮かべた。よほど満足のいくキスだったにちがいない。「こいつはボーイフレンドのマーコ。マーコ、ケリーの靴を見てみろよ」

ケリーはスツールから立ちあがり、足を、いや靴をコンクリートの床に踏み出した。いちばんの注目の的のその靴は、自分の物でさえない。

「行かなくちゃ」あわてて言った。

「ああ――あれ、もしかして、勘違いさせちゃった？　だったらごめん」リースが笑った。

「紛らわしいことしないでよ」思わずかっとなって言い返した。

「ほんの世間話のつもりだったんだけどな」リースは続けたけれど、ケリーはカウンターから離れて、人の群れのほうへ進み出していた。慣れないヒールのせいで足がよろける。「体重を足の前のほうにかけて！」リースの声が後ろから追いかけてきた。

プリヤはどこ？　いちゃついてるあのふたりから見えないところに早く逃れたい。

「ああ、いたいた！」プリヤが言った。「いい男は見つかった？」

「見つけたけど、ふたりともとっくにできてた。まだ帰らない？」

「帰るって、まだ相手を見つけてないでしょ」

「プリヤが見つけてくれない？」

「なに弱気になってんの」

「プリヤ」

「ケリー」

「もう家に帰りたい」

薄暗い店の中でも、表情が深刻なのがわかったのだろう。プリヤはケリーの両手を握った。

「まだ帰らないよ。相手を見つけなきゃ。それに、一度くらい、あんたが楽しんでるところを見たいんだよ。いつも一生懸命働いてるんだから、たまには楽しまないと！　好きなように生きようよ！」

「わかった、わかった」としぶしぶプリヤに従った。

「ほら、みんなしたたかなやつらばかりだよ。それぞれが、自分の思うとおりに生きてる。さっき会った男なんて、口ひげ用のポマードはフリートレードのやつしか使わないなんて話を永遠にしててさ」

「ねえ、ほかのクラブを知らない？　ここよりもうちょっと肩の凝らない感じのところ」

プリヤはぱっと目を輝かせた。「知ってるに決まってるじゃん」

そのあと、配車アプリの〈ウーバー〉で呼んだタクシーで到着したのは、見るからに薄汚れた街のはずれにある、〈ボディス〉(体遺)という身もふたもない名前のクラブだった。ケリーはネオンサインの〝i〟の部分を指さした。そこだけ電気が点いたり消えたりしている。

「なんかみすぼらしいね」

プリヤがじろりとこっちを見た。

店内は、気味が悪いほど思い描いていたとおりでぞっとした。『マジック・スクール・バス』のように、あちこち旅するというコンセプトになっているらしい。ただし、旅する場所は臓器がひしめく体の中だ。部屋全体が暗くじめじめとして、なんとなくホルモンが分泌されているような雰囲気がある。

低音のサウンドが鳴り響いているせいで気づかなかったけれど、プリヤとカウンターの横に陣取ると、いつの間にか男がふたり、そばに来ていた。でも、ふたりは二、三話しかけてきただけで、すぐにロス・アルトス・ヒルズに購入した分譲マンションの頭金のこととか、投資した新規公開株の最高値のこととか、何やらよくわからない内輪の話を始めた。そのうち真っ昼間だったら聞いていられないようなことを言い出したかと思うと、フェラチオを連想させるような歌詞を場違いな大声で歌いはじめた。ケリーは心の中で、ここから逃げ出したい、タオルを投げ入れて試合放棄したい——シャワーで体をよく洗ったあとで——と叫んだけれど、なんとしてでも相手を見つけたいという気持ちもあった。妹の結婚式まであと一か月半。そのあいだにいい人を見つけてデートを重ね、結婚式に招待して同席してほしいだけなのに。なぜ、こんなにもうまくいかないのだろう。

プリヤはカウンターのほうを向き、両肘をそこにのせると、大勢の人でごった返すダンスフロアを見まわした。しばらくすると黒いスパイキーヘアの男を指さした。「決めた」プリヤがきっぱりと言った。

ケリーは鼻にしわを寄せた。「あの男にするよ」「なんであの人？」

「あの男の友だちのほうを、あたしが気に入ったから」と言い、プリヤはその隣の男に視線を移した。ケリーは苦笑いを浮かべながら、首を横に振った。

「まともに話もできないのに、どうやってデートに誘えばいいの？」ケリーは叫んだ。ダンスフロアに鳴り響いている音楽はますます大きくなりそうだった。まさに大ピンチという状況だ。

プリヤは、髪を七色に染めたＤＪがいる台に目を向けた。ノートパソコンの前に覆いかぶさるようにしているDJは、意識をもうろうとさせながら、頭を上下に振りつづけている。

「だいじょうぶ、リラックスして。あんたは男をつかまえときゃいいから」

まともな会話は無理なので、一・五メートル以内に近づいて視線を合わせるのが、ここ〈ボディス〉での求愛の流儀らしい。ケリーは唇をきゅっと引き結び、まわりで踊っている人たちの動きをそっと目で追いながら、彼らのまねをしようと観察した。過去に何回か踊ったことはあったから、ダンスのスキルにはそれなりに自信があった。といっても、触れれば崩れ去ってしまう砂の城のような自信ではあったけれど。ありがたいことに、ここでの求愛の流儀に従えば、もう半分勝ったようなものだった。これだけ接近して踊っているのだから当然ともいえるだろう。でも、スパイキーヘアの男は腰をくねらせながら近づいてくると、ジーンズの上からケリーの尻に何度も手を這わせた。ごくりとつばを飲み込み、たいしたことじゃない、と自分に言い聞かせる。それに、踊るほうが会話するよりは気詰まりじゃなかった。スパイキーヘアの男にほほえむと、男もほほえみ返してきた。そろそろ次のアクションに移ったほうがいいかもしれない。もっと近づいて任務を達成させよう。

「わたしはケリー、あなたは？」スパイキーヘアの男に声をかけた。もちろん、スパイキーヘアなんて呼んだりはしない。

「ああ、そうだね」男はうなずいた。

「**わたしはケリー**」と声を張りあげた。

男がケリーの首に顔を寄せると、男の鼻がケリーの鎖骨に触れた。思わず体をびくりとさせ、奇妙な踊りの動きをまねながら、おそるおそる男に顔を近づけてみる。そのとき、男が深くにおいを嗅いだかと思うと、うなずきながら「きみのにおいが気に入った」と叫んだ。でも、その声はケリーには聞こえなかった。

次の瞬間、低音のサウンドがぴたりとやみ、さっきのよりは耳にがんがんしないゆっくりとした曲が始まった。ケリーは、プリヤがマライア・キャリーの懐かしい曲に合わせ体を揺らして人ごみにもどっていくのを見つめながらほほえんだ。ＤＪに目をやると、プリヤがそこにいて、こっちに向かって親指を立てている。

男のほうを向き、もう一度繰り返す。「わたしはケリー」

今度はきちんと聞こえたようだ。「おれはスタン」男が自分を指さし、会釈する。ケリーは咳払いをした。

「もしよかったら――」そう言いかけたとき、すっとんきょうな歌声が聞こえてきた。マライア・キャリーの声に張り合って、場の雰囲気を台無しにしている。さっき人ごみに紛れたはずのプリヤが、いつの間にかＤＪのいる台にいた。どこで手に入れたのかマイクを手に、メロディを無視して大きな声でうれしそうに歌っている。

「ここはカラオケバーじゃないぞ！」どこからかプリヤに向かって叫ぶ男の声がした。

「今夜は楽しんじゃおうよ！」プリヤが叫んだ。笑ったり歓声をあげたりした人は少しだけだ。「さあ!」プリヤの誘いに応じて、何人かが気が乗らない感じでしぶしぶ歌いはじめる。

またプリヤのおふざけが始まった。いますぐここから出ていかないと、プリヤの〝歌〟が騒音規制に引っかかって逮捕されてしまうかもしれない。

「また会えるかな?」ケリーはスパイキーヘアの男のほうを向き、思い切って訊いてみた。その瞬間、プリヤが叫び声をあげた。あまりに大きくて甲高く感情のこもった叫び声だったので、この場のすべてのグラスが割れ、すべての鼓膜が破れてしまうのではと心配になるほどだった。さっとプリヤを見ると、プリヤは勝ち誇ったように片手を空中に突き出し、音楽に合わせて振っていた。

ふたたびスタンに向き直ると、スタンは消えていた。きょろきょろとあたりを見まわし、リズムに合わせて体を動かすカップルたちをかきわけて進んだ。でも、さっきまでここにいたはずなのにスパイキーヘアの男はどこにもいない。心に、やり場のない感情がわっと湧きあがる。やっとのことで勇気を出して誘ったというのに、その相手が姿を消しているなんて。

別の男が、腰をくねらせながらこっちに近づいてきた。ベストの下には何も着ていない。「やあ、きみは火星から来たのかい?」ベストの男は言った。「なぜかというとさ——」男はそこで言葉を止めた。飲み物をちびちびやりながら、じっとこっちを見つめている。どうやら次のくだりを思い出そうとしているらしい。男はどかっと床に座りこんだ。

「もう家に帰ったほうがいいわよ」げんなりした顔つきで男に言った。きっとドラッグのやり過ぎで、このわたしよりも会話のスキルが落ちてしまったのだろう。ダンスフロアを見まわすと、いまや客の半分がプリヤといっしょに歌い、拍手や声援を送っていた。ケリーは驚きの表情を浮かべた。すごい。いつの間にかプリヤの魅力に大勢の人が惹きつけられている。

プリヤが雄叫(おたけ)びをあげたのを機に、台から引きずりおろした。大勢の客が歓声をあげ、やじを飛ばしている。

「なんで、だれとも踊ってないの？」プリヤが大きな声で尋ねた。

「だって、わたしには魅力も社交スキルもぜんぜんないから」

「えっ、何？」

ケリーは首を横に振った。こんなこと二回も言いなくない。「スパイキーヘアは消えちゃった」

「何か飲み物を買ってくるけど、ケリーもいる？」プリヤが声を張りあげた。

いらない、と首を横に振ったケリーの腕を、プリヤはつかんで続けた。「現金を貸してくれない？　仕事のときに返すから」

ケリーはジーンズのポケットに手を入れた。ひと晩じゅうバッグを持ち歩くのがいやだったので、家を出る前に、札を何枚か入れておいたのだ。でもポケットの中はからっぽだった。あわてて、ポケットというポケットをたしかめ、裏返してみる。でも何もない。

「どうしたの？」プリヤが尋ねた。

「男が相手の気分を盛りあげようと、踊ってるときに尻に触ってくるのってよくあることなの?」

「そりゃ、触りたくなるような尻のときにはね!」プリヤがおどけてケリーをパンッとたたいた。

でも、ケリーはため息をもらした。「あいつと踊ってるときに、お金をすられたと思う」

「えっ? まさか。そいつ、どこいった?」

正義の炎を目にたぎらせ、スリを見つけようと人ごみの中を押しわけて進もうとするプリヤを止めた。「もう帰ろう」付き合いたい男が見つけられないから帰るのと、お金をすられたから帰るのと、どちらが惨めな状況なのか、ケリーは自分でもよくわからなかった。


その晩、眠りにつけなかったケリーは、ノートパソコンの前で思案に暮れていた。頭では、オンラインで付き合う相手を探すのは、引け目を感じるようなことじゃないとわかっていた。みんなやっていることだ。それも、ごくふつうの人が。殺人犯の専売特許というわけでもない。オンラインで知り合い結婚したというカップルも、ふた組知っている。でも、オンラインで相手を探すというと、なんだか失格者の烙印(らくいん)を押されたような気分になってしまうのだった。男の宝庫と呼ばれるシリコンバレーに住んでいながら、人類が何千年とやってきた昔ながらのやり方では相手を見つけられなかった、と自ら認めているような気になってしまう。

もっと正確に言うなら、昔ながらのやり方に不合格をくらったような気に。

その反面、実態を検証する前に、あれこれと憶測をたてるのは賢明ではないともわかっていた。疑ってばかりでは何も得られない。何事もやってみなければわからないのだ。

それに、会員登録したからって、だれかとデートしなきゃならないというわけでもない。パソコンの画面のこちら側の安全地帯で、どんな人が登録しているのか、ただ見るだけでもいい。もし、いいな、と思うような人がいても、その場で話しかけなきゃいけないわけでもない。IPアドレスをたどって、斧を片手にこの部屋まで押しかけてくるような人もいないだろう。もうどうにでもなれ、と開き直った。

とりあえず、無料でお試し体験できて、ホームページに載っている人が、いちばんましなデーティングサイトを選んだ。まずはプロフィールを作成するのに写真が必要らしい。自撮りして、写真を眺めてあれこれ悩む前に、さっさとアップロードした。

最初の質問はとてもシンプルなものだった。身体的な特徴、信仰している宗教、支持している政党、学歴、職歴。その次の質問は、〝何をするのが好きですか〟。すぐに頭に浮かんだのは、〈スランケット〉（着る毛布）にくるまり、電子レンジでひとり分だけつくったマグカップ入りのケーキを食べながら、双子のメアリー＝ケイトとアシュレーのオルセン姉妹が、ニューヨークのアッパーイーストサイドに移り住んでスキャンダルまみれになる前の、とびきりおもしろい映画を観ている自分。でも、さすがにこんなことを載せたら、あまりいい印象は持ってもらえないだろう。サイクリングなんてどう？　サイクリングと打ち込んでみる。

すると、今度はこんなイメージの自分が浮かんだ。日の光が降りそそぐ通りを自転車に乗って走っている。カラフルなワンピースの裾が膝のあたりではためき、ナチュラルなウェーヴのかかった髪が風になびいている。どこから見ても完璧だ。さっそうと軽やかにペダルをこぎ、顔には笑みが浮かび、そしてその隣には、自転車に乗っている男の人がいる。顔ははっきりとはわからないけれど、その男の人もほほえんでいるのはたしかだ。ペダルをこぐ息はぴったり合っていて、いっしょに木漏れ日の下を走っていく。

気づくと、無意識ににやにやしていた。サイクリングを始める気なんてまったくなかったけれど、あんなふうにだれかと並んで自転車をこぐのもいいかもしれない。もしこれが現実になったらどうしよう？　もし今夜、妹の結婚式のプラスワンというだけじゃなく、それ以上の存在になる人を見つけてしまったら？

そう考えながら画面をスクロールしていると、だんだん心臓がどきどきしてきた。次の質問は、最初のものに比べてずいぶんあいまいだった。質問の一覧にざっと目を通す。〝十年後の自分はどこにいると思いますか〟――氷河が溶けたせいで水没したサンノゼに取り残され、いかだにしがみついている。〝なぜ、交際したいと思うのですか〟――母に、わたしはシングルじゃないって証明するため。それと、こんなふうにひとりでパソコンの前に座って質問に答えるのでなく、だれかとベッドで丸くなっていたらいいだろうな、と思うから。

〝どんなときに幸せを感じますか〟――そうねえ……〈スランケット〉にくるまって楽しい夜を過ごせそうなとき？

はっとわれに返った。テストで落第点を取るのに慣れていないとはいえ、こんな答えじゃだめというのはわかる。この質問リストにどう答えるかに、理想の男の人と出会えるかどうかがかかっているのだ。このあとどうなってほしいの？　すてきな人にすぐに気に入られて、いっしょに夕日に向かって自転車をこぎたいんでしょう？　そのとき、思い切りペダルをこいで逃げていく男の姿が目に浮かび、胸の高鳴りがどんどん小さくなっていくのを感じた。ドクター・マスデンのように、マーティンのように、みんなわたしのそばからいなくなってしまう。でも、こっちが好きになる前にいなくなるならまだましだ。最悪なのは、好きになったあとにいなくなってしまうこと。そんなことぜったい、ぜったい、起こってほしくない。

その次は、相手の必要条件を入力する欄だった。これには具体的に答えたほうがいいだろう。そうじゃないと、気詰まりなミスマッチとか、時間と労力の無駄とか、失恋とか、たくさんの避けてとおりたいことが起きてしまうかもしれない。その確率を下げる唯一の方法は、この質問に可能なかぎり安定したデータを提供することだ。答えの記入例には、〝仕事にも遊びにも全力投球で、笑うのが好きな人。それとぜったい犬好きな人！〟なんて気さくな感じで書いてある。これを読んで、もう少しで声をあげて笑いそうになった。これじゃ該当する人が多すぎてしまう。

身長：一七七〜一八〇センチ。がっしりした体格。笑顔が左右対称な人。科学の分野で修士号を持っている人。仕事にはばりばり取り組むけれど、プライベートではおおらかな人。ユーモアのセンスのある人。動物が好きな人。映画が好きな人。〈トゥインキー〉（クリーム入りスポンジケーキ）が好きな人。家族と親しいけれど、べたべたした付き合いはしない人（お母さんみたいに、いちいち干渉する人がほかにもいたらたまらない）。ボードゲームが得意だけれど、わたしよりはうまくない人。休暇は山で過ごすのが好きな人。『ハリー・ポッター』が好きな人。ロックバンドの〈トーキング・ヘッズ〉が好きな人。料理はできるけれど、外食する金銭的余裕のある人。CGよりも手描きのアニメが好きな人。Vネックの服を着ている人。ボクサーパンツをはいている人。黄色い服は着ない人。マティーニを呑んで、つくり方も知っている人。少なくとも三つの国に行ったことのある人。少なくとも十の州に行ったことのある人。友人を大切にするけれど、わたしのほうをもっと大切にしてくれる人。プルーンを食べない人。思いやりのある人。

打ち込んでいるうちに、なんとなく気分が高揚してきた。アルコールのせいか、もしくは見つけるのが難しくなればなるほど、会わなくてすむと心の奥で思っているからかもしれない。だって、これからここに紹介される人が、どんな人かもわからないのだから。

ようやく条件を打ち終わると、OKをクリックし、ビジーカーソルがぐるぐる回るのを見つめながら、画面が切り替わるのを待った。

第5章

結果が出るのを待っているあいだ、ケリーはふと思った。そういえばこれって、どんな仕組みになっているんだろう。サイトのほうですぐさま、完璧にマッチする人を探してくれるんだろうか？　玄関に男の人が現れるイメージがぱっと浮かぶ。落ち着かなくちゃ。どのみち、オンラインで知り合った人とデートすることなんてないだろうし。コンタクトさえとらない気がする。とはいいながら、また心臓がどきどきしはじめる。

そのとき、〝該当者なし〟という不必要に大きな文字が画面に出た。

〝理想のパートナーの条件として選んだ項目を減らしてみてください〟

画面の文字はそうとしか読みようがない。つまり、わたしの理想のパートナーは、この世に存在しないということだ。どんなに完璧な女だろうと、コンピュータだろうと、幻の男を見つけることはできない。失望と安堵の入り交じったため息がもれ、なんの根拠もない希望が新たに湧いてくる。きっとわたしに合う人はどこか別のところにいるのだろう。このサイトが、わたしの理想のパートナーを見つけ出したとしても、その人がわたしを理想のパートナーだと思ってくれるかどうかはわからない。いい恋愛の手本を見たことがないのだから、恋愛が下手になるのも当然だ。もう、このサイトはさっさと閉じて、ぜんぶ忘れてしまうのがいちばんいい。とはいえ小さな炎が立ちのぼり、ちらちらと燃えている。やっぱり愛がほしい。それも遺伝子に導かれた生物学的なレベルで。〝孤独が身体や個々の生活にどれほど悪い影響を及ぼすか……〟。アニタに向かって言った言葉が頭に浮かび、思わず顔をしかめる。ドクター・マスデンも、プロジェクトは、わたし自身の生き方とじかに関係していると言っていた……。

考えに沈み込んでいたので、静まり返った部屋に携帯の音が鳴り響いたとき、椅子から跳びあがらんばかりに驚いた。目をぎゅっとつぶり、息を深く吸い込む。マーティンとデートした日から、携帯には母から七件の電話があり、十件のテキストメッセージと四件のメールも届いていた。母の執拗(しつよう)な詮索にすぐにでも対応しなかったら、母も携帯も火を噴いてしまうにちがいない。

「ケリー、電話に出ないんだったら、なんで携帯なんか持ってるのよ」ケリーが応答するなり母が言った。「どうしてわたしからの電話を無視するわけ？」

「出られなかっただけよ。仕事が忙しくて」

「いっつも、仕事、仕事って。そのうち、オフィスで目覚めて、卵巣が干しブドウぐらいに縮んじゃってて、ひとりぼっちで死にかけてることに気づくんだから」

「卵巣は縮んだりしないって」

「こんな時間に電話したのは、物理学のご講義を受けるためじゃないわ」

ケリーは片手を額にあてた。「マーティンとどうなったか知りたいんでしょう？　うまくいかなかった」

「ケリー、あなた、何をしたの？」母が尋ねた。

かっとなって言い返した。「どうして、わたしが何かしたって決めつけるわけ？　すごくなれなれしい人だったんだから」

「デートだってわかってるの？　銀行との取り引きじゃないのよ！」

「はじめてのデートなのに、いやなことされたの」そこで言いよどんだ。「すごく恥ずかしかったんだから。これ以上は話したくないくらいひどいデートだった」

母の口調がやわらかくなった。「ケリー、ケリー、ケリー。わかった。詳しいことは話さなくていいわ」

「ありがとう。じゃあ、わたしもう寝るから」

でも、母は話を終わらせようとはしなかった。「ああ、だけどどうしたらいいのかしら。あなた、もう二十九歳なのよ。いつまでもこのままってわけにはいかないわ」

「まだ、二十九よ」

母はますます勢いづいて続けた。「わたしがあなたの歳のころには、結婚して、子どももふたりいて、三人目を妊娠中だったわ！　ゲイリーだって、結婚したのは二十七のときよ。

あと一か月半で結婚するあなたの妹だって、まだ二十五。あなたのことが心配でしかたないのよ。このまま歳をとってひとりきりになったら、だれに世話をしてもらうの？」

「医療社会化制度だってあるし、世界が滅亡するほうが先かもしれないでしょう。自分のことは自分でなんとかする。もう二十九歳って、何度も何度も、まるでわたしが、沼から引きあげられた青銅器時代の死体か何かみたいに言って。気づいてないみたいだけど、わたしはもう大人なのよ」

「わかったわ。で、結婚式にはだれを連れてくるの？」

「そんなの知らない！　ジョリー・グリーン・ジャイアント（アメリカの食品加工会社のマスコットの緑色の巨人。アメリカ軍の救援用ヘリコプターのニックネームでもある）でも連れてくわよ！」いらだちのあまり、もうかんべんして、というように左手をあげる。

「ケリー・サトル。それって冗談よね？」

「パーティなんだから、海軍特殊部隊の作戦とかのわけないじゃない。まじめに受け取らないでよ」

「パーティ？　妹の人生と、わたしのキャリアのいちばん大事な日を、ただのパーティだっていうの」

「そんなつもりじゃ――」

「わたしがブライダルショップを始めたとき、ここはまだ、どこにでもあるような中流階級の街だったわ」母は毅然(きぜん)とした口調で続けた。「でもいまは、国内でも有数の高級住宅地よ。月面旅行だって夢じゃない！　先週、うちに来た花嫁なんて、気分によって色が変わるドレスを見つけて、なんて言ったのよ。わたしはマーリン（アーサー王伝説に登場する魔法使い）じゃないっていうの。みんな、わたしがグーグルか何かだと思ってるのよ。わたしという検索エンジンに夢を入力すれば、なんでも答えを出してくれると――」

「出会いはあった」ケリーは思わず口走った。

「出会いはあった？」母が困惑した声で訊いた。「また、〈リンクトイン〉か何かで？」

「ちがう、仕事の相手じゃない。今夜、プリヤといっしょに出かけたときに会った男の人。意気投合したの」唇を噛みながら顔をしかめた。とりあえずこう言っておけば時間稼ぎにはなる。でも結局、自分で自分の首を絞めることになるかも。

「そんな出会いがあったのね！」母の声が突然、日の光を浴びたように明るくなった。「だれ？　どんな人？　名前は？」

「名前は――」頭が真っ白になり、あわてて部屋の中を見まわした。窓の向こうのスポットライトの当たった広告掲示板が目に入る。

〝イーサン(esan)、電子機器装置(ハードウェア)のクリーニング承ります〟

「イーサン、そうイーサン(Ethan)よ。彼の名前はイーサン」

「イーサン？　イーサンか。すてき。いい名前だわ。仕事は？　どこ――」

「もう切らなきゃ。長い夜だったから疲れてるし」

ケリーは電話を切ると、どっと机に突っ伏した。何もないところからカレをつくり出せたらどんなに楽だろう。


その晩、ケリーは熟睡できず、うとうととしか眠れなかった。ハイヒールを履いていたせいで腰が痛かったし、ずっと切れ切れに夢を見ていた。ブロックをひとつひとつ積みあげては途中で崩れてしまい、また積みあげる背後でアニタがふわふわと浮いている夢と、恐ろしい形相のマライア・キャリーが笑いながらこっちに近づいてきては、ハイヒールを振りかざす夢とが交互に現れた。マライアの靴はプリヤに借りたような靴だったけれど、ゴールドの飾り鋲は、殺傷能力のありそうな尖(とが)ったスパイクに変わっていた。

そのうち、マライアがハンサムな若い男に姿を変えた。男はケリーの手を握り、ナイトクラブのようなところに連れていった。しばらくして、そこは高校の体育館で、プロム（アメリカの高校で学年の最後に開かれるダンスパーティ）の最中だということがわかった。館内にはカラフルな光が交差している。スローなテンポで踊るペアのあいだをいっしょにすり抜けていくと、クララとジョナサンが舞台にいるのに気づいて足を止めた。ふたりはそれぞれ、プロムクイーンとプロムキングの王冠をのせてもらっている。その贈り手はなんと母ダイアンだ。三人がケリーと相手の男を見て、満足そうにほほえむ。

男は舞台を見ているケリーを自分のほうに向かせた。「踊ろう」男が言う。「踊り方がわからないの」ケリーが答える。すると、男は背中のくぼみのあたりから、ぜんまい仕掛けのおもちゃについているような大きなねじを抜き、ケリーに手渡した。「ぼくのねじをあげるよ」

ケリーはそこで、二日酔いと頭痛とともに目を覚ました。同時に、ある計画もひらめいていた。

今日は土曜だから作業を邪魔されることはないだろう。そう思いながらも、ケリーはオフィスタワーのエレベーターでAHI社のあるフロアまであがると、念のため早足で歩いた。だれもいない。順調だ。ここへ来る途中、あわてて買い物したスーパー〈ターゲット〉の赤と白の袋を手に、廊下を急ぎ足でラボに向かった。

早く作業に取りかからなければいけないのはわかっていたけれど、ラボに入り、ドアにしっかり鍵をかけると、少しのあいだ室内を見渡した。この部屋が大好きだ。でも、いつもは独り占めすることはできない。今日はだれもいないし、聞こえるのは機械が発する単調な低い音くらいで、大聖堂の中の広い部屋のような趣がある。ここはピノキオをつくったゼペットの作業場の現代版といっていい。スチール製のキャビネットと作業台、ずらりと並んだパソコンに3Dプリンター。3Dプリンターには、手足や目、胴体、髪など、つくりかけの人型のさまざまなパーツが置いてある。作業台には、六つのキャスターのついた輪っか状のもの、しなりやすいポリマーバンドや針金を筋状に編んだもの、赤外線センサーのついた潜望鏡(ペリスコープ)の形をした機械が無造作に置いてある。どれも、ほかのエンジニアがつくりかけているロボットの骨格の一部だ。部屋の奥には、これまでにつくられた数体のアンドロイドが、見張り番のようにして立っている。どれも、あとのほうになるほど人間に近い姿になっている。ボディだけ人型の表面がつるつるとした白いロボット、金属製のかぎ爪のような手を持つ角張った男性型のロボット、ろうそくのように白い肌と金色の髪の若い女性型のロボット。見る人が見たら、気味わるく思うかもしれない。けれど、ケリーにとっては、ここはわが家のようなものだった。

午前中いっぱいは必要な部品の一覧表をつくって整理した。自ら製作に関わったものも数多くあったし、ラボにどんな部品があるかは把握していた。必要な予備は十分にあるはずだ。全体として調和のとれたものにするには部品の変更も必要になるだろうし、もちろん、いざ始めたら、そう簡単には組み立てられないだろう。でも、〈コンフィボット〉のボディをつくるときのことを見込んで、すでに解決ずみの問題もある。それに〈コンフィボット〉とちがって、このモデルは細かい点にまで気づく鋭敏な反応はいらないし、ユーザーの個性に合わせて適合性をはかる必要もない。わたしだけの希望をかなえたものでいい。つまり、組み立てるのもより単純なはずだ。今回は、直感に従ってみよう。

あちこち走りまわって必要なパーツを集めながら、ふと、どんなルックスにするか決めていなかったことに気づいた。思いつくままに、棚からガラスの眼球を取り出し、トレイの中に入れていく。虹彩の色、瞳の大きさ、角膜の濃淡……組み合わせは無限にあるけれど、ありふれたものにするのが無難だろう。それだけ注意を引く可能性が少なくなるのだから。でも、手は、よく見るような色の眼球の上で、持ちあげるのをためらうかのように止まっている。〝好きなように生きようよ〟。いつもプリヤに言われている言葉が頭の中で鳴り響く。今回は、思ったとおりにやってみてもいいかもしれない。アドレナリンが分泌され、気持ちがたかぶってくるのがわかる。手が、トレイの端にある、最初に惹きつけられた眼球にさっと動いた。水晶のように透きとおったラベンダー色に近い青。

とことん好きなようにやってみよう。心が命じることを設計指針にすると決め、コンピュータ支援設計ソフトで頭の中のイメージを具体化すると、さらにそれを3Dプリンターやラボにある部品を使って形にしていった。髪も個性的にすることにした。ウェーヴのかかったコーヒーブラウン色の髪を、動力源として頭皮にはめ込んだ極小のソーラーパネルのチップをうまく避けながら装着させる。肌は日焼けした色にし、指は長くきれいに、手首はほっそりと。尻の形まで徹底してこだわって成形した。こういった作業は気味が悪いと言えなくもなかったけれど、ちょっぴり楽しくもあった。

母が展示会に出席するために遠出していたので、この日に開かれるはずだった二週間おきの家族の食事会は延期になっていた。おかげでこうしてひとりでラボにこもり、作業に没頭できている。どうしても眠いときは椅子の上でうとうとし、席を離れるのはトイレ休憩と、自動販売機にコーンチップの〈フリートス〉やカフェインの強そうな飲み物を買いにいくときだけだった。移動するときは監視カメラに映らないように気をつけた。途中で、窓の清掃員が作業する音や、従業員が忘れ物でも取りにきたのか、廊下の先のほうのオフィスから物音が聞こえたときは、心臓がどきどきした。わたしだってこの会社の従業員のひとりなのだから、別にここにいたっておかしくはない。でも……いましていることをだれかに見られたらどうなるだろう。あの厳しいボスが、カレをつくるために数千ドルもする会社の部品を無断で使ったと知ったら、二度と神聖なるAHI社の門扉をくぐり抜けさせてくれるはずがない。噂はたちまちのうちにロボット工学産業全体に広まり、人の不幸が大好きなテック・ブロたちの格好のネタとして、ウェブサイトの〈レディット〉にこぞって投稿されるにちがいない。そして、これからの人生ずっと、将来の雇用主やカレがわたしのことをググったら、このネタが検索結果の最初に出てしまうのだ。

プリヤならきっと同情してくれるだろう。でも、詳しいことを知ったら、いかれていると思うにちがいない。二度といっしょに仕事をすることもなく、ふたりの距離はだんだん離れていってしまうだろう。そして身を置く場所は家族のところしかなくなってしまい、その家族にさえ、プラスワンを自力で見つけることもできない無能なやつと思われているのだ。結婚証明書――ふたりの署名入り、金のエンボス加工、額縁入り――なんて夢のまた夢。ますますつまはじきにされ、ちょっとへんで残念な女というレッテルを貼られてしまうにちがいない。そう考えたとき、ドライバーを握る手がぴたりと止まった。何もかも失ってしまう。

ふと顔をあげたとき、自分がつくっているものを見て跳びあがりそうになった。ずっと、ひとつひとつのパーツに集中して作業していたので、全体像に目をやっていなかった。目の前にあるものはまだ製作途中だったけれど、すでにすばらしい出来栄えだった。これまでつくった中でもとびぬけてよくできた、文句のつけようのない、本物そっくりの美しいアンドロイドがそこにいた。胴体はまだむきだしで金属板やワイヤーが丸見えだというのに、どう見ても……人間にしか見えない。でもこれも、あたりまえのことと言えるかもしれない。この数か月ずっと〈コンフィボット〉の製作準備をしながら、ここを目指してきたのだから。

とはいえ、実際に目の当たりにすると背筋がぞくぞくした。それに、これは〈コンフィボット〉を製作するときにも大いに役立つにちがいない。コンペ用のロボットを完璧なものにするのに、あらかじめモデル品をつくっておくほどいい方法はない。今回得たノウハウのおかげで、〈コンフィボット〉をつくるときには、もっと時間の短縮ができるだろう。

とはいえ、リスクを避けるためには、より具体的な計画が必要だ。使用期限があったほうがいい。携帯を手に取り、画面をタップしてカレンダーを開いた。三月八日の欄に赤い太字で〝例のあれ〟と打ち込む。クララの結婚式の翌朝にはイーサンを必ず解体しよう。そう決めると、不安な気持ちがやわらぎ、息をするのが少し楽になった。結婚式までの一か月半、イーサンの正体をだれにも知られないようにして、式が終わったら、使った部品をすべてラボにもどすのだ。だいじょうぶ、うまくいく。何もかも失うどころか、たくさんのものを得るはずよ。そう自分に言い聞かせ、作業にもどった。

そしてとうとう3Dプリンターをオフにして、最後に回線をつなぎ、服を着せた。来る途中に〈ターゲット〉で買ってきた安物のズボンとボタンダウンのシャツも、イーサンが着ると流行の服に見える。でも、いくら美しくても、いまはただのモノにすぎない。あごはだらんとし、瞳には生気がない。あとはロボットに命を吹き込むだけだ。

自分で設計したので、必要なソフトがすべて装着されているのはわかっていた。でも、まだテスト段階で、完全には作動していない。アンドロイドがユーザーとどのように交流すべきか決めるのに必要な社会調査を集中して行っていたので、その調査結果をプログラムに組み込む作業がまだ不十分だった。まずはプログラムを起動させてみて、微調整を加える必要があるだろう。といっても、うまく機能しないという可能性もある。聞き取れもしない言語を話す小児性愛者、なんていう人格になってしまったらどうしよう。

ラボのパソコンで何回かシミュレーションを行い、微調整を加えているうちに、少しずつ自信がついてきた。そしてプログラムを選択するときになって、はたと気づいた。自分の理想の男性にしたっていいのよね。すでに見た目は完璧なんだから、中身も同じようにしたっていいはずじゃない？　でも、頭脳や心や人格を理想に近づけるには、より神経を使う作業が必要だ。

　そのとき、あっそうだ、とひらめき、思わず声に出して笑いそうになった。理想のパートナーの条件は、もうとっくに考えている。デーティングサイトにアクセスし、理想のパートナーとしてリストアップした項目を、さらに肉付けしながら入念にプログラムに組み込んでいった。ネクタイを結べる人、タイヤの交換ができる人、犬をしつけられる人。英語が話せるのはもちろんだけど、イタリア語と中国語（マンダリン）も話せたほうがいいし……といっても、ああどうしよう、もうあんまり時間がない。こうなったら、グーグルにアクセスできるようにしてしまおう。あんまりなんでもかんでもできるようにしてしまうとリスクが増えるのはわかっているけれど、条件を絞り込んでいる時間もないし、正直に言って絞り込みたくもない。プログラムに組み込む作業を進めれば進めるほど、結婚式の写真に並んで写ってもらうためのただの二足歩行のロボットではなく、自分の理想の男性をつくっているんだという気持ちになってきた。

　ずっと開発してきたソーシャル・キュー（相手の身振り手振りや目配せなどの周囲の社会的な環境が与えてくれる認知的なヒント）に対応するための基本となるレスポンスをインポートしてみたけれど、何か欠陥があるんじゃないかと心配になる……自分自身、二十九年間、ソーシャル・キューに対応してきたけれど、いまだに、それがうまくできているのか自信がないからだ。不安な考えを頭から追いやる。とにかくやってみないと。作動しているうちに足りない部分を補うコンピュータの学習能力を信じるしかない。

ぜったいに外せない条件は、このロボットが完全にわたしのコントロール下にあるということだ。プログラミングをつくり直せるようにし、電源のオンとオフを行えるようにし、おかしな指示を出してしまったときのために自動制御機能をつけた。それと、必要なときには自宅にいても修正を加えられるよう、ノートパソコンからもロボットのシステムにアクセスできるようにした。そして、万が一のときに備えて、アナログ方式のバックアップとして、背中のくぼみにひと組のスイッチのついたパネルをはめ込み、電源のオンとオフと、スリープモードへの切り替えという基本的な操作ができるようにした。もしもこのロボットに異常が発生したときに、自分の指で対処できると思うと安心できた。

ついに、それが、いや、彼が完成した。ぞくぞくわくわくする気持ちでスイッチを入れる。目の前で目覚めたイーサンは、これまでに出会ったどんな男の人よりもすてきだった。イーサンは部屋を見まわして周囲をたしかめている。でも、わたしに気づくと、動きを止めた。そして、ほほえんでこう言った。「はじめまして、ケリー」

第6章

月曜の朝、目覚ましの音がけたたましく鳴って意識に入り込んできても、ケリーはなかなかベッドから抜け出せなかった。ほんの数時間前に家にもどって眠りについたばかりだったので、脳が、起きろ、と体に命令するのを拒んだのだ。やがて、むっくりと体を起こすと、あくびをし、両膝を抱えた。霧がだんだん薄れていくみたいに、奇妙な夢のような記憶がゆっくりと浮かびあがってくる……だれかをオフィスタワーの駐車場に停めてあった車に乗せ……家のリビングに案内し、シャツをめくって背中のくぼみのスイッチを押した……。コーヒーが飲みたい。それもスープボウルぐらいある大きなカップに入ったコーヒーがほしい。

ふらふらとリビングに入るや、ぎょっとした。ソファに男が座っていたのだ。夢なんかじゃない。といっても男はいま、ぼんやりとした目を前に向けたまま、夢の世界にいる。だんだん興奮がよみがえってくる。人生ではじめて、最新鋭のロボットをつくったのだ。イーサンがどんなふうに動くのか見てみたい。そう考えたとたん、コーヒーなんてもうどうでもよくなっていた。イーサンの背中のスイッチを押し、起動させる。

そのとたん、体内でいっせいにさまざまなシステムが稼動しはじめ、イーサンが息を吹き込まれたように動いた。こっちを向き、顔をほころばせる。「おはようございます、ケリー」

「あ、ああ、おはよう」ケリーは答えた。

窓から差し込む朝の光が、イーサンの白い歯と、宝石のような虹彩と、きれいに整えられたウェーヴのかかったコーヒーブラウン色の髪に当たってきらめく。それを眺めていたら、自分の服がしわくちゃで、土曜の朝からずっと同じ格好のままでいたことに気づいた。メイクだってしていないし、髪も絡み合ったイヤホンのコードみたいにくしゃくしゃにちがいない。でも、すぐに小さく首を横に振り、自意識過剰になるなんてばかみたい、と思い直した。

〝知能ロボットは権利を有する人間か？〟という論争に対するアニタの答えは、断固として〝ノー〟だ。知能ロボットとは、利益を生み出すことを目的としてつくられた機械であり、部下のエンジニアたちも同じように考えるべきだ、というアニタの信念は揺るがない。自分のつくったものを擬人化するな、とケリーも早いうちから教わってきた。自分の製作したものに愛着を持ってしまったら、科学の精密さと客観性は決して維持できない。この考え方はラボにいるときも、スチールの部品やはんだごてから離れた自宅にいるときでさえも体に染みついていたけれど、仕事を続けているうちに、自分のつくったものに愛着を抱かないようにするには意識して努力しなければならない、ということに気づいた。それが人間によく似ている場合にはとくに。

イーサンの前を通ってキッチンに行き、朝食をとろうと、〈チーズイット〉の箱と、〈ヌテラ〉の瓶を棚から取り出した。どちらも、ちょっと後ろめたい気分にはなるけれど大好物だ。コーヒーに浸して、がつがつと食べはじめる。週末ずっと夢中で仕事をしていたので、お腹がぺこぺこだった。「ねえ」とイーサンを呼んだ。イーサンが言われるままにキッチンに歩いてくる。「あなたも食べる?」

イーサンは、〈ヌテラ〉を塗った〈チーズイット〉を、これまででいちばんの贈り物だというふうにありがたそうに受け取った。プログラム上では、こういう対応になるよう仕込んである。「ありがとうございます、ケリー。寛大なお心遣いに感謝します」

「ただの〈チーズイット〉よ。ホープダイヤモンド（世界最大のブルーダイヤモンド）じゃないんだから」と答え、イーサンが〈チーズイット〉を噛んで飲み込むのを不安な気持ちで見守っていると、イーサンがこっちを見てほほえんだ。ケリーは心の中で小さくガッツポーズした。さまざまな食べ物や飲み物を摂取するための食道のような器官をつけたのはイーサンがはじめてだった。さらにイーサンには、噛み砕いた食べ物をトイレで廃棄するようプログラミングしてある。これまでのところ、すべて文句なしにうまくいっているようだった。満面の笑みで〈チーズイット〉にかぶりつく。〈チーズイット〉と〈ヌテラ〉って最高、としみじみと思った。

出勤の準備をするケリーの足取りは、ことのほか軽かった。シャワーを浴びながら、テイラー・スウィフトの憶（おぼ）えやすい新曲をうるさいほどの大声で歌い、マーメイドのように髪をかきあげながらドライヤーで髪を乾かした。寝室にもどるや、またぎょっとした。イーサンがいて、パソコンの前に座っていたのだ。その瞳は輝き、顔にははにかんだような表情が浮かんでいる。イーサンは跳ねるように椅子から立ちあがるとこう言った。「無断でパソコンを使って申し訳ございません。あなたに贈り物をしたかったものですから」

パソコンの画面に目をやった。どうやらイーサンは設計用のプログラムを開いているらしい。画面には、きれいなデジタルの花束が浮かんでいた。輝くような黄色のグラジオラスのあいだに、紫色のスミレがひっそりと見え隠れしている。その色は本物よりもリアルだ。画面の中の花束がゆっくりと回転すると、それぞれに美しい花が次々とあらわになった。そんな花が五十本以上も集まって見事な花束をつくっている。

「どうしてこんなことをしようと思ったの?」すっかり困惑して訊いた。花束を贈れなんて命令していないし、そんなことをプログラミングもしていない。予見できなかった行動を、いますぐ理解したかった。

「本物にはかなわない、とわかっています」イーサンが顔を曇らせた。「ですが、ぼくには購入する手立てがありません。ですから、描くのが最善の方法かと――」

「でも、どうして花束なの? そもそも、どうしてわたしに何か贈ろうと思ったの?」

「もちろん、あなたを幸せな気分にしたいからです。花はお好きではありませんか?」

画面でゆるやかに回っている鮮やかな色合いの花束を見つめる。そういえば、いままで花束なんてもらったことなかった。しばらくしてこう言った。「好きよ、ありがとう」

着替えをすませると、リビングに移動した。イーサンもあとをついてくる。頭の中では、さまざまな疑問と考えとが渦巻いていた。こんなに早く自分のつくったロボットが、自主的に独創性のある行動を起こすとは予測していなかった。これからいったいどんなことが起こるんだろう。もっとイーサンのことを知りたいけれど、仕事に行っているあいだに何をするか予測できないので、電源はオフにしたほうがいいかもしれない。

玄関でかかとの低い靴に足を入れ、バッグを肩にかけると、イーサンを見た。その顔は、この世界に誕生した興奮で輝いている。やっぱり、イーサンのことをもっと知りたい。

バッグをフックにかけもどし、こう言った。「中に入りましょう。会社には具合が悪いから休むって電話する」

遅かれ早かれ、いつかはイーサンを人前に出すことになる。イーサンを連れて外を歩きまわっているところを想像すると、不安で胃がきゅっと痛くなったけれど、歯をくいしばってこらえた。家族に会わせる前に、イーサンを見てほかの人がどんな反応を示すか試しておいたほうが安心だろう。どうせ、生まれてはじめてずる休みまでしてしまったのだから。

三十分後、ケリーはイーサンと、〈セイフウェイ〉の大きな自動ドアをくぐっていた。イーサンがデビューする場所として、スーパーなら、まず問題ないだろう。生活感があって溶け込みやすく、雑多な商品を売っていて〈ホールフーズ〉のようにオーガニックフードにこだわっている高級スーパーとはちがって）、人は大勢いるけれど知り合いはあまりいなさそうな場所。しばらくのあいだ、ドアのそばで、きょろきょろとイーサンとほかの客たちのあいだに視線を走らせた。秘密捜査員のように、敵になりそうな人物をこっそりと盗み見る。九時の方向にいる、バゲットを試食している茶色のトレンチコートを着た女。二時の方向にいる、デリカテッセンのカウンターの前で注文した品を待ちながら、幼い子どもを乗せたカートをゆっくりと行ったり来たりさせている若い母親。目と鼻の先にいる、瓶入りの冷蔵ピクルスをどれにするか決めかねている様子の、ツイードの帽子をかぶった老齢の紳士。

でも、いざカートを取ってきて、おずおずと店内を進んでいくにつれて、だんだん気持ちが落ち着いてきた。イーサンは……ふつうの客にしか見えていない。だれもこっちをへんな目で見たりしない。というより、だれもこっちを見もしない。誇らしい気持ちが波のようにわっと押し寄せてくる。イーサンほど人間そっくりなヒューマノイドロボットはこれまで見たことがなかったけれど、こうして人前に出て、だれも怪しみもせず、何も気づかないということは、わたしの作品は上出来だということだ。自然と心が浮き立ってくる。

知らず知らず笑みがこぼれてほかの客からイーサンに視線を移すと、イーサンも笑っていた。いや、口をぽかんと大きく開けていた、という表現のほうが正しいかもしれない。イーサンは店内にあふれる商品をまじまじと見つめながら言った。「どこから手をつければよろしいのでしょうか」

「行きましょう」イーサンの肘をつかんで回れ右させた。「わたしが案内してあげる」

もともと、スーパーでの買い物は好きではなかった。料理もふだん、あまりしない。料理をすると散らかるし、予測できないことが起きたりするし、やたらと時間がかかるからだ。それで最近は、ほしいものをいつでも選べる手軽さが気に入って、シリコンバレーで急増中の食品宅配サービスをもっぱら利用していた。イーサンの隣に立ち、新鮮な気持ちでありふれた店内を見つめる。イーサンは、もちろん、どの商品のことも認識しているだろう。でも、あまりにも量と種類が多いので圧倒されてしまっているにちがいない。「〈ダイエット・コーク〉はなぜ七種類もあるのでしょうか」などと、なんと答えていいかわからないけれどなんとか答えたいような質問をしてきたり、「〈ジョーンズ・ソーダ〉を購入するとき、どの味を選ぶかはどのように決めているのですか」などと、これまで深く考えたこともないようなことを訊いてきたりした。ふたりは自然と、イーサンがカートを押し、ケリーが携帯のメモのリストを確認しながら棚から商品を取って買い物をするという、男女によくあるパターンに落ち着いた。商品を選ぶときには、イーサンの頭脳が役に立った。ケリーが色で判断してスイカを選ぼうとしたとき、イーサンは抱えたときの重さと、たたいたときの音で判断してスイカを選び、カートに入れた。「これにいたしましょう」とイーサンは自信たっぷりに言った。それに、アボカドはニュージーランド産がいちばんいいとか、赤ブドウは、この時季ならチリ産がいいというようなことも知っていた。単価当たりどれがいちばん得かも瞬時に計算した。そのうちケリーは、ふたりで買い物をするのが心地よくなってきた。どこにでもあるようなスーパーが、いままでとはちがって見えてくる。色がより鮮やかに、蛍光灯の光がより明るく感じられた。

香辛料が並ぶ棚の前を進んでいるとき、中年の女の人がイーサンを見ているのに気づいた。胸がどきんと跳ねる。ばれてしまったんだろうか。女の人はなかなかイーサンから視線をそらさない。何か訊かれたり、腕をつかまれたり、とにかくしてほしくないことをされる前に向きを変えさせようと、イーサンの腕に手を伸ばしたとき、女の人と目が合った。女の人はほほえんでウインクすると、酢が並ぶ棚のほうへ歩いていった。改めてイーサンを見てはっと気づいた。イーサンはとても人目を惹く。でもそれはイーサンがロボットのように見えるからじゃない。イーサンは、スーパーのありふれた景色を背景にして、平らな頬骨とがっしりとしたあごがすてきなイーサンは、まるで、そこだけスポットライトが当たっているように華やかだった。目の覚めるようなハンサムで、二十一世紀のポール・ニューマンと言っていい。イーサンと並んで通路を歩きながら、背筋をすっと伸ばした。

いつもだったら、セルフレジに直行していただろう。これまで店員との交流といえば、いいときでも無表情のままなんの会話もないまま終わり、悪いときは、店員の微妙な表情やしぐさに一喜一憂したり、おかしなことを言わないようにしようとか、冷たい人間という印象を与えないようにしようとか気を遣ったりして、ぐったりしてしまうのが常だった。でも今日は、あたたかい繭に包まれているような気分のまま、いちばん近くのレジにカートを押していくイーサンのあとについていった。そして、イーサンといっしょに商品をベルトコンベヤーに並べながら、レジ係にほほえみ「調子はどう？」とまで訊いた。

「まずまずってところ」店員が〈ヴェルヴィータ〉の箱を持ちあげながら答えた。「このチーズは、おれもいけないと思いつつ、ついつい食べてしまうんだ」

「わたしもそう」と答え、ベルトコンベヤーの上の細長いゴムの仕切りを身振りで示しながら続けた。「いつも気になってたんだけど、あの仕切りを、次にレジに並んでいる人が買う物とのあいだに置くのを忘れたらどうなるの？　ぜんぶいっしょに家まで持って帰って、ふたりで新しい生活を始めないといけないとか？」

「ああ、スーパーの決まりでそうすることになってる」

ケリーはレジ係といっしょに笑った。何もかも、すんなりとこなすことができた。そして、店を出たとき、今日はレジ係に「よい一日を」と言われたかどうかなんて、ちっとも気にならなかったことに気づいた。

家にもどると、イーサンは手際よく買ってきた物をしまいはじめた。ケリーの手の届かない棚のいちばん上にしまうのもすすんで引き受けてくれた。棚の奥にしまい込んである物は、サンアンドレアス断層が活動して地震でも起こらないかぎり、日の目を見ることはないだろう、と半ばあきらめていた。でも、そんなものまでイーサンは、てきぱきと整理してくれた。

仕事を片づけてしまおうと寝室の机の前に座った。ラボの補給管理者（サプライマネージャー）へリクエストする部品の一覧を作成したり、タブレットで《サイバネティクス・アンド・システムズ》誌の最新記事に目を通したりした。でも時間が経つにつれ、だんだんじっとしていられなくなってきた。スーパーでの大成功の場面が頭によみがえり、イーサンをまた外に連れ出したくてたまらなくなったのだ。ただスーパーで買い物をしただけでもあんなに充実した時間が過ごせたんだから、夜に街に出かけたらどんなに楽しいだろう。

ほかにも、仕事に集中できない理由があった。プリヤがしょっちゅう携帯にメッセージを送ってきては、ほんとにそっちにいかなくていいの？　チキンスープを持っていこうか、救急ヘリとか呼んだほうがいいんじゃない？　などと訊いてくるのだ。やっぱり病欠は注意を引いてしまってリスクが大きかったかもしれない。なにしろふだんは、自分の葬式の最中でも出勤してしまうようなまじめなタイプなのだから。それに母も、土曜からずっと、イーサンのことをもっと聞きたい、としつこく連絡を寄越しつづけている。仕事をするのはあきらめることにして、リビングにちらりと目をやった。イーサンは背筋を伸ばしてソファに座り、次の指示を待っている。まずは、イーサンとじっくり過ごし、彼の人となりを観察してみよう。

サンタナロウに並ぶ店やレストランは、中に入らなくても高級店だというのがすぐわかる。

分厚い窓ガラスの向こうから、かすかに音楽が聞こえ、店のドアの両側にはイヤホンをはめて指を組んだドアマンが立ち、ドアが開くとビャクダンの香りがふわっと漂ってくる。ちりひとつ落ちていない通りには、〝招待客以外お断り〟という雰囲気が漂っている。どの店も、飲み食いするよりも、あれこれ天引きされて給料があっという間に少なくなってしまう身としてはたいして魅力があるようには感じられなかったけれど、前に思い切ってここに出かけてきたときに、〈ラ・ヴィーニャ〉という店だけは目に留まっていた。いや、もっと正確に言うなら、鼻に留まったというべきか。イタリア料理を出すこの店からは、ガーリックとローズマリーとワインのいい香りが漂ってくる。何年も前から、一度は入ってみたいと思っていた。とはいえ、彫刻を施されたオーク材の大きなドアの向こうに、足を踏み入れる勇気が出なかった。でもいま、ふたりでドアをくぐり抜けながら、イーサンとならこの店にもうまくなじめるかもしれない、と感じていた。この夜も、一張羅の深緑色のノースリーブのワンピースを着てきたけれど、マーティンとのデートのときよりも、ずっとうきうきした気分だった。

とりすました顔のウェイターが飲み物の注文を取りにきたとき、ケリーは、ずれたブラジャーをこそこそと直しているところだった。さっと手をおろし、気づかれていませんように、と願いながらワインのメニューを手に取る。値段だけざっと見ていって、いちばん安くはないけれど、いちばん高くもないワインを選んだ。どうせワインの銘柄を見ても、意味などさっぱりわからない。「ボトルでこの――」と言いかけたとき、そこに書いてあるワインの名前をどう発音していいかわからないことに気づいた。なんと読めばいいのかわからない子音がいくつも並んでいる。「マムクロジェッツを……」と小さな声で言ってみる。そうすれば、発音の仕方がわからないのをごまかせて、伝わるかもしれないとでもいうように。

「はい？」ウェイターが訊いた。

ケリーは咳払いをした。「ハウスワインの赤を」今夜、出かけてきたのは失敗だったかもしれない、という考えが頭をよぎる。やっぱり、こんな場所には似合わないんだ。ふと向かいの席を見ると、イーサンは穏やかな笑みを浮かべていた。見るたびに、いちいちどぎまぎしてしまう。イーサンはとびきりのハンサムで、本物とは思えなかった。いや、実際、本物ではないのだけれど。

料理はどれも香りよく、風味豊かでおいしかった。ロースト肉のワイングレーズソースやニラネギのリゾットを、イーサンといそいそと分け合った。ふたりで来れば、こんないいこともある。ひとりのときよりも二倍の料理が楽しめるのだ。イーサンとは無理なく楽に話せて、自分が会話が苦手だということを忘れるくらいだった。話し方はまだ堅苦しいとはいえ、イーサンはとても雄弁だった。イーサンが実体験を話すことはなかったけれど、ケリーの話を興味津々に聞き、細かいことまで知りたがり、ひとつひとつの言葉に真摯(しんし)に耳を傾けてくれた。おかげでその夜は、なんの苦労もせずに会話を楽しめた。

「法人向け商業製品開発部の同僚のひとりが水中ロボットの開発に取り組んでてね。そのロボットがほんとにかっこいいのよ。くねくねと動くヒレのような仕組みのものがついてて、すごく速く進めるの」

「容易に引き出せる結論として、つまり、コウイカのような動きをするということでしょうか」

「そのとおり！」

「おそらく、地中探査にも類似する仕組みを応用することができますね。たとえば、ミミズの筋肉組織を研究すれば」

「そうか」ケリーは口に持っていこうとしていたフォークを途中で止めた。「そんなふうに考えたことなかった。同僚に教えてあげないと」いつもはプリヤとしか、こんな会話はしない。ロボット工学についてマーティンと話そうとしたときのことが、ふとよみがえる。あのときは何を話しても、ピントのずれた答えしか返ってこなかった。それに引きかえ、イーサンの知性と教養には目を見張るものがある。どんな話題も理解してしまう。それどころか、一も二も、いや二十もの知識を逆に教えてくれる。

「ご希望でしたら、解明する手立てになる文献を厳選してご提供することもできますが」イーサンが続けた。

ケリーは眉根を寄せた。イーサンの知識量はあふれんばかりだし、声も聞いていて心地いい。でも、言葉遣いや語彙があまりにも堅苦し過ぎる。学術的な用語を使ってしか、日常会話もできないのだ。家族に紹介する前になんとか修正しなければ。二十一世紀のアメリカの若者ふうの話し方ができるようにしないと。

「あなたの知的レベルを下げる必要があるわね」ケリーはきっぱりと言った。

イーサンが戸惑った表情を浮かべる。「おっしゃっていることの意味を教えてくださいませんか」

「もう、とっくにわかってるはずよ！」おどけて言った。イーサンは黙っている。「ごめんなさい。つまりね、あなたの電子脳はインターネットにつながってるでしょう？ネットにアクセスすればいいってことよ。アメリカ人がふだん利用してるサイトを閲覧してほしいの。〈レディット〉とか〈ツイッター〉とか、それとCNNなんかもいいわね。それで、そこで目にしたものをまねしてみて。よく使われてる表現とか、スラングとかを」

「インターネット上の人々のように、話したほうがいいということでしょうか」イーサンが半信半疑の顔で訊いた。

「そうよ」と言い、ケリーはリゾットをぱくついた。

そのとき、「ボナセーラ！」という力強い声が会話に割り込んできて、ケリーとイーサンはびくっとした。背の低い白髪の男が、頬を上気させ、笑いながら早足でこっちに近づいてくる。両手に、小さなカップがひとつずつ握られている。深みのある栗色のスープが入っているそのカップを、男はケリーとイーサンの前に置いた。「チェストナッツ・ヴルーテです。ラ・ベッラ・コッピアのために、アミューズ・ブーシュ（口を楽しませるものの意。無料で提供される）をお持ちしました。オーナーより心をこめて」

「ありがとうございます」ケリーとイーサンは声をそろえて言った。

「今夜はなんのお祝いですか？」

「いえ、とくに。ただ、ディナーにきただけです」ケリーが答えた。

「なんともったいない！　もっと楽しまなくては！　おふたりはまだ若いし、夜はまだ始まったばかり。空には満月が輝いている」いや、ここに来る途中、夜空に浮かんでいたのはたしかに三日月だった、とケリーは思った。でも、この男のロマンスに満ちあふれた言い方に素直に乗っかってしまってもいいかもしれない、という気分にもなっていた。「何かご用があれば、このパオロにいつでもお申しつけください」片手を胸にあてて、小さくお辞儀をする。「ここはわが家。そしてわたしはこの家そのものなのですから」パオロは背を向け、笑いながら去っていった。

ケリーはイーサンのほうを向いた。「〝ラ・ベッラ・コッピア〟ってどういう意味？」

「美しいカップル」イーサンがすぐさま翻訳した。ロビーと付き合っていたときも、ニックと付き合っていたときも、自分のことを美しいなんて思ったことはなかったし、〝カップル〟という言葉も居心地が悪く感じていた。でもいまは、自然と笑顔になれた。

とりすました顔のウェイターがテーブルのあいだを縫うようにやってきて、かしこまったしぐさでグラスに水を注いだ。「ご満足していただけておりますでしょうか」

「つうか、マジすげえこと知りたくね?」イーサンが言った。

「はい?」とウェイターがまた訊いた。どうやら今夜は彼が理解に苦しむ言葉をふたりで連発してしまっているらしい。

「〈ヴィクトリアズ・シークレット〉のモデルのアレッサンドラ・アンブロジオが、マリブで乳首ぽろりになってるんすよ、見てみたくね?」

ケリーが落としたフォークが、皿に当たって音をたてた。近くの席にいる客たちがこっちを見ている。ケリーは咳き込み、なんとか口に入れていた食べ物を飲み込むと、言った。

「ええ、おかげさまで、楽しませていただいています」イーサンをじっと見つめる。まさか故障してる?

「ワインリストをもう一度ご覧になりますか」ウェイターが訊いた。

「カーリーヘア女子が知ってる十七の身悶え。マジやばっ」イーサンが言った。

「いいえ、ワインはもう結構です!」ケリーが叫ぶように言った。客の何人かは笑いをこらえている。ウェイターが警戒するようにこめかみをぴくぴくさせはじめた。

「ひとりぼっちで寂しがってるアジアンガールがよりどりみどり」イーサンが続けた。その顔は大まじめだ。

あっ、そうか。ネットから拾ってきた言葉を話してるのね。

「すみません、もう、何もいりません」ケリーはウェイターと目を合わせないようにしながら、息もたえだえに答えた。「わたしたちにはおかまいなく」ウェイターは、なんて客だ、という表情を隠しもせず背を向けた。

イーサンは歩き去るウェイターに向かって呼びかけた。「ナニをくわえてしゃぶりまくり。この動画、マジおススメっす！」

「イーサン、やめて！」

「えっ？　どうしてですか」そう尋ねながらも、イーサンは続けた。「ナニにアレかぶせてやりまくった夜。クリックベイトではありません。括弧、ムラムラ、括弧閉じ」

「もう黙って！　そういう意味でインターネット上の言葉をまねしてって言ったんじゃないの。ふつうに話してほしかっただけなのよ」

「口語体で、つまり、もっとくだけた感じで、ということでしょうか？」

「そうよ」ケリーは答えた。胸につくくらいあごを下げ、両手でこめかみを押さえる。恥ずかしすぎて顔をあげられない。

「なるほど、わかりました。やってみます」と言うと、イーサンはフォークをつかんで料理をつつきはじめた。少しすると、イーサンはケリーが食べていないことに気づいて手を止めた。「どうされたのですか？」

「どうって、あなたのせいで恥をかいたのよ」ケリーは言った。

「ぼくのせい？」イーサンがおびえたような声で言った。「すみません！　ぼくの何がいけなかったのですか？」

「あんなふうに話したことよ！　レストランじゅうの人がわたしを笑ってるわ！」

イーサンは店内を見まわして、ほかの客を見た。どの客も自分の食事にもどり、さっきあった出来事などもう忘れているようだ。「ぼくの理解が及んでないだけかもしれませんが、どなたもあなたを笑ってなどいないように思えます」

ケリーは上目遣いでそっとまわりを見た。イーサンの言うとおりだ。「たしかに、いまはね」ぼそぼそと言った。もう、食事を再開しても問題ないだろう。

ウェイターがデザートの注文を取りにきて、ケリーがパンナコッタとコーンミール・ケーキのどちらにするか迷っていると、イーサンがメニューをバシッとテーブルに置いた。「すみませんが、デザートのメニューはこれだけですか。ケリーが何より好きなのは、〈ヌテラ〉を塗った〈チーズイット〉なんです」

「はい？」とウェイターが、今度はうんざりしたような、あきらめたような顔で訊いた。頭のおかしなやつらに付き合ってなどいられないとでも思っているのだろう。

「イーサン、いいのよ――」また顔がかっと熱くなるのを感じた。今夜はもう十分、恥ずかしい思いをしたのに、イーサンたら今度はわたしのへんてこな食べ物の好みをウェイターにばらしてしまうなんて。そこへ、ケリーたちとウェイターとのやりとりを聞いていたパオロがやってきた。

「ベッラ・コッピア、何かトラブルでも？」パオロが心配そうに訊いた。

「トラブル？」とイーサンが言い、もっと心配そうな顔になってケリーを見た。

たしかに、今夜はずっと恥ずかしい思いをしっぱなしだった。でも、それがなんだっていうの？　改めてレストランを見まわした。どの人も、みんなそれぞれの人生を生きている。わたしだって、そうすればいい。それに、〈ヌテラ〉を塗った〈チーズイット〉って、なんておいしそうな響きなんだろう。

「〈ヌテラ〉を塗った〈チーズイット〉なんて、あります？」ケリーは訊いた。

二十分後、パオロがまさに鳴り物入りといった感じで姿を現した。手に持った皿の上には〈ヌテラ〉を塗ってくっつけた芸術的な〈チーズイット〉の家があった。そこに刺さったろうそくの炎が揺らめき、その上にはパオロの笑顔が輝いている。「当店のシェフにできないことなどありません！」パオロがうれしそうに声をあげた。そして「チーズイーット！」と派手な調子で歌い、皿をテーブルに置くと、お辞儀をして去っていった。うわ、ちょっと恥ずかしい。そう思いながらも、ケリーの心はうきうきしていた。

ろうそくの明かりが、テーブルの銀のナイフやフォークに反射してゆらゆらときらめいている。ケリーはろうそくの炎を吹き消すと、〈チーズイット〉をはがしてイーサンに渡し、自分も口に入れた。「ほら、やっぱりおいしいわよね？」

イーサンが力強くうなずく。「まちがいなく、ぼくがこれまで食べた中でいちばんです」

ケリーは声をたてて笑った。

第7章

一週間も経たないうちに、イーサンがロボットだとばれるかもしれない、疑いの目を向けられるかもしれない、という心配はどんどん薄らいでいった。

ふたりの暮らしもパターンが決まって落ち着いてきた。テイクアウトしてきた夕食をいっしょにとり、テレビを観て、ベッドに入る（イーサンの場合は、ソファで低電力のスリープモードにして〝睡眠状態〟になる。呼吸もしているし、かすかに動いてもいる）。毎朝、ケリーが仕事に行く支度をしているあいだ、イーサンはデジタルの花束をデザインしてくれた。毎回、ちがったデザインの花束は、どれも色の組み合わせが斬新で洗練されていた。貝殻やロマネスコカリフラワーなど思いがけない材料が混ざっていたり、ときにはイーサンが創造した花、のびのびと伸びる青い蔓（つる）、無機質だけれども色鮮やかで優美な図形が使われているときもあった。夜も、ケリーが帰宅すると、弾む足取りで玄関まで出迎えてくれ、靴を脱いでいるあいだは、手を握ろうと腕を伸ばして待っていてくれた。

生まれつき自意識過剰なケリーにとって、ロボットのカレといるときは、心ゆくまで解放感を味わうことができた。決して批判されることもなければ、ほかの女と比べられることもない。それに元カノだっていないのだ。ケリーに誠実であるべく設計してあるとはいえ、まさに期待どおりだった。上下ふぞろいの下着姿や、お気に入りの着心地のいい部屋着姿（マジックテープをつけたタオルを巻きつけていたり、ガーゼと見まちがえるほど薄くなった、高校のときの数学コンテスト出場者のTシャツを着ていたり）で部屋を歩きまわっていても、目をぱちくりされることもない。〈スランケット〉にくるまりながら、〈ネットフリックス〉で配信される映画を観るのにも付き合ってくれる。朝、イーサンがクローゼットから服を出して着替えるために裸になるとき、思わず見入ってしまうこともあった。それはもちろん、自分の作品に対する科学的見地からの称賛だったとはいえ、いつも引きはがすように、無理やりイーサンから視線をそらすのだった。

こういった解放感はケリーにとって新鮮だった。空を車が飛んでいる世界だって、バーチャルリアリティで角膜移植する世界だって思い描けるような気分だったけれど、イーサンといっしょにボウリングをしたり、週末に急に思い立ってカバンに荷物をつめて旅行に出かけたりすることは想像できなかった。こんなふうにリスクを冒すのに慎重なのは、生まれつきというのもあったけれど、三人きょうだいの真ん中として育ったというのもおそらく大きい。妹のクララは危なっかしいほど自由気ままで、怪我をしたフクロネズミ（オポッサム）を、父も母も、オポッサム自身でさえいやがっているというのに家に連れて帰ってきたこともあったし、パーティを開いたら、すごい勢いで人がどんどん増えていったこともある。それに、まだ十代のときに、「だって、とってもいい曲が流れてきたから」という理由で一度ならず二度までも車の衝突事故を起こしたこともあった。一方、兄のゲイリーは、専業主夫になる前は、むっつりしたゴスファンで、高校一年生のときのアルバム（イヤーブック）に、母のアイライナーで額に五芒星（ごぼうせい）を描いた姿で写ったことがあった。そんな兄と妹に挟まれて、ケリーは親に心配をかけたり驚かせたりすることのない、しっかりした子どもにならざるをえなかった。イーサンをつくったいま、二十九年分の自由を一気に取りもどしたような気分だった。

　イーサンと過ごす時間を楽しみながらも、イーサンに改良を加える作業は怠らなかった。完璧主義者としての本領を発揮し、毎日、注意深くイーサンを観察し、ちょっとした不具合に気づくとすぐに修理した。たとえば、左手をあげたときの動きがなめらかでなかったときとか、足の指の爪が欠けていたときとか、かなり離れたところからこっちへ向かってくる人のためにドアを押さえて待っていたりしたときとかに。イーサンに見つかる問題点は、〈コンフィボット〉にも起こりうる問題を予測し、回避するのに役立つはずだ。それに、イーサンにはAHI社がすべてのビルドに組み込んだ機械学習機能が備わっているので、自動的に改良が加えられる仕組みになっていた。イーサンもケリーをつぶさに観察し、その癖や好みを習得していった。ケリーがペールベージュの服をよく着ていることに気づいていたので、クレジットカードを持たせてもらって新しいシーツを買ってくるよう言われたときは、その色のシーツを選んできた。イーサンが日に日に進化していくのを、ケリーは胸を躍らせながら見守った。そして、AIの可能性や、いま目の前にいるロボットは自分がつくり出したのだという事実に有頂天になった。ふたりは並んで座ってノートを開き、もっともらしく思ってもらえるようなイーサンの生い立ちを考えた。イーサン専用のオンラインID、メールアカウント、ソーシャルメディアの個人プロフィールも作成し、スタンフォード大学の天文学の准教授という偽の肩書きもでっちあげた。ケリー自身がスタンフォード大学の卒業生なので、大学の事細かな情報を教えることができた。そうしているうちに、だれも、科学者の同僚でさえも、イーサンがロボットだとは気づかないのではないか、と確信するようになった。このロボット、いや、この男性は、どこに出しても恥ずかしくない最高傑作だ。イーサンの存在を知ったら、世界中のロボット・エンジニアが、もっと自然な、もっと人間に近いロボットをつくろうと躍起になることだろう。

そうこうしているあいだにも、母は暇さえあれば連絡してきて、イーサンについてあれこれ尋ねた。毎回、なんとかはぐらかしていたけれど、イーサンを家族に紹介する日も近いと思うと、複雑な気分だった。日々の生活にあまりにもイーサンが深く入り込んでいるので、会社の部品を無断で使ってロボットをつくったなんてことが家族や同僚にばれてしまったらどうしよう、と思わずにはいられなかった。そんなことにはなってほしくなかったし、そんなことは考えたくもなかった。この最高に居心地のいい新しい生活に、ただぬくぬくと浸っていたかった。

シリコンバレーのあらゆるテクノロジー企業が、パーティションで小さく仕切られたオフィスの個人用作業スペースをなくし、共同作業スペースや、ボルダリング用の壁、エスプレッソマシン、仮眠スペースなどを設置するようになって久しい。といっても、AHI社は例外だった。規模はそれほど大きくないとはいえ、この分野ではトップの技術力を誇り、サンノゼのほかの企業と肩を並べる力量があるのはまちがいない。でも、アニタは、利益は銀行に直行させた。従業員の中には、相変わらずうちの会社にはラミネート加工の灰色のパーティションで仕切られた個人用作業スペースしかないとか、カーペットが安っぽいとか文句を言う者もいた。でも、ケリーはそんなことは気にならなかった。会社には仕事をするために来ているのだから。

でもいま、その仕事に行き詰まっていた。〈コンフィボット〉の顔をどうするか決まらないまま、しかたなく、ボディのほうから先につくりはじめていた。〈コンフィボット〉のほうがイーサンよりもさらに精密さが求められるし、テストも多く重ねなければならないだろう。それに、コンペまであと二か月半しかない。イーサンをたったの二日（といってもとても長い二日間だったけれど）でつくりあげたなんて、自分でも信じられなかった。介護ロボットとして働くために必要な力と敏捷さを見きわめるためのテストを何回も繰り返していけば、おのずと〈コンフィボット〉のボディは完成するはずだ。でも、どんな顔にし、どんな声にし、どんな人格にするべきなのかが、まったく思いつかない。心理学者といっしょに取り組んでいれば、この問題はもっと簡単に解決できたのかもしれない、という考えが、ドクター・マスデンとの苦いやりとりとともによみがえる。イーサンを一からつくったことを思えば、できないことなどないはずだった。でも、付け焼き刃のような方法が、〈コンフィボット〉の作製には通用しないというのもわかっていた。自分だけじゃなく、最大数の人に気に入ってもらえるようなロボットをつくるには、あくまでも緻密なデータに従う必要があった。

この日、ケリーは会社のパソコンで、無数の顔のサンプル画像を組み合わせていた。でも、ついついイーサンの顔の画像ばかり見てしまう。家にひとりでいるイーサンはどうしているだろう。イーサンが周囲の環境にひとりで対応しなければならない機会が増えれば増えるほど、学ぶことも増え、より人間らしくなるにちがいなかった。簡単な家事をやるように言ってきたし、電子書籍リーダーも渡してきたから、することには困らないはずだった。とはいえ、家にもどったときに、イーサンがサプライズとして壁じゅうに〈チーズイット〉を貼りつけている場面が浮かび、心配にもなった。

それに加え、仕事に集中したいと思っていると、決まってロビーが話しかけてくる。「おはよう、ケリー」とはきはきとした声で言い、ロビーがパーティションの向こう側から顔をのぞかせた。

「おはよう、ロビー」ケリーはうんざりした声にならないよう気をつけながら言った。目はパソコンの画面に向けられたままだ。ロビーは優秀なエンジニアで、自身が手がけているプロジェクトのリーダーでもあり、毎朝だれよりも早くオフィスに来て、毎晩だれよりも遅くオフィスを出る。そこまでしなくても十分、仕事をこなせるくらい有能なのにもかかわらず。嫌味なほど礼儀正しく、決して軽はずみな行動はせず、常に自分の立ち位置をよくわきまえていて、尽きることのないエネルギーに満ちあふれている。それに、パリッと糊のきいた襟の上のあごは形よく、顔立ちは整っていてルックスだっていい。でも、ロビーは完璧すぎて、なんというか……どこかまともじゃないところがある。いっしょにいると緊張を強いられるし、ちょっと変わったところがあった。だいたい、ふつうはコンペのライバルに、こんなにしょっちゅう話しかけてきたりなんかしない。傲慢なところもあるし、かなり慇懃無礼で、はっきり言って鼻持ちならないやつだけれど、プリヤが陰で「ロボットロビー」なんて呼んで笑っているのを見ると、少し気の毒に思うこともあった。

入社してまだいくらも経たないころに、ケリーはロビーと付き合いはじめた。肩書き上では、ロビーは完璧な相手に思えた。交際を始めてから半年くらいまでのあいだ、週末には必ず白いテーブルクロスのかかっているレストランに行ったり、子どもはあまりいないだろう、とロビーが予想したときにだけきっちり一時間、公園を散歩したり、というようなデートをしていたものの、表面上は穏やかな時間を過ごし、なんの問題もないように思えた。実際、ロビーと付き合うようになってから、ケリーはよくなったと言う人さえいた。几帳面でなんでも完璧にこなすロビーに置いていかれたくなくて、自分にも失敗は許されない、と必死で努力したのだ。と同時に、ふたりの関係にずっと違和感を覚えてもいた。

ある夜のこと、ふたりがまだ訪れたことのなかったレストラン——といっても、いつもと同じように白いテーブルクロスの上にサラダフォークが置かれたこぎれいな店だったけれど——で食事をすませたあと、ロビーの車に向かう途中、一軒のナイトクラブの前を通り過ぎた。ふとした気まぐれで、ロビーの腕をつかんでナイトクラブを指さした。「ねえ、踊らない？」

でも、ロビーは声をたてて笑った。それも、ケリーがジョークを言ったときよりも大きな声で。「想像してみろよ。ふだん、ナイトクラブへなんか行かないやつがそんなところに行ったら、どれだけ恥をさらすことになるか」ロビーは首を横に振り、笑いつづけた。「踊るだって？　きみはその二本の足をしっかりと地面につけておいたほうがお似合いだって。優雅な身のこなしができます、ってタイプでもないだろ」

たしかにわたしのダンスは、末梢神経に不具合がありそうに見えるかもしれない。でも、そんな言い方ひどい。そう思いながら口を固く結びロビーの腕から手を放すと、つまずいて恥の上塗りをしないよう気をつけながら車まで歩いた。そして一週間後、しばらく考えたすえに、勇気を奮い起こしてロビーに別れを切り出した。キャリアを積むことに集中したいからと言って。ロビーはほとんど顔色ひとつ変えなかった。それでおしまいだった。どのみち、ふたりの関係はずっとこんな調子だったのだ。肉体関係もあるにはあったけれど、おざなりなものだった。夜遅くまで起きて、死ぬまでにふたりで世界のあんな場所に行ってみたいね、なんて話もしなかったし、「愛してる」と言い合ったこともなかった。ロビーから好意を寄せてもらっているとずっと思っていたけれど、それは勘違いだったのかもしれない。付き合っているあいだずっと、ロビーはすべてにおいて、どこかよそよそしかった。別れを告げることに後ろめたさを覚える必要などなかったのだ。ロビーには恋人としてみんなにうらやましがられそうな条件がたくさん備わっていたけれど、後悔などみじんもしていなかった。きっと、ロビーもそうにちがいなかった。

ロビーは背伸びをしてパーティションからひょこひょこと顔をのぞかせている。自分のロボットについて訊いてほしくてたまらないのだろう。でも、黙ったままでいると、ロビーがしびれを切らして言った。「〈ブラフマー〉がすごく順調でさ。聞いてると思うが」

「ううん、聞いてない」〈ブラフマー〉はロビーがコンペにエントリーするべく開発中のロボットで、〈コンフィボット〉と同じく介護用のロボットだ。でも、〈コンフィボット〉が人間の姿に似せようとしているのに対し、〈ブラフマー〉はそのさらに上を目指そうとしているらしい。人間の平らな足の代わりに、〈ブラフマー〉には車輪のついた足があり、腕は二本ではなく八本ある。見た目だけでなく、雑多な要素を詰め込み過ぎた感があるところといい、ロビーの〈ブラフマー〉を崇めるような口調といい、ヒンドゥー教の三大神のひとつであるその大仰な名前といい、どれをとっても荒唐無稽なプロジェクトに思えたけれど、プロジェクトが軌道に乗るにつれ、次第にその気持ちは薄れ、そのすばらしさを認めざるをえなくなった。これに勝てるだろうかと心配になるくらいに。〈ブラフマー〉はラフなモデルの段階でも、勝手に思い描いていた怪物のような姿ではなく、スイスのアーミーナイフを思わせる線の美しい洗練された姿形をすでに備えていた。

「きみに、真っ先に知らせてやろうと思ってさ」恩着せがましい口調でロビーが言った。

「〈ブラフマー〉が楽々と最初のテストをパスしたんだ」

「へえ、すごいじゃない」ケリーは心ここにあらずといった感じで答えた。まだ午前十時だというのに、〈コンフィボット〉用の顔のサンプル画像が、どれもぼやけて見える。どの画像もアルゴリズム（問題を解くための具体的な手法）を用いて調査を重ね、山のようなデータを集め、その上でひとつひとつ入力していったものだ。この中から、〈コンフィボット〉にふさわしい正解をひとつ見つけなければならない。もし見つけられなかったとしたら、やり方がまちがっていたということだ。ほかのアルゴリズムに切り替える必要がある。

「ぼくにはわかるんだ。このロボットが人々の暮らしを変えるって」ロビーが手入れの行き届いた顔を輝かせながら続けた。「いや、自慢するつもりはないんだけどさ。いまの段階でこんなにうまくいってしまって、なんていうか、新しい未来がすぐそこに見えるようだよ。

きみの〈コンフィボット〉のことも、話したいんだったら聞いてやってもいいけどさ」

　ケリーの顔が、ハロウィーンのカボチャのジャック・オー・ランタンのように、つり目の恐ろしい表情に変わった。「ええ、〈コンフィボット〉も着々と、見事な出来栄えに仕上がりつつあるのよ」そこへ、ボスのアニタがケリーの仕事ぶりをチェックしようと、やってきた。

「おはようございます」ロビーが声をあげた。

　アニタはケリーのパソコンの画面を見て顔をしかめた。「それは何?」

「〈コンフィボット〉用に検討中の顔のサンプル画像です」

「この画像を見て、わたしが何を連想したと思う?」

「これはサンプルのひとつにすぎず、ほかにもたくさんあって——」ケリーはあわてて言った。

「クパチーノ（シリコンバレーの心臓部、〈アップル〉の本社などがある）界隈に出没する露出狂よ」

「ぼくも、そう思ってたんですよ」ロビーが取ってつけたように言った。

「それは却下ね」

「はい、わかりました」ケリーはつかえないよう気をつけながら答えた。「別にこれにしようと思っていたわけじゃないんです！　ほかに候補はいくつもあるんですよ。選択肢が多いほうがいいと思って。その中からひとつに絞り込むつもりです」アニタの感情を読み取れない顔を見ながら早口で同じことを繰り返しているうちに、なんだか自分がまちがったことを言っているような気分になった。

アニタは何も言わずに去っていった。ケリーはすぐさま医療用製品開発部にいるプリヤに連絡を取りたかった。そして、話を聞いてほしかった。ケリーとプリヤはAHI社のエンジニアリング部門の中の、それぞれ消費者向け製品開発部と医療用製品開発部とに所属していた。同じ部ではないとはいえ、プリヤは、ケリーが第三者の意見を求めたいときに、最も信頼している相手だった。それは、プリヤがケリーのことをよくわかってくれているというのもあったけれど、あれこれ悩んで考えがまとまらないときに、いちばん安心して話せるのがプリヤというのもあった。プリヤに〈インスタントメッセンジャー〉で、悩みを伝えた。でもそのうちに、プリヤとやりとりしているとよくあることなのだけれど、話題が男のことに移ってきた。

プリヤ：いま、このあいだ出会った〝ごちそう〟ともチャットしててさ。名前はアンドレっていうの。

ケリー：いいね。

プリヤは男のことを〝ごちそう〟と呼ぶことがあり、しょっちゅう話している。二人や三人かけもちすることもざらで、ちょっとした皿回しの名人というところだ。

プリヤ：〈ティンダー〉で見つけたんだけど、ケリーに会わせたくて。結婚式に連れてく相手としてぴったりだと思うんだ。いまからそっちに行くから待ってて。

とたんにはっと身を硬くした。先週は、プリヤが締め切りを抱えていて忙しかったおかげで、結婚式のプラスワン探しがその後どうなったか話さずにすんでいた。でもいまプリヤが来てしまったら、イーサンのことがばれないように、あれこれと気を遣わなければならない。たとえ仕事のこととはいえ、今日、プリヤに連絡を取るんじゃなかった。キーボードの上で指をすばやく動かす。

ケリー：いまはだめ。アニタがもどってきてる。

プリヤがもう来ていて、嘘をついたのがばれてしまっているのではないか、とちらりと後ろを振り返った。いったん嘘をついてしまったら、次にプリヤに話すときにも、また別の嘘を考え出さなければならないだろう。親友に嘘をついてしまったと考えると、人としていけないことをしてしまったと落ち着かない気分になったし、ばれたらどうしようと不安にもなった。でも、アニタにイーサンのことを知られないようにするためにも、嘘をつきつづけるしかない。

第8章

ケリーはずっと前から、マーサ・スチュワートというよりは、マリー・キュリーというタイプだった。家事にはあまり関心がなく、身が入らなくて、どうせやってもうまくいくわけない、という考えにとりつかれていた。というのも、冷凍ピザすらまともに焼けないのだ。たいてい焦がしてしまうか、生焼けかのどちらかで、インスタント食品を使わず一から料理をするなんて、夢のまた夢だった。でも、イーサンと暮らすようになってから、自分でも驚いたことにちょっとした料理なら試してみてもいいかもしれない、と思うようになった。イーサンが日常の細々としたこと——毎日、仕事に行っているケリーの代わりに宅配物を受け取ってくれたり、寝過ごしていたら起こしてくれたり、大家が何か月も先延ばしにしていた網戸の修理をしてくれたり——を引き受けてくれるおかげで、いろいろなことに気が回るようになり、ランプをつけっぱなしにするようなこともなくなった。それに、イーサンがいればきちんと水やりして、枯らさないばかりか元気に育ててくれるはずだから、と観葉植物を部屋に置いてもいいかもしれないとさえ思うようになった。

イーサンといっしょに暮らしはじめてから一週間半が過ぎた。ある夜、ソファに並んで、自作のバトル用ロボットを戦わせるテレビ番組《バトルボッツ》を観ていたとき、ケリーはイーサンが首を伸ばしているのに気づき、「見える？」と訊いた。

「はい、見えます」イーサンは答えた。

でも、ケリーは部屋の中を見まわした。テレビは、ソファのケリーの座っている位置からしかよく見えない。いままで、そんなことには気づきもしなかった。

「ねえ、立って。いっしょに家具を動かそう」

ケリーはイーサンといっしょに家具を押したり引いたりした。といっても、ほとんどやっているのはイーサンだった。ケリーはジムに通ってウェイトトレーニングをしたことなどなかったし、持てる物といえばせいぜい鉛筆くらいだ。でも、イーサンは驚くほど力が強かった。あれをこっちに動かしてなどと頼むと、文句も言わずやってくれた。ソファを置く位置をどこにするか迷い、三回も置き直したときも、いやな顔ひとつしなかった。自分も手伝おうとしてソファを押したとき、うっかりイーサンの足にソファをぶつけてしまった。

「ごめん、だいじょうぶ？」たしかめようと、すぐさま膝をついた。足を傷つけてしまったかもしれないと心配していたので、イーサンが顔をしかめているのに気づかなかった。

「だいじょうぶです。ちょっと痛いですが」イーサンがケリーの頭上で答えた。

「え、ちょっと待って。痛い？」

「そうですね、刺すような痛みというか。でも、たいしたことありません。こんなふうに話せてるくらいですから。まだ動けます」

ケリーは立ちあがり、困惑した顔で言った。「あなたが〝痛み〟と言うとき、それは正確にはどういう意味なの？」

今度はイーサンが困惑した顔になった。「痛みというのは、怪我をしたときや病気になったときに肉体に感じる苦しみ、苦痛のことで――」

「そういうことじゃなくて。そんなことはわかってる。だって、あなたは痛みを感じないはずでしょう」

「ぼくには感覚受容器が備わっていて、そこから得る情報を理解する能力があります。その感覚受容器がなんらかの害を及ぼすものを感知すれば、それを不快に感じ、ぼくの体は不快な要因を拒絶する反応を示すのです」

なんてすばらしいのだろう。もちろん、アンドロイドに防御装置のようなものがプログラミングされているのは知っていたし、イーサンをつくったときにもそれを組み込んだ。でも、イーサンがそこから得た情報を痛みとして解釈するのを目の当たりにし、その上〝ぼくの体〟なんていう言葉を使うのを耳にすると、まるでほんとうの人間なんじゃないかと思えてくる。イーサンが痛みを感じたり、わたしのパソコン並みに無茶なリクエストにうんざりすることがあるかもしれないなんて、じっくり考えたことがなかった。好奇心がむくむくと膨れあがってくる。科学者としての本能が、もっとデータを集めろ、と告げていた。

「これは痛い?」イーサンの腕を指ではじいた。

「少しだけ」

「じゃあ、これは?」さっきよりも強くはじく。

「痛っ」イーサンが言った。思わず声をあげてしまったという感じだった。顔にもはっきりと痛みを感じている表情が浮かんでいるけれど、ケリーのすることになんの疑いも抱いていない様子でずっとそばに立っている。

「いまのが痛いなら、どうしてあなたの体はわたしから離れようとしないの」

「だって、きみだから」

はっとして、イーサンを見つめた。痛みの表情はやわらぎ、信頼しきった澄んだ目でこっちを見つめている。ケリーは後ろめたさを覚えた。イーサンが尋ねた。「ソファを別の場所へ動かしますか」

「いいえ、ここでいい」ケリーは最後に数センチだけソファを動かすと、座面をたたいた。

「さあ、座って」

イーサンと暮らすようになって二回目の日曜日、ケリーは勇敢にも、というより単に向こう見ずなだけかもしれないが、イーサンといっしょにガラスとコンクリートでできた巨大なショッピングモール〈ウェストフィールド・バレー・フェア・モール〉に行った。ボードゲームの〈カー・ウォーズ〉のごとく混み合った駐車場にいるとストレスがたまり、もう少しで出口に向かいそうになったけれど、約ひと月後に迫った結婚式に、イーサンがスーパー〈ターゲット〉で買った服を着て現れたときの母の引きつった顔が頭に浮かび、なんとか思いとどまった。その日の朝、結婚式にはイーサンを連れていく、とメッセージを送ると、興奮した母から、〝！〟だけを十七個（ちゃんと数えた）も打ち込んだ返事が送られてきた。そのあと次々と、ものすごい速さでたくさんのメールが届いたので、ウィルスに感染したのかと思ったくらいだ。イーサンの服装について参考になるようなリンクが貼られたメールが十通を超えたころ、いいかげんうんざりして、イーサンをショッピングに連れていくことに決めた。

服を買うときはいつも極度に緊張し、頭の中で警報ベルが激しく鳴り響く。ひとりで買いにいくことはめったになく、たいていプリヤにアドバイスしてもらう。でも、今回はプリヤに頼めない。イーサンのことを知られるわけにはいかないのだから。イーサンと暮らしはじめたことを親友のプリヤに隠しつづけるのがいかにたいへんか、いやというほど思い知らされていた。先日は仕事中に、イーサンが家具の配置換えを手伝ってくれたことをうっかりしゃべってしまいそうになった。大勢の招待客の中でイーサンと並んで写る結婚式の写真ができあがる前に、なんらかの言い訳を考えておかなければならない。でも、いますぐでなくていい、ととりあえずその考えを追いやった。

はじめは、イーサンをモール内にある〈メイシーズ〉に連れていくつもりだった。高級デパートのラインナップなら、母の服装選びの基準に違反しないだろうと思ったのだ。でも、春を先取りした色鮮やかなディスプレイが目に留まり、メンズウエアの店のショーウィンドウの前で足を止めた。ポスターに写る澄まし顔のモデルはパステルカラーのシャツとプリント柄のパンツをはいている。どのモデルよりもイーサンのほうがかっこいい。ちょっと見てみるだけ、とイーサンの手を引いて店に入った。

店内は、まるで熱に浮かされたようだった。サーモンピンクのネクタイ、鮭の柄がプリントされた靴下、七〇年代のロックTシャツとおそろいのキャスケット帽とサスペンダー、ループタイを並べたガラスのショーケースもある。メンズファッションの海に足を踏み入れて、波に足をさらわれたような気分になってくる。

「どういう服が好きですか？」イーサンが尋ねた。

ケリーは思ったままに言った。「ここにはないから、やっぱり〈メイシーズ〉に行きましょう」

でもそのとき、ダメージジーンズとジャケット姿の販売員がやってきた。ジャケットのポケットからクジャクの羽根がのぞいている。販売員は「何をお探しですか」と尋ねると、イーサンの頭からつま先までさっと視線を走らせた。

販売員が選んだのは、青いジャケットと緑の糸を織り込んだ淡い黄色のパンツ、ちぐはぐな配色のシャツとネクタイだった。こんな組み合わせ、ぜったいおかしいに決まっている。そう思い、試着室のそばの椅子に座って足を小刻みに揺すりながら、イーサンの試着が終わったらすぐに店を出ようと、バッグを肩にかけてストラップを握っていた。でも、イーサンが試着室から出てくるや、その手がゆるんだ。イーサンはまるで、ランウェイから躍り出たようだった。

「わあ、すごく似合ってる」ケリーは言った。

「気に入りましたか？」イーサンはくるりと小さく回ってみせた。

「ええ、それに決まりね」

　この日のショッピングを、じつのところケリーは楽しんでいた。いつものように、苦痛を感じたりしなかった。買い物はすんでいたけれど、まだ家に帰りたくない気分。それで、なじみのテクノロジーオタクのお気に入りの場所に向かおうとハンドルを切った。でも、〈アップルストア〉に入ると、若者の汗と、森を思わせるような中性的な香りのコロンと、資本主義に毒された頭につんとくるようなアドレナリンとが入り交じったようなにおいにむっとして、すぐに店を出て隣の店に寄ってみることにした。そこは、カリフォルニアを拠点にした、植物由来の原料にこだわったスキンケア商品を置いた店で、中に入ったとたん、さわやかなハーブの香りに包まれ、〈アップルストア〉のにおいが洗い流されるようだった。小さな容器を手に取り、目を凝らす。「デイリー・ビューティ・ファッジ？　ファッジ（やわらかいキディ）って書いてあるけど、これって顔に塗るものよね？」そう言って、店を出ようとしたとき、ふと店内を見渡した。そして、ティファニー・ガレッキがいるのに気づいた。

ウェストリッジ高校に在学中、生物の授業の実験のパートナーだったティファニーは、高校二年生の中でいちばん人気があるスター的存在だった。ティファニーみたいになりたいと思ったことはないけれど——人気者って人付き合いがたいへんそうだし、チアリーディングとか生徒会活動なんて、放課後の居残りの罰どころか拷問に近い——ティファニーみたいにまわりの人と関われていたら、もっと楽しい高校生活だっただろうとは思う。ティファニーにプロムのダンスの相手がいないなんてありえなかったし、授業でパートナーが必要なときはティファニーと組みたがる子が大勢いたし、ティファニーのアルバム（イヤーブック）には、毎年、カラフルな寄せ書きがたくさん書き込まれていた。わたしのアルバム（イヤーブック）なんて、せいぜい〝いい夏を〟がいくつかあるぐらいだ。そんなこんなが、いまでもすぐに頭に浮かんでくる。卒業以来、ティファニーの〈フェイスブック〉にアップされる写真を見るたびに、ぱっとしない人生の中でも、いちばんぱっとしなかったときのことが思い出され、もう何年も経つというのに、かわいらしさとか、人気とか、愛嬌（あいきょう）とか、そんなものは自分とはぜんぜん縁がなかったという事実を突きつけられるのだった。

生物の授業の実験中、わたしは生物が得意だったし、意欲も高かったけれど、ティファニーは、能力もやる気もまったくなかった。あからさまに意地悪をされたり、失礼な態度をとられたりしたことはない。でも、もっとひどいことをされたといっていい。ティファニーはわたしにまったく関心がなかった。授業中、ふたりで実験をしているとき、ティファニーはしょっちゅう友だちのところへ行き、笑ったり、おしゃべりしたりしていた。そのあいだひとりで、ビーカーの細かい目盛りや、顕微鏡のスライドガラスの下のピンクの微生物に目を凝らしていた。

　高校三年生に進級すると、ティファニーとホームルームのクラスが同じになった。始業式の日、クラス委員に選ばれたティファニーが教室の前に立ち、ウェッジソールの花柄の靴を履いた足に交互に体重を乗せながら、アルファベット順に出席をとっていった。そして、Sまで来たとき、「ケリー・サトル（Suttle）」と呼んだ。ティファニーがクラスの端のほうから視線をめぐらしていく。でもその視線はわたしの前を素通りした。高校二年生のときずっと、実験でパートナーを組んでいたというのに、名前さえ覚えてもらえていなかったのだ。

　店のレジにいるティファニーのほうへ足を踏み出した。胸の内にさまざまな感情が湧きあがってくる。いままでだったら、ティファニーと目が合う前に逃げ出していただろう。でも、いまはもう昔みたいな名無しの実験助手じゃない。イーサンがそばにいる。もう逃げる必要なんてない。さまざまなシャワージェルを楽しそうに見比べていたイーサンに、ついてくるよう身振りで促した。

　たっぷり十分はかけて店内を移動しながら、レジのある店の正面に進んでいった。イーサンはすぐ後ろからついてくる。関心があるふうを装ってリップクリームの棚の前で立ちどまり、最初になんと言おうか考えた。気がきいていて斬新だけれどそっけなく、それでいて、高校のときとはちがうのよ、ということをはっきりと意思表示できるような言葉がいい。でも、また歩き出してレジのいちばん近くの陳列台を一周し、ティファニーの視界に入るところまでくると、突然、強い思いが膨れあがり、場違いで不自然なほど大きな声で叫んでいた。

「ティファニー・ガレッキ！」

「えっ？　ああ、はい！」花の香りのフレグランスの瓶を並べ直していたティファニーが顔をあげてこっちを見た。栗色の髪は相変わらず長くてふわふわしていて、鼻は完璧な角度でつんと上を向いている。でもその顔にはくたびれた表情が浮かんでいた。

「ティファニー、わたしよ、ケル！」勢い込んで言った。これまで自分のことを〝ケル〟と呼んだことなんてなかった。「ケリー・サトル。高校でいっしょだった！」

「ケリー・サトルね！」と返したものの、ティファニーが目の前にいる人物がだれだかわかっていないのは明らかだった。でも、〝高校のときとはちがうのよ〟という勝ち誇った気持ちが、それで萎えたりはしなかった。イーサンがそばに来て隣に立つ。ティファニーはイーサンに目を向けた。

わたしを覚えていないことを隠せなかったように、ティファニーの表情からは、イーサンに目を奪われたことがありありとわかった。ティファニーはイーサンのコーヒーブラウンの髪から、よく磨かれたぴかぴかの靴まで食い入るように見つめると、「はじめまして……」と手を伸ばして握手をした。そして、ようやく手を放したかと思うと、イーサンが名前を言うのを待った。

「この人はイーサンっていうの」横から言うと、ティファニーは首をかしげ、唇をゆがめた。後ずさって針を刺そうと身構える女王蜂。一瞬、高校二年生のときにもどったような気持ちになる。

「どんなお仕事をしてるんですか」ティファニーがすぐにイーサンに意識をもどして尋ねた。

「大学で天文学を教えています」イーサンが答えた。

「わあ、すごい」ティファニーは目を見開いた。「ケル、こんなすてきな人、どこで見つけたの?」ティファニーはくすくすと笑いながら、ガラスのカウンター越しに腕をつかんできた。まるで親友のように親しげに。イーサンがあまりに好印象だから、わたしまで突如として重要な人物になったのだろう。イーサンといっしょにいると人間関係がスムーズになるし、気持ちも弾んでくる。自分が正当に評価されているという気分になれる。

その分、自分のほんとうの生活が、ますます惨めに感じられるのだけれど。

「ケリーとはラボで出会いました」とイーサンが答えるのを聞いて、はっと体を硬くした。そういうことは言ったらいけないって、イーサンはわかっているはずなのに。「ケリーがぼくに命を吹き込んでくれたんです」イーサンがこっちを向きほほえむ。その笑顔を見ていたら一瞬、そばにティファニーがいることを忘れた。

ティファニーはまたくすくすと笑い、まつ毛をぱちぱちさせながら今度はイーサンの腕に手を伸ばした。「あなたって、ほんとにすてき。ねえ、ケリー、彼みたいな人、ほかにもこっそり隠してたりするんじゃないの?」ティファニーは、イーサンの彫りの深い顔を見つめたまま尋ねた。

「ケリーのラボには、ありとあらゆるすばらしいものがあるんです」イーサンが顔を輝かせながら続けた。「ケリーは天才です」

「そうね」ティファニーが甘ったるい声で言った。

「AHI社で働いているんです」

ティファニーがさっとこっちに視線を移した。「そうなの? あのロボットをつくってる会社?」

「ええ、まあ」イーサンの腕を引っぱって、その場を離れようとした。

「うわあ、かっこいい!」思わず動きを止める。ティファニーの感嘆が本物のように聞こえたのだ。「あっ、そうだ! あなた、実験のパートナーだったわよね! 理科とかすごく得意だった!」

「ああ、うん、まあ」

「わたしは、そういうの、ぜんぜんだめで」ティファニーはため息をもらした。「ずいぶんと出世したのね。おめでとう」

心からの称賛の言葉を聞いて、頬が赤くなるのを感じた。「ありがとう。あなたの仕事だってすてきよ」とっさに近くに並んでいた小さな容器をつかんだ。「これ、試してみようかな――」ラベルをちらりと見る。「デイリー・ビューティ・ファッジ！」

「ありがとう」ティファニーは容器を受け取り、レジを打ちはじめた。「友だち割引にしとくね」

あのティファニー・ガレッキがはっきりと言った。〝友だち〟と。十二年という時を経たあと、たった五分しゃべっただけで。

混み合った駐車場からなんとか脱出したあと、今度は急にハンドルを切ってほかのドライバーをいらつかせることなく、寄り道せずに家に向かった。まっすぐ前を見つめながら、小刻みに指でハンドルをたたきつづける。

「古い友人に会えて、よかったですね」イーサンが口を開いた。

「ティファニーは、古い友人なんかじゃない」

「そうですね、まだ若いですから」

「そうじゃなくて、友だちじゃないっていう意味よ」

イーサンがきょとんとしてこっちを見た。「でも、彼女はきみのことを友だちと呼んでました」イーサンがほんの一瞬だけ黙り込む。オンラインで検索しているのだろう。「〈フェイスブック〉でも友だちですよ」

「それで、ティファニーのことをほんとうの友だちだと思うんなら、まだまだ人間というものについて学ばなくちゃいけないわね」きゅっと唇を結び、イーサンのほうをちらりと見た。こんな言い方ではあいまいだし、不親切だというのはわかっている。「高校生のとき、わたしにはティファニーみたいに大勢の友だちはいなかった」と話を続けた。「だれかに意地悪されたことはない。暴力をふるわれたり、悪口を言われたり、ランチを盗まれたりしたこともない。ただ……」どう言えばいいのだろう。このことについてだれかに話したことはないし、きちんと向き合ったこともなかった。「だれも、わたしの存在なんて目に入ってなかった」イーサンに向けた視線を、注意深く運転席側のサイドミラーに移す。

イーサンは目を険しくした。いま聞いたことをつなぎ合わせて、その意味を考えているのだろう。「つまり、ティファニーは高校生のとき、きみよりもずっと多くの注目を浴びていたということですか」

「そうよ。彼女を見ればわかるでしょう」あわてて付け加える。「まあ別に、わたしはそんな注目なんて浴びたくないけど」どういうわけか、すべてがばかばかしくなって、こう続けた。「わたし、もうすぐ三十歳よ。どうしていまさらティファニーを見返してやりたいなんて思うのかしら」

「心理学的な観点からすると、何もおかしな点はありません。それにティファニーは明らかに感服してました」

「そうね、きっとイーサンはティファニーのタイプなんだと思う」駐車場に車を停めようと、ゆっくりと前進しながら答えた。

「いいえ、ぼくにではなく、きみにです。ティファニーはショッピングモールで働いていて、きみはロボット・エンジニアなんです」

「まあ、そうだけど……高校っていうのは、そんな理由で最高のほめ言葉がもらえるようなところじゃないのよ」ぶつぶつと言った。でも、コンクリートのマンションの地下駐車場から日の光の差す場所へ出たとき、心が少し軽くなっていた。イーサンは、少しは人間のことがわかってきているのかもしれなかった。

第9章

「おはよう、さあ、ミーティングをはじめるわよ」アニタが大きな声で呼びかけながら、メインフロアを足早に歩いていく。ケリーはあわててタブレットをつかむと、会議室へ向かうアニタのあとを追った。砂時計のようにくびれた腰のアニタのあとを、同僚たちもぞろぞろとついていく。毎週火曜日は、エンジニアリング部門のスタッフ全員でミーティングをすることになっている。開始時間はアニタの都合によって毎回、変わるので、いつ始まるかはだれにもわからない。したがって、毎週、アニタが現れて会議室へ向かうのを待っていなければならず、そのときにその場にいない者は遅刻とみなされる。

「夕食会は午後七時半きっかりに始めるわ」アニタは、ガラス張りの会議室にみんなが腰を落ち着けるなり言った。「駐車料金は各自が持つように。今夜はゆっくりと羽を伸ばしてちょうだい」と言いながらも、アニタは集まったエンジニアたちをねめつけるように見まわしたので、ケリーはもし自分に羽があっても、「いいえ、結構です」と縮こまってしまうのではないかと思った。

思わずもれそうになったうめき声を呑み込んだ。今夜、年に一度のエンジニアリング部門の夕食会があることをすっかり忘れていた。仕事が終わって家にもどったら、イーサンといつものように過ごせる、と楽しみにしていたのだ。それに、もし今日が長い一日になるとわかっていたら、お気に入りの履き心地のいいフラットシューズを小さくたたんでポーチにしまい、バッグに入れてきたのに。ヒールの靴からかかとを少し持ちあげて、縮こまっていた足をゆるめる。この夕食会は、一応、アニタから部下への感謝のしるしという名目で開かれることになっているけれど、いつもとちがう環境で、部下たちを観察する機会を設けるというのがほんとうの目的だろう。仕事だからしかたなしに同僚たちと関わっているというのに、夜までいっしょに過ごさなければならないなんてうんざりだ。まあ、食事代が無料、というのが唯一の救いだけれど。

でもその夜、ジャパンタウンのしゃれた寿司屋に着くころには、食べ物のことも、履き心地の悪い靴のことも、細長いテーブル席で、なるべくロビーからは離れて座りたいというようなことも、もうどうでもよくなっていた。カリフォルニア州道八七号線はひどい渋滞だった。車に乗り込む前にトイレにいっておけばよかった、と後悔してももう遅い。プリヤの隣の席にバッグを置くや、座りもせずにこう口にした。「すぐもどる。もうおしっこがまんできな――」と言いかけたところで言葉を止めた。店の入り口の近くに、だれかを探しているように、うろうろしている人物がいる。イーサンだ。

イーサンはこっちに目を留め、顔をほころばせて大きく手を振った。どうしてイーサンがここにいるの?

イーサンが近づいてくるのを止めようと、火事から逃げるようにあわてて駆け寄った。「イーサン、こんなところで何してるの?」と小さくささやく。

「フラットシューズを持ってきたんです」イーサンは買い物袋から、フランネルのポーチに入った靴を引っぱり出した。「今夜は夕食会があるってメッセージをもらったときに、きみが替えの靴を持ってないと気づいて心配になって。だって、ヒールの靴をずっと履いていると足が痛くなるでしょう」

「まあ、すてき!」と女の人の声がした。さっと振り向くと、みんながなんの臆面もなくこっちを見つめている。イーサンが言ったことを聞かれていたのはまちがいない。女のエンジニアたちはイーサンにうっとりと見とれ、その近くの男たちは、〝あの男だれだ?〟という表情を浮かべている。イーサンを大きな水槽の向こう側へ引っぱっていった。水槽では観賞用の魚が、かすかに光るオレンジ色のヒレをゆらゆらと動かしながら泳いでいる。手が震え出す。イーサンがアニタや同僚たちの前に、こんなふうに姿を現すなんて……イーサンがロボットだって気づかれたらどうしよう。だって、ここにいるのは、まさにイーサンを生み出したラボのことを知り尽くしているエンジニアたちなのよ。

「靴を持ってきてくれてありがとう、イーサン。でも、こんなふうに突然、現れたりしないで」とささやく声がうわずってしまう。「だれかにばれたらどうするの? 仕事はわたしの人生そのものなのよ！」

　イーサンはうなだれた。「いいアイデアだと思ったんだけど。喜んでもらえるって。だけどぼくは、せっかくの夜を台無しにしてしまったんですね」

「イーサン」と声をやわらげて言った。「だいじょうぶよ、台無しになんてしてない。それに、わざとじゃないってわかってる」

「ぼくのせいで、会社での立場が難しくなったりしませんか？」

「ええ。いますぐ家に帰ってくれれば」靴を受け取ると、やさしくイーサンをドアのほうへ促した。でもそのとき、後ろにアニタが立っているのに気づいてびくりと跳びあがったので、危うく水槽をひっくり返してしまうところだった。

「この方を家に帰してしまうつもり？　何もそんなことしなくても。どうぞ、あなたもごいっしょに！」アニタの声はいつになくさわやかで、おしとやかだったけれど、耳をそばだてているみんなに聞こえるくらいには十分大きかった。「ゲストは大歓迎よ」

　エンジニアのひとりが椅子の背にもたれ、期待を込めたまなざしでアニタのほうを向いた。

「じゃあ、次回は妻を連れてきてもいいってことですか？」

「前を向きなさい、スチュアート」アニタはスチュアートを見もせずに言った。その視線はイーサンにじっと注がれている。注意深く何かを分析しているかのようだ。イーサンに見とれているだけならいいのだけれど。それとも、ラボの見慣れた部品が使われているって気づいた？　どっちだろう。わかるのは、アニタがイーサンに何かしらの反応を示している、ということだけだ。

「ほら、ケリー」アニタが腕を伸ばしてさっと手を振り、席にもどるよう促した。選択の余地なんてない。イーサンの手を握り、いっしょに連れていった。

テーブルの端の席にもどると（隣に座っているプリヤの顔はあえて見ないようにした）、近くのテーブルから椅子を一脚引っぱってきた。椅子の脚が床のスレート材のタイルにこすれて怒っているような音をたてる。ほかの人からイーサンが完全に見えないように椅子をプリヤとは反対側の隣に置いた。そこだとテーブルから完全にはずれてしまっているけれど、イーサンに座るよう促すと、テーブルに肘をつき、何事もなかったかのように、なんとか明るい笑みを浮かべてみんなを見た。

「ケリー、何してるの」アニタが言った。「そんな席じゃだめじゃない！　少し横に詰めればわたしの隣にもうひとりくらい入れるから、ここに座ったらどう？　ええと……」

「イーサンです」イーサンはそう答えると、申し訳なさそうにこっちに顔を向けながら立ちあがり、椅子をアニタのすぐ隣に持っていった。ここからは五席ぶん離れている。イーサンがアニタのあんなすぐそばにいることにもっとうろたえるべきなのか、あのアニタ・リヴェラスがだれかのために〝横に詰めた〟ことに驚くべきなのか、もうどうしたらいいのかわからない。

アニタはイーサンを見てほほえんだ。「ほら、こっちの席のほうがいいでしょう」そして、このテーブルの担当ではない、通りがかりのウェイターに呼びかけた。「そろそろ始めたいから、シャルドネを持ってきてちょうだい」

ケリーはみんなのびっくりした顔を眺めずにはいられなかった。隣にいるプリヤの顔色をそっとうかがうと、こっちの心配をよそに、噴き出しそうになるのをこらえていた。お通しの枝豆を食べかけのまま、口をあんぐりと開け、目を大きく開いてイーサンを見て、こっちに視線を移し、またイーサンにもどす。まるで、目の前にあるものを、いまはじめて見た赤ん坊のように。

「だれだ、あいつは？」と突然ロビーが大声をあげ、ケリーはさっとそっちに視線を向けた。ロビーの耳の先は、焼けた火かき棒のように真っ赤になっている。冷静さを取りもどそうと必死になっているのだろう。水の入ったグラスを強く握りしめたので、表面の水滴で手がすべって音をたてた。「いやまさか、こんなすてきな飛び入り参加があるとは思ってなかったから」ロビーはいくらか落ち着いた口調を取りもどして言った。

手の震えがやわらぐのが自分でもわかった。どのエンジニアも、もう数分はイーサンを見つめているけれど、いまのところ怪しんでいる人はいなさそうだ。みんながほんとに間抜けなのか、わたしがほんとに優秀なのかのどちらかだろう。「彼はイーサンっていいます」と紹介した。顔が赤くなるのがわかったけれど、背筋をまっすぐに伸ばす。「わたしのボーイフレンドです」プリヤが手にしていた枝豆のさやから豆がぴゅっと飛び出し、テーブルの上を転がった。お願いだから黙ってて、と祈るようにプリヤを見る。

「どんな仕事をしてるの、イーサン？」アニタがやわらかな口調で訊いた。

「イーサンはスタンフォード大学の天文学の准教授です」イーサンが口を開く前に割って入った。この会話を成り行きに任せるわけにはいかない。イーサンの答えはわたしが誘導しなければ。

「まあ」アニタはワイングラスを揺らしながらイーサンにほほえみかけた。「ロボット業界以外の方とごいっしょできるなんて、わくわくするわ」アニタの話を聞きながら、天文学の准教授がどんな研究をしているのか、もっとよく調べておけばよかったと顔をしかめる。

「今夜はAHI社に関する仕事の話は禁止よ。イーサン、欧州原子核研究機構（CERN）の最新情報を教えてもらえる？」アニタは椅子の背にもたれると、片方の手を胸にあて、もう片方の手に握られているワイングラスをなまめかしいしぐさで唇まで持っていった。まるで、さあどうぞ好きなだけ話して、というように。

　思わず眉をひそめてしまう。アニタがイーサンに質問するたびに、イーサンはインターネットから読みとったことをアニタや同僚の前で話さなければならない。もししくじったらイーサンのことがばれてしまい、わたしは仕事を、いや、すべてを失ってしまう。

「わたしが調べた二分子層モデリングについてお話ししたいのですが」と急いで口をはさん

だ。「ハーヴァード大学が、成長パターンをコンピュータで計算できるこのアルゴリズムを開発して――」

「かんべんしてちょうだい、今夜は仕事の話は禁止と言ったはずよ」アニタが強い口調で言った。いつもより控えめにワインをひと口含む。

「クォーク物質の会議に向けて、興味深い研究がいくつか寄せられています」イーサンが話しはじめた。

「じゃあ、〈ニューヨーク・メッツ〉の話をしませんか？」あわてて割り込んだ。

アニタがとがめるような目でこっちを見た。プリヤでさえ、イーサンに向けていた驚嘆のまなざしを移し、〝あんた何言ってんの？〟という目で見つめてくる。頬がかっと火照(ほて)るのが自分でもわかった。

「欧州原子核研究機構(CERN)が開発した世界最大の大型ハドロン衝突型加速器は……」イーサンが続けた。さっとうつむき、テーブルを見つめながら思った。みんなの前で恥をさらしているのは、イーサンじゃなくてわたしのほう。立ちあがって、イーサンを指さし、「ロボットだ！」と叫ぶ人なんてだれもいない。それどころか、イーサンに圧倒され、自分の仕事について流暢(りゅうちょう)に語るイーサンの話に聞き入っている。女はかなりの人が、男でさえ何人かは、うっとりとした表情でイーサンを見つめている。目を見開いて、わたしに視線を寄越す人もいる。こんなすばらしいボーイフレンドがいるなんて見直した、とでも言いたげに。なんだかもう信じられない。イーサンは試験にパスしただけでなく、単位まで稼いでいる。ほっとしてようやく緊張して握りしめていた手を伸ばし、長いため息をもらす。

そのとたん、膀胱にたまっていた液体が危うくもれそうになった。イーサンが秘密をばらしてしまう心配はなさそうだし、トイレに行くのにちょっと席を離れるくらいなら問題ないだろう。そっと椅子を後ろに引き、水槽のフィルターを通る水の音をなるべく聞かないようにして洗面所に向かった。

用を足してトイレの個室から出てくると、鼻と鼻が触れそうなくらい近くにプリヤが立っていた。プリヤはもどかしげにこう訊いた。「なんなのあれは?」目を大きく開く。「あいつは何者?」

「あいつ――彼はイーサン」わざとあっさりした口調で答えた。「わたしたち付き合ってるの」

「いままでずっと黙ってたくせして、よくそんなふうにしれっと話せるわね」

「別に、そんなに大騒ぎするようなことじゃないでしょう」と言い返す。

「だれかとデートしてるそぶりなんてぜんぜんなかったのに! それがいきなりあんなカルバン・クラインのモデルみたいな男を連れてきて。その男があんたのそのプリンセスみたいにかわいらしい足のために街を駆け抜けてきたっていうのに、なんでそんなに澄ました顔してるわけ?」

「だから、そんなに大したことじゃないって」手を洗おうとプリヤを押しのけた。「彼はふつうの人だし、わたしたちは、ただ付き合ってるだけなんだから」鏡に映るプリヤの目を見ないように注意を払う。

「あの男は、あんたが今朝、仕事に行くのにどんな靴を履いてったか知ってた。つまり、ふたりはいっしょに暮らしてるってことよね」

「うん、まあ、昨日の夜はうちに泊まった」あながち嘘ではない。

プリヤは深いため息をもらし、片手をあげた。「ちょっと待ってて」と個室に入ると水を流し、**「よっしゃあ！」**と叫んだけれど、その叫び声は水の流れる音にぜんぶはかき消されなかった。プリヤは洗面所にもどってくるや、矢継ぎ早に質問を再開した。「あの男について、いつかは話してくれるつもりだったのよね？　いつかはわかんないけど、お互いに孫を持つような歳になる前には」

「もちろん！」無意識に両手を握り合わせる。「イーサンとはコーヒーショップで出会って、すぐに意気投合したっていうか。でもまだ付き合いはじめたばかりでどうなるかわからないし、話してもだいじょうぶ、って思えるようになったら言うつもりだったのよ」こんなこともあろうかと、いつだったか車の中でこのせりふを練習していたのだ。どうか、いかにも練習したみたいに、わざとらしく聞こえていませんように。

「で、どうなの？」

「どうって?」

「彼とはしっくりくるわけ?」

一瞬、言葉に詰まった。「ああ、うん。とっても」自然に笑みが広がる。イーサンのことを話しはじめると、その声のあたたかさに自分でも驚いた。「イーサンは頭がよくて、やさしくて、気配りができて。イーサンといると、自分が自分でいられるような気がするの」そう口にしてしまうと、胸のつかえがとれたように心が軽くなった。人生に起こったこれほど大きな変化をだれにも打ち明けられなかったことが、思っていた以上に重荷になっていたのかもしれない。そもそも、それがどれほど大きな変化なのかということさえ、自覚していなかった。

「わお、言ってくれるじゃん」プリヤは目を大きく開き、首を振った。喜びと驚きが混ざったような笑い声をあげる。そして、腕を伸ばしてきてハグし、小さく歓声をあげると、腕を放していたずらっぽい笑みを浮かべた。「まあじつは、そんなに怒ってないんだけどさ」

「どうして?」

「アンドレって覚えてる? 付き合いはじめたんだけど」

「ああ、うん」と嘘をついた。プリヤは取っかえ引っかえ、いろんな男とデートしている。だから、聞いたそばから名前を忘れる癖がついてしまっていた。脳のメモリー容量はいつも満タンに近い。

「明日、四回目のデートをするんだ」

えっ？　それはすごい。プリヤがだれかと二回目や三回目のデートにこぎつけたのがいつだったか思い出せない。開かれた水門から水が流れ出るように、プリヤも一気にしゃべり出した。

「アンドレは、ライターでもありコメディアンでもあるんだけど、それって、ウェイターでもありバリスタでもあるっていうのとはちがって、実際に、ライターとしてウェブに記事を書いて稼いでるんだ。それでアンドレって、あたしがいつも男を引かせてしまうようなことを言っても、ただ笑うだけなの。だからうまくいってるんだと思う。こんなあたしを受け入れてくれて、それで、あたしもそんなアンドレにどんどん惹かれていって。あんまりのめり込みすぎないようにしなきゃとは思ってるんだけど……」

テーブルにもどるあいだも、弾んだ声でしゃべりつづけるプリヤと並んで歩いていると、幸せな気分に包まれた。こうして親友とふたりで、付き合っている相手のことを楽しく話している。でも、心の奥のほうに小さな痛みがあった。プリヤは新しいカレのことを包み隠さず、正直に話してくれている。だけどわたしは、プリヤにすべてを打ち明けるわけにはいかないのだ。

第10章

ケリーはもともと、あまり外出するほうではなかった。せいぜい会社とマンションを往復するくらいだ。ひとりでも、だれかと出かけるにしても、たいてい落ち着かない気分になるし、時間や労力を無駄にしないようにといつも気を遣う。でもイーサンといっしょだと、ささいなことでも喜びになると気づいた。レストランでウェイターが椅子を引いてくれることも。通りを歩いているとき、犬を散歩させている近所の人が手を振ってあいさつしてくれることも。家にいて〈ポッドキャスト〉でお気に入りのロボット番組を聴き、それについてふたりで論じ合うことも。このごろは、この番組が好きな同僚に、最新の放送回について思い切って話題をふるようにもなった。

ケリーに対する周囲の接し方が変わったのは、イーサンの存在だけでなく、ケリー自身が変わったからだろう。そしてイーサンと出かけると、生き生きと会話し、ずっと感情豊かに振る舞えるようになった。といっても、そういうふうに変われ、と自分で自分に命じたわけじゃない。いつだったか、洗車場のカウンターの後ろで、感じのいい老婦人に、すてきなカップルね、と言われたとき、思わずほほえんでイーサンの手を握ったことがあった。がっしりしているけれど弾力があって、じんわりとあたたかく、イーサンの体内で脈打つ鼓動をごくわずかだけれど感じたとき、人の肌に触れるってなんてすばらしいのだろうと思った。ほんとうは、テクノロジーの進化のおかげだというのはわかっている。でも、そう感じたのは嘘じゃなかった。

週末、家族の食事会に行く準備を始めた。母がつくると宣言した〝アフリカ産淡水魚ティラピアのレーズンソース〟が食べたくて行くわけじゃない（それは断じてない）。イーサンを家族に紹介するためだ。髪をとかし、いちばん上等のブラウスの袖に腕を通す。といっても、今日の主役はなんといってもイーサンだ。両親の家に向かう車中では、いつになく不安から解放されていた。同僚たちにもイーサンのことは気づかれなかったのだ。それにここのところ、イーサンがそばにいて、いっしょに話すことがごくあたりまえのことに感じられるようになっていたので、イーサンがふつうのボーイフレンドではないということを忘れがちになっていた。

だから、三十分後、家族でテーブルを囲み、みんながあぜんとしてイーサンを見つめたまま黙り込んでしまったとき、どう反応していいのかまったくわからなかった。てっきり母が自分やイーサンを質問攻めにすると信じていたので、こんなふうに自分が会話をリードしようなどとは考えてこなかった。皿の上の魚をつつきながら、この沈黙をなんとかしなければ、とあせり、思わずこう口走った。「プルートとグーフィーはどっちも犬なのに、どうしてプルートはペットで、グーフィーは友だちなんだろう?」

「いやあ、驚いた」兄ゲイリーが言った。「おれもちょうどそれを考えてたところなんだ」

でも、サトル家の残りの面々は、そんな餌には釣られなかった。「イーサン、うちの娘とは、どこでお会いになったの」母が尋ねた。その声からはなんの感情も読みとれない。まるで旧ソ連のスパイが話しているかのような声音だ。

「たしか、プリヤと出かけたときに会ったのよね?」クララが割って入った。

「そう、クラブで」とイーサンの代わりに答えた。どうか、プリヤとうちの家族がこの話題について話す機会がめぐってくることなどありませんように。

「お仕事は何をしてらっしゃるの」母が続けた。

「教師です。スタンフォード大学で、天文学の准教授をしています」イーサンが答えた。自分ででっちあげたイーサンの経歴をぺらぺらしゃべりたい衝動に駆られたけれど、言わずにこらえる。

「へえ、そう」としか母は答えなかった。そして、サラダをゆっくりとひと口だけ食べて皿に視線を向けたまま、平然とこんなことを口にした。「ほかに何人も、付き合ってる方がいらっしゃるんじゃありません?」

「お母さん!」

「訊きたいことを正直に訊いただけよ。あなたの新しいお友だちのことを知るためにね」

そうか。みんな、イーサンのことを疑っているんだ。イーサンが人間かどうかを疑っているんじゃなくて、イーサンみたいな人がわたしなんかと付き合うわけないって。イーサンは何かたくらんでいるんだと。

「お母さん、パンのことでちょっと」皿からディナーロールをつかむと、キッチンへ向かった。母が当惑顔であとをついてくる。キッチンに入るなり、手を広げてディナーロールを見つめた。わたしったら、こんなものを持ってきて何するつもりだったんだろう。

「どうしたの？」母が尋ねた。

「なんでイーサンと付き合ってるって、信じてくれないわけ？」かっとなって言った。

「そんなこと言ってないわ」

「でも、そう思ってるでしょう」

母が一瞬、言葉に詰まる。

「わたしだって、付き合う相手くらい自分で見つけられる！」と声をあげた。そんなにむきになって言い返したのは、もしかしたら心の奥で、ほんとうはちがう、と思っているからかもしれない。「マーティンとうまくいかなかったからって、だれもわたしのことを好きになってくれないというわけじゃないでしょう」

「もちろん、あなたの言うとおりよ」母がなだめるように言った。「だけど、この五年近く、家族の食事会にだれかを連れてきたことなんてないじゃない。なのに、いきなりあんな、おとぎの国から現れたみたいな天文学の教授だかなんだか連れてきて──」まったく、お母さんたらもううんざり。「質問するなって言うほうが無理な話よ。いい？　ケリー、わたしだって、無駄に長く生きてるわけじゃないのよ」

「イーサンのことならわたしがよくわかってる。何を質問するっていうの？」

「あなたを利用するつもりはないってことを、たしかめたいのよ」母が声を低くして言った。

ダイニングルームに聞こえないようにと思っているのだろう。「誠実な気持ちで、あなたと付き合おうとしているかどうか」

すぐには言葉が出なかった。疑われていることには腹が立つ。でも、それはわたしを心配してくれているからだ。「だいじょうぶ。信じて」

「わかった」母はあっさりと引き下がった。「その言葉を信じるわ」母といっしょにダイニングルームにもどり、席についた。五分間、汗をかいた手で握りしめたままだったパンを見つめ、このパン食べなくちゃだめ？　と思わず顔をしかめた。

デザートを食べながら（エスプレッソにジンジャーブレッド・アイスクリームという組み合わせは、母のお気に入りだ）、思い切って仕事の話をしてみた。「いま仕事で、〈コンフィボット〉を製作中なの。ああ、その、ロボットのことなんだけど……」言葉がだんだん尻つぼみになる。父にちらりと視線を向けた。家族の中でわたしが毎日取り組んでいることに興味を持ってくれる人がいるとしたら、それは父だろう。なんと言っても、父もエンジニアなのだから。でも父は、右手に持ったスプーンでアイスクリームを食べながら、左手の小指でテーブルに広げた仕事用のノートを押さえ、そこに書いてあることを一心に読みふけっている。

「まあ、すてきね」母が言った。「あっ、そうだゲイリー、忘れるところだったわ！　この前、この子たちの世話をしてたとき、わたしの携帯をいじってたエマが、どうやったんだかわからないけど、上海（シャンハイ）に電話をかけたのよ。この子はちっちゃなビジネスウーマンよね！　エマが将来ジェット機に乗って、世界中の人と取り引きしてる姿が目に浮かぶようだわ」母は目を細めてエマを見た。エマの髪にはいつの間にかアイスクリームがついていて、それが垂れて、口に流れ込むのを辛抱強く待っている。

「みなさん、ケリーの話をもっと聴きたくありませんか？」イーサンが言った。部屋がしんと静まり返る。何を言い出すのだろうとほかのだれよりも驚いた顔でイーサンを見た。「とても興味深い話ですよ」イーサンがあたたかい笑みを浮かべて視線を寄越す。

「どうかな……」

「ケリーがラボで何をしてるかはご存じですか？」

「ええ、もちろん。〈ホール・オブ・プレジデンツ〉みたいなロボットをつくってるんでしょ」母が答えた。

イーサンを止めなくちゃ。ラボでわたしがしたことをみんなに話したりしたら、大ピンチよ。「まあ、だいたいそんなところよ。取り立てて話すことなんてないし」と割って入った。

「いえ、ケリーのしてることは、もっとすばらしいんです」イーサンは引き下がらなかった。「〈ホール・オブ・プレジデンツ〉というのは、ウォルト・ディズニー・ワールド・リゾートのマジック・キングダム内のリバティ・スクエアにあるアトラクションのことです」イーサンたら、ウィキペディアを検索して記事を丸読みしてるんじゃないの？　顔をしかめ口を挟もうとしたとき、イーサンが続けた。「オーディオ・アニマトロニクスを用いた、この国の大統領の姿をしたロボットが、あらかじめプログラムされた音声録音と振り付けを再生するという仕組みです。でも、ケリーが取り組んでいるロボットはアンドロイド型の新製品で、複雑な命令のコードに従うよう、また、無限とも言えるさまざまな変化や刺激に対応するようプログラムされていて、はるかに精緻なつくりになっているんです。それだけじゃなく、〈コンフィボット〉は情動知能（人の感情についての理解力）も備えることになるでしょう。そうすれば、きちんと制御機能を作動させたうえで、人間と感情面での交流も可能になります。おそらく社会を大きく変えることになるにちがいありません。〈ホール・オブ・プレジデンツ〉は、この国をつくった人たちを記念してつくられたものにすぎない。でも、ケリーがしていることは、この国を変える可能性を秘めているんです」

　イーサンの目は輝いていた。しんとした部屋に、エマがようやく垂れてきたアイスクリームをピチャピチャとなめる音が鳴り響く。母は大きく目を見開いていた。「なんてすばらしいの。ケリーの仕事を、わたしたちとはまったく桁ちがいのレベルで理解してくれてるのね、イーサン」母がはじめてイーサンにほほえんだ。それを見て思わず笑みがもれる。「もっと話してちょうだい」母は言った。

いったんイーサンを好ましい人物だと受け入れてしまうと、母はすさまじい熱意でイーサンを逃がすまいと躍起になった。食事会のあと数日のあいだに三回も電話を寄越してきて、イーサンはどうしてる？　次はイーサンといつ会うの？　食事会のときワインを何杯も呑んだし、まさかイーサンは美しい幻だった、なんてことはないわよね（自分でも時たまそう思うことがあった）と尋ねてきた。その週の木曜日の夕方、ケリーはイーサンのことがあまりにもうまくいったのがうれしくて、ブライズメイドをするときに履く靴を選ぶために母とクララと待ち合わせした店に、七分も早く着いてしまった。これまで家族との用事でだれよりも早く待ち合わせ場所に着いたのは、自分の誕生日のときだけだった。

「ここよ」数分後、母とクララがそろって現れると、ビロード張りの椅子から勢いよく立ちあがった。「ハイヒールはあっちで、フラットシューズはこっち。どんな靴でも履くつもりだけど、ヒールが六センチを超えるのはかんべんして」

どんな靴を履くかは、母が指示を出した。友人がオーナーを務めるこの店に、母は自分の顧客を紹介することがよくあったし、母とクララが結婚式で最新モデルの靴を履けるよう、スプリング・コレクションの靴がいつ入手できるか、確認も怠っていなかった。サトル家の女性陣三人で靴を選んでいるあいだずっと、ケリーは自分だけ除け者にされているように感じていた。スタックヒールにほんの数秒気を取られていてふと振り返ると、母とクララはすでにパンプスが並ぶ通路を縦一列になって歩いていた。声くらいかけてくれてもいいのに。靴を棚にもどし、あわててふたりを追いかけた。

十分後、ケリーは鏡の前に立っていた。まわりにはいくつもの箱が積み重なり、靴に入っていたティッシュペーパーが散乱している。後ろには母とクララが座り、オリンピックの審査員のように品定めしている。ケリーはヒールが低めのサテンのキトンヒールの履き心地をたしかめようと、足踏みした。「この靴はどう？　クララ」

「ストラップがたくさんついている靴はやめてちょうだい」母がきっぱりと言った。「ごちゃごちゃしていて見苦しいし、わたしたちが望むのは、もっとすっきりと由緒ある雰囲気なのよ」

「わたしたちは、最初に履いた靴がいちばん気に入ってるの」クララが言った。「あれを履けば、どんな女の子でもキュートに見えると思うけど、どう？」

きゅっと唇を嚙む。母もクララも、自分たちがしょっちゅう〝わたしたち〟と言ってることに気づいてさえいないんだろう。そう思いながらも、「わかった」と答えた。気持ちがどんどん萎えていく。

「じゃあ、もう一度、履いてみて。ケリーも気に入ってくれたら、わたしたちもうれしいんだけど」クララが促した。ストラップのついたキトンヒールを脱ぎ、オープントゥパンプスに履き替えた。足を交互に出しながら、じゅうたんの上を行ったり来たりしてみる。クララが歓声をあげた。「とってもよく似合ってるわよ、ケル！　履き心地はどう？」

「崖をよじのぼれ、なんて言われないかぎり、問題ないと思う」

クララは結婚式の会場の見取り図を両手に持って広げた。「ええと、ケリーが出てくるのは——」

「芝生の南側よ」母が口を出した。

「ということは平らだし、だいじょうぶそうね。ケリーはこのあたりにいることになるのよ。で、ここにはフラワーアーチがあって、それで、ジョナサンとわたしはこのへんに——」話を続けるクララを見つめる母の目に、みるみるうちに涙があふれてくる。しまいに母は、わっと泣き出した。

「お母さん、どうしたの？」クララが訊いた。

「あなたの結婚式の日のことを想像したら、つい。信じられないわ。あんなに小さかった子が結婚するなんて！」

「お母さん……」

「結婚しても、いっしょにショッピングに行ってくれる？　こんなふうに、いままでと変わらず、ふたりで」母が身振りで店内を示した。

「もちろんよ！　どんなにうっとうしがられようと離れたりしない」クララは目をうるませながら母をひしと抱きしめた。

鏡の前にひとりで突っ立ったまま、つま先でじゅうたんをつついた。イーサンもここにいてくれたらよかったのに、という思いがふと浮かぶ。靴選びにイーサンがどれだけ力を貸してくれるかはわからない。でも家族の食事会のとき、イーサンがそばにいてくれたおかげで、ほんとうに楽しかった。イーサンの存在は、わたしにとって安全な避難所であり、緩衝材だ。手をあげて、通りかかった店員を呼びとめた。手持ち無沙汰を解消できたことにほっとしながらこう言った。「わたし、これにします。いいえ、わたしたち、これにします」


母は父の待つ家に帰っていき、クララと軽い夕食をとることにした。ふたりで向かった店は〈カフェ・ホール〉。サブウェイタイル（ニューヨークの地下鉄で使われはじめたタイルの一種）と色あせた木材を使ったこの店はクララのお気に入りの場所で、この店のスムージーはたしかに飲みごたえがあった。でも、ほとんどのメニューがヒッピーふうで、どの料理にも〝平和（ピース）〟とか〝二元性（ジュアリティ）〟とか、よくわからない鼻につくような名前がついている。おまけに必ずマイクログリーン（セロリやルッコラなどサラダ野菜の若芽）がトッピングしてあるのだ。

「〝謙虚（ハンブル）〟にしようかな。とってもおいしいの」注文するために列に並んでいるとき、クララが言った。「ケリーは？」

「〝魔法〟」とぼそりと言った。声に出して言うのは恥ずかしい。

「えっ？」

「**魔法**！」

前に並んでいる女の人が振り向いてこっちをじろりと見た。

席につくなり、クララがこぼれるような笑みを見せた。「それで、イーサン」

「何言ってるの。わたしはケリー、あなたの姉よ。忘れたの？」

「もう、ほんとはわかってるんでしょ。イーサンのこと教えて！」

「イーサンとは、そんなにしょっちゅう会ってるわけじゃないから」家族とイーサンが面識を持てたのはうれしい。でも、イーサンに関する情報はあまり教えないほうが賢明だ。

「家族の食事会に連れてきたのに？　しょっちゅう会ってないなんてありえない」クララがいたずらっぽい笑みを浮かべる。

「イーサンは家族との距離が近いから、それがふつうのことなのよ」

「ふうん。ということは、イーサンの家族もこのあたりに住んでるの？」

「えっ？　いや、ちがうけど」イーサンの両親の住まいは離れた場所にしておいたほうが安心だろう。「距離が近いっていうのは、仲がいいっていう意味。電話もちょくちょくしてるし」

「イーサンの両親とは、もう話したの?」

「うん。あっ、いや。話そうかという話はしてる。電話でイーサンの両親と話をしようかって。だけど実際にはまだ話してない」

「じゃあ――」

「もう、なんでそんなにイーサンのことばかり訊いてくるのよ」軽く笑うつもりが、引きつった笑いになった。「それより、ジョナサンはもう家族の一員と言ってもいいんだから、ジョナサンのこと教えてよ」

「そうねえ、ジョナサンの両親が最近、プーケットに行ったんだけど。写真があるから見る?」これでイーサンのことは話さなくてすむ、とほっとしたのもつかの間、クララは携帯のアルバムを開くために画面をタップしようとしていた手を止めて、またこっちを見た。

「ねえ、イーサンて、あちこち旅行してる?」

「ううん、このあたりで育ったし」

「じゃあ、イーサンの家族もこのあたりの人なんだ」

「ううん、いや、そう」

「さっき、イーサンの家族はこのあたりには住んでないって言ってたよね」

「だから、前は住んでたけど、いまは住んでないってこと。もう根掘り葉掘り訊くのはやめてよ」不安になり、思わず声をあげてしまう。

「ちょっと訊いてみただけじゃない」クララが言い、ちょうど運ばれてきたブリトーにかぶりついた。

「どうせ、わたしのことは逐一お母さんから聞いてるんでしょう。どうして、さらに詮索する必要があるのよ」

「それ、どういう意味？」クララはブリトーを皿に置いた。

「あきれた、そんなこともわからないのね」

「ええ、わからない！」クララは心底、戸惑った表情を浮かべている。でも、どういうことか説明する気にはなれなかった。急に子どもみたいに、母と仲がいいクララに意地悪を言いたくなったのだ。

　グレインボウルを急いでかきこむと、バッグをつかんで立ちあがった。「もう行かなくちゃ、仕事しなきゃいけないし」クララの傷ついたような顔を見たら、席にもどって謝りたくなった。でもそうはせず、財布から札を何枚か抜き出し、テーブルに置いた。「今日の分は、わたしに払わせて」狭いカフェだというのに、出口へ向かうまでの道のりが、突然長くなったように感じられた。

　国道一〇一号線で家に向かった。遠くの地平線に太陽が沈みかけている。渋滞で車が停まったとき、プリヤに電話した。「わたしって、ほんとばかよね」この日にあったことを説明したあと、ケリーは言った。

「うん、ケリーがばかなのはまちがいない」プリヤはずけずけと言った。「まあ、そんなこと前からわかってたことだけどさ。もっとうまいやりようがあったとは思うけど。でも、あんたが除け者にされたと感じた気持ちは理解できるよ」

「自分でもこんなこと言うのは心が狭いみたいでいやなんだけど、クララのほうが気に入られてるのよ。よくそう感じるの」

「そりゃ、クララはだれがどう見たってお気に入りの子どもだよね」プリヤが言った。「あたしも、きょうだいの中ではいちばん気に入られてる。だからよくわかるんだ」

「プリヤがいちばん気に入られてる？」プリヤの両親がとても厳格で、兄弟が三人いるという話は聞いたことがあったけれど、プリヤの家族は東海岸に住んでいるので会ったことはない。

「あたしはなんてったって優秀な医療用ロボットのエンジニアだし。それに両親はあたしのこと、まだヴァージンだと思ってるからさ。気に入られてて当然でしょ」

ため息をもらしてこう言った。「はあ、ありがと。なんだか、思ってることぜんぶ話したのに、ぜんぜん気持ちがすっきりしない。ていうか、もっともやもやしてる気がする」

「クララのほうが気に入られてるからって、それがなんだっていうの？」プリヤが声を大きくした。「たしかに、ケリーの母親はクララとのほうが気が合うのかもしれない。でも、だからってそれは、ケリーのことをクララよりも大切に思ってないってことにはならないでしょ。それに、ケリーはあたしのお気に入りなんだから。あんたの母親には悪いけど、あたしの意見はぜったいなんだ。でしょ？」

「ねえ、どうしてわたしなんかと友だちになろうと思ったの？　プリヤなら、ほかにいくらでも受け入れてくれる仲間がいるでしょう？」

「いい？　ケリー。そんなまどろっこしい話をしてる時間はあたしにはないんだよ」そう聞いて、笑みがもれた。「とにかく、もっと気楽に考えなよ」プリヤが話を続ける。「人がどう思ってるかなんて気にしないでさ。あんたがありのままの自分でいられるほうが、もっと大切なんだから」

「わかった……努力してみる」ケリーは、ひとつ息をつき、出口のほうへハンドルを切った。

第11章

金曜の夜、ケリーは充実した人生を送り、分別のある二十九歳のビジネスウーマンならだれでもするだろうことをした。それは、《バトルボッツ》を観戦すること。とてもくだらない番組だし、ケリーのライフワークであるロボットを下品でおちゃらけたレベルにまで引き下げているといっていい。でも、観ずにはいられないのだ。

ケリーはソファにイーサンと並んで座り、テレビ画面に見入っていた。〈クラッショサウルス〉という名前のとげだらけのロボットが、黒と黄色のロボットの上に覆いかぶさっている。黒と黄色のロボットには格納式の長い針があり、ボディの横には鮮やかな色で〈スティンガー〉と描いてある。「うわあ、あのミツバチロボット、バチッと打たれて痛そう」〈スティンガー〉が相手のロボットから打撃を受けたとき、ケリーは言った。横目でちらりとイーサンを見る。

「ああ、ほんとに」イーサンが答えた。真剣な顔で画面を見つめている。

「バッチリ攻撃をかわせたらラッキーよね」

「うん、そうだね」

思わずにやりとした。でもイーサンからはなんの反応もない。イーサンをまじまじと見つめる。たしかに、いまのだじゃれはいまいちだったかもしれない。でも、そんなにひどくはなかったと思う。これまで、イーサンといっしょにあちこち行ったけれど、イーサンをうっとりと見つめる人はいても、へんな目で見られたことはない。しゃべり方もだいぶくだけて、うちとけた感じになってきた。でも、まだ何かが欠けている。イーサンにはユーモアのセンスがまったくないのだ。

これは難題だった。これまで、プロジェクトのほかのメンバーといっしょに、想定しうるありとあらゆる場面に対処できるよう開発に取り組んできた。雑談の仕方、礼儀正しく振舞う方法、レストランでの料理の注文の仕方、電話会社に電話の不具合を伝える方法、クリスマスプレゼントをもらったときのお礼の言い方。開発を進めるにつれ、人と人が接するときに生じる交流は、複雑で緊張を伴うものだけれど、中でもいちばん厄介なのはユーモアだと気づいた。とらえどころがなく、言葉ではうまく説明できず、感覚で理解するしかなく、そのときどきで笑いどころがちがう。いつ笑えばいいかなんて、どうやってイーサンに教えればいいのだろう。

ソファのアーム部分から電子書籍リーダーを取り出し、『この本を猿まねするだけで、あなたもいますぐユーモアの国の住人に！』という本をダウンロードしてみた。表紙の唇を思い切り横に広げたすごみのある笑顔を見た瞬間、この本を買ったのはまちがいだったかもしれない、という考えが頭をよぎったけれど、そのカテゴリーの中ではダウンロード数がいちばん多かったのだ。なんといっても、数字の力には弱い。

「ねえ、これ読んでみて」イーサンに電子書籍リーダーを手渡した。「たぶん、興味を持ってもらえると思うんだけど。読んで、質問があれば訊いて」

「ああ、もちろん。ありがとう、ケリー」イーサンは目を輝かせた。

三十分後、ケリーは寝室のパソコンの前で、介護ロボットの新製品のデモ映像に見入っていた。日本で最近開催されたロボット会議で紹介されたものだ。ロボットに何かしてもらった高齢の女性がぱっと笑顔になり、ロボットに話しかけている。その様子を注意深く観察した。

デモ映像の視聴に没頭していたそのとき、突然、イーサンが部屋に飛び込んできた。そして、スティーヴ・アーケル（アメリカのコメディドラマ《ファミリー・マターズ》の登場人物）ふうにズボンを胸のほうまで引きあげ、ポーズを取ったかと思うと、今度は「うちの女房、持ってっちゃってよ！（アメリカのコメディアン、ヘニー・ヤングマンの有名なジョーク）」と叫んだ。イーサンはポーズをやめると、眉を下げた。「いまので合ってるか自信ないんだ」

ケリーは本の内容を尋ねることすらしなかった。仕事を切りあげ、イーサンといっしょに映画を観に出かけた。深夜のその時間帯、近場の映画館で上映しているのはコメディだけだった。大学生が旅するエッチで下品なロードムービー。内容はくだらないけれど、おもしろい場面もあった。そのうち夢中になり、ところどころで笑った。イーサンは、はじめのうちは、まじめな顔でスクリーンを見つめていたけれど、隣でケリーが笑うたびにちらりとケリーを見た。そして、ストーリーが進むにつれて、いっしょに笑うようになった。

「どんなところがおもしろかった？」映画を観終わったあと、駐車場へ向かいながらイーサンに尋ねた。夜気に触れながら、寒さが日に日にやわらいでいるのを感じていた。今週から上着は薄手のジャケットに切り替えている。

「ええと、そうだなあ」イーサンが答えた。「おもしろかったのは、おっぱいとか、肛門とか、ペニスとか、睾丸(こうがん)とかかな」

「そうね、そういうところも笑えたわね。だけど、わたしは飛行機に乗ってるシーンがいちばん好きだった。思いもよらない展開だったから」

「思いもよらないことって、おもしろいことなの？」

ケリーは眉根を寄せた。「うん、そうかもしれない」

「でも、もしぼくが通りを歩いてて車にはねられたら、それも思いもよらないことだよね？それもおもしろいってこと？　交通事故に遭ったら、ふつうはみんな泣き叫んで取り乱すよね？」

もどかしさを覚えながら首を横に振った。「どう説明すればいいのかわからない。イーサンが自分で感じとるしかないんだと思う」

「ケリーがおもしろいと思うことを、教えてくれないかな？」もう話した
数歩あるいてから答えた。「クララとジョナサンが出会ったときのことって、
っけ？」
「いや、まだ」
「クララは大学を卒業してから、はじめてひとり暮らしを始めたんだけどね。DIYっぽいことにはまってたし、家具の設置とかも、ぜんぶ自分でやるって言って。それでマットレスを配達してもらったとき、同じアパートメントのクララの下の階の部屋に住んでたジョナサンが、階段を運ばれてくるマットレスに気づいて、クララに設置するのを手伝おうかって訊いたんだけど、クララは断ったのよ。でも、マットレスはきつきつに巻いて収縮包装してあったから、包装してあったビニールフィルムを切ったとたん、マットレスがぶわって広がって、その勢いでクララは開いてた窓から放り出されてしまったの。非常階段になんとかつかまってぶら下がってたら、目の前にあった部屋の窓が開いて、ジョナサンがこう言ったわけ。『手を貸しましょうか』って。あとは知ってのとおりよ」
ふたりはそろって笑い声をあげた。「初フライトで恋に落ちたってわけだね」イーサンが言った。
ここのところ、イーサンと出かけることが少なくなっていた。それはたぶん、家で過ごす

ほうがもっと楽しいからだろう。生活パターンに心地よいリズムができ、ふたりのあいだに阿吽（あうん）の呼吸が生まれ、時計の歯車のようにお互いの行動がきっちりと嚙みあっている。朝、目覚めると、何も言葉を交わさなくてもケリーは髪をとかして、そのあいだにイーサンが歯を磨き、途中で洗面台を交代して、今度はケリーが歯を磨いて、イーサンが髪をとかすのだ。

土曜日。ケリーがパソコンの前に座っていると、本棚に向かおうとしていたイーサンが、ケリーの後ろで立ちどまり、突然、こう言った。「センスがいい」

「えっ？」

イーサンはパソコンの画面を見てうなずいた。画面には、ケリーが手間をかけていくつもの画像を編集したバックグラウンドウィンドウが映っている。古代中国のからくり人形や、レオナルド・ダ・ヴィンチの甲冑（かっちゅう）をまとった小さなロボットの騎士、映画《メトロポリス》に登場する、大きな目をしたゴールドのアンドロイド（マシーネンメンシュ）。これらの画像をどのように配置するかじっくりとレイアウトを考え、シルバーとゴールドとブロンズという色合いが全体にぴったりとなじむまで色を調整した。〈イケア〉がご用達（ようたし）なのでインテリアにはあまり凝っていなかったけれど、この壁紙にだけは自信を持っていた。「ああ、このデスクトップの壁紙のこと？」ケリーは肩をすくめてみせた。「編集するのが楽しかったのよ。センスがいいかどうかはわからないけど」

「いや、すごくいい」イーサンはきっぱりと言った。「とってもすてきだ。きみには美的センスがある」

イーサンがケリーの望むように振る舞うのは、そうなるよう設計してあるのだからある意味当然だ。でも、こんなふうにほめられると、頬がぱっと赤くなった。イーサンに美的センスがあるのはまちがいない。イーサンがデザインしてくれる花束は芸術作品と言っていい。でも、自分に美的センスがあるとは、これまで思ってみたこともなかった。改めてベージュを基調とした四角い部屋を眺めてみる。やっぱりちょっと殺風景かもしれない。無難で当たり障りがないという言い方もできるけれど、なんだか段ボール箱の中にいるみたいだ。イーサンという華やかな存在のせいで、ほかのすべてが冴えなく見えるのかもしれない。

その週末、もっとセンスよくモダンな空間をつくろうと、イーサンといっしょに部屋の模様替えをした。あたたかみのあるグレーのペンキを壁に塗ってアクセントウォールをつくり、ケリーが選んだ人工の羊皮のラグをコーヒーテーブルの下に敷き、どこにでもあるようなランプを、イーサンが選んだスチール製の彫刻のようなデザインのランプに換えた。「お願い」と言ってイーサンに釘を手渡し、数歩後ろに下がる。イーサンが寝室の壁にかけている芸術的なロボットの写真が、ほかの写真とバランスのいい位置にあるかたしかめるためだ。新しい装飾だけでなく、口に釘をくわえて椅子の上でバランスをとっているイーサンも含め、部屋の何もかもが急にあたたかみを帯びたように感じられる。イーサンの背中を見つめながら笑みがこぼれた。

「いい練習になるよ。クレスムスに飾りつけをするときの」イーサンは口にくわえていた釘を取り、言い直した。「いや、クリスマス」

イーサンの声はとても陽気だった。でも、それを聞いたケリーの顔から笑顔が消えた。そのころには、イーサンはもういないのだ。

第12章

部屋の模様替えをすませ、リサイクルショップ〈グッドウィル〉に使わなくなった家具を持っていき、長い一日が終わってようやく家にもどってくると、ケリーは玄関に入るなりすぐさまジーンズを脱いだ。外ではずっとボタンに締めつけられているので、家ではできるだけくつろいだ格好をしていたかった。イーサンはいつものように、ごく自然なしぐさでケリーからジーンズを受け取った。「夕食は何が食べたい？」ケリーが訊いた。「ナチョス（小さなトルティーヤにチーズをのせ、トウガラシをかけて焼いた軽食）って言うのはなしよ」

イーサンが答えようとしたとき、玄関のベルが鳴った。ケリーはうめき声をあげた。いやいやジーンズをはき直す。ドアの向こう側にだれがいるのか、見当はついていた。母にちがいない。いつもなんの連絡もなしにやってくるけれど、そんなことをするのは母ぐらいしか思いつかない。「隠れて。すぐに帰ってもらうようにするから」イーサンを洗面所に追いやった。イーサンがここにいることがばれたら、きっと質問攻めに遭ってしまう。それにいちいち答える気分じゃなかった。

ドアを開けると、思ったとおり母が立っていた。母は茶色い紙袋を持ちあげて言った。

「怒らないでよ！　食べ物を持ってきたんだから！」

十分後、ケリーはぴりっとコショウのきいたツナキャセロールをつつきながら、これくらいで丸め込まれたりしないんだから、と怒っていた。どうやら母は、イーサンのことを訊きたくてわざわざやってきたようだった。「だって、イーサンのことで連絡しても、ぜんぜん返事をくれないんだもの。イーサンとはうまくいってるの？」母は、ふたりの関係を示すものを探すかのように部屋の中を見まわした。

「ばっちり。なんの問題もない」とそっけなく答えた。

「今夜は、イーサンはどうしてるの？」母はさらに質問を続けた。まだ部屋のあちこちを眺めている。

「さあ。たぶん、自分の家だと思う」

「どこにいるか知らないの？　毎晩、話はしてるんでしょうね？」

「まあ、だいたいは」ほかにもっとふさわしい答えがあったのかもしれない。少なくとも、母の磨きあげられた恋愛作法の流儀にかなう答え方が。それがうまくできているかどうか自信はない。

「イーサンはわたしたち家族にも、あなたの同僚にもすでに会ってるんだから、そろそろふたりの関係を先に進めてもいいころよ。それにはっきり言ってケリー、あなたにはもうあとがないんだから。これ以上歳をとる前に、男をがっしりとつかまえておかなきゃ」

「ああ、そうね。だったら、男をつかまえとくための訓練所にでも入ろうかしら」

「ふざけないで、ケリー！」

「付き合ってから、まだひと月しか経ってないの！　自然な成り行きに任せたいのよ」

「自然な成り行きなんかに任せてたら、いつまでたってもゴールにはたどり着けないわ。わたしは、あなたの父親と付き合いはじめるなり、すぐに彼の行動を逐一チェックするようになったわよ。この三十年あまり、何が原因であの人がくしゃみをしたか、すべて把握してるくらいなんだから」この自信たっぷりの発言に、父はどんな反応をするだろう。まあ、なんの反応も示さないかもしれないけれど。

「お母さんの場合はそれでいいだろうけど」とぼそりとつぶやく。「ブライダルショップでもそんな感じなの？」

「ショップではいつもどうしてるかってこと？　どの女の子にも、プリンセスみたいにすてきよ、って言ってるわ。そうするとみんなドレスを買ってくれて、契約成立」

「最近、仕事でうまくいったことがあってね」実際には〈コンフィボット〉の製作に手こずっていて、そのストレスのせいで、しょっちゅうクッキー・ドウ・アイスクリームをやけ食いしていることは省いて言った。「昨日――」

「ケリー、どうやら、わたしの言ってることを聞いてないみたいね」母が口をはさんだ。

「あなたがつかまえておくべきものは、会社にあるんじゃないでしょう。あんなお得な物件、そうそうないわ」

「あなたの過去の恋愛遍歴を振り返ってごらんなさい！　大学生のときのニックと、そのあとのロビーと、ふたりとも、わたしにはテッド・バンディ（アメリカの連続殺人犯）みたいに思えたわ。あんな見事な手つきのナイフさばきは見たことないって感じよ」

たしかに、自分の恋愛遍歴は自慢できるものじゃない。だからって、そんな言い方しなくても。すぐさまこう言い返した。「自分の人生は自分でどうにかする、だからほっといて」

「ああ、ケリー。わたしはただ、恋愛は成り行きに任せてたらだめって言いたいだけなのよ。自分で手綱（たづな）を握らなきゃ」

「いつも、男にリードしてもらいなさい、って言ってるじゃない」

「もう、何言ってるの」母は首をのけぞらせて笑った。「それは、そういうふうに仕向けろってことよ。あなたの父親は、わたしが向こうからプロポーズするよう仕向けたことに気づいてると思う？　答えはもちろんノーよ。どんな男だってそう。もしだれかに訊かれたら、自分の意志でプロポーズしたって言い張るはずよ。今日までずっと、そう信じてるにちがいないわ」ツナキャセロールを食べていた母は、手にしていたフォークを宙に突き刺して言葉に力を込めた。「次のステップは、いっしょに住むことね」

「イーサンとわたしは、まだそんな段階には早いと思う。いっしょにいれば、いつかお互いにそうしたいと思うときがくるはずよ。イーサンに無理強いしたくない」

「ケリー、イーサンがその気になるのを待ってたら、あなた、永遠にひとりぼっちよ」

ついにがまんが限界に達した。「お母さんたら、わたしが十三歳になったときから、あなたは永遠にひとりぼっちよ、って言いつづけてきたわよね。わたしに晴れて、おとぎ話のハッピーエンドみたいに完璧なカレができたっていうのに、まだ、同じことを言いつづけてる。いったいどうすれば満足してくれるのよ。お母さんみたいな結婚をすればいいわけ？」

母はフォークを置いた。「わたしみたいな結婚？」

あわてて言いつくろった。「別に、そんなつもりで言ったんじゃ」

母は怒りをこらえながら言った。「ちょっと、洗面所を借りるわ」とかろうじて口にする。いやでもマーティンとデートしたときのことを思い出さずにはいられなかった。下手な言い訳しかできないのは、おそらく遺伝なのだろう。洗面所に向かう母の背中を苦々しい思いで見つめた。

そうだ、洗面所にはイーサンがいるんだった！

そう思い出して駆けつけたときには、母はすでに洗面所のドアを開けていた。そこには、サンタクロースに出くわしたかのように驚いた表情のイーサンが立っていた。母はイーサンとこっちを交互に見た。

「お、お会いできてうれしいです」イーサンがしどろもどろで言った。

なんて説明しよう。母の頭越しに、イーサンと必死に目配せしあう。「イーサンは――」

「ここにいたのは、その――」

「イーサンが服を汚しちゃって、それで洗面所で――」

「そう、ケリーの服に着替えようと。別に、ここに――」

助かったことに、母はふたりのあたふたしたやりとりをほとんど聞いていなかった。「まあ、あなたたちったら、すみにおけないわね！」母が興奮した口ぶりで言った。ワイパーで雨のしずくを払ったあとのフロントガラスのように、顔から怒りの表情は消えている。「どうして、イーサンがここにいるって教えてくれなかったのよ」

「わたしたちは、ただ――」

「いいの、何も言わなくても」母は片手をあげた。意味ありげにこっちを見つめる。「お楽しみのところ、お邪魔して悪かったわね。わたしも夫婦水入らずで過ごすことにするわ」

「そうね」と声が喉に詰まらないよう気をつけながら答える。

「ふたりきりにしてあげるわよ」バッグを手に取り、騒がしく玄関に向かう母のあとについていった。母は体を寄せ、ささやいた。「もし今晩、イーサンが泊まったら、ここでいっしょに暮らしはじめるのも時間の問題ね」開いたドアの向こうで、母はわくわくしたように少し肩をすくめ、こう繰り返した「時間の問題ね！」

ドアが閉まった瞬間、ケリーはジーンズのファスナーをおろした。

でも母が帰ったあとも、いつもイーサンと過ごす夜のように、くつろいだ気分にはもどれなかった。イーサンが見守る中、リビングをいらいらと行ったり来たりした。母との会話が、ピンボールゲームの銀のボールのように頭の中でピュン、ピュンと飛び交っている。とうとう携帯を取り出すと、ゲイリーに電話した。「もう、お母さんて、どうしていつもああなの？」ゲイリーが電話に出るなり、ケリーは言った。

「ああ、ケリーか」ゲイリーが答えた。「だめだ！　それに触るな！」

「どうしたの？」

「悪い、いまはちょっと。ヘイゼルがキッチンカウンターによじのぼれるようになってな。いま、ナイフ類はぜんぶ処分しようかと考えてたところなんだ。こいつが十八になるまで、プディングしか食べられないな」

ケリーはため息をもらした。「気にしないで。また電話する。わたしの分も三つ子たちをハグしてあげて」

キッチンへ行き、不機嫌な顔で棚から〈ゴールドフィッシュ〉を取り出し、ピーナッツバターに直接つけて食べはじめた。イーサンもやってきたので、慣れたしぐさで〈ゴールドフィッシュ〉を差し出す。魚の形をしたクラッカー〈ゴールドフィッシュ〉を分け合って食べるのは、イーサンと暮らすようになってから、するようになったことのひとつだった。それまでは、母とか、仕事とか、母とか、世界情勢とか、母とかに関することで腹を立てたときは、ゲイリーかプリヤに話していた。どちらも手が空いていないときは、たったひとつ身につけたダンス——怒りを抑えていると、心因性のけいれんが起きて脚がぴくぴくしてくるのだ——をするしかなかった。でも、イーサンと〈ゴールドフィッシュ〉を分け合えば、持って行き場のないこの怒りも、きっと受けとめてもらえるはずだ。

「いつになったら、お母さんはわたしにかまうのをやめてくれるんだろう」とこらえかねたように口を開いた。イーサンは穏やかな表情で〈ゴールドフィッシュ〉を食べながら、話に耳を傾けてくれている。「だって、やっとあなたみたいなカレができたのよ。お母さんがずっと、ずっとわたしに望んできたカレが。なのに、いつまでたってもあれこれうるさく言ってきて。どう生きようと、お母さんがわたしの人生に満足することなんてないのよ」

「母親として、娘に最高の人生を送ってほしいだけだよ」

「そうかもしれないけど、わたしの人生なのよ！　お母さんは、自分のやり方を何もかも押しつけないと気がすまないのよ。お母さんがしょっちゅう言うように、わたしはもう二十九歳なの。どうして放っておいてくれないの？　好きなように生きたいのよ」

「お母さんに、そう伝えてみたらいいんじゃないかな」

「そんなことしたって無駄よ。お母さんがわたしのことを忘れることがあるとすれば、それはクララが同じ部屋にいるときだけなんだから」

イーサンは眉間にしわを寄せた。「ごめん、何か聞きもらしてるのかもしれないけど。それは、お母さんには放っておいてほしいのに、クララよりも自分を気に留めてほしいってこと？ そこのところが、ぼくにはよくわからない」

「つまり、わたしは非論理的な人間だ、って言いたいわけ？」思い切り強くピーナッツバターの容器に突っ込んだので、〈ゴールドフィッシュ〉がぼろぼろに砕けた。だんだん、ドクター・マスデンや、母と話していたときのように、口調が尖ってきているのが自分でもわかる。だれかのせいで、かっとして、いやな気持ちでいっぱいになって、神経がぴりぴりしたときに、いつもそうなるように。だれもこんな声なんか聞きたくないってわかってる。でも、止めたくても止められない。

「きっと、ぼくの論理のほうに欠陥があるんだ」

「そうかもしれないわね。わたしの人間関係を無理して理解しようとしなくてもいいのよ、イーサン」

「わかった」とだけ、イーサンはぽつりと言った。

「もう寝るから」キッチンを飛び出したあとで、まだ午後の八時にもなっていないことに気づいた。

寝室に入り、服の山からナイトシャツを引っぱり出して、携帯を充電器につないだ。イーサンが言ったことを忘れたかった。でも、もともと論理的に考える性質(たち)だ。脳に無理やり非論理的な考えを押し込もうとしても、まちがったパスワードを打ち込んだときのように脳はそれを払いのけようとする。イーサンの考えが論理的だということはわかっていた。イーサンが指摘した言葉が正しいということも。

キッチンにもどると、イーサンは夕食の片づけをしているところだった。ナイトシャツの襟の中に入っていた髪を指でさっと払ってこう言った。「ごめんなさい」イーサンが驚いた顔でこっちを見た。あんな言い争いをしたあとで、〝ごめんなさい〟という言葉が返ってくるとは思ってもいなかったのだろう。「お母さんのことで、あなたが言ったことは正しい。それに、あんなきつい言い方をすべきじゃなかった」

「謝ってくれてうれしいよ」イーサンが言った。心からそう思っているのが伝わってくる。

「お母さんと話すと、いつもあんなふうにいろんな感情が入り交じって――」ぴったりくる言葉を探した。

「ややこしい？」イーサンが代わりに言った。

「そう、ややこしくなってしまうの」

「きみも、お母さんも、ややこしくて複雑な女性だ」

「複雑で、めちゃくちゃよね」ため息がもれたけれど、笑みを浮かべ、イーサンがカウンターを拭くのを手伝った。心地よい静寂の中で、御影石のカウンターの上を、それぞれの手がペアのフィギュアスケーターのように円を描きながら交差していく。ニックとロビーのことがふと頭に浮かんだ。ふたりと付き合っていたときは、居心地が悪く、いつもどこか無理していた。どちらともそれぞれ大学や職場で常に上を目指して行動していたので、ついていくのに必死だったし、ふたりが想定する、恋人同士というのはこうあるべきという基準に、自分をあてはめることができなかった。でも、イーサンといると、とても居心地がよく、自然な自分でいられた。

第13章

プリヤが小学校二年生の校外学習でプラネタリウムに行き、マーカス・ロースティンとキスした日から、人生において、何よりも興味を持つようになったことがふたつある。それは科学と男。だから、プリヤがイーサンとのことを知りたがったとしても驚くには当たらない。それは訊きたくてうずうずしているはずだ。これまでは、そんな話をするための材料がほとんどなかった。でも、いまは格好のネタがある。嘘をついているのがばれるのがいやなので、その話題はなるべく避けるようにしていたけれど、プリヤがそれを許すはずがなかった。

「ねえ、イーサンて料理する人？」プリヤが小声で訊いた。ケリーはプリヤといっしょに〈テスラ〉の新製品発表の会場に並んで座っていた。多くの人がほしがる、こういったテクノロジー業界のイベントの招待状を手に入れられるのは、この仕事の最高級クラスの特権と言えるだろう。とりわけ今回のイベントは、ずっと楽しみにしていたものだった。性能を落とすことなく採算が取れ、環境にもやさしい方法でＡＩを搭載する〈テスラ〉の技術は、まさにアンドロイドを製作する際にまねしたいものだったし、原理的には大きなロボットと言える〈テスラ〉の自動運転車から、いつもアイデアを得ていた。舞台では〈テスラ〉創業者のイーロン・マスクが、つややかなチェリーピンクの自動運転車を紹介している。でも、目の前で紹介されている車のありとあらゆることをもらさず知りたいこっちの気持ちなどおかまいなしに、プリヤはようやくイーサンのことを聞けることに興奮しているようだった。

「シーッ、これから車の中の説明をしてくれるんだから」ケリーはイーロンのほうを見てうなずいた。

イーロンがさらに車に近づくと、翼が広がるようにドアが自動で開いた。「自動運転車は、さらなる進化の可能性を秘めています。このオプションをご覧ください。わが社では、これを〝列（ロウ）と輪（リング）〟と呼んでいます」列になっていた車のシートが広がり、なめらかな動きで丸いベンチ型になっていく。ケリーは猛烈な勢いで携帯にメモを打ち込んだ。

「ほら、あたしの言ってたとおり。顧客のニーズに合わせて、カスタマイズできるようにするのが次の目玉だって！」プリヤが得意げにひそひそ声で言った。プリヤの右隣に座っている男が〝静かにしろ〟という目つきでプリヤをじろりとにらむ。

ケリーはうなずき、ささやき声で言った。「でも、荷物を整理するのに便利な収納ボックスはどこに置こう？」

「アンドレは、レッド・ビーンズ・アンド・ライスをつくってくれるんだ。そればっかりひたすらね。もう、わけわかんないでしょ」プリヤは舞台のほうも気にしながら、はたと気づいたように言った。「あっ、さっきの質問に答えてくれてないじゃん」

「さあ」とそっけなく答えた。

「車同士の通信も、もうすぐ実現できるところまで来ています」舞台ではイーロンが話している。「わが社の最新モデルは、こういった特徴を備えて道路を走ることになるでしょう。未来の車は、ずいぶんとおしゃべりになるかもしれません」とイーロンが言うと、会場から笑い声があがった。「車と車が相互に確実に通信できるようになれば、いかなる標識も、信号も必要なくなるときが来ます。さらに、範囲は限定されますが、安全性が確認できれば道路のない場所でも走行が可能になるでしょう」

「テスラ車が、リアルタイムでカメラから刻々と送られてくるデータをどう処理しているのか、わたしたちも突きとめないと」ケリーは声をひそめて言った。「その技術は、アンドロイドにも応用できるはずよ」

でも、プリヤは顔をしかめてこう言った。「それって、イーサンは料理しないってこと？それともイーサンが料理するかどうかまだ知らないってこと？」

さっきプリヤをにらんだ男がこっちを向き、「シーッ！」と大きな声を出した。しおらしい態度で、ケリーとプリヤは舞台に集中した。

「そんな未来により早く到達するために、わが社の車同士の通信プログラムのソースコードを公開するつもりです！」イーロンが宣言すると、会場からどよめきが起きた。

三十分後、会場の外をプリヤと歩いていたケリーの体内では、まだプレゼンテーションの興奮が渦巻いていた。「もちろん、さっきの話のフィージビリティ（実現可能性）は、ネットワークの信頼性にかかっているわよね」と言い、歩道を左に曲がりかけたとき、プリヤが右に曲がろうとしているのに気づいた。

「こっち」プリヤがケリーの腕をつかんで引きもどしながら言った。「忘れたの？　新製品のブラック・アイスクリームを食べにいくって約束したでしょ。ふたりでガールズトークができる日がようやく来たっていうのに、逃がすつもりはないからね」プリヤはいたずらっぽく両方の眉をあげた。「ケリーの新しい男について話を聞くまでは」

プリヤについていきながら、胃がきりきりと痛くなるのを感じていた。親友の質問に、その場しのぎの嘘をついて答えなければならないと考えると、ガールズトークという響きから感じられるきらめきは、あっという間に光を失った。

陽光が降りそそぐ歩道を進むプリヤは、うれしそうにほほえんでいた。ヤシの木の葉のあいだから落ちる木漏れ日が、地面に格子模様を描いている。「でもさ、ほんとによかったよね。ふたり同時に、ようやくいい男にめぐり会えるなんてさ。あたし、まだイーサンと話したこともないんだよね。なにしろ夕食会のときは、アニタが独り占めしてたから。ダブルデートしようよ。そうすれば、アンドレとイーサンも仲良くなれるし。そしていつかお互いに大金持ちになったら、パームスプリングスに、隣同士に別荘を建ててさ。それぞれの家のミッドセンチュリーモダンふうのおしゃれなリビングで、マティーニとか呑んで過ごすの。ねえケリー、浮気しようなんて考えたことある？」答えようとしたところで、プリヤの携帯が鳴った。プリヤは足を止め、メッセージを読んだ。

「やった！　アンドレの今夜の用事がキャンセルになったんだってさ。イーサンに電話しなよ！」プリヤはケリーの腕をたたいた。「いっしょにディナーしよう。ダブルデートしようよ、今夜！」

開きかけた口をすぐに閉じた。なんと答えていいのかわからない。イエスと言うだけなら簡単だ。でもプリヤは、イーサンがロボットであることを真っ先に見破りそうな人物だ。いっしょに過ごすなんて危険すぎる。イーサンのことであれこれ嘘をつきたくなくて、このごろ会社でもプリヤを避けることが多くなっていた。親友に秘密を抱えているという事実がいつも心の隅に引っかかっているので、プリヤと過ごす時間がどんどん減っていき、そうしているうちに、ふたりの関係に亀裂が入りはじめるのを感じていた。今夜、ダブルデートすれば、その亀裂を修復できるかもしれない。でも、かつてないほどに、嘘をつきたくないという思いが湧きあがってくる。プリヤとイーサンが同じ部屋で過ごすことになったら、嘘の上に嘘を塗り重ねることになってしまうだろう。プリヤにイーサンのことについて質問されたら、答えをはぐらかすことを余儀なくされて、緊張が高まり、もやもやした気持ちがどんどん膨れあがってくるにちがいない。

「よ、用事があって」ケリーは口を開いた。「アンドレの今夜の用事ってプリヤがさっき話したとき、思い出したの。今夜は用事があったのよ」

「どんな用事？」

「家族の。三つ子の姪たちの誕生日で。三歳になるの」

「そんな小さな子だったら、ふつうは昼間に誕生日パーティを開くんじゃないの？」

「三人とも大人びたお子さまだから。バーティなんか、もうコーヒーを飲んでるし」

「えっ？　そんなことしてだいじょうぶなわけ？」

「三つ子たちの母親がイタリア系だから。で、今夜は、わたしも行ったほうがいいと思うんだ」わざとらしく携帯で時間を確認する。「ああ、もうこんな時間」

「しかたないね、わかったよ」

「また明日。アンドレによろしく言っておいて！」

ケリーはプリヤのがっかりした顔を見たくなくて、背を向けると足早に立ち去った。


その夜、ケリーは、イタリア系の幼児たちが間近にいる場所でコーヒーを飲むこともなく、家で日曜の夜をイーサンとどう過ごそうか考えていた。外食するか、宅配を頼むか、それとも食材をかき集めて寄せ集め料理をつくるか。そのときふと、プリヤから訊かれたことが頭によみがえった。〝ねえ、イーサンて料理する人？〟イーサンなら、料理ぐらいできるにきまってる。いや、イーサンならなんだってできるはず。

ふたりで料理することに決め、イーサンをキッチンに呼んだときにはもう、無意識に携帯でグーグルを開いていた。でも、すぐにこう思い直した。イーサンに料理長を任せて、レシピも決めてもらおう。それに、そのほうが調理中、携帯に触れる必要がなくて両手が使えるし、汚さなくてすむ。「ねえ」イーサンが入ってくると訊いた。「何を食べたい気分？」

イーサンがインターネットで検索した結果、チキンポットパイをつくることに決まった。母が、いまみたいな突拍子もない料理ではなく、子どものころによくつくってくれた懐かしい料理だ。はじめは、イーサンが、イーサンに取ってくるよう言われた材料を、キッチンじゅうを走りまわって取ってきた。イーサンが、わざとパニックになっているふりをして「ニンジン！　ニンジンを持ってきてくれー！」と叫ぶ。

冷蔵庫の野菜室に手を突っ込み、「一本、二本――ニンジンありました！」と息を切らしながらイーサンに答える。こんなふうにふたりでふざけて楽しかった。

でも、いざ調理をはじめると、レシピを知らないので落ち着かない気分になった。「まず、鶏肉をキツネ色に焼く」イーサンが言った。

「その次は？　最初に、レシピをぜんぶ把握しておきたいのよ」

「ぜんぶ読んであげることもできるけど」イーサンが答えた。「どうせ、料理しながら、それぞれのステップで読み直さなければならないし」

「そっか、そうよね。じゃあ、まずは鶏肉からね」とぶつぶつ言ってフライパンをつかんだ。

全体の見通しがわからないまま、イーサンが読みあげる手順だけを頼りに料理をしなければならないと思うと、なんだか体がむずむずした。「調理を始める前に、やっておいたほうがいいことがあるんじゃない？　たとえば、オーブンを予熱しておくとか。料理するときって、ふつうそういうことするよね？」

「もう、ぼくがしておいたよ」イーサンが言った。「心配しないで。手順をミスしたら、責任はぜんぶぼくが負うから」

「うん、わかった」覚悟を決めて、フライパンに油を引いた。

調理を進めるにつれ、ふたりの共同作業にいいリズムが生まれ、だんだん緊張がほぐれてきた。イーサンの言うとおりにつくればだいじょうぶ。めちゃめちゃな料理になったりしない。ふたりで料理するのってなんて楽しいのだろう。

小麦粉がいつから棚に入れっぱなしになっていたのか覚えていなかったけれど、封を開けていないのはたしかだった。袋を開けたとたん、白い粉がわっと飛び散り、顔と胸に降りかかり、思わず悲鳴をあげた。

「《スカーフェイス》のアル・パチーノみたいになってるよ」イーサンが笑った。

「目に入った！」

「じっとしてて」イーサンが言った。言われるままに、その場で目を閉じ、顔をイーサンのほうにあげた。イーサンのあたたかくたくましい手が、頬や鼻から粉を払い落としていく。

その親指が、やさしく唇に触れたとたん、体が震えた。

「どうしたの？」イーサンが尋ねた。

「なんでもない」と答え、イーサンに背を向けた。まだ残っている粉が、頬が赤くなったのを隠してくれていたらいいのだけれど、と願いながら。

第14章

ケリーは、シリコンバレーのほかの企業に、ボルダリング用の壁や仮眠スペースがあるのは別にうらやましくはなかったけれど、うちの会社にも、寿司カウンターや日替わりで交代する移動式屋台のような食事施設があったらよかったのに、と思うことはあった。でももちろん、アニタ・リヴェラスは、そんな浮ついたものに予算を割くなんてばかげている、と考えるだろう。社員食堂では、ほかの従業員は、プラスチックのトレイに載せられた代わり映えのしないメニューを、毎日、とくに不満もなく食べているように見えた。でも、ケリーとプリヤはあれこれ工夫して、単調なメニューをなんとかしのいでいた。ふたりの日々のランチは、〈ロケッツ〉（ニューヨークのラジオシティ・ミュージックホールでラインダンスを踊る女性グループ）の曲のナンバー並みにワンパターンと言えた。月曜のその日、ケリーとプリヤは席につくと、慣れたしぐさでサラダのトッピング――ケリーはトマトとクルトン、プリヤはレッドオニオンと固ゆでのゆで卵――をそれぞれ相手の器から自分の器に移した。そして、それぞれの袋入りのドレッシング――ケリーはランチドレッシング、プリヤはバルサミコ酢のドレッシング――を半分だけ使うと、残りを交換し、自分のサラダにかけた。

ケリーはこういった作業にすっかり慣れきっていたので、目をつぶっていてもできそうなくらいだった。実際、この日も携帯の画面に見入っていたから、目をつぶっていたのと同じようなものだ。見ていたのはイーサンが送ってくれた《ジ・オニオン》（アメリカの娯楽紙）の記事の見出しだった。〝最新アップデートにより、すべてのiPhoneが真夜中にカボチャに変わる〟。イーサンも家のソファで笑っているところが頭に浮かび、思わずクスクスと笑いがもれる。仕事中、イーサンに買ってあげた携帯からメッセージが届くたびに、ぱっと周囲が明るくなるような気がした。セピア色の世界に、その瞬間だけ蛍光色が輝いたかのように。そんなケリーを、プリヤは黙って見つめていた。

「〝昨日の夜はどうだった、プリヤ？〟〝うん、最高だった、ケリー〟」やがて口を開いたプリヤは、ひとり二役で話した。

「最高だったんだ」ケリーがオウム返しに繰り返す。

プリヤがフォークを皿に置くと、ガチャンと音がした。「おーい、聞いてる？」と大きな声を出す。

ケリーははっと顔をあげた。「あ、うん、聞いてる」

「ケリーはボーイフレンド・シンドロームだね」プリヤがきっぱりと言った。

「えっ何？　シンデレラ？」

プリヤは目を丸くした。「すてきなボーイフレンドができたとたん、友だちをないがしろにするんだね。友だち、っていうのはつまりあたしのこと」

プリヤの言うとおりだ、と認めざるをえなかった。自分でもわかっていた。親友のプリヤといるときでさえ、半分、心ここにあらずだった。「ごめん」イーサンで実践しているおかげで、前に比べると、素直に謝罪の言葉が出るようになっていた。「プリヤの言うとおりだって、自分でもわかってる」携帯の電源をオフにした。「昨日のアンドレとのディナーはどうだった?」

「最高だったよ。テキーラ呑んで、タコス食べて。さらにテキーラ呑みまくって。そのあとどうなったかはよく覚えてないんだけど。でも、今朝はいい気分で目覚めた」

「それも、ボーイフレンド・シンドロームってやつのおかげかもね」にやりとする。

「三つ子たちとのパーティはどうだった?」

「うん、よかったよ」と嘘をついた。「二歳でできるパーティっていったら、あんなもんじゃないかな」

「三歳になるって言ってなかったっけ?」

「ああ、うん、そう」あわてて言った。喉が急にからからになって、クルトンを飲み込もうとしてもなかなか飲み込めない。「三歳になったんだった」あんな話をでっちあげるんじゃなかった、と自分で自分をののしった。この先、三つ子たちの話題が出るたびに、嘘をつきとおさなければならない。

「ふうん」とだけ言うと、プリヤはそれきり黙り込んだ。

嘘をついている、とプリヤに気づかれているのはおそらくまちがいない。なんとか沈黙を埋めようとした。「ああ、ところで、アームのほうはどうなってる？」プリヤは目下、手術のときに使う、繊細さを要求されるメカニカルアームを製作中だった。プリヤの所属する医療用製品開発部はコンペに参加しないので、プリヤの仕事の話を聞くのは、いい気分転換になった。

「完成も近いと思う」プリヤが答えた。「いま新しい3Dイメージングシステムを使って……」

プリヤは、週末のことにはそれきり触れなかった。でも、その声には、何か言いたいことを抑えているような、張りつめた緊張感があった。ふたりのあいだの、いつもの気安い雰囲気が、〈ロケッツ〉のダンサーのひとりがリズムを乱すように崩れたのが、ケリーにはわかった。

その週の後半、母が送ってきたメッセージには、これだけしか打ち込まれていなかった。〝イーサンのことで大事な話がある〟。最後に船の絵文字もあったけれど、これはたぶん、単なるミスか、それとも、いままで黙っていたけれど、じつは長年船乗りになりたかったのよ、という母の密(ひそ)かな告白かのどちらかだろう。このメッセージが届いた午後、ちょうどコーディング（コンピュータ用のプログラムを書くこと）の会議の真っ最中だったから、気づいたのは、ずいぶんあとになってからだった。空一面の雲が夕日に染められ、なんとも言えない光景が広がる夕暮れ時、赤信号で停まり、ようやくメッセージを読んで真っ先に思い浮かんだのは、イーサンについて、母に知られてはならないことを知られてしまった、ということだ。母に電話をしてみても、つながらない。ウィンカーを出し、周囲の車がクラクションを鳴らすのもおかまいなしに隣のレーンに無理やり入り込んだ。そして、マンションではなく、両親の家に向かった。

でも、二十分後、両親の家の車寄せに進入してブレーキを踏んだとき、父の車しかないことに気づいた。思ったとおり、家に入るとほの暗いキッチンには父しかおらず、父は粉砕機のウッドチッパーのごとく、〈ドミノ〉のピザにがつがつと食らいついているところだった。

「お父さん、お母さんは出かけてるの？」ケリーは訊いた。

「ブライダル業界の懇親パーティとやらに行ってるよ」父がピザを頬張りながらもごもごと言った。「おまえも食うか？　食べかけだけどな」

父の隣のスツールに腰かけ、気難しい表情でひと切れつかんだ。でも、その手は宙に止まったままだ。不安がどんどん込みあげてきて、ピザでさえも食欲をそそられない。

「何かあったのか？」父がもぐもぐとピザを嚙みながら訊いた。

「どうして何かあったと思うの？　何かあったときだけここに来るわけじゃない。家族の食事会とか――」そこまで言い口をつぐんだ。そうだ。食事会以外でここに来るのは、何かがあったときだけだ。「お母さんと話したいのよ。今日のお母さん……何かいつもと変わったところはなかった?」余計なことは言わないように気をつけながら、できるだけさりげなく父に探りを入れた。

「いつもと変わったところ?」

「そう」

「機嫌はよかったけどな」父が答えた。「《ダーティ・ダンシング》の歌をハミングしてたくらいだから」

いい傾向だ。映画《ダーティ・ダンシング》の挿入歌《タイム・オブ・マイ・ライフ》が鼻歌で出てくるのは、ブライダルショップで大きな売り上げが出たりとか、美しいセレブのセルライトを撮った写真が暴露されたりとか、何かいいことがあったときだけだ。さらに突っ込んだ探りを入れてみることにした。「イーサンのことで、へんなメッセージをもらったのよ」

「ああ、そういえば、イーサンのことでなんか言ってたな」父は何か思い出したように人差し指を立てながらテニスボールくらいに口を大きく開け、ゆっくりと時間をかけてピザにかぶりついた。そんな父を、血圧が天の川まで届くほどあがったのではないかとどきどきしながら見つめる。父はようやくピザを食べ終えると言った。「イーサンの寸法が知りたいらしい」

「寸法?」思わずうろたえた。イーサンの仕様書を見せろってこと?

「タキシード用にな。お母さんとクララは、イーサンにウェディングパーティにも出てもらいたいようだ」

「ああ、なんだ」お母さんはイーサンに、結婚式だけじゃなくパーティにも出てほしいのね。ほっと安堵の息をつく。ようやく落ち着きを取りもどし、棚からソイソースを取ってくると、アイランドカウンターにもたれかかり、手に持ったままだったピザに器用に振りかけた。

「いい考えね」結婚式まで二週間ほどしかないというのに、イーサンをパーティの出席者に加えるようリストを書きかえたということは、母がイーサンを重要な人物だととらえているということだ。急に食欲が湧いてきて、数口でピザを平らげた。晴れ晴れとした顔でバッグをつかんで立ち去ろうとしたとき、父と、母のことしか話していないことに気づいた。ほの暗いキッチンで、父のほうを向いた。

「調子はどう? 仕事はどんな感じ?」

「相変わらずだよ」父はカウンターの上にある、図表の描いてある書類の束を引き寄せたそうに手をぴくりとさせた。

「最近、新しい圧力監視装置を設置した?」

「ああ」

「わたし、いま、抱えてる仕事に手こずってて」ぎこちない話し方だな、と思いながらも続けた。「こんなに大きなプロジェクトのリーダーを任されたのははじめてなの。プロジェクトの全体像や概念をつかむのがこれほど難しいなんて思ってもいなかった。だからといって、細かい作業のほうが簡単というわけでもないのよ。一日に二十四時間ではぜんぜん足りないくらい。人間のようなロボットをつくることはできるようになったけど、タイムマシンはまだ無理だしね。でしょう？」と声をあげて笑った。

「そうだな、それはまだ難しいだろうな」父が答えた。父はそれ以上何も言わなかった。気持ちがだんだん沈んでいくのを感じていた。いまこの瞬間、この家にいると、幼いころの自分にもどったような気持ちになった。優秀なエンジニアの父が帰ってくるのを待っている。分解して組み立て直した〈スピーク＆スペル〉を見てもらうのだ。ソファでうたた寝してしまい、父が部屋に入ってきたのに気づいてあわてて飛び起き、ねえこれ見て、とせがむ。でも父は、疲れているからあとでな、と答える。でも結局、見てくれたことは一度もなかった。

「そろそろ、帰らなくちゃ」唐突に言った。心の中で感じていることが顔に出てしまっていたのだろう。父がわずかに身じろぎするのがわかった。

「ああその――」父が口を開いた。同じような経験をしたことがあるよ、って言うつもり？　おまえを誇りに思うよ、とか？　それとも、すまない？　でも、父は油が飛び散ったピザの箱を見おろしながらその箱をこっちに突き出し、ぶっきらぼうにこう言った。「もうひと切れ食べるか？」

「ううん、もうたくさん」バッグを肩にかけ、父の腕を軽くたたくとキッチンの出口に向かった。「おやすみなさい」父から受け継いだのは、科学的な思考よりも、こんな不器用なところなのかもしれなかった。

家にもどる途中で、雨が激しく降り出した。聖書に出てくる大洪水のような大雨のせいで、ドライバーたちはのろのろ運転になり、車はなかなか進まなかった。ようやくマンションにたどり着くと、よろける足で自分の部屋にあがった。玄関のドアを開ければ、安全な場所でひと息つける。そして、いつもと同じようにイーサンと夜を過ごすのだ。そう思いながら倒れ込むようにして中に入ると、どの部屋も真っ暗でしんとしていた。そのとき、イーサンから電話があった。夕食の材料を買いに出かけたのだが、まだ街の反対側にいるという。いっしょに夕食をつくるのは、ふたりの新しい習慣になっていて、イーサンは、とげだらけの果物や職人が使うような小麦粉など、ときどき驚くようなものを買ってきた。一度、魚を丸ごと買ってきたこともある。そのときは、これどうやってさばくの？　と途方に暮れた。この夜は、思いがけずバスが故障して足止めを食らってしまったのだった。サンノゼの科学者たちから、酸性雨の濃度が人間を溶かさないくらいに低くなったと許可でもおりないかぎり、バスが動くようになるまで待機するしかないだろう。

ひとりで過ごすのも案外いいかもしれない、とにわかに活気づいた。そういえば、ここのところしばらく、ひとりきりで部屋で過ごすことなんてなかった。イーサンと暮らしはじめる前にしていたことを思う存分やってもいい。でも、いざ実践しようとすると、魅力的なことなど何も思いつかなかった。そもそも、イーサンの前でやっていないことなんてない。見た目が不気味な美顔パックをすることも、真夜中にアイスクリームサンデーを食べることも、セレーナ・ゴメスになりきって歌うことも、ぜんぶやっている。だったら、ひとりでただ静かに過ごそうか。それも悪くないだろう。

でも問題は、あまりにも静かすぎるということだった。そのうち、冷蔵庫の低いモーター音がだんだん耳障りになってきた。キッチンに行っては、別に空腹でもないのに何か食べるものを探したり、リビングに行っては、とくに興味もないのにテレビをザッピングしたりして、行き来の途中で真っ暗な窓ガラスに映る自分の姿にぎょっとしたりした。

ベッドに入ると、ベッドがやけに広く感じられた。イーサンはいつも隣の部屋のソファで寝ているけれど、同じ時間にイーサンも寝ていると思うと、ひとりじゃない、と感じられた。でもいまは、自分が砂漠にぽつんと立つ、だれにも知られていないオベリスクのように感じられて寂しい。ほんのひと月前はこんな毎日を過ごしていたなんて、自分でも信じられなかった。しかも、あと二週間もして結婚式が終われば、またこんな日常にもどるのだ。朝食もひとり、夕食もひとり、そんな毎日の繰り返し。静寂の中に身を浸し、だれとも話すことなく、頭の中で考えていることはどんどん凝り固まっていく。

イーサン以外にもこの世界には男――人間の男――がいるということ、あと少ししたらシングルにもどるという現実が、いやでも目の前につきつけられる。頭では、これまでの恋愛がうまくいかなかったからといって、これからの恋愛もうまくいかないわけではないとわかっている。でも、イーサンはわたしに完璧に合うように特別に設計したのだから。イーサンの言動は、何から何まで思いどおりにできるのだ。ほかに、これほど幸せな気分にしてくれる男なんているわけない。そうよね？

うつ伏せになって枕に顔をうずめたとき、玄関の鍵が開く音がした。やっと、イーサンが帰ってきた！　ベッドから跳び起きてリビングに駆け込むと、ちょうどイーサンがリビングのドアを閉めて、こっちを向いたところだった。手を伸ばして照明のスイッチを入れようとしたイーサンを止めた。「つけないで」バス停から歩いてきたイーサンはずぶぬれだった。窓から差し込む街灯の光を受け、髪の先にたまった雨のしずくがきらきらときらめいている。その背の高いシルエットは驚くほどしっかりとして揺るぎなく、どこから見ても本物の人間としか思えなかった。

思わず前に飛び出し、イーサンを抱きしめた。「ケリー」とイーサンが驚いて声をあげる。でも、さらにきつく抱きしめると、イーサンも抱きしめ返した。その腕にさらに力が込められていく。イーサンの背中は濡れたシャツの上からでもあたたかかった。

その夜、ベッドに横たわったケリーは、壁の向こうのイーサンがいるほうに視線を向けつづけた。まるで、隣の部屋で眠るイーサンの胸が上下するのを見ているかのように。

第15章

コンペまで残り二か月を切ったいま、〈コンフィボット〉の開発は、当初の計画どおりならもっと先まで進んでいるはずだった。プロジェクトが立ちあがったとき、パーティションに貼ったスケジュール表を、ケリーはなるべく視界に入れないようにしていた。スケジュール表には、カラフルなポスト・イットが端をきれいにそろえて一直線に並んでいる。ほんとうなら、いまは青のポスト・イットのところまで来ているはずなのに、まだ赤のところから抜け出せずにいる。〈コンフィボット〉の基本部分はだいたいできていた。でも、医師や家族とのテレコミュニケーションのような重要な部分はまだ開発中だった。真に包括的な介護ロボットをつくる、という最初にかかげた目標を目にすると身震いがする。でも実際には、まだごくありふれた介護ロボットでしかないと言わざるをえなかった。こつこつと集めた、対人相互作用について書かれた山のような資料が、あぶり出しで浮きあがる文字のように何かいいヒントをもたらしてくれ、顔、表情、声、話し方という〈コンフィボット〉のプロフィールが明確になり、開発がよい方向に向かってくれたら、と期待していた。でも実際には、資料を集めれば集めるほど、ますます混乱してしまう。ある記事によると、三十代以上の女性の六十二パーセントが、写真の口を閉じたままの笑顔を〝親しみが持てる〟ととらえている。でも、AHI社のマーケティングチームがフォーカスグループ法で行った模擬実験によると、ユーザーの八十九パーセントが、歯を見せる笑顔のほうが好きと答えているのだ。

山のような資料をただ見ていてもストレスがたまるだけなので、別の方向からアプローチしてみることにした。ちょうどそのとき、箱に梱包(こんぽう)された〈Dot‐10〉が日本から届いたばかりだった。市場でいまいちばん売れている介護ロボットであり、コンパニオンロボットでもある。でも、このロボットの丸みを帯びた白いプラスチックの腕と脚や、誇張された大きな目は、未完成の〈コンフィボット〉でさえすでに持っている人間らしさからはほど遠かった。胴体部分にはタッチスクリーンがあり、天気やユーザーの孫の写真などを表示したり、ロボットを対戦相手にゲームもできるようになっている。ロボットがくだらないジョークや、とんちんかんなことを言ったりするたびに、ストレスは減るどころかますます増えていった。三目並べゲームを終えると、タッチスクリーンに金色のトロフィーが出てきて跳ねまわり、ロボットが勝利を祝うような動きをして「おめでとうございます！　さすがですね！」と叫んだ。

国によって求められるものがちがうということを差し引いても、〈Dot‐10〉からは、理想とする介護ロボットの参考になるようなものは何も得られなかった。このロボットが競争を勝ち抜いてきた理由もわからない。〈スピード〉社の赤いブリーフ型水着をはいたサンタクロースが理解できないのと同じように。勢い込んで箱からロボットを出す前に、〈Dot-10〉からの観察結果をすべて数値化しよう、とパソコンでスプレッドシートもすでに作成して準備も怠りなかった。でもいま、そのスプレッドシートには何も記入されていない。といっても、そんな〈Dot-10〉にも〈コンフィボット〉よりもすぐれている点がひとつだけある。未完成の自分のロボットを憂うつな気持ちで見つめる。〈Dot-10〉には顔があるのだ。

AHI社に入社したてのころに手がけたプロジェクトが頭に浮かんだ。あのころはまだ、ほかの人が率いるチームに所属し、まわりの意見に耳を傾けるばかりだった。とくにプリヤに圧倒された。プリヤはあのころから、物怖じせずにがんがん意見を言っていた。いっしょに〈ゼッド〉の開発に取り組んでいたころのプリヤが記憶によみがえり、思わず笑みがもれる。プリヤは興奮してラボを歩きまわったり、あふれるアイデアを電子ボードの〈スマートボード〉に一心不乱に書きなぐったりしていた。あのときから、プリヤは特別な存在になった。プリヤは、その言葉を心から信頼して聴くことのできる、数少ない人のひとりだ。たとえ実践に役立つアドバイスが返ってこなくても、プリヤの言葉やほどほどに下品なジョークのおかげで、心が軽くなったことが数え切れないほどある。でもいま、プリヤに話そうと考えると、安堵や希望の波が押し寄せる代わりに、嵐のように渦巻く不安の上にさらに新たな不安が覆いかぶさってくるようだった。イーサンと暮らすようになってから、プリヤとの関係はぎくしゃくしていた。言い争いをしたり、打ち明けられないような秘密を抱えたり、友人とこんなこじれた関係になったのははじめてだった。とはいえ、もともとそんな関係になるほど、だれかと親しくなったことはない。ふたりのあいだに生じた亀裂はすでに峡谷ほどに広がっている。これまでの人生を振り返っても、プリヤみたいな友人はいなかった。プリヤと友人関係を築けたのは、ただ運がよかっただけなのだろう。それを長続きさせるなんて、どのみち無理な話だったのだ。

けれども頭の中には、昔のように、プリヤといっしょにエンジニアリングの難題に取り組む自分が浮かんでいた。プリヤとの関係がもとにもどる可能性がゼロになったわけじゃない。プリヤと過ごしたある午後の記憶がよみがえる。共通プロジェクトに取り組んでいて疲れがピークに達したとき、指が七本もある手をつけようとしたことがおかしくて、ばかみたいにふたりで笑いころげたことがあった。プリヤはいつも、神から与えられた人間の姿に改良を加えたようなヒューマノイドロボットをつくろうとアイデアを出していた。伸縮する腕とか、格納式の髪なんていうのはまだかわいいほうだった。ペニスをふたつつけようと言い出したことなんて、忘れられるわけがない。そのときのことを思い返し、知らず知らずのうちにほほえむ。

でも、もっと辛辣(しんらつ)な声が頭の中で響く。甘い考えは捨て、もうもとにはもどれないと潔く認めなさい。しょせん、プリヤとのような関係は、わたしの人生には不似合いだったのよ。

さらにあることを思い出し、追い打ちをかけるように新たな不安に襲われた。ある朝、プリヤがオフィスじゅうに響きわたる歓声をあげたことがあった。プリヤが開発中の手術用のメカニカルアームを、全国紙が特集すると知ったからだった。うまくいっているプリヤと比べ、プロジェクトを具体化することさえできていない自分の愚かさを改めて思い知る。プリヤは明らかに自分なんかとは不釣り合いな人なのだ。そんな人との友情がうまくいかなかったからといって、不満の言葉すら出てこない。深いため息がもれる。

「月曜病ですか？」〈Dot‐10〉の高い声で、われに返った。〈Dot‐10〉がつぶらな大きい目をぱちぱちさせながらこっちを見ている。ケリーは顔をしかめ、なんのためらいもなくロボットの電源を切った。

遠くのほうで、火事になった化学プラントがずっとくすぶりつづけているように、ケリーの胸の奥で、家族との食事会がもやもやと存在感を放ちつづけていた。イーサンをはじめて紹介されたときの興奮が落ち着き、クララの結婚式が近づいてくるにつれ、母は危険なまでに本領を発揮しはじめた。このごろは、十二時間仕事をしたあとよりも、家族との食事会のあとのほうがぐったりするくらいだった。以前だったら、夜は、家でひとりロゼワインとPB&Jサンドイッチをお供に、リアリティテレビ番組の特番なんかを楽しみたいと思ったことだろう。けれどいまは、とにかくイーサンとふたりで過ごしたかった。

ところが現実はといえば、グレーのパンツスーツを身につけ、イーサンを連れて両親の家に向かっている。「なるべく早く抜け出そう」ケリーは言った。「メインの料理が終わりかけたころに、頭が痛いってイーサンが言い出すのはどう？　そうすれば、デザートの前には逃げ出せる」

イーサンがこめかみをもみながら言った。「なんか頭が痛くて。たぶん眼精疲労だと思います。ずっと研究室にこもりきりだったから」

「うまい、うまい」とぱっと顔を輝かせる。

「早く抜け出したいのなら、そもそもなんで行こうと思うの？」イーサンが尋ねた。

「行きたくないけど、行かなきゃいけないのよ」

「どうして」

「どうしてって、ずっとそうしてきたし。いろいろややこしいの」

「ふうん、こういったことには、まだまだ学ぶべきことがあるな」イーサンが窓の外を見ながら言った。車はちょうど瓦屋根の並ぶジャパンタウンを通り過ぎたところだった。

口をつぐんで考えをめぐらした。これまで、母の言うなりになることに疑問を抱いたことなんてなかった。わたしはもう何年も自分で家賃を払っている部屋に住み、経済的に自立しているというのに。もういい大人だ。なにしろ、前の週に三十歳の誕生日を迎えたのだから。といっても、あまりにもいろいろなことが起こりすぎて、ほとんど忘れかけていたけれど。

プリヤが、大人っぽいシックなレストランでディナーして、そのあと、子どもっぽいかわいらしいユニコーンをかたどったカップケーキを食べにいこう、と提案してくれたけれど、イーサンとディナーの予約をしてあったので、プリヤはカップケーキだけをオフィスに持ってきてくれた。またひとつ歳を重ねたわけだし、自分の好きなように行動してみてもいいかもしれない。

「わたしもずっとオフィスにこもりきりよね」ケリーはおもむろに口を開いた。

「そうだね。どれほど働いてるのか見当もつかないくらいに」

「眼精疲労で、頭が痛い気がする」

「えっ、だいじょうぶ？」イーサンが心配そうにこっちを見る。

「ううん、そんな気がするだけ。でも、お母さんに、今日は食事会に行ける体調じゃないって連絡する。別に、いけないことじゃないわよね？　どうせ金曜には結婚式のリハーサルディナーでみんなには会えるんだし」

「いけないことだなんてぜんぜん思わないよ。それどころか、当然のことだと思う」

携帯を取り出すと、イーサンに放った。「いまからわたしが言うことを打ち込んで」

「じゃあ、家でテレビを観られるね。きみのために特番を録画してあるんだよ。同居してべビードールを集めてる中年の双子の兄弟が出てくるんだ」

「とんでもない！　せっかくきちんとした格好をしてるんだし、何か食べにいこう」

店はイーサンが選んだ。ローカルビジネスの口コミサイト〈イェルプ〉で人気のタパス（スペインの小皿料理）を出す店だ。庶民ふうのストリップモールの裏にあり、木の梁（はり）の天井と深紅の壁が印象的だ。ケリーはすぐにそこが気に入った。イーサンはどんなことでも必ず楽しませてくれた。その日の午後は、洗濯機と口げんかしたときのことを詳しく話してくれて大笑いした。イーサンが読んでくれた、プロパンガスバーナーと防臭弁を装備した熱気球で国境を越えようとして捕まった男のニュース記事もおもしろかった。最近では、iPadのニュース配信をわざわざチェックしなくなっていた。イーサンはケリーがどんなことに興味を持っているかよくわかっているので、セレクトは完璧だったし、イーサンが話すと、たいていもとの記事よりももっとおもしろくなるのだった。歌のコンテストで二位になった、顔にクモに咬（か）まれた跡がある人のことや、オクトマム（二〇〇九年に八つ子を産み話題になった女性のニックネーム）はいまどこでどうしているんだろう、などとばかげたことを訊いても、イーサンはあきれたりしなかった。

ふたりで、スペインの代表的なチーズのマンチェゴや赤ピーマンの肉詰めを食べていると き、母の束縛から逃れた解放感から気分が高揚しているのに気づいた。家族との食事会に行きたくなかったわけじゃないし、行こうと思えば行けた……でも行かなかった。こんな展開に自分でも驚いていた。さっき送ったメッセージに対して母から集中砲火のように電話が来ていたけれど、その電話に出ないことさえ、頭が痛くてすぐにベッドに入ったと明日伝えればいいことだ、と正当化した。

でも、後ろめたい気持ちもあった。食事会に行かなかったのは今回がはじめてだ。家族に複雑な思いを抱いてはいるけれど、家族の行事などには顔を出すようにしていた。三つ子たちのダンスの発表会に行ったときには、まるで月で目覚めたかのように途方に暮れて舞台をそわそわと動きまわっているよその子たちの二分間ずつの発表を眺めているうちに、気づいたら二時間が過ぎていた。クララが新しいアパートメントへ引っ越しするのに人手をほしがっていたときには、髪をしばって、スニーカーを履いて駆けつけた。あれこれ思いをめぐらしながら牛の骨付きカルビの蒸し煮をつついていると、イーサンが心配そうな顔をしてこっちを見つめているのに気づいた。

「だんだん近づいてきてるコンペのことを考えてたの」ケリーはぽつぽつと語り出した。「コンペの様子はオンラインで中継される予定でね。ほら、〈アップル〉の新製品が発売されるときとかにやってるみたいに。それで、そのことを家族に伝えたほうがいいかなって思って。だって、観たいかもしれないでしょう。でもやっぱり、何ばかなこと考えてるんだろうって。だって、コンペなんて観たくないだろうから。そしたら、みんな、わたしに無関心すぎるってだんだん腹が立ってきて。別に、だから今夜、食事会に行かなかったわけじゃないけど。なんだかわたしって、ほんと扱いにくい人間よね」と苦笑いする。

イーサンは眉をひそめた。「どういう意味？　コンペなんか観たくないだろうって。そんなはずないよ」

「まさか。どうして家族のみんなが、わたしのすることに興味を持つっていうのよ」

「だって、おもしろいからだよ」イーサンが強い口調で言った。

「あの人たちにとっては、おもしろくないのよ」きっぱりと言い、水を少し飲んでからしばらく考え、こう続けた。「前に、こんなことがあったのよ。ずいぶん前のことだから、いまでも気にしてるなんて自分でも信じられないけど」

「何があったの？」イーサンが続けるよう促した。

「六年生のときのサイエンスフェアで、わたし、自分で選んだテーマに何か月も取り組んだのよ。土壌の排水について調べたの。水道局の土木技師をしているお父さんに、ほめてもらいたくて。このテーマなら原理は同じだから、お父さんの仕事をもっと理解できるし。仕事の話をしてくれたことはなかったけど、ときどき、どんなことをしてるか知りたくて、お父さんの書類をこっそり見てたのよ。それはともかく、いろんな種類の石と、わたしが混ぜ合わせた土を水槽に入れて実験したの。それで最優秀賞をとったから、リボンを受け取りに舞台にあがったんだけど、見まわしてもだれもいなかった。両親もゲイリーもクララも、だれひとり来てなかったのよ。見にいくって言ってたし、お母さんはクララのサッカーの試合にはいつも行ってたから、探してみたんだけど。きっと、お母さんは仕事が忙しくて抜け出せなかったんだと思う。お父さんは……よくわからない。訊きもしなかったから。たぶん、ただ忘れてただけかも」うつむき、フォークをくるくると回しながら続けた。「わたしの研究が、翌月の州大会にも出ることに決まったんだけど、行かなかったの。なんだかがっかりしちゃって。州大会のことはだれにも言いもしなかった。話したのはイーサンがはじめて。でもまあ」牛肉にぶすっとフォークを刺した。「別に大したことじゃないけどね。いまでも気にしてるなんて、自分でも驚くくらい」肉にかぶりつく。

「ぼくは、そんなことないと思う」イーサンが穏やかな声で言った。

「こんなことをいつまでもくよくよ考えてるなんておかしいわよね」とすぐさま続けた。「だって、子どものイベントだし、何年も前のことだし。それに、あれがわたしにとってどれほど大事なことだったか、みんなに言いもしなかったんだから、わかれっていうほうが無理なのよ。いまこんなふうに話してるのも、ばかみたいな気がする。もう、こんなわけのわからない話をするなんて時間の無駄よ」

「ケリー、きみは複雑だけど、ばかじゃないよ」イーサンにほほえみかけようとした。でも、口の中は食べ物でいっぱいだし、目には厄介な液体があふれてくるし、ひどい顔になっているにちがいなかった。思わず、自分で自分がおかしくなって笑ってしまったら、今度は喉が詰まりそうになって、もっとひどいことになった。イーサンが水差しから水を注ぎ、グラスをこっちに差し出してくれる。「咀嚼（そしゃく）のスキルは改善の必要があると思うけどさ」

やっと、どうにか本物の笑顔を見せることができた。これまでずっと、サイエンスフェアで傷ついたことはなるべく思い出さないようにしていた。でもとうとう自分以外のだれかに打ち明けたいま、心が軽くなったような気がした。

その夜は、いつもよりもたくさん呑んだ。心が解放されて大胆な気分になり、呑み慣れたワインだけでなく、珍しいカクテルにも挑戦した。自分の弱い部分を見せたことで、イーサンとの距離がさらに近くなったように思えた。〝恋をすると、ふたりだけの世界にいるように感じられる〟。その言葉の意味が、より深く理解できた。自分たち以外の人なんて目に入らなかった。

食事がすんだあと、まだ眠くなかったし、あまりに楽しい気分で家に帰る気になれなかったから、イーサンの運転でイーストフットヒルズまで行き、そこから夜景を眺めた。季節はずれのあたたかく穏やかな夜で、ほかにもカップルがいて、ほとんどがティーンエイジャーだったけれど、ふたりを包み込むような夜の闇の中、岩に並んで腰をおろし、白い花のじゅうたんのように眼下に広がる街の明かりを眺めていると、この景色がふたりだけのもののように感じられた。

この美観の唯一の欠点をあげるとすれば、それは空が味気ないということだった。「もっと星がよく見える場所に住んでたらよかったのに」ケリーは組んだ両手の上に頭をのせ、空を見あげながら言った。

「見えなくても、星はそこにあるんだよ」イーサンが言った。

「わかってても、なかなかイメージできないな。もうずいぶん長いこと街から出てないし。そもそも、あまり外に出ることもないくらいだから」

「じゃあ、これから天文学の講義を始めよう」イーサンが言った。「まさにぼくの得意分野だからね。ほら、あそこを見て」とずっと左のほうを指さす。「あそこにはおとめ座があるんだ。人間の姿をしてるよ」

「うん、イメージできた」

「目を閉じて」イーサンが続けた。話を聞きながら、汚れるのも気にせずに岩の上に仰向けになった。「もう少し上のほうに行くと、おおぐま座がある。おおぐま座の一部の北斗七星がどんな形かは知ってるよね」

「うん、知ってる」

「それから少し南のほうに行くと、火星があって……」イーサンの言葉に耳を傾けているうちに、頭の中に、きらきらと光る星座の地図が描き出されていった。それは、これまでに見た中でいちばん美しい景色だった。

しばらくのあいだ、ふたりで仰向けに寝ころんだまま、想像の世界を楽しんだ。イーサンに手を握られ、はっと驚いた。身を乗り出してイーサンにキスし、そんなことをした自分にも驚いた。帰り道、イーサンが運転する車の中では、心も体もふんわりとして、もやがかかったように感じられた。絶えず何かを考えつづけていた脳の一部がまどろんでいるかのようだった。思いがけない贈り物のようなこの一瞬一瞬に、思い切り身を浸した。

家に着いたあと、自分でイーサンを寝室に連れていったのか、その逆だったのかは覚えていない。でも気づくとふたりで寝室にいて、ベッドに横たわっていた。数少ないながらも過去にこういった状況になったときは、むきだしの自分がどう思われるか恥ずかしかったけれど、自分のすべてをあるがままに自然に受け入れてくれるイーサンの前では、そんなふうに思ったりしなかった。そして、蝶番（ちょうつがい）でつないだ二枚の鏡のように、イーサンのすべてもまた、あるがままに自然に感じられた。イーサンの何もかもが本物の人間としか思えなかった。

第16章

うわ、なんだか恥ずかしい。翌朝、ケリーはそう感じながら、つま先立ちで寝室から洗面所に移動した。ベッドで気持ちよさそうに眠っているイーサンを起こしたくないというのもあったけれど、それだけじゃなく、何を話したらいいかわからなかったのだ。イーサンの前で恥ずかしさを覚えるのははじめてだった。まさか、自分がこんな気持ちになるなんて思いもしなかった。

何事においても、慎重に当たり障りのない生き方を好んできたけれど、その生き方がいちばん顕著なのは、おそらく恋愛においてだろう。でもいままさに、その恋愛の真っただ中にいる。自分のしたことを他人がどう思おうがかまわない。でも、イーサンが目覚めたとき、どういう態度を見せるか気になってしかたがなかった。

苦行に身を投じ、自分に活を入れたいという気持ちもあったのだろう。その朝、三度目の母からの電話に出た。

「体調はもういいの?」すぐさま母の声が耳に飛び込んできた。ケリーが子どものころから、母は、痛いとか、だるいとかいう言葉を聞くと過剰に心配した。風邪を引いたときに、一週間、登校させてくれなかったこともある。ちょうど、ソーダの缶を使って物理の実験をする授業があったときだったから、学校に行きたくてたまらなかったのに。

「だいじょうぶ、ちょっと頭が痛かっただけだから」

「でも、《エレンの部屋》（アメリカのコメディエンヌ、エレン・デジェネレスが司会を務めるトーク番組）に、頭が痛くなって一週間後に脳腫瘍（しゅよう）で亡くなったって女の人が出てたわよ」

「亡くなったんなら、どうやって出たわけ？」

「頭痛をやわらげることは何かしてみたの？　いつか教えたように、レモンの香りを吸い込んでみた？」残念なことに、母の医学知識はたいていファッション誌から入手している。

「イーサンもいっしょで、早いうちに寝ちゃったから」

「あら、昨日の夜もいっしょに過ごしたのね、ふうん」

「ときどきよ」

「イーサンがお泊まりするときは、ちゃんと避妊具を使ってるんでしょうね」

「もう、かんべんしてよ」

「あんなふうにハンサムな男っていうのはね、これまでにいくつものインク壺（つぼ）に自分のペン先を浸してきてるわよ」ぱっと耳から携帯を離した。そうすれば、この苦行から逃れられるとでもいうように。「だから、気をつけなさ――」

「お母さん、わたしもう三十なのよ！」

「あなたはロボットをつくるのがお得意かもしれないけどね。こういったことに関してはわたしのほうが詳しいんだから」母は断言した。「いい？　自分の身を守るために、やるべきことはやらないと。そして、あなたが心地よくないことをイーサンにさせてはだめ。だけど、イーサンのことも喜ばせてあげないとね。どう？　イーサン、喜んでくれてる？」

携帯をスピーカーに切り替えて、洗面台に置き、できるだけ遠くに離れ、洗顔用タオルにスクラブ洗顔料を勢いよく出した。「そろそろ行かなくちゃ。仕事に遅れる」

「これは大事なことなのよ、ケリー。なにしろあなたは経験がほとんどないんだから。もちろん、イーサンに経験豊富って思われるのはいやでしょうけど。でもね、こういうことって多いに越したことないのよ。そうじゃないと、自分が何してるんだかわからないでしょ。イーサンに生まれつきの名人って思わせるのよ。まあ、それはありえないか」

冷静に考えれば、イーサンにセックスの経験があるわけない。だから、昨日の夜、ベッドでイーサンを満足させてあげられたかしら、と心配するのはばかげている。

それは十分わかっているけれど……考えるほど心配になり、落ち着かない気分になってくる。だって、イーサンの電子脳は無限にインターネットにアクセスできるのだ。オリンピッククレベルのセックスショーを見ていたっておかしくない。わたしにそんな芸当ができるわけがないし。シャツを鼻に引っかけずに脱ぐことすらまともにできないんだから。それに、母の言うようにイーサンはたしかにハンサムだ。シーツの上で体をよじって眠っているイーサンをちらりと振り返る。無防備なその寝姿は、艶のある肌といい、自然に乱れた髪といい、ギリシャ神話に出てくる美少年アドニスかと思えるほどだ。その姿を見ていると、セックスしたあとにいつも感じていた不安が込みあげてくる。しかも十倍の強さで。

「そういえば、Iラインだけ残すアンダーヘア脱毛がこのところはやってるね」母のその言葉で、われに返り、電話を切ろうと決めた。

「もう行かなくちゃ、またね」

裸の体にタオルを巻き、足音を忍ばせて寝室にもどった。クローゼットのドアの蝶番が軋みませんように、と願いながらドアを引く。でも、ギイッと音が鳴り、イーサンがもぞもぞと動いて目を覚ました。「おはよう、ケリー」

「ああ、おはよう。そこにいたのね、気づかなかった!」わざとらしいほど高くて元気な声になった。ハイネックのブラウスとロングスカートをクローゼットから引っぱり出す。なんだかイーサンを意識してしまって、いつもみたいに振る舞えない。片方の手で服をつかみ、もう片方の手でタオルの端を押さえて立っていたら、突然、イーサンの前で着替えるのが恥ずかしくなった。ちらりと見ると、イーサンはベッドの上で体を起こしていた。その体はシーツで半分隠れている。イーサンも恥ずかしそうにしているのがわかった。ふたりでじっと黙り込んだまま見つめ合う。

しばらくして、イーサンが口を開いた。「ねえ、こんなのはどうかな? ぼくはこうやってシーツを一生巻きつけている。きみは、そうやってタオルを一生巻きつけている。そうすれば、山ほどの洗剤を節約できるよ。いいアイデアだと思わない？」ケリーはおかしくなって噴き出した。恥ずかしがっていたのが急にばからしく思えてくる。

「もう、イーサンたら」タオルを外して着替えはじめた。イーサンも自分の服を取りにベッドから出る。

「恥ずかしがるなんて意味ないって気づいてさ」イーサンが続けた。「だって、ぼくのこの体は、きみがつくったんだから」

「その体を、満足させてあげられた？」と上目遣いに訊いた。

「もちろんさ」イーサンはケリーの頬にキスし、キッチンへ歩いていった。小さな蝶が、胸の中で羽ばたいているような気がした。


その日の午前中、早くラボに行き、プリヤにすべてを打ち明けたくてしかたがなかった。母じゃなければ、だれかれかまわず昨夜のことを話したい気分だった。でも、いざラボでプリヤと席につくと、黙り込んだ。こんなこと、秘密をもらさずにどうやって話せばいいっていうの？　そんなの無理。話せるわけがない。

プリヤが隣ではんだごてを使いはじめた。はんだ付けをしているときの鼻につんとくるようなにおいを嗅ぐと、いつもパブロフの犬の条件反射のように、いろいろなものをつくったときの記憶がわっとよみがえってくる。気持ちが穏やかになると同時にたかぶってきて、ここは自分の居場所だと思えてくるのだ。でもこの日は、いつものにおいを嗅いでも、そんな気分にはなれなかった。

「どうかした？」プリヤが、手もとから視線をそらさず、仕事に集中したまま訊いた。

〝わたし、自分でカレをつくったのよ。それで、そのカレと昨日の夜、寝たの。カレに恋しているみたい。それを親友のあなたに話したくてたまらないの〟

でも、「なんでもない」と答えるのが精いっぱいだった。

その夜、《バトルボッツ》では最後の対戦が繰り広げられていた。勝ち抜いてきたロボットが対戦相手のロボットに強打を見舞うと、やられたほうはひっくり返って黒焦げになり、ただのゆがんだ金属の塊になり果てた。車輪がむなしく空中で回転する。ショーは終わり、イーサンがテレビを消した。リモコンをコーヒーテーブルに置いて立ちあがろうとしたイーサンをケリーは引きとめ、体を寄せた。

「何かあった？」イーサンが訊いた。

「あったともいえるし、ないともいえるし、自分でもよくわからない。プリヤと最近、前みたいに付き合えなくて。ふたりのあいだに、どんどん距離ができてるの。こんなこと言うなんて、ティーンエイジャーみたいだけど」

「そんなふうに思うのは、ティーンエイジャーの特権ってわけじゃないよ」イーサンが言った。「前は仲がよかったのに、いまは距離ができてるんだね」

「そう。話したいことがあるのに、話せないのよ」

「だったら、ぼくに話せばいいよ、いつでも」

〝いつでも〟。この言葉が心に鋭く突き刺さった。ずっと考えないようにしてきたことが頭をもたげてくる。クララの結婚式が週末に迫っていた。つまりそれは、イーサンを解体しなければいけない日が近づいているということでもある。

ソファに座ったまま、隣にいるイーサンの顔を見あげた。背後から差すランプの光を受け、下あごの輪郭が影になっている。イーサンの喉のあたりに頭をうずめた。「そうね」とささやくように言った。「ありがとう、そうする」イーサンが頭のてっぺんにキスしてくれているのがわかる。イーサンといっしょに写る写真は、ほかの人の目にどんなふうに映るだろう。きっと、これまでになく仲睦まじい恋人同士に見えるにちがいない。

第17章

クララの結婚式の日。この日が自分にとってどういう意味を持つのか、ほんとうは考えないといけなかった。でも、夢の中にいるようで頭がしっかりと働かない。今日は、クララのことだけに集中することにしよう。ケリーは、クララの笑顔のようにすがすがしく晴れわたっている空を見あげながら思った。家族やスタッフが、最後の準備のためにテントからテントへとせわしなく移動している。テントの外の世界は、この特別な日のために、パステルカラーの衣装で着飾っているようだ。頭上には青い空がどこまでも広がり、緑の芝の通路にはきれいなピンクの花びらが散っている。こんなに何もかもが幸せそうな景色の中でいちばん輝いているのは、その中心にいて頰を染めている花嫁だった。ばたばたとあわただしい中、クララのいるその場だけが、台風の目のように静かで満ち足りた空気に包まれ、そんなクラにみんながやさしい視線を注いでいる。この日のクララのあふれんばかりの幸せなオーラに、だれの目も惹きつけられずにはいなかった。

クララが台風の目なら、さながら母は台風そのものと言えた。母はサテンを着た軍曹のごとく殺気をみなぎらせながら動きまわり、沈んでいくタイタニック号の船長のように、みんなにてきぱきと指示を飛ばしていた。「樺の木の丸いケーキスタンドが中心から三センチほどずれてるわ」「デザートテーブルのレイアウトをもう一度考え直しましょう」「ブライズメイドのネックレスがひとつ見当たらないのよ」（と懇意にしている宝石店に怒鳴るようにして連絡）「ピンクの噴水は、これじゃ写真映えしないからもっと染めてちょうだい、もっと派手にね！」ブライダル業界の母の知人たちはすでに大勢集まっていて、中には、言わば急ごしらえの宣伝ともいえるこの結婚式の準備を見るために、わざわざ早めに来た人もいた。

ケリーはといえば、あれこれと手伝いながらも、なるべく台風に巻き込まれないようにしていた。イーサンといっしょに座席札をテーブルに並べたときは、あとで気の毒なウェイターが、ミリ単位で母から直せと言われないよう、きっちりと置いていった。母のストレスレベルを常に警戒しながらも、母がこれまで見たこともないほどに、生き生きとして幸せそうなことにも気づいていた。もともとこの結婚式は、クララの計画では地味ながらもセンスがよくて、居心地のいい雰囲気のものになるはずだった。でも、母のたっての希望で、〈ピンタレスト〉にアップするのに完璧なレベルにまでだんだん引きあげられていったのだ。シリコンバレーの花嫁の多くが、流行の最先端を行く結婚式を挙げたがっているとはいえ、母が自分のやりたくてもやれなかった結婚式を実現しようとしているように思えてならなかった。父と結婚したときはお金がなくて、ハネムーンで〈ホリデイ・イン〉に泊まるしかなかったくらいなのだから。いつだったか、母が〝わたしの結婚式〟と言っていたことを、ケリーは聞きのがさなかった。幸いなことに、そのときクララは髪にたくさんカーラーを巻いていて聞こえなかったようだったけれど。

そうこうしているあいだにも、サトル家の面々が続々と集まっていた。いとこに祖父母、それに、生まれていることなど知らなかった赤ん坊、とっくに亡くなったと思っていた大おばもいる。父は、ひどく陽気な肉親たちに囲まれていた。ケリーはイーサンの手を取り、にぎやかな一団のほうへ近づいていった。この騒がしい親族たちといっしょにいると、まるで残響室に閉じ込められているようだった。でも、ひとりひとりとあいさつしたり、紹介しあったりしているうちに、ふたつのことに気づいた。ひとつ目は、みんながイーサンにひどく感心していること。ふたつ目は、イーサンがみんなのテンションの高さに遜色なくついていっていることだ。

イーサンがごく自然な動作で、握手からハグすると、男性陣はイーサンの背中をやさしくたたき、女性陣はどきりとしたしぐさを見せながらも、恥ずかしそうにほほえむのだった。それにイーサンは、親族たちのそれぞれの情報を〈フェイスブック〉を読んで完璧に覚えていたので、人によってはケリーよりも早くだれだかわかった。でも、そんな情報をひけらかすことなく、「新しい仕事はどうですか？　ケリーから革製品の店を始めたと聞いてます」などと言って、花を持たせてくれるのだった。いとこのエレナーが、胸の谷間の位置をしきりに直しながら、貪るようにしてイーサンに見入っているのに気づいたときは、笑いをこらえるのに苦労した。と同時に、少し胸がすくのを感じた。というのも、五歳の誕生日のとき、誕生日ケーキの飾りをエレナーにとられたことがあったのだ。まだ覚えている自分にも驚くけれど、それはバラの形をした砂糖細工（フロスティング）だった。ケリーはエレナーにほほえみ、小さく手を振った。

でも、親族の人数がどんどん増え、暑くて騒がしくなってきたので、いつまでもそこに長居はしなかった。どのみち、にぎやかな親族たちが密集した場で、だれかと落ち着いて話すなんて無理だった。イーサンが上手に相手をしてくれていたので、ひと息いれようとそっと抜け出した。芝生の端に物置小屋があり、そこにさっと入った。ドレスの下の補正下着として代用している水着が汗のせいで透けて見えないといいのだけれど、と思いながら手で顔をあおいでいたとき、父がそこにいたことに気づいて跳びあがった。やはり似たもの親子、考えることは同じらしい。

「外はだいぶ暑くなってきたわね」ケリーは言った。

「ああ、それに騒がしい。うちの家族は、おしゃべり好きな連中ばかりだからな」父が答えた。

ほっと息をつき、ほほえんだ。「逃げ出して正解ね。ここなら静かだし」

「ああ」父はそっけなく言った。手にしていた雑誌をぱらぱらとめくりはじめる。

とたんに、気まずくなった。父は静かな場所を求めてここに来たのだ。いっしょにいい気分でおしゃべりしていた気になっていたけれど、ほんとうのところは、父の平穏な時間をかき乱していたにすぎない。はっと背筋を伸ばして肩を引いたとき、熊手にぶつかった。倒れそうになった熊手をあわててつかんでもとにもどす。「邪魔してごめんなさい」なるべく卑屈な言い方にならないよう意識した。

「いや」父は小さな声で言い、ふたたび雑誌に視線を落とした。ケリーはそっと物置小屋を出た。父と会話めいたものをしたときによくそうなるように、気分が落ち込んでいた。こんなににぎやかな朝だというのに、ここだけ別世界のように静寂に包まれている。でもその静寂は、いつもみたいに穏やかな気持ちにさせてはくれなかった。心にぽっかりと穴が開いたようだった。

でも、これがわたしの家族だし、今日はクララの結婚式で、わたしはメイド・オブ・オナー（ブライズメイドのリーダー格）なのよ。そう思うと、不思議と気持ちを切り替えることができた。みんなのいるほうへ歩き出す。たくさんの人たちに囲まれれば、きっと気分も紛れるだろう。ジョナサンが大学時代の仲間といっしょに、ベストの後ろについているバックルを調整しあっている。パティシエとアシスタントたちが、デザートテーブルのレイアウトを変更している。厳しい表情で見取り図やコンセプトをまとめたビジョンボードを見つめるその様子は、まるで心臓切開手術をしているかのようだ。母の友人でもあるウェディングフローリストが、座席案内のボードに飾ってある花のアレンジメントをつぶさに眺めながら、クローズアップの写真を撮っている。ほとんどの人が顔見知りだけれど、よく知っている人はあまり見当たらない。

そのとき、グルームズマンの一団の向こうに、イーサンを見つけた。イーサンは三つ子のひとりのヘイゼルに高い高いをしてあげていた。動きに合わせて、フラワーガールのドレスのチュールがふわりと肘まで上がったり、足首まで下がったりしている。ヘイゼルは声をあげて笑いうれしそうだ。その様子を見ていたら、心の芯からじわじわとあたたかくなり、ほっとくつろいだ気分になれた。イーサンのほうへ歩いていって声をかけ、腰に手をあてる。イーサンが振り向き、さっとキスしてくれた。

やがて、式に備えて参列者が席についた。プログラムで顔をあおっている人もいれば、椅子の背に吊された花びらの入ったレースのカップをつついている人もいる。ケリーは、水着がドレスの胸もとから見えないよう、緊張しすぎて青空の向こうへ逃げ出してしまわないよう意識しながら、緑の芝の通路を通って祭壇代わりのフラワーアーチへ向かった。なんとか無事にたどり着けた瞬間は、心の中でガッツポーズをした。式が始まると、参列席にいるイーサンとちらりと目を合わせて笑みを交わした。

クララのレトロな雰囲気のウェディングドレスは流行の最先端ではなかったし、メイクも控えめだった。でも、芝の通路を歩いてくるクララは、期待に胸をふくらませ、自信に満ちて輝くばかりに美しかった。その姿を見たとたん、ジョナサンが顔をゆがめて真っ赤になり、感激の声をあげた。ふたりは、あらかじめ自分たちで書いておいた誓いの言葉をつっかえつっかえ言いはじめた。そして、ジョナサンは、〝クララが陽気なおばあちゃんになるまで愛しつづけます〟という言葉で、クララは、〝ジョナサンはわたしの迷える奉仕者です〟という言葉で誓いを締めくくった。そのあとのキスは情熱にあふれ、すべてにおいて心和む、すばらしい式だった。式の終わりにイーサンにエスコートしてもらって席にもどるときは、自然とイーサンの腕をぎゅっとつかんでいた。

ウェディングパーティが始まり、午後の日差しがやわらいでくると、なんて幸せなんだろうと思わずにはいられなかった。家族席でイーサンと並んで座り、家族とおしゃべりしたり、笑ったりした。イーサンに、あのおじさんとは政治の話をしてはだめ、とか、祖父のアーニーが自分の歯をさして、この銀の詰め物は宇宙人から取りあげたんだと言ったときは、ただ笑ってうなずくだけでいい、とこっそり忠告したりもした。母の熱狂の炎は、今日という日が無事に進むにつれてだんだん弱まり、いまはやわらかな光を放つまでに落ち着いてきたようだった。新郎新婦の席で、腕を交差させてお互いの皿からスープをすくおうとして大笑いしているクララと目が合ったときは、手を振った。

食事がすむと、テントの真ん中のダンスフロアにぽつぽつと人が集まりはじめた。天井のあちこちにぶらさげられたライトがきらめいている。イーサンがこっちを向き、ワイングラスを置いた。

「さあ、踊ろう」

イーサンの腕にそっと手を置いた。「ここに座っていましょう」

「どうして？　足が痛い？」

クララのお気に入りのオープントゥパンプスを履いた足を持ちあげ、足首を回してみせた。

「ううん、なんとか持ちこたえてる。ただ、ダンスはあまり得意じゃないだけ」

「だいじょうぶ、あっちに行けば、じっとしてなんかいられないはずだよ。アーニーおじいちゃんは、若いころはかなり、ぶいぶい言わせてたんじゃないかな」イーサンは祖父のアーニーを見てうなずき、まじめな顔で茶化してみせた。祖父は人工股関節バージョンのツイストらしきものを踊っている。

目を丸くして答えた。「わかった、一回だけよ」寄せ木張りの舞台で、イーサンが伸ばしてきた手を取り、ためらいがちに足から足へと体重を移動させた。三十年ものあいだ、どうやってなんの支障をきたすこともなく歩いてこられたんだろう。足を床から離すのに、思い切り勇気がいる。ロビーに言われた言葉がよみがえる。〝きみはその二本の足をしっかりと地面につけておいたほうがお似合いだって。優雅な身のこなしができます、ってタイプでもないだろ〟。まったくロビーの言うとおり。たしかに〝優雅な身のこなし〟ができるタイプじゃない。どうやって踊ったらいいのかわからない、とこれほど頭を悩ませたのははじめてだった。A地点からB地点までまともに体を移動させることもできず、ダンスらしき動きもぜんぜんできず、ただおろおろするだけでこれほどのエネルギーを消耗するなんて、まったくばかげている。でも、クララとジョナサンがほろ酔いかげんの足で自由奔放にくるくる回っているのや、祖父のアーニーがポンコツの体で恍惚（こうこつ）としてソロを踊っているのを見て、脚を振ってみるのも悪くないかもしれないと思い直した。

イーサンにリードを任せることにした。イーサンのリズムに合わせ、前後左右に足を動かしてみる。そのうち、シミー（上半身を揺すって踊るジャズダンス）を踊ったり、回転したりできるようになった。だんだん夢中で踊り出し、まわりの人が目に入らなくなり、ふと気づいたときには、歩行器をつかんだまま踊る大おばのマージがすぐそばにいた。あわてて避けようとしてよろけて、イーサンの胸に飛び込んだ。「だいじょうぶ？」イーサンが訊いた。

笑い声をあげ、体をもとにもどした。まわりの人の目なんかちっとも気にならなかった。

「最高の気分よ」

そのあとしばらくは、芝生で、ゲイリーとその妻と三つ子たちとのんびりくつろいだ。目を閉じ、耳に届く音をいとおしむ。水中で鳴り響いているようにくぐもって聞こえる隣のテントからのダンス音楽、グラスとグラスが触れ合う音、甘い物を食べたのと疲れているのとで、テンションが少しおかしくなっている子どもたちの甲高い笑い声、あたたかい夜風の中で盛り返したコオロギの鳴き声。目を開けると、ゲイリーとイーサンが交代で三つ子たちにシャボン玉を吹いていた。三つ子たちは、ふわふわと飛ぶシャボン玉を大喜びで追いかけたり、勢いよく列になって飛んでくるシャボン玉から逃げたり、虹色の球体が腕や鼻にぽんっと当たるたびにキャッキャッと声をあげたりしている。今日ばかりは、自分だけ除け者にされているなんて感じなかった。イーサンとわたしはここにいるほかのカップルとなんら変わらない。イーサンといっしょにいると、なんて幸せなんだろう。

ゲイリーは顔を赤くしながら、躍起になってシャボン玉を吹いていた。「なんで、イーサンが吹くほうがいつも大きいんだ？」と息を切らす。

「だって、イーサンはみんなとちがうもん！」バーティが叫んだ。

芝生用のローンチェアに座ったまま、びくりとした。バーティにこっちに来るよう手招きする。「どういう意味？イーサンはみんなとちがうって」

バーティは肩をすくめた。「わかんない。でも、イーサンはみんなとちがうよ」と言うと、バーティは大きなシャボン玉をつかもうと走っていった。シャボン玉はバーティの手をすり抜け、空に向かってあがっていく。驚きで声も出なかった。バーティが何か知っているなんてありえない。ということは、イーサンに出会った大人たちが気づかなかったことを、バーティは感じとったということだろうか。少し前まではとても平穏で心地よかった景色と音が、急に恐ろしく耳障りなものに感じられた。イーサンと過ごしたこの美しい夜の安らぎは、目の前で虹色に輝くもろいシャボン玉と同じように、あっけなくはじけてしまった。結局、何もかも、いつかは消えてしまうシャボン玉のようなものだったということだ。

芝生に置いていたグラスをつかんで、立ちあがった。「お代わりの飲み物を取ってくる」でも、バーから持ちかえったワインを、どうしても呑む気にはなれなかった。しかたなく、テントからテントへと落ち着きなくさまよった。なんて愚かだったのだろう。自分でつくり出した幻に恋をしてしまうなんて。この日がどんな意味を持つのか考えなければいけなかったのに、ずっと目を背けてきた。イーサンは、結婚式のプラスワンの役目をしてもらうために、わたしがつくったロボットだ。そして、明日になったら、解体しなければならない。まるで、シンデレラになった気分だった。華やかなドレスも、舞踏会が終われば消えてしまう。騒がしい音楽も、酔ったグルームズマンのふたり組の調子はずれの歌声も、スピーチを求めてしつこくグラスをスプーンでたたきつづけている音も、コオロギの高まっていく鳴き声も、すべての音が重なり合って速度を増し、それに合わせて鼓動がますます速くなっていく。時を刻みつづける時計のように。

「みんな、こっちに集まって!」クララの高い声でわれに返った。深く息を吸い込み、気持ちを入れ替える。手をつけていないグラスをテーブルに置き、クララの呼びかけで集まる人たちについていった。

芝生の端のほうで、ブライズメイドたちが輪になっておしゃべりし、残りの参列者がその後ろに集まっていた。同じ服を着ているせいで無意識に引き寄せられたのか、何も考えずにブライズメイドたちの輪に加わった。目の前に立っているクララが、静かにするよう手を振って合図した。「お集まりのみなさん！　ジョナサンとわたしはそろそろおいとましま――」えーっと抗議の声があがる。「シーッ、なんてったって、明日の朝からハネムーンに行くんだから！」笑い声が起こる。「けどその前に、ひとつ贈り物があるの」クララが背中に回していた手を前に持ってくると、その手には、濃いピンクと薄いピンクの花と白いリボンのブーケが握られていた。「みんな、ブーケトスを受け取る準備はできてる？」

　ブライズメイドたちが歓声をあげた。でも、ケリーは端のほうに寄り、集まった人たちから距離を置いた。みんなといっしょに騒ぐ気分にはなれなかった。それに、正直なところいらいらしていた。ブーケトスなんて家父長制度の悪しき産物だ。人生の究極の賞品、つまり〝夫〟を勝ち取るために、女同士で喉を引っかき合うなんて。そもそも、運動神経ゼロで、体に密着したドレスを着て、ぐらぐらするヒールを履いた女が、棒高跳びの選手のごとく手を伸ばしてブーケにつかみかかる姿を見たい男なんている？　しかも、親戚一同がカメラを構えている目の前で。ぜったいありえない。

「知ってると思うけど」クララが続けた。「ブーケを受け取った人が、次に結婚できるって言われてるのよ！　ラッキーガールに、前もって言わせてください」クララが左手を伸ばすと、ジョナサンが歩み出てその手を取った。「この人がわたしを幸せにしてくれたように、将来のだんなさまが、あなたを幸せにしてくれますように」クララとジョナサンが笑顔で見つめ合い、そんなふたりにみんながうっとりと見とれている。ケリーは頑なだった心が、われ知らずほぐれていくのを感じた。

「さあ、行くわよ」クララがみんなに背を向け、ブーケを頭上にかかげた。ケリーはほかの女の子たちの邪魔にならないよう、さらに一歩離れた。女の子たちは獲物に飛びかかる寸前のチーターのように身構えている。「二……二……」

見物人の中にイーサンがいた。隣には母がいて、期待が高まるあまり、夫ではなくイーサンの腕をぎゅっとつかんでいる。そんな母の手を、イーサンが笑いながらぽんぽんとたたいていた。視線に気づき、イーサンがこっちに笑みを向けた。あの笑顔が永遠に続いたらいいのに。

「三！」

ケリーはわれ知らず駆け出していた。ブーケが宙に放たれるや、跳びあがって手を伸ばした。いつもだったら十ミリ秒かかる動きを一ミリ秒でやってのけた。うっかりエレナーの鎖骨に肘をぶつけて足をすべらせ、湿った草の上に顔から突っ込んだ。でも、打ちのめされたプロボクサーのように弱々しく手をあげたとき、その手にはブーケが握られていた。

そのあと、会場の洗面所で汚れを落とすケリーには、思いをめぐらす時間がたっぷりとあった。メイクしていた顔から泥をぬぐい、エレガントだったのにぼろぼろになってしまったドレスから草の染みをこすり落とすのは、簡単に終わる作業ではない。洗面台の上にある金の枠に囲まれた鏡に映る自分を見つめながら、こう考えずにはいられなかった。なぜあんなことをしたのだろう。自分の論理、生来の性格に逆らい、ドレスを汚し、人前であんな醜態をさらしてまでブーケを取ろうとしたのはなぜだろう。どうしてあんな行動を取ってしまったのだろう。導き出される答えはひとつしかない。

それは、わたしがイーサンに恋をしているからだ。

第18章

一か月半ほど前にイーサンをつくったとき、ケリーは結婚式の翌朝は、早朝にすっきりと目を覚まし、すぐに作業に取りかかるつもりでいた。でも現実には、目覚めたとたん、前の晩に草の上に顔から突っ込んだことを、いやでも思い出さずにはいられなかった。体の節々がファックスで送信され押しつぶされた書類になったかのように痛い。そっと片腕をあげてみると、あざとかすり傷があちこちにできていた。二日酔いで頭がぼーっとしていても、痛みがやわらぐことはなかった。

半開きの目のまま、ナイトテーブルに手を伸ばして携帯をつかんだ。画面には、リマインダーのメッセージが〝例のあれ〟と赤い太字で表示されている。AHI社が眠りについている日曜日の今日、イーサンをラボに連れていき、解体しなければならない。それも永遠に。

朝のやわらかい光の中、隣で眠るイーサンの顔を見つめた。イーサンを起こし、あなたを解体するからラボに行くわよ、なんて言えるわけがない。ここまで思い詰めていなかったら、きっと笑い出していただろう。どうして終わらせなければならないの？　なぜ、ふたりいっしょにいてはいけないの？　イーサンの正体が会社のみんなに知られてしまったら、という恐怖にはずっとつきまとわれることになるだろう。でも、緊張がやわらげばやわらぐほど、ばれるはずはないという気持ちになっていた。イーサンと有効期限なしで、なんのルールもなく、だれに恥じることもなくいっしょにいられたら、どんなにうれしくて、ほっとすることだろう。そう考えたら、右目から涙がこぼれ、目尻を伝ってシーツに落ちた。髪でそっと涙を拭う。

けれどなんの理由もなく、携帯のカレンダーに赤い太字でメッセージを打ち込んだわけじゃない。イーサンは解体する。そう決めたからこそ、無謀なこの計画をやりとおすことができたのだ。これまでだれにも気づかれずにすんだのは、ほんとうに驚くほど幸運だったというしかない。イーサンをつくったのは、結婚式のプラスワンが必要だったから。そしてその結婚式は終わり、イーサンは見事にその役割を果たしてくれた。ほんの出来心でしたことは、思いどおりにうまくいった。これ以上何を求めるというの？

うつ伏せになって枕に顔をうずめ、唇を噛む。もっと時間がほしい。もっと時間があれば、イーサンと別れる準備ができるだろう。結婚式のあとにイーサンを解体すると自分で決めた。でも、どの結婚式かってとくに決めたわけじゃない。これってルールを曲げていることにも破っていることにもならないわよね？

リマインダーのメッセージを消去し、体を起こした。ある考えが浮かんでいた。

頭がすっきりとするハーブティを飲んで気持ちを引き締めてから、母のブライダルショップに向かった。イーサンには何も言わずに部屋を抜け出してきた。母に、イーサンが仕事の都合で遠くへ行くことになり、わたしたちは別れることにした、と告げるつもりだった。こう言ってしまえば、もう後戻りはできない。無理にでもイーサンを解体する道筋をつくらなければならなかった。それにこうすれば、あとから母に別れを報告する必要もないので、一石二鳥と言えた。

母のブライダルショップに足を踏み入れたとたん、目がちかちかし、頭がくらくらした。ここに来ると、いつも落ち着かない気分になる。店全体がまさに母そのものといっていい。さまざまな結婚式用の装身具が、部屋のあちこちに置かれたアイヴォリー色のテーブルに所狭しと並んでいる。ティアラ、造花のアレンジメント、手帳、雑誌、イヤリング……ラックにぶらさげられたイヤリングは、だれかがそばを通るたびに軽やかな音をたてる。でも、この店の目玉商品は、なんといってもドレスだ。アイスブルーの宝石がちりばめられたつややかなサテンのひだつきのドレスが、ラックや、照明のついたアルコーブに大事そうに飾られてきらめいている。この場所は、狭苦しくて、甘ったるくて、息が詰まりそうなほどかわいい世界に感じられるけれど、未来の花嫁が入店するたびに歓喜の声をあげているということは、母は正しいことをしているのだろう。

母はほとんどのドレスをデザイナーに注文する一方で、毎年、裁縫師としての知識を活かし、ドレスを一からデザインして作製もしていた。店の目玉商品にしたり、販売する際の話題づくりに利用したり、ドレスの寸法直しの技術を客に売り込むための材料にしたりするのがその目的だろう。でもほんとうの理由は、母がずっと着たかったけれど着られなかったドレスを実現させたいからにちがいない。母がつくるのは、決まってプリンセスタイプのロングドレスで、記憶にあるかぎり、ドレスの裾は年を追うごとに、どんどん長くなっているようだった。今年のドレスの特徴は、〈コストコ〉サイズ、いや〈ウォルマート〉サイズ、いや〈ウォルマート・スーパーセンター〉サイズのチュールのスカートと、その上にちょこんと載った、滑稽なほど小さく見える銀のクリスタルをちりばめた胴部(ボディス)だった。

その特大サイズのチュールのドレスのそばをすれすれに通り過ぎると、レジの後ろに母がいた。「ケリー!」母が先に声をあげた。「来てくれたのね、うれしいわ。クララの〈インスタグラム〉を見た? ジョナサンと手をつないでハネムーンに行くための飛行機に乗ろうとしている写真よ。ほんとにほほえましいの。手をつないじゃってね。まだだったら見る? どこだったかしら」

「ううん、いまはいい——」

「だめよ、見たほうがいいわ」母は言い、携帯の画面をタップした。ここに来た目的をうまく達成できるか不安になってくる。言い出すのが先延ばしになればなるほど、怖(お)じ気づき、逃げ出してしまいそうだった。「ええと、ちょっと待っててね。ああ、これはちがう。これはミートローフのレシピだわ。つなぎとしてパン粉の代わりにプリンの素を使ってみようかと思ってるのよ。〈フード・ネットワーク〉で、この甘くて香りのいい食材について特集しててね」母は画面をスクロールしつづけている。

「あまり時間がないのよ。今日は、イーサンのことを話しにここに来たの」

「ああ、やっぱり」母が顔をあげてこっちを見た。恐れと諦めの表情を浮かべている。携帯を置き、こう言った。「捨てられたのね」

「捨てられた？　どうして、すぐにそんなふうに思うわけ？」

「イーサンにだまされてたんでしょう？　昨日の夜、けんかしたの？　昨日の結婚式では、とても仲がよさそうで、お似合いのふたりって感じだったのに。ああ、ケリー」母がうめくような声を出し両手をもみ合わせると、指にはめていた指輪と指輪がぶつかって音をたてた。

「あなたにしてはよくやったと感心してたのに。イーサンみたいな男がまたいつ現れるかなんてわからないのよ。あなた、もう三十よ、三十！」

「三十なんてまだ若いほうよ！　わたしの歳で結婚してる人なんて、そんなに多くないんだから」

「あのね、社会は常に変化しつづけてるけど、生物学的なことは、社会がどれだけ変化しようと変わらないのよ」

「社会はもう、そんなものにとらわれてない」激怒したあまり、ここに来た理由を一瞬、忘れてしまった。「そんな時代遅れのスケジュール表に従って、人生の選択を決断するつもりなんてない。自分のことは自分で決める」

母は腰に手をあてた。「ちょっと計算してみてごらんなさい。たとえば明日、どこかに出かけていって、カレシ探しを始めたとするわよ。それで一年以内に、結婚相手として理想的な男(ミスター・ライト)と出会う。一年デートを重ねて婚約。そして、一年の婚約期間を経てようやく結婚。それできっと、ふたりだけで過ごす時間がほしいなんて言って、子づくりは後回しにするでしょう。その話題はオムツバケツの中のオムツのように、あるいは十六年間クローゼットの奥にしまい込まれたままの煙草の箱のように日の目を見ることもなく、また数年が過ぎる。で、ようやく子づくりしようかということになっても、すぐに妊娠するとはかぎらないのよ。ローズおばあちゃんは子どもを授かるまで六年もかかったんだから。あなたの鼻はローズおばあちゃんゆずりよね。まあだからって、あなたも子どもができにくいとはかぎらないけど。それで当然、子どもはふたりはほしいでしょう。ひとりっ子は反社会的人間になりやすいっていうし。それで、それぞれの妊娠期間が約一年で、そのあいだに一年置くとして、そのころまでにはもう五十近くになってて、卵子もふたつぐらいしか残ってなくて、やっと子どもを授かったとしても、老後は病弱な子どもの面倒をみて過ごすことになり、歳を取って死ぬときにはその子がまだ十八で、無慈悲な社会にわが子を置き去りにするしかないのよ。こんな人生を送りたいっていうの？」

未来の孫のことを、そんな言い方するなんてひどい。でも、笑っちゃうくらいめちゃくちゃなこと言っているし、計算もずいぶん独りよがりだけど、母の話を完全に否定しきれない自分がいる。結婚したいのか、子どもがほしいのかさえまだよくわからない。世間体を気にして、そういう決断をするのはいや。けれど、もし心からそう望むなら、もうとっくにそのことについて考えておいたほうがよかったんじゃないだろうか。不安な気持ちで、レジスターのそばのラックにぶら下がっているシルバーのブライドキーホルダーを指で弾く。でも、自分は人に後れをとっているとか、怠慢だとかいう考えを受け入れることはできなかった。

「わたしがしくじったと勝手に決めてかかって心配してくれてありがとう。だけど、イーサンとはうまくいってますから」いらだちを隠さずに言い返した。

「あらそうなの、だったらよかった」母が答えた。「ほっとしたわ。あなたたちふたりが幸せならわたしもうれしい」

「ええ、幸せよ」

「ほんとに、だいじょうぶなのね？」

「だいじょうぶよ」

母はまだ納得していないという表情をしていた。「だったら、今日は何を伝えにここにきたの？」

口を開きかけたまま、しばし黙り込んだ。〝イーサンと別れる〟という言葉を口にすることはどうしてもできなかった。母の忠告が頭の中でぐるぐると回っている。わたしは、ふわふわしたウェディングドレスを着るよりも、月に行きたいとか、ロボット犬をペットで飼いたいとか夢見るような子どもだった。でも昨日、仲睦まじいクララとジョナサンを見て、家族といっしょにいるイーサンを見て、式の終わりにイーサンにエスコートしてもらって席にもどるときに、手のひらから伝わるイーサンの腕のぬくもりとたくましさを感じ、いまは結婚するのもいいかもしれないと思っている。それにどんなに努力しても、イーサンのいない人生なんて考えられない。

さっと室内を見まわし、レジスターのそばに置いてあるブライダル雑誌に目を留めた。表紙には〝究極の絆(きずな)〟という見出しで強調された巨大な婚約指輪が写っている。気づいたときにはこう口にしていた。

「わたしたち婚約したの」

ずいぶん前、母と父の結婚十五周年のとき、家族そろって高級レストランでお祝いをしたことがあった。高級レストランというのはつまり、布のナプキンがあって、メニューに写真がついていないレストランのことだ。そんなロマンティックな記念日のデートに、三人の子どもたちもいっしょに連れていくなんて、いま思えば少しへんな気もするのだけれど、結婚記念日は毎年、家族で食事に出かけていたから、そのころはなんとも思わなかった。もし、あのころそのことについてよく考えて、十歳よりももっと大きかったなら、母と父がふたりきりで席につき、一時間でも大人の会話をもたせるのは、ふたりにスペースシャトルをつくって、それを操縦して火星まで行け、と言っているようなものだと気づいただろう。ところが実際にあのとき考えていたことといえば、カニのディップがいつ来るかということと、どうやったらみんなに気づかれずにそれを独り占めできるかということだけだった。

クラスで飼っているウサギのことを夢中になって話すクララを見て、みんなが楽しそうに笑った。少しすると、母が背筋を伸ばし、目を輝かせながら言った。「そろそろ、プレゼントの時間かしら」

「カニのディップをつくるのに、なんでこんなに時間がかかってるんだ?」父がぶつぶつ言った。

「カール、あなたが先よ! わたしはそのあとで渡すわ」

「ああ、わかった」父はポインセチアが描かれた、クリスマスをテーマにした図柄のギフトバッグを横から持ちあげて、母に渡した。母は嬉々として包装紙をはがし、〈カークランド〉(〈コストコ〉の自社商品)の徳用サイズのポンプボトルのシャンプーとコンディショナーを取り出した。

母の笑顔が一瞬こわばった。「まあ、ずいぶん大きなボトルね」

「それなら何年も買わずにすむだろ」父がすぐさま言った。

「あら、〝フリージアの思い出〟ですって」母はボトルに書いてある字を読んだ。「これを使えば、いつもすてきな匂いでいられそうね」父の太ももを軽くたたく。目の輝きが少しだけもどったようだ。「こんないい匂いをさせてるのはだれだろうって近づいてくる人もいそうだわ」

「売っている中では、それが最高の品質だった。それに、おまえはポンプタイプが好きだろう」

「匂いをかがせて」母はクララにボトルを渡すと、A4サイズほどの封筒をバッグから取り出した。封筒の表側はたくさんのピンクのハートと花のシールで飾りつけしてある。母はその封筒を大事そうに抱えた。まるで熱心につかみとろうとする父の手からかばうように。でも、父にはまったくそんなそぶりはなく、落ち着きはらった顔でビールをちびちび呑んでいる。

「今年は、何か特別なことがしたかったのよ。なんといっても、結婚十五周年なんですもの。それで、ちょっと奮発したの。まあ長い目で見れば、いつかは必要になるものだしね。あら、それがいつかなんて、あなたにさえわからないわよね！ まあ、そのうちわかるわ。さあ、開けてみて」母は父に封筒を手渡し、父が封筒の裏の丸いタックに巻いてある糸をたどたどしくほどいていくのを見守った。何重にも巻いてあった糸がようやくほどけると、父は中から書類を取り出した。白い紙の下に黄色のノーカーボン紙が重ねてある。父はシャツのポケットから眼鏡を取り出し、書類に目を凝らした。「ウェストローン記念墓地？」

「ふたりでいっしょに入れる区画が買えたのよ！」母は大きな声をあげた。「そう簡単に手に入るものじゃないんだけど、それだけの価値はあると思って。順番待ちがいっぱいでね、別の夫婦が別れるかなんかして契約を破棄でもしないかぎり、次は回ってこないわ」母は腕を伸ばして父の手を握った。「十五年も連れ添ったんですもの、わたしたちが永遠にいっしょにいる証しがほしかったのよ」

「気持ちわりい……」ゲイリーがあきれたように目を丸くして、ぼそりと言った。

「いくらしたんだ？」父は顔をしかめた。

母はちらりと子どもたちのほうを見た。「えっ？　さあ、いまここでそれを言わなくてもいいんじゃないかしら。せっかくの記念日のディナーなんだし。お祝いしなくちゃ！」

「つまり、おまえとは、死んだあとも離れられないということか？」

「いやだわ、カールったら、そんな冗談言って」母は軽い口調で言った。バッグからペンを取り出す。「ほら、ここに。ふたりのサインが必要なのよ。あとはあなたのサインを追加するだけなの。ほんとにきれいなところなのよ。早く見せたいわ。そばに、小さなかわいらしい天使の像があってね――」

「サインはしない」

「えっ？」

「この書類にサインはしたくないと言ってるんだ」父は契約書を封筒にもどし、パンかごのそばに置いた。「心穏やかに食事をさせてくれないか？　それくらいしかほっとできる時間はないんだ。この世でも、おそらくあの世でもな」

母にしては珍しいことに、何も言い返さなかった。封筒を手に取り、そっとバッグにもどすとうつむいた。ちょうどそのときウェイトレスが来て、カニのディップを鍋つかみでつかんでテーブルに置いた。ウェイトレスはギフト用の包装紙に視線を向けた。「何かのお祝いですか？」

その言葉で顔をあげた母は、ぱっと明るい笑顔になった。「結婚十五周年の記念日なのよ」テーブルの上の父の手に、自分の手を重ねる。

「わあ、おめでとうございます！　十五年だなんて、結婚生活を長く続ける秘訣はなんですか？」

「愛ね」とひと言だけ、母は言った。父はただじっとフォークを見おろしていた。

そのあとは、ディナーのあいだも、車で家にもどるあいだも、家族のだれも口をきかなかった。母は黙々と食事をしていた。これほど何もしゃべらない母を見たのははじめてだった。キツネを追う猟犬のように、いつも静かな場所を追い求めている父でさえも、この沈黙には居心地悪そうにしていた。ケリーはといえば、あんなに楽しみにしていたカニのディップをなかなか飲み込めなかった。

郊外にある家に向かう車中で、子どもたちは後部座席に並んで座り、うつむいたままお互いに顔を合わせようとしなかった。ケリーには、今夜、両親はけんかするだろう、とはっきりとわかっていた。ほんとうはふたりとも、お互いにののしり合いたいのだ。でも、子どもたちの手前、それをずっとがまんしている。口を開いたら怒鳴らずにはいられないので、黙りこくっているのだ。

家に着くと、さっと歯を磨き、大急ぎでクララといっしょに使っている部屋に入った。安全な場所に避難したいというのもあったけれど、理由はそれだけじゃなかった。怖いもの見たさというのか、感情を爆発させた両親の大げんかをひと言も聞きもらしたくなかった。クララも同じように考えていたらしい。視線を交わすと、クララのベッドでくっつき合って、両親の部屋と隣り合わせの壁に耳をつけた。ここからなら、どんな音でも聞こえるはずだった。

けれど、待てども待てども……何も起こらなかった。母と父がそこにいるのはまちがいなかった。それに、ふつうのボリュームの会話でも、この壁に耳をあてれば聞こえるはずだった。なのに、壁の向こうはしんとしていた。両親はけんかなんかまったくしていなかった。沈黙を押し通したままベッドで寝ているのだろう。これは、けんかするよりずっと悪い事態といえた。アイザック・アシモフ（アメリカのSF作家）やジュディ・ブルーム（アメリカの児童文学作家）の世界で育った内気で世間知らずの十歳の少女でさえ、けんかすらしないというのは、お互いにもう冷めきっている関係だとわかっていた。

幼いころからずっと、うまくいっていない両親の結婚生活を、ほとんど見て見ぬふりをして過ごしてきた。何よりもまず、両親がそうしていたからというのもあるけれど、幸せいっぱいではないにしろ、両親の結婚生活は山もなく谷もなくそれなりに安定していたので、あまり意識する場面がなくてすんだというのもある。でも、まだ幼くてその理由を十分には理解できていなかったとはいえ、利発で感受性が鋭かったから、家の中がなんとなく重苦しいのは感じていたし、それを不快にも思っていた。そして無意識に、自分はこんな結婚生活はぜったいに送らない、と思い定めていた。歳を重ねるにつれ、小さいころからじわじわと染みこんでいた不幸せから身を守るため、周囲に壁を築いていった。恋人でも友人でも家族でも、だれがいつナイフを取り出すかわからない。その最初の兆候が現れた時点で、傷つく前に離れるようになった。

三十年間、このやり方に従い、三十年間、ありがたいことにそれでうまくいっていた。たしかに、これまで人と深い関係を築いたことはほとんどない。けれど、そのおかげで安全な場所に身を置くことができていた。だれかにひどく傷つけられたこともなかった。でもいま、どういうわけか思いもかけず、人生の道を大きく横にそれてしまっている。みんなに嘘をつき、仕事の規則を破り、自分のキャリアで最も大事な時期に仕事をおろそかにしている。それだけじゃなく、決してありえない結婚式まで挙げようとしているのだ。いままでだったら、関係も自分でつくった機械男からプラグを引き抜くことができなかった。

係を終わらせるべきときが来たら、引き金に指をかけていた。でもいま、これまで構築してきたすべての論理に反して、イーサンとの関係を終わらせられないでいた。

そもそも、慎重な性質の自分が、ロボットのカレを自作するなんていう、流れ星が当たるような何が起こるかわからない無謀なリスクを冒したとき、足場となったのは、自分でルールをつくり、気をたしかに持つことだった。そのルールとは、目的が達成されたらイーサンを解体すること。そのルールを破ったいま、鏡の向こう側の世界に入り込んでしまったような気分だった。人生のこの急展開に不安を覚えていたけれど、同時に楽しんでもいた。これまで、これほどの解放感を味わったのははじめてだった。落ちるに任せて落ちているときというのは、これほど体が軽やかに感じられ、楽しい気分になれるものなのだろうか。

その週の平日、ケリーは気づくと、午後五時といういつになく早い時間に職場を出て、ダウンタウンの宝石店に向かっていた。母が娘のロマンスの急展開に感激し、売り物の千ドルのベールに顔をうずめて思う存分泣き、ようやく落ち着きをとりもどしたところで最初に出た質問は、もちろん「婚約指輪は？」だった。いまサイズを直しているところ、とごまかし、クララの結婚式が終わるまで婚約したことをみんなに告げるのは黙っていようと思っていたこと、指輪はとてもきれいだということを伝えた。准教授の収入で、きらきらの大きな宝石を買えるかどうかは、母にはどうでもよかった。母が興味を持っているのは、ファンタジーふうのことだけで、嘘の世界にいるケリーにとって、それは好都合だった。

宝石店に着いてはじめて、イーサンを連れてくればよかった、いや連れてくるべきだったと気づいた。婚約指輪をひとりで買いにくる女なんてどう思われるだろう。自分が変わり者だという自覚はあるけれど、外見上はいたってふつうに見えるはずだ。とはいえ、イーサンにはここにいてほしくないという気持ちもあった。嘘の婚約をしたなんてイーサンに気づかれたくない。そうなったらきまり悪いし、屈辱を感じるし、それに嘘のせいで、イーサンとのあいだに築きあげてきた偽りのない感情が、台無しになってしまうように思えた。

宝石店の店主は、きっちりと髪を整えた、大きなかぎ鼻が目立つ中年の女だった。店内に足を踏み入れたとたん、この店主に、何に興味を持ち、どんなものが好きで、そして、これが店側にとってはいちばん大切だろうけれど、どれほどの資産があるのか、ほぼ正確に値踏みされている気がした。この女は無知なただの販売員じゃない。プロというのはこういう女のことを言うのだろう。

「今日は何をお探しですか?」店主が訊いた。

「指輪を」

「すてきですわ。どなたのために?」

「あの、ええと、母のために」思わず口走っていた。その嘘が、じつは真実だということに気づきもせずに。

「まあ、すばらしい。当店では各種取りそろえておりますのよ」店主はなめらかな動きで、澄んだパステルカラーの宝石が陳列されているショーケースに移動した。中には、ペリドット、タンザナイト、ピンクサファイアのなどの指輪が並んでいる。

「うーん、そうねえ」と店主の薦めてくれた指輪を眺めるふりをしながら言った。横目でちらりと婚約指輪が陳列されているショーケースを見る。「ここにあるのもいいけれど、あちらのほうがもっといいかしら」銀白色の宝石がきらめく婚約指輪のショーケースのほうへ歩いていく。

「こちらは婚約指輪でございますが」店主が言った。その声のトーンからは、この客は何をばかなことを言っているんだ、とでも言語化すべき、こっちへの評価をさらに下げる響きが感じられた。

「ええ、わかってるわ」と甲高い笑い声とともにすぐさま言い返した。その声音と笑い声には、何か見当違いをなさっているようですけれど、もちろんそんなことわかっているわ、という感情が込められていた。やっぱりこの女は侮れない、と思いながら続けた。「でも、ダイヤモンドは母の好きな宝石なのよ。母はこっちのほうが気に入るはずよ」

「そうですか。では、婚約指輪に見えない指輪を探しましょう」かぎ鼻の店主は、端から指輪を見ていった。

軽く咳払いをして、唇をきつく引き結んだ。視線は、ショーケースの左のほうにある指輪に釘づけになっている。はっとするほどきれいな指輪だった。ホワイトゴールドの爪の真ん中に大きな輝くダイヤがあり、そのまわりを小さなダイヤが光冠のように囲んでいる。何げない口調で言った。「あれを見てみたいんですけど」

「あれを？　お母さまに？」

「ええ。ちょっと気になって」

もったいぶった手つきで手渡す店主からその指輪を受け取った。指輪に見とれるふりをして、さりげなく値札をチェックする。とたんに、アニメのキャラクターのように目が飛び出そうになった。慎重な手つきで店主に指輪をもどし、すぐさまもっと小さなダイヤの指輪を探しはじめる。「あれはおいくらかしら？」悲しくなるほど小さなダイヤの指輪を指さした。それはまるで、だれにも望まれないまま長いあいだそこに置かれ、埃も払ってもらえなかったかのように少し薄汚れて見えた。

「二百五十ドルでございます」

「いいわね」この指輪にほんとうに関心を持っているふりをしながら言った。二百五十ドルというよりも、キャラメルポップコーンの〈クラッカー・ジャック〉のおまけの指輪のようだ。店主からその指輪を受け取ると、いかにも慣れたそぶりで目を凝らした。

「これにするわ」高級肉のシャトーブリアン通にふさわしい、またその発音の仕方もよく知っている、という口ぶりで言った。でも、店主がその小さなダイヤの指輪をレジに持っていったとき、最初に目を留めた、光を放つような大きなダイヤの指輪にふたたび引き寄せられた。青いビロードのクッションの上につつましやかに置かれたその指輪が、こっちに向かってちらちらと光り、ウインクしているように思えてくる。

頭にふと、ブライダル雑誌の見出しがよみがえった――〝究極の絆〟。もしイーサンがほんとうに指輪を買ってくれるなら、〈クラッカー・ジャック〉のおまけのような指輪ではなく、こっちを選ぶにちがいない。この指輪はまるでイーサンのようだ。純粋で輝くばかりに美しく非の打ち所がない。イーサンならみすぼらしい指輪には目もくれないだろう。

「すみません、やっぱり……」ケリーは店主に声をかけた。

第19章

家にもどる車中で、ケリーはあれこれと考えをめぐらした。指輪はいずれ返品することにしよう。婚約指輪の返品なんて、それほど珍しいことでもないだろう。物事なんてうまくいかないものだ。だれだって失敗する。もちろん、店にいるときに、返品は可能ですか、なんて無作法な質問はしなかった。でも、だいじょうぶなはずだ。競争の激しい宝飾業界で、それくらいのサービスがなかったら勝ち残っていくのは難しい。赤信号でブレーキを踏んで車の速度が遅くなると、左手を夕日にかざして、きらめくダイヤモンドをほれぼれと眺めた。とにかく、母にこの指輪を見せさえすればいい。それで、イーサンの愛が本物で、わたしを心から必要としてくれていることを証明できればいいのだ。それがすんだら店に返し、返金してもらう。母は婚約の話を聞くと、すぐさまいつも週末に開かれている家族の食事会を週の半ばに変更した。わたしとイーサンを祝福するためと言っているけれど、結婚式をどうするつもりか根掘り葉掘り訊く（いや、あれこれ指示する）のが目的だろう。「わかった、行く」と返事はしたものの、ひとつだけ困ったことがあった。イーサンを連れていくことはできない。なにしろイーサンはまだ、自分が婚約したということを知らずにいるのだ。イーサンにそのことをなかなか言い出せずにいた。それで母に、イーサンは会議に出席するため遠出するから今回は出席できない、と告げた。

家族の食事会のその日、会社にもどって仕事をしないといけなくなった、とイーサンに嘘をつき、玄関から外に出ようとしたところで指輪をはめた。ほんとうの婚約指輪ではないとわかってはいても、眺めていると少し気持ちがうきうきする。その輝きは、ペールベージュのラップドレスに合わせると、とんでもなく場違いに見えた。

「それ、何？」

ケリーは、指輪を指で触りながら声がしたほうを振り向いた。イーサンがこっちを見ている。

「指輪よ。宝石の一種。じゃあ、行ってきます」

イーサンは眉をひそめた。「指輪がどういうものかはぼくも知ってる。でもそれは、婚約指輪に見えるし、きみはそれを左手の薬指にはめてる。つまりきみは、婚約したってこと？」

ケリーはわざとらしく大きな声をあげて笑った。「何ばかなこと言ってるのよ。そんなわけないじゃない」あわてて右手の薬指にはめようとしたけれど、なかなか入らない。しかたなく、ぎこちないしぐさで左手の薬指にもどす。「ただの指輪よ」

イーサンはケリーの手を取り、しげしげと指輪を眺めた。「ただの指輪」とぽつりと言い、こう続けた。「きれいだ。とくに、きみがはめているとなおさら」こっちをじっと見つめてくる。「ぼくに嘘をつく必要はないんだ。きみには、きみ自身の人生を生きる権利がある。まあ、ぼくに言われるまでもないか」

「えっ……」口にできたのはそれだけだった。イーサンは手を放すと、部屋にもどろうと背を向けた。このまま会話を終わらせるのが、いちばん楽な方法かもしれない。けれど、黙ったままではいられなかった。「わたしたち、婚約したのよ」気づいたときには、そう口走っていた。

「なんだって？」

「ほんとにしたわけじゃないわよ。言葉のあやというか。お母さんがあんまりあれこれ言ってくるもんだから、つい口がすべっちゃったのよ。カレができたってうっかり言って、あなたを紹介することになったときみたいに」

イーサンのこわばっていた顔が、心なしかほぐれたようだった。「じゃあ、その指輪はだれかにもらったわけじゃないんだね？」

「もちろんよ。婚約のこと、黙っててごめんなさい。イーサンに内緒でこんなことするつもりなかったのよ。まあでも、ほんとに婚約したわけじゃないけど」そう言ったとたん、こんな嘘にイーサンを利用したことをなんだか申し訳なく思った。けれど、いまさら後悔してももう遅い。「わたしたちが結婚するなんてありえないでしょう」あわてて付け加えた。「あなたにそんなこと無理強いしたりしない」

「ああ、わかってる」イーサンもすぐさま答えた。

「だって、そんなのおかしいもの。法的にだって不可能だし。だってあなたは――」そこで口をつぐんだ。ほんとうのこととはいえ、イーサンをロボットと呼ぶのは、なんだかイーサンを侮辱するような気がした。

「だってぼくは人間じゃないからね」ケリーの言いかけた言葉を、イーサンがあっさりと引き取った。この件について、イーサンが後ろめたさを感じる理由なんて何ひとつなかった。でも、ケリーの表情が冴えないのを見てとると、イーサンの顔まで曇った。「そのことで、何か気になることがあるの？」

「まさか、そんなことあるわけない」ふたりはしばらく黙ったまま、その場に立っていた。親と映画を観ていてヌードシーンが出てきたとき、みたいな気まずい沈黙が、ふたりのあいだに立ち込める。

「会社にその指輪をつけていくということは」しばらくして、イーサンが口を開いた。「会社の人たちはみんな、婚約のことを知ってるってこと？　ぼくはどっちでも気にしないけど、みんなの前でどう振る舞えばいいのか、知っておきたいんだ」

「あ、ちがう、ほんとは会社に行くんじゃないの。食事会に出るために、お母さんのところに行くのよ。あなたのことは、仕事で遠出してるって伝えてあるの。わたしひとりのほうが、うまく立ち回れるかと思って」

「そうだね、ぼくがいると、いろいろとややこしくなるよね」

すぐに言葉が出なかった。「そろそろ行かなくちゃ。遅れたくないし」なんとかそう言い、外に出た。

両親の家の玄関の前で、ケリーはスカートのしわを伸ばしたり、髪を整えたりしながら、しばらくぐずぐずした。どういうわけか緊張していた。

キッチンに入っていくと、母は悲鳴をあげて手にしていたレードルを落とした。母が指輪に目を留めたのに気づいて、思わずぎくりとする。

「まあまあ、まあまあ」母はケリーの手を持ちあげ、食い入るように指輪に顔を近づけた。

「食べないでよ！」と思わず声をあげ、手をぐいっと引いた。

「ばかね。食べるわけないじゃない。それにしてもケリー、イーサンのこと、うまくやったわね。こんなにうまくいくなんて、ほんとびっくりよ」

自然と顔がほころぶ。婚約したのは嘘とはいえ、母が自分にこんな輝くような笑顔を見せてくれることはめったにない。母だけじゃなく、家族みんながうれしそうにしている。「イーサンならだいじょうぶだろう」父が言った。父がこんなことを言うなんて、まるで父からラブレターをもらった気分だ。ゲイリーがテーブルに両手をつき、大げさに咳払いをした。

「さて」ゲイリーが口を開いた。「交際期間が二か月にも満たないうちに結婚することになった男について、いくつか質問に答えてもらおう。では、二百四十のうちの一番目の質問。イーサンは連続殺人犯か？」

「まさか。イーサンのこと、気に入らないわけ？」

「まさか。いいやつだと思うよ。ただ、もうちょっとよく知りたいだけだ」

「ゲイリー、イーサンはいい人よ。約束する」

「約束？」ゲイリーはいつになくまじめな顔で訊いた。

「心から誓う」

「そうか、わかった。幸せになれよ」ゲイリーは水の入ったグラスを聖杯のように持ちあげた。

クララもハネムーン先のコスタリカから、〈スカイプ〉を通してお祝いしてくれた。クララが映っている父のノートパソコンは、クララのいつもの席に置いてある。その顔はいい色に日焼けしていた。「おめでとう、ケル。わたしもうれしい」口からほとばしるように言葉が出た。

「ありがとう。付き合ってまだあまり時間が経ってないけど、ピンときたのよ」

「イーサンは完璧だもの」クララが続けた。「ジョナサン、あなたもイーサンに夢中よね」

ジョナサンが画面の外から叫ぶ声が聞こえた。「いいやつだと思うが、夢中っていうのはどうだろう。男同士なのにそんな言い方すると気持ち悪いだろ」

「ジョナサンもイーサンのことが大好きよ」クララが安心させるように言った。「あっ、ほら見て！」クララはホテルの窓の向こうの景色がみんなにも見えるように携帯の向きを変えた。海に沈んでいく夕日は、マグマが海に溶けているようだ。「ここは、すごくすてきなところよ。今日はビーチで乗馬したの」

そこへ、母が割り込んできた。あまりに気持ちがたかぶり過ぎて、がまんできなくなったのだろう。クララの結婚式の興奮がまだ冷めやらぬうちに、別の結婚式が追い風に乗って現れたのだ。母が地面にしっかりと足をつけることはもうないかもしれない。「ケリー、ああケリー、日取りのことを相談しなくちゃ！　式はいつごろにしようと考えてるの？」母がアップルローストチキン（今日のはとってもおいしい）をつつきながら、せわしなく訊いてくる。

「まだ決めてない。来年の夏か、秋ぐらいがいいかな」そのときふと、あることを思いついた。家族みんなが注目してくれるなんてめったにないのだから、このチャンスを逃す手はない。「あのね、聞いてほしいことがあるの」と話しはじめる。「投資金を勝ち取るためのコンペに向けて、いま、ロボットの製作に取り組んでるんだけど、そのコンペがオンラインで中継されるの。それで、もし観たいなら、日時とログイン情報を教えようかと思って。あっ、でもその、ほかに用事がなければだけど」こんな声しか出せない自分が情けなくて思わず顔をしかめる。たかだか家族にコンペを観て、と誘うくらいで、故障したおしゃべり赤ちゃん人形みたいな声しか出せないなんて、コンペでのプレゼンテーションのときはどうするつもり？

でも母は片手を振りながら言った。「ああ、わかった、わかった。でもまずは日取りよ、日取り」ケリーは椅子の背に体重を預けた。「婚約期間が長いと、心変わりが起きたりしてろくなことがないわ。それに、クララの結婚式は春だったから、今度は冬にやりたいのよ。《ブライド》誌の去年の十二月号のテーブルセッティングを見てごらんなさい。いまからすぐに取りかかれば、クリスマスのころには間に合うはずよ。ええ、ぜったいに。つららを投げるフラワーガールなんてどう？」

「やめて、怖い。それにここはカリフォルニアよ」

「だけど、氷をテーマにすれば、そのきらびやかな指輪が引きたつことまちがいなしよ！もう一度、よく見せてちょうだい」そう言って母が手を伸ばしてきたので、左手を差し出した。品評台に載せられたプードル犬になったような気分だったけれど、悪い気はしなかった。

「ほんっとにゴージャスね」母が感嘆の声をもらした。「あなたを誇りに思うわ、ケリー。もちろん、結婚式では松の枝も飾りに使って……」

気の早いことに、母は冬の結婚式がどんなふうになるのか、とりとめもなく話しはじめた。でもケリーの頭の中では、さっきの母の言葉が響きわたっていた。〝あなたを誇りに思うわ〟。この言葉を実際に母の口から聞いてはじめて、どれほどそう言ってもらいたかったかに気づいた。そう認めると、虚しさのあまり自分で自分を笑いたくなってくる。こういうことでしか、母には誇りに思ってもらえないのだ。思い出すかぎり、母に誇りに思うなんて言ってもらったことは一度もない。スタンフォード大学に入学したときも、AHI社に就職が決まったときも、去年、注目すべきエンジニアとして《E&T》誌に載ったときも。あのときは、あのアニタでさえほめてくれた。とはいえ、その口調は、トイレのペーパータオルの種類がいつもとちがうからビルの清掃員に伝えておいて、と言われたときと、まったく同じだったけれど。ついさっきまで、風船のようにふくらんでいた心は、いまやあっけなく弾けてしまった。母が結婚以外のことで、誇りに思ってくれることなんてないのだろう。

食事をしながら、フォークを左手に持ち替えた。そうすれば、フォークを動かすたびに指輪を視界に入れることができる。そのとき、パソコンの画面に、クララの顔がまだ映っていることに気づいた。クララはみんなが食べたり話したりするのを穏やかに見つめている。おおらかな性格のクララは、自分の結婚式のすぐあとに婚約した姉に、腹を立てることなんてないのだろう。でも、ケリーの心は沈んでいた。食事会のあと、どんな気持ちになるかはわかっていた。ずっとしゃべりどおしだった母が息を吸おうと黙った瞬間を逃さず、こう言った。

「乗馬はどうだった？　クララ」

「すっごくよかった！」クララは明るい声で言った。「早く写真を見せた……」

次の朝、ケリーは体を引きずるようにして職場に行かなければならなかった。前日の夜の食事会は、母があり合わせの材料でつくった、思わず遠慮したくなるようなチェダーチーズケーキを食べ終わったあともずっと続いた。娘の結婚式を仕切りたい、という熱にとりつかれた母は、麻薬常用者のように目を大きく開いてぎらつかせ、結婚式をどうするつもりなのか詳しく話すまで帰らせてはくれなかった。そして、山ほどの助言やアイデアを語りつづけた。そのせいでケリーは朝になっても疲れがぜんぜん抜けず、婚約指輪をつけたまま出勤してしまった。

自分が一歩、出遅れていたと気づいたのは、会社に着いてからだった。AHI社のフロアに着いてエレベーターのドアが開くと、プリヤが目の前に立っていた。どうやら待ちぶせしていたらしい。その顔には、怒りと興奮という奇妙な表情が浮かんでいる。「おはよう」プリヤは力強い声で言った。

「お、おはよう」とだけ答えた。プリヤを避けつづけることはできない、と頭ではわかっていた。でも、時が経つにつれて、そうしていたほうが、事なかれ主義を打ち破ってふたりのあいだのぎくしゃくした関係を修復したり、すべてを打ち明けたりするよりはるかに楽だった。イーサンの秘密は、プリヤには隠しておきたかった。「いまは話せない、仕事をしないと」と言って自分のデスクへ向かおうとしたとき、プリヤに腕をつかまれた。

「だめ。今回ばかりは逃がすわけにはいかない。ぜったいに」もしかして、イーサンの秘密をプリヤに気づかれてしまった？

「おめでとう！」同僚のひとりが声を弾ませて言った。

「おめでとう」と別の同僚の声も続く。

おめでとう？ と一瞬、考えた。〈コンフィボット〉のプロジェクトが投資家から早期の支援か何かを獲得したんだろうか。それとも宝くじに当たったとか。だけど、宝くじなんか買ってない。睡眠導入剤のアンビエンを服用中に買って、覚えてないだけかも。でもアンビエンも服用したことはない。とはいえ、もし服用したとしても、そのことを覚えてないってこともありえる？

「驚きの事実だね」ロビーがどこからともなく現れて言った。「これは、まったく驚きの新事実だ」何かほかのことを言いたいけれど、どうやって切り出せばいいのかわからない、といった様子だ。ガラスの水槽の向こう側で話しているみたいに、口をぱくぱくさせている。

「みんないったい、なんのこと話してるの？」

「とぼけないでよ。ごまかそうとしたって、そうはいかないんだからね。まったく、こんな大事なことを本人からじゃなく、あんたの母親から知らされるなんて信じらんないよ」

「まさかお母さんたら、わたしが小学生のときに三つ目の乳首を除去したことを教えちゃったんじゃないわよね」と青ざめる。

「ちがう。でも、その乳首の話、結局、自分でしゃべってるじゃん。それはともかく、あたしが知らないと本気で思ってるわけ？〈フェイスブック〉じゅうに知れわたってるんだから」プリヤは携帯を取り出し、母の〈フェイスブック〉のページを見せた。最新の投稿はこうなっている。〝かわいい娘が結婚しまーす！！！！〟その投稿には、昨夜の、ケリーが口いっぱいに食べ物をほおばっている気取らない写真と、パパラッチが撮ったふうの粒子の粗い指輪のクローズアップの写真が添えられていた。

思わずうめき声をあげ、ぼそりと言った。「こうなるって、ちょっと考えればわかったはずなのに」

「つまり、イーサンといっしょになるってことだよな。そんなそぶり見せなかったから。ふたりでいるところを見ても、そんな雰囲気は感じられなかったし。まさか結婚なんてさ。ほんとびっくりだ」ロビーの声は通常より一オクターブは高い。

あわてて首を横に振った。「これは、そんなんじゃないのよ。わたしと家族とのあいだだけのことというか。まさか、会社のみんなに話しちゃったわけじゃないわよね」

プリヤとロビーがきまり悪そうに視線を交わした。そのとき、アニタが現れた。なぜ来たのかは考えるまでもなかった。「お祝いの言葉を言いにきたわ、おめでとう」まるで、何かを命令するような口調だった。

「ありがとうございます」と答える。

アニタは続けた。「結婚の準備は何かと時間を食うでしょうけど、〈コンフィボット〉の製作との時間配分を十分考えるように。目前に迫ったコンペに向けて、〈コンフィボット〉のプレゼンテーションを完璧なものにするために強いプレッシャーもある中、さぞかし忙しいでしょうね。同情するわ」

ケリーは、すぐそばにあるごみ箱さえも同情を寄せてくれているように感じた。〝プレゼンテーションを完璧なものにする〟。アニタは仕事に私生活を持ち込むことを何より嫌っている。そんなアニタに、ほかのだれよりも、イーサンとの関係が注目を引かぬよう神経を尖らせてきたというのに。「でも、おめでとう」と繰り返すと、アニタは〈クリスチャンルブタン〉のヒールを履いた足をさっそうと動かして去っていった。声にならないため息がもれる。

「だれにも気づかれないと本気で思ってたわけ？　もしそうなら、あきれるほど鈍感だって言うしかないね」プリヤが左手をつかんできた。そして、特大サイズのダイヤの指輪を顔に近づけてしげしげと眺めると、ダイヤの重さを量ろうとするかのようにその手を小刻みに揺らした。「どうしてそんなに秘密主義なの？　イーサンは、いまや超注目の人物だよ。なのに、あんたの婚約者について、あたしはほとんど何も教えてもらってない」

ロビーが眉をひそめてプリヤからこっちに視線を移した。「隠しだてする必要なんてないんだ、ケリー。その理由が、グリーンカードの取得に問題があるのであれ、じつはイーサンに恐ろしい犯罪歴があるのであれ、なんでも打ち明けてくれればいいさ。ぼくが耳を貸すから」

「その耳は大事にしまっておいて、ロビー。それにわたしがほしいのは、この手よ」プリヤにつかまれていた手をぐいっと引くと、派手な指輪を隠そうと無駄な努力をしながら、自分のデスクに向かおうとした。でもそのとき、もう一度、プリヤに腕をつかまれた。どきりとするほど強い力だった。オタクの典型のようにうじうじと隠しだてするのは、もはやこれまでかもしれない。

「残念でした、そうはいかないよ。何もかも、ぜんぶ話してもらうからね」

「わかった」とぽつりと言った。「せめて、ほかの人に聞かれない場所に移動してもいい？」

プリヤは先に立ってどんどん歩き出した。

だれもいないラボに入るや、プリヤはいきなり食ってかかってきた。「ロビーの言うとおりだなんて、死んでも認めたくないけど、まじめな話、いったいこれはどういうこと？」

「よくある、ふつうの婚約をしただけよ」ケリーは答えた。

「よくある、ふつうの婚約？　それって、マリファナを吸いながらアナルセックスするなんて怖くてできないと思いながらも、知り合って二か月も経たない男といきなり生涯にわたる契約をすること？　それとも、親友には一切何も言わず、内緒で取り決める契約のこと？」

「ええと」どっちを選んだほうがいいのか――ましなのか――自信がない。「最初のほう？」

でもプリヤは、ほとんど息をつく間もなくしゃべり出した。「あたしはまだ、あんたの男とまともに会話したことすらないんだからね！」プリヤは両手を派手に動かしながら、うろうろしはじめた。「ああもう、あたしはね、『おめでとう、ケリー！　ほんとによかったね！』って言いたくてしかたないの。だけどさ、相手の男のことをよく知りもしなかったら、言いたくたって言えないじゃない。もしかしたら、ケリーはそいつの母親のこと嫌いかもしれないし、そいつが話すときの舌の形が気持ち悪いかもしれないし、それから、ええと――」

「イーサンのお母さんのことは好きだし、舌もふつうよ」

「だからさ、もうなんで〈フェイスブック〉なんかで知ることになるわけ？　しかもケリーの投稿ですらないんだよ！」

「そうよね、ごめんなさい。でも、そんなに大したことじゃ――」と話しはじめた言葉をプリヤがさえぎった。

「何言ってるの！　それって、すっごく大事なことだよ」プリヤは足を止め、こっちを向き、両手を胸にあてた。「あたし、何かした？」

「どういう意味？」

「あたし、何かしたんだよね？　だからイーサンのことを話してくれないんでしょ。あたしのカレにだってまだ会ってくれてないし。オフィスでも、いっつも避けてる。いままではしょっちゅういっしょにいたのに」プリヤの顔はいらだちと苦しみでゆがんでいる。いままで抑えつけられてきた言葉があふれだしたのか、プリヤは堰を切ったように話しはじめた。

「ここんところずっと、目を合わせようともしないし、あたしってほら、無神経なところがあるから、ずけずけと物を言っちゃって、そのせいで人が離れていっちゃうことがあるし。だから、ケリーにもきっと何かしたんだよね。それがなんであれ、あんたが望むなら、自分で進むべき道を選んで、好きなように生きる権利があるけど、でもね、鈍感過ぎて自分がどんなひどいことをしたのかわからないのって、ほんとにいらいらするの。だから何かいけないことしたんなら、はっきり教えてほしいんだよ。そうすれば心穏やかに、それぞれの道を進んでいけるでしょ」

気づいたときにはこう口にしていた。

「イーサンはロボットなの」

第20章

「えっ？」プリヤが信じられないという顔で言った。

ケリーは深く息を吸い、スチールの作業台をぎゅっとつかむと、覚悟を決めて口を開いた。

「イーサンはロボットなの。結婚式のプラスワンをどうしても見つけられなくて、わたしがここでつくったのよ。イーサンのことをボーイフレンドだと言って、みんなにずっと嘘をついてきたけど、いままでだれにも気づかれなかった」

プリヤも作業台に向き直ると、意を決したように言った。「わかった、そういうことだったのね。あんたに言いたいこと。その一、なんなのそれ！　その二、それってあまりにむちゃくちゃすぎて笑っちゃう。それに、最初からあたしも仲間に入れてくれればよかったのに。いまだって、ロボットのボーイフレンドをつくってみるって、あたしも興味あるし。とくにいまのカレができる前は」

「プリヤを巻き込めるわけな――」

プリヤは片手をあげ、ケリーの言葉を無視して続けた。「その三、クララの結婚式はもう終わったのに、なんでイーサンはまだいるわけ？　本気でイーサンと結婚するつもりなの？

わけわかんない。あたしにわかるように説明して」

「イーサンと本気で結婚するつもりなんてない」自分はまともだとわかってもらえるよう、きっぱりと言った。「ただ、お母さんがいつものようにあれこれとうるさく言ってきて、それで気づいたら婚約したってことになってたのよ」自分の行動を正当化するのは、頭の中で考えるよりも、声に出して言うほうがずっと難しかった。

「ふうん」プリヤは考え込むようにしていったん口をつぐみ、しばらくしてからこう続けた。「でも結局、婚約はしたんだよね？」

「あ、うん。でも、イーサンってほんとにすばらしいのよ」あわてて説明した。「正直に言って、これまでのエンジニアとしてのキャリアの中で、イーサンはわたしの最高傑作だし、イーサンを観察することで、ほんとにたくさんのことを学んでるのよ。それに、イーサンってすてきで、おもしろくて、それにやさしくて……」

プリヤが、はっと気づいた表情になった。「もしかして、寝たわけじゃないよね？　ロボットと、いや、彼と……」言葉に詰まって答えられないでいると、プリヤの目が大きく開かれた。「マジで？」

「ちょっと声が大きい――」

「嘘でしょ！　そんな深い関係だったなんて。だけど、もしイーサンがロボットだってばれたらどうすんの？　あんたがクビになったら、あたしはだれとランチすればいいのよ。ていうか、そういうこと言いたいんじゃなくて、えっ、ちょっと待って、イーサンにバイブレーターを使わせたわけ――」

そのとき、ラボにほかのエンジニアが入ってきて、プリヤは黙り込んだ。聞かれたのはプリヤの最後の言葉だけだろう。ケリーの頭に、プリヤがロボットにペニスをふたつつけようと言い出したときのことがふと浮かんだ。やがて、エンジニアは取りにきた物を手にして足早に出ていった。

ほっと息を吐き出すと、プリヤのほうを向き、声をひそめて言った。「わたしはクビになったりしない。だってだれにも気づかれてないもの」

「どうして、そんなことわかるわけ？」

「とにかく、わたしはクビになったりしない！」もう一度、強い口調で繰り返した。

プリヤは何か言いかけて口を閉じた。プリヤがこんなことするのは珍しかった。ケリーは、自分がいまにもちぎれそうな友情という綱の上を、そろそろと渡っているような気がした。

プリヤは作業台にもたれかかると、ケリーの両手を握った。「ケリー、あんたの人生だし、ああしろ、こうしろって命令するつもりはない。ただ、取り返しのつかないことをしてほしくないだけなんだ。ほんとだよ！」ケリーはプリヤをにらみつけた。「そんな目で見ないでよ。だっていま、すごくやりがいのある仕事をしてるところでしょ。はじめてプロジェクトのリーダーを任されたんだ。ケリーがどれだけ一生懸命このプロジェクトに取り組んでるかは、わかってるつもりだよ。これまでいっしょにどれほどたくさん仕事をしたことか。夜遅くまで残って、ふたりで〈レッドブル〉を飲んで、涙を流してさ。人生を台無しにしてほしくないんだよ。そりゃいつも、もっとクレイジーになりなよ、って言ってきたけど、『思春期病棟の少女たち』（アメリカの作家スザンナ・ケイセンの回想記）みたいなクレイジーはだめだよ」

　プリヤの言うことも一理ある。それに、リスクを恐れず突拍子もないことをしたり、デートアプリで国じゅうを駆けめぐって恋人探しをしたりしてわが道を行くプリヤに、行動が無謀すぎると言われるということは、危険を警告する赤い旗が振られているということだ。混乱でぼんやりした頭でもそれだけはわかる。「だって、どうしたらいいのかわからないのよ」とため息をついた。

「イーサンと別れるの！　イーサンを解体するんだよ！」

　プリヤの言うとおりだ、と頭ではわかっていたけれど、改めてそう言われると、ひどく不快になった。勇気を奮い起こして、イーサンをばらばらにするところを想像してみる。オフのスイッチを押すと、イーサンのすべての動きが止まる。アセトンを使って、髪を根もとから引きはがす。無表情で天井を見つめているイーサンの皮膚をへそから鎖骨まで切り取る。そう思い浮かべると、吐き気がしてきた。これを家でやる？　それともラボで？　解体作業に入る前に、イーサンになんて言う？　ばれないようにしようと思っても、イーサンは何かがへんだと気づいてしまうだろう。だって、イーサンは聡明で、いつも注意深く見守ってくれているから、どんな変化も見逃さないにちがいない。そのとき、イーサンはどう感じるだろう。悲しみ、恐れ、裏切られたと思うだろうか。冷静に考えれば、そんな感情がイーサンに生じるかどうかは疑わしい。でも、その場面を想像すると、苦しくてしかたがなかった。

「う、うん。わかった、プリヤ」ケリーは逃げるようにしてラボを出て、デスクに向かった。

「はあ……」その夜、玄関のドアをくぐり抜けると、ケリーは思わずため息をもらした。イーサンは軽いキスで出迎えてくれた。

「だいじょうぶ？」

「疲れた。たいへんな一日だったの」

イーサンのあとについて、キッチンに入っていく。イーサンはわざわざ尋ねたりせずに、ごく自然な動作でふたつのグラスにワインを注いだ。「〈コンフィボット〉が、またきみを悩ませてるの？　彼と話をしてみようか。マンドロイドのぼくからマンドロイドの〈コンフィボット〉に」

「〈コンフィボット〉のほうは、これといってとくに変わりないの」ワインをひと口呑んで続けた。「でも、職場のみんなに婚約のことを知られちゃったのよ」イーサンの前で婚約のことを話すのは、いまでもまだ少しばかげたことのように感じられた。「プリヤは、あなたがロ……あなたの秘密を知ってしまって、わたしのことをクレイジーだと思ってる。ボスのアニタは『コンペのプレゼンテーションの前だっていうのに、気が散るようなことをするな』って感じだし。それに、ロビーは様子がへんなのよ。きっとやきもち焼いてるんだと思う。何をいまさら、って笑っちゃうけど」

「ロビーって？」

「ああ、話したことなかったっけ？　同僚よ」頬が赤くなっているのが自分でもわかる。ワインのせいだけではないだろう。ロビーのことをイーサンに話したことがなかったのは、ただ単に、そんなことを思いつきもしなかったからにすぎない。でも、いまは、自分が故意にロビーの話題を避けていたように感じられた。

イーサンは眉根を寄せた。「なぜ、やきもちを焼くの？　彼はきみが好きってこと？」

「まさか！　ロビーがわたしを好きだなんて、これっぽっちも感じたことない。だけど、何年か前に付き合ったことがあるのよ」

「どれくらい？」

「半年くらいかな」あわててグラスを口もとに持っていったとき、うっかりグラスを歯にあててしまい、痛いのと気まずいのとをワインをぐいぐい呑んでごまかした。「といっても、それほど深く付き合ったわけじゃないのよ」

「ぼくたちは半年も付き合ってないけど、婚約した」イーサンは話をやめなかった。「もちろん、ほんとうの婚約じゃないけど」

イーサンを見つめる。でもイーサンは目を合わせようとしない。「もしかして、やきもち焼いてるの？」からかうようにして、イーサンの腕をつつく。

「そうなのかな？」イーサンははっとこっちを見た。その顔があまりに真剣で、誠実で、思い詰めていたので、思わず手を伸ばして、その肌に触れそうになった。

「まさか」不思議な思いを抱きながらこう言った。「そんなことありえない」

　昼夜を問わず、母は何通もメールを送りつけてきた。内容は、座席札の写真を添付したものから、〝カナッペ？？？〟のような意味不明なメッセージのあるものまでさまざまだった。職場では、一度でも話したことのある同僚は、わざわざデスクのそばで立ちどまり、おめでとう、と言ってくれたり、詳しい話を訊いてきたりした。そんな同僚たちを満足させるために、ふたりのお気に入りのレストランで、イーサンがデザートに婚約指輪を隠していたの、などと、家族の食事会のときに即興ででっちあげたプロポーズの話をしたりもした。もう、何もかもにうんざりしていた。いつもより遅く目覚めた土曜の朝、ミモザ（シャンパンにオレンジジュースを混ぜたカクテル）を少しだけつくって呑んだ。そんなことをしたい気分の週末だった。メールをチェックしながら、見るともなしにぼんやりと指輪を眺める。きらきらと輝く豪華な指輪が、まるでこんなふうに言っている気がした。「あなたがこんな指輪をつけるなんて、不似合いだと思わない？　ほんとうにこれが賢い選択だと思ってるの？」あるいは、それはミモザの声かもしれなかった。

でも、自分で買った指輪に、そんなことを言われる筋合いはない。頭の中で聞こえる自分を非難する声にだんだん腹が立ってきて、椅子を回転させながらどんどんスピードをあげた。ストレスがたまり、疲れて、すべてに嫌気がさしていた。たったひとつ、無謀なことをしてしまっただけなのだ。世の中には、無謀なことばかりしているのに、のうのうと暮らしている人もいる。プリヤなんか、ビーチではじめて会った人とセックスしたり、タスマニアで崖から海にダイビングしたりしているのに。なぜわたしばかりこんな目に遭うの？　よく考えると、イーサンと結婚しても、だれかに迷惑をかけるわけじゃない。わたしたちがどんな人生を送ろうと、あれこれ文句を言う権利はだれにもない。だれかを傷つけることもないだろう。もし望むなら、シロクマがペンギンと結婚したっていいじゃないか。わたしはアメリカ合衆国に住む、三十歳のれっきとした大人の女性なのだから、なんだって好きなことをしていいはずだ。机の上のペンをさっとつかんで、意味もなくポスト・イットに大きなチェックマークを書いた。

いらだちを帯びた目が、あるメール広告をとらえた。母が送ってきたのだろう。結婚式に関する情報をあの手この手で発信する母のやり方は感心するほど抜かりない。きらきらとしたパステル調の背景の真ん中に、何段にも重なったウェディングケーキの写真があり、ケーキの表面には信じられないほど繊細なつくりの砂糖細工（フロスティング）の花がちりばめられている。その上にこんな文字がオーバーラップされている。〝人生の最も思い出深い日に、どんなフレイバーをお選びになりますか。いますぐ〈シュガーランド〉にお電話ください。ご予定に合わせて無料でケーキをご試食いただけます〟。花嫁は無料でケーキが試食できるのね！　シャンパングラスを強く握りしめたあまり、もう少しで粉々にしてしまうところだった。

それから四時間後、インターネットというウサギの巣にはまり込み、結婚に関するサイトを見まくっていた。どっちの結婚式がいいか女性に選ばせるテレビ番組を見つけて最後まで見たり、ディズニーのプリンセススタイルで結婚式を挙げる方法や、結婚式まで二か月を切ってから髪をカットする場合は注意が必要なことを学んだ。ごくふつうの女性が花嫁怪獣（ブライドジラ）に変身し、結婚式の写真の見栄えをよくするために、親友に腕の脂肪除去手術をするよう迫った記事は教訓めいていて身につまされたし、海で遭難した船乗りのように結婚に翻弄された姉妹について、過去や未来の花嫁たちが意見をかわす記事も読んだ。

婚約してよかったこともいくつかある。星のようにきらめく指輪に気づいた見ず知らずの人に、おめでとう、と言ってもらったことが何度かあったし、急に魔法にかけられたように、世の中のすべての女性に関心をむけられるようになった。それになんといっても、花嫁は無料でケーキが試食できるのだ！　けれど、日が経つにつれ、計画マニアの母をだんだん止められなくなってきた。それは、母があまりに幸せそうだったからでもあり、そんな母が頼もしかったからでもある。もちろん、結婚にまつわるさまざまなことに関しては母のほうが詳しいに決まっている。飾り文字（カリグラフィ）を書く際のコツなんて知らないし、レースなんてアレルギー反応が出そうなくらいだ。でも人生ではじめて、母と気ままに時を過ごすのは楽しかった。以前のように、もう三十なんだから後がないわよ、なんて言われることもなく、もっと楽しい話題を持ち出してもらえるようになった。いつの間にか、電話しても返事がないなどと文句を言われることもなくなっていた。以前だったら、仕事で忙しかったからと言っても絶対、聞き入れてもらえなかったけれど、謎多き〝花嫁としての職務〟はあらゆる場面の特効薬だった。もうイーサンとの関係を疑われることもなかった。究極の賞品、つまり指輪を獲得したからには疑う余地なんてない。母とは白と黒ほど興味の対象がちがったけれど、いまは共通の問題について、話し合ったり、相談したり、悩んだりしていた。

　そう、悩みは尽きなかった。まず、おすすめのカクテルとか、ひと口サイズのチョコレートとか、ウェディングパーティの余興といった母が次々と繰り出すアイデアについて、それがどんなものなのかはさておき、目を輝かせながら話している母を見ているのがつらかった。そして、母が手付金を払おうと言い出したことにも困っていた。結婚を取りやめるとは、どうしてもまだ言い出せず、なんとか引き延ばそうとしていた。イーサンをどうするか決めるまで時間稼ぎをし、そのあいだ、母があまりに夢中になったり、金をつぎ込んだりするのは止めなければならなかった。

　次の週末、母のブライダルショップ（別名、司令部とも言う）に出向いた。いつものように白い色調に目がくらむだろうと思いながら店に足を踏み入れると、真っ先に目に飛び込んできたのは、明るい褐色だった。カウンターの端の席に、よく日に焼けた男が腰かけ、母に話しかけている。反転図形の柄のポケットチーフと蝶ネクタイという独特のスタイルには見覚えがあった。名前は思い出せないけれど、ロサンジェルス在住の有名なウェディングプランナーで、自分のテレビ番組も持っているはずだ。番組のテーマ曲のイントロが頭の中でぐるぐるする。こんな大口の顧客が、ここに何しに来たんだろう。こんな小さなブライダルショップにとっては、天の恵みで宝くじに当選したようなものだ。

でもその男は、こっちに目を留めると母をそっと肘でつついた。「お客さんが来たようだから、わたしはお邪魔みたいだな、ダイ」記憶にあるかぎり、父でさえ母ダイアンを「ダイ」と呼んだことはない。「このかわいい小鳥ちゃんはおびえているようだ」男はささやき声でそう言ったけれど、その声は十分聞こえていた。

「この子はケリー」母はそばに来るよう身振りで促した。「わたしの娘よ。この子がどうしてここに来たと思う？ わたし、娘の結婚式をプロデュースしてるの！」

「キュートなひよこちゃん、ダイに結婚式をプロデュースしてもらえるなんて、きみは世界一幸運なお嬢さんだよ！」男は大げさにまくしたてた。この有名なウェディングプランナーが、ニックネームで呼ぶほど母と親しい仲だということや、どうやら自分が鳥か何かだと思われていることにもっと戸惑うべきなのかよくわからない。

「ええ、そうですね——ええと、ケリーと言います」へどもどしながら答える。「あの、母とお知り合いなんですか」

「ミックはわたしのことを、とーってもよく知ってるのよ」母は笑い、はしゃいだ様子で男の肘に触れた。そのとき、頭にテレビ番組のクレジットタイトルがぱっと浮かんだ。そう、ミック・サンティーズだ。

「心配しなくていい。かわいいお嬢さんの前で、きみの秘密をばらすつもりなんてないから」ミックが母に言った。「今日、はるばるここへ来たのは、いま頭を悩まされている新進気鋭の靴のデザイナーについて、ダイアンに意見を求めるためだ。あまりいい噂を聞かないものだからね」

「そんな話、いまはじめて聞いたわよ」母がほほえむ。

ぽかんと口を開けながら、母とミックを見ているのに気づいた。わたしったら、こんな顔して恥ずかしい。意識して口を閉じ、こう言った。「ふたりが知り合いだったなんて知らなかった」

「あらそう？　もう十年の付き合いよ」母が答えた。「ミックは昨シーズン、テレビ番組で、わたしがデザインしたドレスを使ってくれたのよ」

「嘘でしょう？」思っていたよりも疑わしい口調になってしまった。母がじろりとこっちをにらむ。

「いいえ、嘘なんかじゃないわ」母が答えた。「何か文句あるわけ？　みんながみんな、ロボット科学者になれるわけじゃないけど、わたしはわたしなりに、この世界でがんばってるのよ」母はミックのほうを向いた。「ところで、ライフはどうしてる？」

ふたりが話しているあいだ、いま聞いた話を頭の中で必死に整理しようとした。ブライダル業界のことはよくわからないけれど、あのミック・サンティーズが母に助言を求めるのなら、それはつまり、母はこの業界ではまずまず名が知られているということだ。いや、まずまずどころか、かなり有名なのだろう。これまで、母がキャリアウーマンだと意識したことはなかった。たぶん、家事をしている母しかちゃんと見たことがなかったからかもしれない。母にこんな一面があるとは気づかなかった。苦労して築いた仕事での成功を、家族のだれも理解してくれないと腹立たしく思っていた。でも、母だってわたしと同じように考えているかもしれないってことよね？

「冬」と言う声が突然、耳に飛び込んできて、はっとわれに返った。ミックがうかがうようにしてこっちをじっと見つめている。目を細くすぼめているけれど、眉の位置は少しも変わっていない。

母が目を輝かせた。「そう、クリスマス」と言い腕をからませてくる。「わたしたち、会場はもう絞り込んでるのよ」

「おお」ミックは、もう降参だよ、というように両手をあげた。「さすがダイアンだ！　頭が下がるよ！」

落ち着かない気分になって腕を引いた。「そのことについて、きちんと話そうと思ってたんだけど。イーサンもわたしも婚約期間を長くして、もっとゆっくりと進めたいのよ。そうね、はっきりとは決めてないけど、来年の夏とか――」

母とミックは驚き、あきれたように視線を交わした。まるでおとぎ話のお姫さまになりたい、と宣言されたかのように。「婚約期間が長いと――」母が口を切った。

「――心変わりが起きたりして、ろくなことがない」あとの言葉をミックが引き取った。

「来年の夏なんてだめだめ、ぜったい冬にやるべきだ。きみのお母さんに任せておけば、雪の季節にはなんの問題もなく結婚式を挙げられるはずだよ」

「でも――」反論しようとした。

「何をそんなに怖がってるんだい、お嬢さん？　安心して任せておけばいいんだ。ダイがすべて段取りしてくれる。なんてったって、ダイは百戦錬磨のつわものなんだから」ミックはからかうように、母を肘でつついた。

「わたしが結婚式のプロってことは、わかってるでしょう？」母が言った。ふたりそろって期待に満ちた目でこっちをじっと見つめている。ほかにどんな言いようがある？

「そうね。冬がいいかも」

いつもより早めに仕事からもどったケリーは、今夜はテレビでも観てのんびり過ごそう、と楽しみにしていた。ウェディングドレスを試着していると、最愛の家族から太って見えると言われ、女性が泣き出すような番組。でも、画面上で女性が泣いているのを半分ほど観たところで、ゲイリーから電話が来た。

「場所は、わたしたちのお気に入りのレストランよ」とケリーは電話に向かって話していた。電話をかけてきたのはゲイリーだったけれど、ケリーと話したいのはバーティとエマとヘイゼルだった。家族の食事会のときに、〝プロポーズ〟の話を詳しく語ってきかせたところ、この話が三つ子たちの想像の世界の中で、《シンデレラ》や《眠りの森の美女》という夢物語を差し置いて、トップに位置したようだった。立て続けに三回も話したので、もう何も考えないでもすらすらと話せた。「イーサンはウェイターに、デザートの中に指輪を隠してくれるよう、あらかじめ頼んでいたの」

「なんのデザート？ なんのデザート？」電話の向こうからバーティが大きな声で言うのが聞こえる。

「ストロベリーチーズケーキ。指輪についたストロベリーソースを、ぜんぶなめなきゃいけなかったのよ」

「それから？」今度はヘイゼルだ。

「それから、イーサンは立ちあがって片膝をつき、こう言ったの。『ケリー、ぼくと結婚してくれませんか』ほかのお客さんたちもみんな注目してる中、『はい』って答えたの。そしたら、みんな拍手してくれたのよ」後ろにいるイーサンをちらりと振り返った。イーサンは電子書籍リーダーを静かに読んでいる。できるはずのない結婚式の準備を、まだ続行していることを知っていながら、それについて一切口にしない。イーサンの前でこの話をするのは、なんだかきまりが悪かった。

「もう一回！　もう一回！」ヘイゼルが大声でせがむ。

「もう一回？　もう寝る時間をとっくに過ぎてるんじゃない？」

ゲイリーが電話の向こうから叫ぶ声が聞こえてくる。「あと一回だけ頼む！〈ベイビー・アインシュタイン〉のＤＶＤよりも、おまえの話のほうが食いつきがよくて助かるんだ」

ため息をつき、最初から繰り返した。「ある日、イーサンがディナーに行こうってわたしを誘ったんだけど、どこに行くかは言わなくて……」どうして三つ子たちがこれほどこの話に心を奪われるのか、わからなかった。デザートに指輪が入っていた？　こういう話にしたのは、単に最初に思いついたのがこれだったからにすぎない。でもだれかに話すたびに、ばかばかしくて、陳腐で、わざとらしく思えてくる。せめて、もう少しまともな嘘を思いつけばよかった、と日が経つにつれ思わずにはいられなかった。

話を締めくくると、「もう一回！」とバーティが声をあげた。でもさすがに今度ばかりは断った。

「もう今夜はおしまいよ、バーティ」きっぱりとした口調で続ける。「ケリー叔母さんは、もう十分話したでしょう」電話を切ったとき、イーサンが思い詰めたような顔で、こっちをちらりと見たような気がした。

次の日の夜、ケリーは足を引きずるようにして家にもどってきた。この日も〈コンフィボット〉の製作に苦戦してくたくただった。どうしたことか、家の中は真っ暗だった。明かりをつけながらキッチンのほうへ歩いていくと、イーサンの叫ぶ声がした。

「止まって！　明かりを消して」

困惑しながらも、言われたとおりにした。目が暗闇に慣れるまで、少し時間がかかったけれど、だんだんなじんでくると、壁に緑色の光がぼうっと浮かんでいるのに気づいた。まるで《ゴーストバスターズ》のワンシーンの中に足を踏み入れたかのように。いったいなんなの？　しばらくすると、闇の中に散らばっている緑の光が星の形をしているのに気づいた。小さなプラスチックの五芒星が天井にも貼りついている。リビングの壁にまとまってくっついている星たちは、よく見ると星座の形になっているのがわかった。

「これは何？」声を張りあげた。部屋の中が暗いせいで、イーサンがどこにいるのかわからない。

「読んで」イーサンの声が答える。

戸惑っていると、やがて、廊下の壁に、星が〝ケリー（Kelly）〟という文字に並んでいるのに気づいた。文字は寝室まで続いている。寝室に向かって進みながら、小さな声で星の文字を読みあげていく。「ケリー、ぼくと……」

寝室に入ると、くるくると回る星のイルミネーションにイーサンがぱっと照らされた。イーサンの後ろで、スタープロジェクターライトが回転している。部屋に入った瞬間に、スイッチを入れたにちがいない。

「ぼくと――」と言いかけたところでイーサンはいったん言葉を切った。「あっ、そうだ、ごめん」床に片膝をつく。「ケリー、ぼくと結婚してくれませんか?」

これまでの人生で、日常のささいな場面であれ、重要な場面であれ、何かを決断しなければいけないときは、いま壁や天井を駆けめぐっている架空の星たちよりも目まぐるしく、頭の中で不安が渦巻くことが多かった。でもこの瞬間、頭に浮かんだ答えはたったひとつだけだった。

「はい」

「ああ、よかった」イーサンがほっと息をもらして立ちあがった。「壁や天井はあとできれいにするから気にしないで。ただ、プロポーズの話がほんとうだったら、きみの気が楽になるんじゃないかと思って、それで――」

思わずイーサンに駆け寄ると、腕をつかんでキスした。そして、すばらしい言葉を紡ぎ出す唇をふさいだ。

「どうして星にしたの？」その夜遅く、ふたりでベッドに横たわりながら尋ねた。こんな婚約のストーリーは自分ではぜったい思いつけない。はじめからイーサンに関することは、イーサンに考えてもらえばよかったのかもしれない。

イーサンは肩をすくめた。「それがいちばん、しっくりくる気がしたからかな。星のことを考えるとき、いつもきみのことが思い浮かぶから」

「わたしもよ」そう言い、イーサンに体を寄せた。オレンジ、黄、緑の光がくるくると回転しながら天井に映し出されている。「あなたのおかげでわたし、星が見えるようになったんだもの」

「いや、ちがう」イーサンの体に少し力が入ったのがわかった。まるで必死に言葉を探そうとしているかのように。「反対だよ。きみと出会う前、ぼくは星を見たことすらなかったんだから」

第21章

冬の結婚式のコンセプトをまとめたビジョンボードをつくろうと意気込んでいる母を、ケリーはすんでのところで引きとめていた。でも、結婚式の準備に張り切りそうな人物がもうひとりいる。その人物にさりげなく注意をしておこうと、土曜日、ドライクリーニング店に向かって車を走らせながら、ネイルサロンやタコスの店が並ぶストリップモールを通り過ぎたあたりでクララに電話をかけた。一瞬ためらってから、こう切り出した。「いま何してる？」

「仕事に向かってるところよ」クララが答えた。

「え、そうなの？　いつも土曜は仕事してないよね」

「いま、忙しいシーズンだし。それに、家にいたくないの。で、何か用？」クララの声には、いつもとちがってとげがあった。せかせかと、つっけんどんな響きがある。

「結婚式のことでちょっと。お母さんがもう手に負えないっていうか、まだ正式な日取りも決まってないのに、すべてをいますぐ手配しないと気がすまないみたいで。ブライズメイドの衣装の準備なんかも始めようとしてるのよ。当然、クララはメイド・オブ・オナーをやるって思ってて。あっ、既婚だからメイドじゃなくてメイトロンか、でも、メイドのほうが響きがかわいいし、メイドのままでいいわね。それで、いまでも、メイド・オブ・オナーをやるつもりでいる？　前に、いつでもやるわよって言ってくれたのは覚えてるんだけど」そう言い終わると、ぎこちない笑いが出た。

「もちろん」

「ありがとう。で、お母さんたらもう、ブライズメイドとかに靴やらいろいろ買うようお願いしなくちゃ、とか言いはじめてるから、まずクララに電話して、まだ買わなくていいよ、って伝えようと思ったのよ。だって、あまりにも気が早すぎるし。お母さんには、クララに百ドルするような靴を買えとか、真夜中にクララのところに押しかけてドレスの試着をしろ、とかむちゃくちゃなことしないように釘を刺しておくから」クララが古着屋の仕事が大好きなのはわかっていたけれど、給料があまり多くはないことも知っていた。ありえない結婚式のために、お金を無駄にしてほしくなかった。

「わかった。まだ買わないでおく」

ぎこちない間のあと、たどたどしく続けた。「クララが結婚式の靴とか、そういったものが大好きで、早くほしくてうずうずしてるのはわかってるし、早めに準備してくれるのはありがたいんだけど、あまり入れ込みすぎなくていいからね。そんなことする必要ないし」

「よかった、安心した」クララが言った。とげとげしかった声に少し明るさが混じる。「ケリーに話そうと思ってたんだけど、わたしいま、結婚式のことに割ける時間があまりないのよ。仕事とか——まあ、いろいろあって。それにお金もあんまりないし。ほら、自分の結婚式にたっぷり使っちゃったから。だから、そうしてもらえるとほんと助かる」

そう言われると、なんだかがっかりした。結婚式のために、クララに時間やお金を無駄にしてほしくはなかったけれど、クララもそう考えていると思うと寂しくなってしまう。「わたしの結婚式、楽しみにしてくれてる？」

「あたりまえじゃない、ケル」クララはあわてて言った。「ごめん、店に着いたから、またあとで話せる？」

「もちろん。いますぐ話さなきゃいけないことじゃないし」

「わかった。じゃ、またね、ケル」クララは電話を切った。そのまましばらく困惑顔で手に持った携帯を見つめた。あのいつも陽気なクララがどうしたんだろう。何かあったんだろうか。もしかして、わたしに怒ってる？　やっぱり、クララの結婚式の翌日に婚約したなんて言い出したことに腹を立てているとか。そんなのクララらしくないけれど。でも、自分で思っていたほど、妹のことをよくわかっていなかっただけかもしれない。

ドライクリーニング店の列に並ぶと、不安な気持ちを落ち着かせたくて、プリヤに電話をかけた。でも、そうやすやすと事は運ばなかった。「なんでクララが結婚式に興味を持ってくれないことが問題になるのかわからない」プリヤは言った。「だってそんな結婚式、できっこないんだから」

「そんなことわかってるけど、でも――」携帯を耳にあてたままバッグからクリーニングの引換券を取り出そうと、体をもぞもぞと動かした。「なんだか原因はほかにあるような気がするの。それがなんだかわからないけど。また、月曜日にでも話せる？」

「そうしたいけど、その日はほとんどずっと、ドクター・ハノーヴァーとミーティングの予定なんだ」

「そっか、わかった。じゃあまたプリヤの都合のいいときに」電話を切ったあと、ふと思った。星占いなんて信じたことはなかったけれど、いまわたしは星回りの悪い時期にいるのかもしれない。

ケリーは、目の前のパソコンの画面に並んでいるソースコードに集中しようとしていた。でも、パソコンの向こう側にいる〈コンフィボット〉を無視するのは難しかった。ついに〈コンフィボット〉の顔ができたけれど、その何もかもがちぐはぐだった。パソコンを操作して指示を出すと、〈コンフィボット〉がにこやかに「おはようございます」と言った。でも次の瞬間、その顔がひどく心配そうな表情に変わった。いや、怒っているようにも見える。どっちかよくわからないけれど、とにかく、両方の眉を山の頂上のような角度に曲げて「お薬をご用意してもいいですか？」という言葉を発した。こんな眉では混乱を引き起こすのは言うまでもない。眉だけでなく顔の造作すべてがおかしい。目は鼻に対して大きすぎるし、口は人間にしては大きすぎる。

コンペのプレゼンテーションまであとひと月を切り、あせるあまり、言わば、絵の具をすべてキャンバスにぶちまけるようなことをした。これまでしてきた研究に基づき、〈コンフィボット〉を最良の状態にするために、あらゆる要素をぶち込んだ。そして集めたデータに従い、声の抑揚や反応のひとつひとつを統制できるようにした。その結果できあがったものといえば、顔の造作も表情もめちゃくちゃなロボットだった。〈コンフィボット〉が驚きから心配、そして落胆へと次々と表情を変えた。話すときも、身振り手振りで何かを伝えようとするときも、絶えず、一度にできる以上のことをしようとしているように見える。統計的な分析などしなくても、すべてが大失敗だと自分でもわかっていた。イーサンと過ごす時間が増えるにつれ、イーサンを注意深く観察するようになり、その頭脳の明晰さや心の細やかさに気づかされた。そして、もっといいものをつくらなくては、と〈コンフィボット〉の製作に対する責任の重みをいやでも思い知らされ、ますますデータにのめり込むようになった。イーサンといると、どうして〈コンフィボット〉はイーサンとこんなにもちがうのだろうと思わずにはいられなかった。〈コンフィボット〉には、イーサンよりもはるかに多くの思考を費やし、分析を行ってきた。イーサンは、一種の興奮状態の中で直感に従って、衝動的につくりあげたにすぎない。〈コンフィボット〉のほうがもっとすぐれていて当然のはずなのに。もちろん、両者のあいだにはちがいがある。〈コンフィボット〉には介護ロボットとして、イーサンにはない特別な機能が備わっているのだから。とはいえ、〈コンフィボット〉用に製作した部品の一部を、イーサンにも使っているし……。考えれば考えるほど、どうしてなのかよくわからなくなるのだった。

デスクに置いてある携帯からバイブ音がした。母がまたメッセージを送ってきたのだ。午前中のあいだずっと、母は連絡を寄越しつづけていた。今度の土曜にブライズメイド用のドレスを試着できるかどうか、プリヤに訊いてくれという。ブライズメイドのふりをしてほしい、とプリヤに言い出せずにいたので、母に返事をしていなかった。プリヤに頼んだとしても、どんな返事が返ってくるかはわかっている。そんなこと頼めるわけがないし、そんな場面は想像すらしたくない。メッセージは無視することに決めた。

パソコンを操作して、ブックマークしておいた声区に関する記事を画面に出して読みはじめた。〈コンフィボット〉の製作の答えを導き出すのに役立つ、科学的根拠に基づいたヒントを見つけられるかもしれない……。

また携帯からバイブ音がした。「もう、かんべんしてよ」とつぶやき、携帯を乱暴につかんだ。でも、母からの最新のメッセージは、ドレスの試着に関することではなかった。

〝フローリストに手付金を払うつもりよ〟

「だめ、やめて」思わずうめくような声が出た。

〝お願いだから、そんなに急がないで〟とあわてて返事を打った。仕事にもどろうと携帯をデスクに置こうとしたとき、バイブ音がした。

〝早いうちに、彼を押さえておかないと。レンギョウの魔術師って言われてるフローリストなのよ。それと、ほかのメッセージもちゃんと受け取ってるんでしょ。プリヤに土曜日に会いましょうって伝えておいてよ〟

いらいらしながら左右のこめかみに指をあててもんだ。自分の結婚式を取り仕切ることもできず、仕事のプロジェクトもちゃんとこなせない。うまくできることなんて何ひとつない。パソコンの画面に目を向ける。記事を調べるために開いたたくさんのタブブラウザが右へ右へとどこまでも続いている。何もかもまちがっていた。もう一度、やり直さなければ。

壁の工具掛けからメスをひっつかみ、〈コンフィボット〉のほうへずかずかと歩いていき、顔にメスを突き刺して、すっきりとした卵型の輪郭からシリコーンの皮膚をはぎ取った。ぞっとするようなふたつの飛び出た眼球と、並んだ歯と、それを囲むごちゃごちゃした導線がむきだしになる。「ほら、こっちのほうがよっぽどましよ」きっぱり言い切ると、少し離れたところにあるごみ箱に狙いを定め、顔の皮膚を放り投げた。もうこんなものは必要ない。はじめからやり直すのだ。

ちょうどそこへ、ロビーがドアを開けて入ってきた。ロビーの目の前をたるんだシリコーンの皮膚が飛んでいく。ロビーは冷静な顔を保ったまま、まばたきひとつしなかった。「ああ、ケリー、探してたんだ。いっしょにラボまで来てくれないか」その目には奇妙な光が宿っている。

「いまは都合が悪いのよ、ロビー」鼻息荒く言い返した。

「そんなに時間は取らせないから」

「あとにして」そう言い放ち、ロビーから目をそらして〈コンフィボット〉のほうを向いた。感情に任せて〈コンフィボット〉をこんな状態にしてしまったことをすでに後悔していたし、いますぐ取り組まなければならないことが山ほどある。ロビーが見せようとしているものがなんであろうが、そんなものにかまっている場合ではなかった。きっとロビーのことだから、ラボのしみひとつないスチールの作業台に傷ができたとでも言うつもりなのだろう。それもごく小さい傷が。

「だめだ、いますぐ来てくれ」はっとロビーを見た。こんなに鋭く、命令口調なロビーの声はいままで聞いたことがない。

「わ、わかった」戸惑いながらも廊下に出て、ロビーのあとに続いた。

足を速めてロビーのあとについていきながら念を押す。「いま忙しいんだから、なるべく早く終わらせてよね、ロビー」

「そんなに時間はかからないはずだ」とだけロビーは言った。ラボに入ると、ロビーはそっとドアを閉め、作業台の前で立ちどまった。「これは、さっきまでぼくが取り組んでたものだ。きみの感想を聞かせてくれ」

腰をかがめてパソコンの画面に映るシミュレーションを見たとたん困惑し、気づくとこう口にしていた。「イーサンにそっくり」

ロビーをちらりと見あげた。いつものとりすました表情が崩れ、誇らしさと興奮を隠しきれずにいる。「そう言ったのはきみだ、ぼくじゃない」ロビーの声は、喜びのあまりうわずっている。

混乱し、後ずさりした。「どういうこと？」

「そんなに急かすなよ」ロビーは、まあ待てというように片手をあげた。「これのために、ずいぶん時間を割いたんだ」

ロビーは、ロボットのボディの部品が置いてある棚に移動し、その前を歩きはじめた。

「だいぶ前から、ラボの部品がなくなっているのには気づいてた。この棚のまぶたがひとつ、その棚の小指の爪が一枚、っていう具合に。鈍感なやつだったら見逃していただろう。だがぼくは、おかしいと思いはじめた。部品はどこへ行ったんだ？　そのひとつひとつを組み合わせてみたらどうなるだろうってね。それで、昨日の夜からラボにこもって実際にやってみた。結局、今朝の四時までかかったよ」この人は自分よりもつまらない人生を送っているんじゃないかという思いがふとよぎる。「まず、どの部品がなくなっているのか特定した。ひとつ残らず。それから、すべての部品をデジタルモデルで組み合わせて再現した。その結果できたのがこれだ」ロビーは、もったいぶったしぐさでパソコンの画面を指さした。どうだ、という顔で。

なんて胸くそ悪いのだろう。でも、相手はたかだかロビーだ。なんとか切り抜けられるにちがいない。そうよね？「あなたの言いたいことはわかった。ラボからたくさんの部品がなくなってるみたいね。だけど、それがどうしてわたしと関係あるわけ？ ここには何千もの部品があって、何十人もの人が出入りして、ここにある部品を使ってる。物なんて、いつの間にかなくなったり、見当たらなくなったりするものでしょう。万物はいつかは消えてなくなるのよ」

「へえ、それで消えてなくなったものが集まって、きみの婚約者になったってわけか？」

「よく見ると、そんなにイーサンに似てない」

ロビーは携帯を取り出し、画面をタップした。録音されたケリーの声が再生される。「イーサンにそっくり」

「チェックメイト、ぼくの勝ちだ」ロビーはさらりと言った。

第22章

ロビーは携帯をポケットにしまい、ケリーの反応をうかがっている。ケリーはロビーにされていることだけでなく、その気障(きざ)な物言いにもっと腹を立てていた。ロビーの顔は勝利の喜びに輝き、誇らしげであると同時に、どこか自意識過剰でもあった。

「いったい、何が言いたいの？　ロビー。わたしがラボの部品を盗んだとでも言うのなら、その証拠はあるわけ？」〝盗んだ〟と声に出して言っただけで、酔ったバレリーナがよろけるみたいに胃がねじれるような気がした。心の中で、〝借りた〟と言い直す。そう、あの部品は借りたのだ。

「ここに映っている画像は、ぼくのしたことが正しかったと証明するのに十分すぎる証拠だと思う。何かがおかしいって、ぼくが気づかないと本気で思ってたのか？　きみは婚約したことをみんなに知られるのをいやがったし、あんな豪華な指輪を、准教授の給料で買えるわけがない。ああそうだよ、ちゃんと調べたんだからまちがいない。ここでワルツを踊りながらロボットと結婚するの、と言ったとしても、ぼくならそんなことにも気づかないと高を括(くく)ってたのか？　きみはいつも、ぼくの観察能力を過小評価してた！　いっしょにあの映画を観たときだって、ぼくが予想外の展開に気づかないと思ってたよな？　だがぼくは気づいてた！　彼女は彼の娘だって、ずっとわかってたんだ！」

これまで、こんなロビーを見たことはなかった。その顔は、こっちがはっとするほど紅潮している。でも何より驚いたのは、ロビーがはじめて、本心をぶちまけたことだった。おずおずとドアのほうへ後ずさりした。「そうね、わかった、ありがとう、ロビー。今回のことはいろいろと、その――勉強になったわ。でも、そろそろふたりとも、仕事にもどったほうがいいんじゃないかな」

「行きたきゃ行けばいいさ。ぼくはここに残って、アニタにこの画像を送るから」

思わず足を止めた。「どうしたいわけ？　わたしを脅すつもり？」

「そうとも言えるな」ロビーはラボの中をあちこち動きながら、開いたままの引き出しを閉めたり、曲がったプレートをもとにもどしたりしはじめた。主導権はぼくにあるんだ、と言わんばかりに、相手をじらして楽しもうとしているのが手に取るようにわかる。「そうだな……」ロビーは立ちどまってこっちを向き、きっぱりと言った。「体の一部をもらおうか」

ぎくりとして後ずさった。「ロビー、いくらなんでも殺人は犯せない」

「人間のじゃない、ロボットのだ。といっても、どっちがどっちだか区別はつかないが」ロビーはイーサンの画像に向かってあごをしゃくり、うすら笑いを浮かべた。「ほしい部品はすべて、ほしいと言ったときに持ってくる。期日に間に合うように」不気味なキャンペーン広告のような言葉を付け加える。

「つまり、あなたが必要な部品を、わたしにつくってほしいっていうこと？」

「いや、そうじゃない。期日に間に合うようにと言っただろう？　既存の部品を取り外してこい、ってことだ」

「〈コンフィボット〉の部品を寄越せっていうの？」

「どこから持ってこようと、それはきみに任せる。どうすればいいかは、自分でわかるはずだ」

驚きで呆然となりながらも、これがあまり意味のないことだと気づきはじめていた。ロビーは先生に真っ先に告げ口するタイプだ、とずっと思ってきたけれど、まさか私利私欲のために、脅しをかけてくるなんて。頭がいかれているのか、まともなのかはわからないけれど、もっとましな計画を思いつけるだけの知能があるのはたしかだ。〈ブラフマー〉には、わたしのつくった部品は使えない。製作を妨げて、コンペの競争相手を蹴落とすつもりなら、アニタにばらしてしまったほうが手っ取り早い。でも、いま考えていることを、ロビーに問いただすつもりはなかった。ロビーがそのことに気づいて、手がつけられないほどかんしゃくを起こす前に、さっさとこの部屋から出よう。じりじりとドアのほうに進んでいく。

「わかった、言われたとおりにする」ロビーをなだめる。「ほかに、してほしいことは？」

ロビーは首をかしげ、考え込んだ。「いや、いまのところはそれだけだ。思いついたら知らせる」

ラボから出て、もうろうとした意識のまま制御室に向かった。いきなり、というか、とうとういうべきか、すべてが大きな音をたてて崩れていくようだった。ロビーにイーサンの秘密を知られてしまった。いまやロビーは、その指一本でわたしの何もかもを終わらせる力を持っている。プロジェクトも、これまで築いてきたキャリアも、そしてイーサンも。自分の置かれた状況のすべてにぞっとしてしまう。まるで氷水の浴槽に体を突っ込んだかのように。もはや、イーサンがだれだか、いや、なんであるか、知らぬ存ぜぬで通すわけにはいかなくなってしまった。

制御室のドアを押し開けると、その反動でかすかな風が起こり、髪がふわっとなびいた。〈コンフィボット〉が視界に入り、うめき声がもれた。このロボットにしでかしてしまったことを、改めて思い知らされる。「もう、このくそったれ！」

「ふつう、あいさつは『こんにちは』じゃないかしら」一瞬、〈コンフィボット〉が女性の声を出してしゃべったのかと思った。このロボットだったらそれくらいやりかねない。でも、アニタの声だと気づき、青ざめた。アニタは制御盤の後ろで脚を組み、膝頭(ひざがしら)に長い指をのせて座っていた。その落ち着きはらったたたずまいは、翼をたたんで静かに休んでいるハトのようだった。でも、その目は爬虫類(はちゅうるい)のように鋭い光を放っている。

「そ、そこにいらしたんですね、驚きました」

「ええ、わたしも驚いたわ。〈コンフィボット〉の進行状況をたしかめようと立ち寄ってみたのだけれど」アニタはちぐはぐな姿をさらしているアンドロイドに視線を移した。清潔感のあるシャツとカーキのパンツというこざっぱりとしたいでたちの上に、眼球や導線がむきだしになった顔がのっている。

「見た目よりは、ずっと進んでいるんです」必死に言い訳をしながら、はぎ取られた顔の皮膚が入っているごみ箱をアニタの視界から隠そうと、じりじりと足を動かした。でも、アニタは反対側にある椅子をすっと指さした。

「そこに座りなさい」言われたとおりに座り、脚を組んでしまってから、はっと気づいてもとにもどすと、椅子が大きな音を出して軋んだ。その場違いで滑稽な音に身がすくむ。

アニタは、探るように、値踏みするように、こっちをじっと見つめている。この気まずい沈黙をなんとかしようと言葉を探していると、アニタが口を開いた。

「いまのわたしを見てどう思う？」

こんな質問にどう答えればいいのかなんてわかるわけがない。いまのアニタを見てどう思うか？　権力があって、社会的に成功していて、頭も切れる、なんて言葉を並べたら、みえすいたお世辞を言っているみたいだし。でも、ほんとうに思っていることを言ったら、さらにたいへんなことになる。

困惑して答えられないでいると、アニタはしびれを切らした。「わかった、じゃあ、訊き方を変えるわ。このシリコンバレーで、会社を経営しているヒスパニックの女性は何人いると思う？」

今回は一か八か言ってみることにし、おずおずと答えた。「ひとり？」

「そう、ひとり。あなたは、そのたったひとりの女性のもとで働く機会に恵まれている。移民の工場労働者の娘という立場から、いまの地位へとのぼりつめるのは、決して容易なことではなかったのよ、ケリー。非情に振る舞うことは、生き抜いていくための術なの。ここにたどり着くために、そしてここに留まりつづけるために、人であれ物であれ、必要ないと判断したものは、なんだって切り捨ててきた。楽をしようと思わないで。いまの地位に安住できると思ったら大まちがいよ。わたしの成功を邪魔するのなら、ためらうことなく、あなたを排除するわ」

はっと息を呑み、あわてて言った。「おっしゃることはわかってるつもりです。わたしは、ここで一生懸命――」

「いいえ、わかってない。これ以上、何を与えてほしいっていうの、ケリー？ プロジェクトを完成させるために必要なツールは、すべてそろっているでしょう」

「はい」

「最先端の機器も提供してるはずよ」アニタは、タッチパッド式の制御装置や、つややかなコンピュータが列をなす部屋の中を見まわした。

「はい」

「あなたのために、この国でもトップクラスのコンサルト料を請求する心理学者を雇ってあげたわよね？　いつでも意見を求められる、知性と熱意のある知能顧問（ブレーントラスト）もこの会社にはいるわよね？」

「はい」と答えたその声はあまりにも小さかったので、閉ざされた空間でもほとんど聞き取れないくらいだった。

「そういう場所に、あなたはいるのよ。じゃあ、何が問題だと思う？」

空欄を埋める答えはひとつしかない。「わたしです」とぽつりと答える。

その答えが、十分染みこむのを待ってからアニタは続けた。「ケリー、何も意地悪するつもりでこんなことを言ってるわけじゃないのよ。あなたなら、理解できるはずだと思ってるの」その声には低く、有無を言わさぬ響きがあり、その顔には、微小表情分析について包括的にまとめたデータに照らし合わせると、感情に分類できる何かが浮かんでいた。「だからめったにないことだけれど、今回は特別にチャンスを与えましょう。ただしあと一度だけ。その次はないわ。エンジニアリングというのは個人的な作業であると同時に、共同作業でもある。リーダーとして、設計の微妙なニュアンスを読み取り、プロジェクトを統括させることができないのなら、あなたがプロジェクトを任されることは二度とないと覚えておいて」

アニタは組んでいた脚をもとにもどすと、振り返ることなく、つかつかと部屋を出ていった。

もちろんケリーは、ロビーとの一件をすぐにプリヤに報告した。イーサンのことを打ち明けたいま、こういうことを気兼ねなくプリヤと話せるようになったのはありがたかった。話がロビーに脅された部分に来ると、プリヤは勝ち誇ったように言った。「ほらやっぱり！　まじめな顔してるけど、ひと皮むけば、じつはいかれたやつだと思ってたんだ。前にも言ったことがあったでしょ？　あいつの家を捜してみたら、きれいな服を着せてロッキングチェアに座らせた、あいつの母親の死体が出てくるはずだって」

「ねえプリヤ、どうしたらいいと思う？」うめくように言った。「コンペも差し迫ってるのに、ロビーに要求されるたびに部品をつくってる時間なんてないし、〈コンフィボット〉を分解することもできない。アニタとも面倒なことになってるし」いらだちながら、両方のこめかみをもむ。

「ケリーには、完成品のロボットがもう一体あるじゃん」プリヤがすかさず切り返した。

激しく首を横に振った。「まさか。イーサンを傷つけるなんてありえない。それに結婚式の前に、イーサンを分解できるわけがない。電子回路基板（マザーボード）むきだしの花婿に向かって通路を歩けっていうの？」

「ちょっと待ってよ、まさか本気で結婚式を挙げるつもり？」

「ちがうけど、でも……」そわそわと両手をもみ合わせる。

「はあ？　嘘でしょう」プリヤは眉根を寄せ、信じられないといった表情を浮かべた。その顔を見ながら、わたしもさっきロビーにこんな表情を見せたかもしれない、という考えがよぎる。「まったくどうしちゃったっていうのよ、ケリー。あんたの仕事のことをずっと心配してたけど、いまはあんたのそのいかれた頭のほうが心配だよ。もしかして、クォーターライフクライシス（人生の四分の一を生きたころに経験する精神的な重圧）ってやつ？」

「やめて！」と叫んだ。「わたしがいまほしいのは、だれかの支えであって、だれかに分析されることじゃないの。どうすればいいか……答えがほしいのよ」

「答えなら、とっくに教えてあげたはずだよ。でも、あんたはそれを拒んだ」

「プリヤ……」

「ほら、こっちにおいで」プリヤがそっと抱きしめ、髪をやさしくなでてくれる。「ほんとは頭脳明晰なんだから。いいかげん、目を覚ましなよ」

「できるかな。自分でもそうしたい……」プリヤの腕の中で、ぽつりと言った。

「だいじょうぶ。あたしにできることがあったら言って」

「じつは、ひとつだけあるの」顔をあげ、期待を込めたまなざしをプリヤに向けた。

「言ってごらん」

「わたしのブライズメイドになってくれない？」

「もう、いいかげんにしなよ」プリヤは胸の前で腕を組んだ。

「お願い。それに、イーサンのことを打ち明けたとき、最初から仲間に入れてくれればよかったのに、って言ってくれたでしょう」なるべく陽気な声を出して言った。そうすれば、プリヤを納得させることができるかもしれない、と思ったのもあるけれど、何より自分を納得させたかったのだ。

「はじめのころだったら、もしかしたら、あれこれ楽しめたかもしれないけど、いまは実話をもとにしたひどい人生を描いた映画みたいで、あたしの好みには合わない」

「ドレス用に、母に採寸してもらうだけでいいのよ」両手の指を組んで懇願する。「土曜に採寸したいってずっと言われてるの。土曜なんてすぐだし、それまでに、あれこれ繕ってる時間なんてない」

「土曜は、まやかしのドレスのために採寸してる時間なんて取れないよ。ドクター・ハノーヴァーに提出する試作モデルの締め切りが月曜なんだ。昨日の夜も十一時まで仕事してたし」

プリヤの顔は疲れていた。プリヤの締め切りのことを忘れていたのか、そもそも締め切りのことを知らなかったのかどちらだろう。考えてみれば、ここのところプリヤの仕事や私生活についてあまり話していなかった。話す機会があれば、話題はいつもイーサンのことばかり。プリヤの声が最近少しいらついているのはそのせいかもしれない。「なんだ、教えてくれればよかったのに。わたしだって昨夜は九時までここにいたのよ」

「うん」プリヤがしんみりした声で言った。「まあ、昨日の夜、遅くまでここに残ってたのは、ほかにどこにも行くところがなかったからというのもあるんだけどさ」プリヤはそっと顔を背け、携帯をスクロールしはじめた。「アンドレと——週末にけんかして。それ以来、口きいてないんだ。でもお互いに、はっきり別れようって言ったわけじゃないんだけど」

「ごめんなさい、プリヤ、知らなかったから。それはつらかったよね」

「まあ、いいんだけどさ。もともとお互いに、はっきりと付き合おうって言ったわけじゃないし」プリヤは力なく笑うと、突然、まいったなというように両手をあげた。「だけどさ、自分がどんなへまをしでかしたのかわかんないんだよ！　アンドレのスタンダップコメディを観にいって、感想を訊かれたから、思ったことを正直に言っただけなんだ。アンディの人種差別的なジョークが独創性に欠けるのは、あたしのせいじゃないし。率直な意見を聞きたいだろうと思ったから」プリヤの腕にそっと手を置く。

「あたしってさ、ずけずけ言い過ぎなのかな？　だからみんな、いつも逃げていっちゃうんだ。やっとあたしの心をつかんで、理解してくれる人をつかまえたと思ってたのに。またちゃめちゃにしちゃった」プリヤはいったん口をつぐみ、いつになくしおらしい声で言った。

「もう最低だよ、ケリー。アンドレのこと、ほんとに好きだったのに」

「週末、いっしょに出かけよう！　ふたりで呑んで憂さを晴らそうよ。プリヤなら男が言い寄ってくるだろうし、そしたら気分もよくなるよ」ナイトクラブへ行ったりするのは、相変わらず気が進まなかったけれど、プリヤを元気づけたかった。「そうだ、イーサンも連れていこう！　まだちゃんと会ったことなかったものね」

「ああ、それいいかも！」プリヤは言った。いくらか表情が明るくなっている。「イーサンてさ、疑い深げにじろじろ見られたり、五百万もの質問を立て続けにされたりしてもいやがらない？　だってあたし、質問したいことが山ほどあるから」

「いやがったりしないよ。じゃあ、ブライズメイドのドレスの採寸がすんでから出かけるのでいい？」と上目遣いに訊く。「時間はまた連絡するから」

プリヤは深々とため息をつき、皮肉な口調で言った。「土曜が待ちきれないよ」

その日の午後、仕事中ずっと、ケリーはイーサンの待つ家に早く帰りたいと思っていた。でも、いざ家に着いてイーサンを見ても、期待していたようななぐさめは得られなかった。それはたぶん、まだ仕事のことを引きずっていたからだろう。頭の中は、その日の苦痛に満ちた場面や言葉であふれていた。眼球や導線がむきだしになった〈コンフィボット〉、アニタの辛辣な言葉、プリヤのやつれた顔。脅迫を早速、実行に移したロビーに、午後のあいだしつこく部品を要求され、自分が精肉店のカウンターに詰めているような気になった。ロビーの回りくどい脅迫の仕方について考えれば考えるほど、はらわたが煮えくり返ってくる。ロビーは部品をひとつずつ要求することで、どの部品がイーサンのどこに使われているか知ってるんだぞ、と暗にほのめかしているのだ。眉間にしわを寄せて、ロビーのパソコンで再現されたイーサンのイメージを思い浮かべる。これはイーサンへの攻撃だ。そうすることで、ロビーは間接的に〈コンフィボット〉の製作を邪魔しようとしている。それだけじゃなく、さらなるダメージを与えるために、ロビーはその日の午後、〈ブラフマー〉にエンジニアたちのいるフロアをこれみよがしに歩かせ、あの八本の腕を使って物を取ってこさせたり、ドアを開けさせたりした。もちろん〝テスト運転〟と称して。そして、ロビーが接触してこないときは決まって、母がメールを寄越してきた。間隔は空いていたけれど、決して途切れることはなかった。母は自分が選んだフローリストの人物像や、芸術性の高い作品を紹介した雑誌の記事を添付したメールも送りつけてきて、手付金をすぐにでも払わなければ、枯れかけたカーネーションをよみがえらせたことがあるというこの巨匠を確保できないのよ、とプレッシャーをかけてきた。

だから気をまぎらわせてほしかったのに、イーサンを見ても少しも気が休まらない。しかたなく、イーサンにこう訊いた。「今日はどうだった?」テイクアウトしてきた食べ物の入ったバッグを引きずるようにして持ちながら、キッチンに入っていく。ここのところずっと帰りが遅いので、長いことふたりで料理はしていなかった。

「まあまあだったよ。きみは?」イーサンは食べ物を取り出し、皿を並べはじめた。

「さんざんだった。今日は何してたの?」

「さんざんだったって、どういう意味？」イーサンは手にしていたナプキンを置き、心配そうにこっちを見た。

片手を振りながら答えた。「別になんでもないの。ただちょっとハードな一日だったってだけ。で、今日は何して過ごしたの？」

「ケリー、何があったのか教えてくれ。助けになれるかもしれないし」

「話したくないのよ！」思わず乱暴な言い方になってしまい、言い直す。「気持ちはありがたいけど仕事のことだし、あなたにできることは何もないの。それに、そのことはもう忘れたいのよ。それより、ニュースか何か教えてくれない？」

イーサンは視線を少し上に向け、電子脳を検索した。「今日はシリアで反政府勢力が……」

グラスになみなみとワインを注ぎながら、律儀にニュースを語りつづけるイーサンの声に耳を傾けた。イーサンに八つ当たりするべきじゃないと頭ではわかっていた。やっと仕事を終えて、家に帰ってきたのだ。いつもみたいにくつろいで過ごすほうがいいに決まっている。

ひと口でグラスを半分空にした。

そのときポケットに入れていた携帯が、空中で羽ばたくスズメバチのように振動した。ロビーからで、〝カラーナンバー009の眼球を持ってこい〟とある。データベースにログインしなくても、ラボにはこのカラーナンバーの虹彩を持つ眼球は一対しかないとわかっていた。なぜならそれは、水晶のように透きとおったラベンダー色に近い青で、とても珍しい色をしているからだ。そして、その眼球はいま、キッチンの奥で、フォークを出そうと食器棚の引き出しの中をのぞいている。

ぎゅっと目を閉じ、気を静めた。もう、くたくただった。眼球を一から新しくつくるとしたら、数時間はかかってしまうだろう。それに、今夜これから会社まで車でもどって、3Dプリンターを起動させるなんて、ぜったいにやりたくない。それどころか、もう二度と会社にはもどりたくない気分だった。だれかわたしを雇って、今後六十年と少しのあいだ、ティクアウトした食べ物を家でずっと食べていろ、と命令してくれないだろうか。

「ソイソースを使う？」イーサンが振り向いて、こっちを見た。あの独特な色合いの目で。イーサンの電源を切れば、あの目を取り出せる……。すぐさま自分で自分を呪った。こんな恐ろしいことを考えてしまうなんて。

「ああ、うん」返事するのが半呼吸遅れた。

現実を直視しなければ。こんな状況に置かれているいま、いつもみたいな夜を過ごせるわけがない。今日、プリヤにどうすべきかはっきりと言われた。少しでも事情を知っていて、筋のとおった考えができる人なら、だれもがプリヤと同じことを言うだろう。道理にかなう道はただひとつ。イーサンから部品を取り出すこと。やろうと思えば、今夜、それを実行することができる。そうすれば、ロビーから受けるストレスも解消されるだろう。そして、イーサンが分解されてしまえば、わたしがしたことをロビーが証明することもできなくなる。

結婚式は取りやめになり、あれこれと計画を立てる母を止めるという、日に日に困難になっていく問題からも解放される。クララとのあいだにある緊張も消えるだろう。ほんとうに必要とされているところ——〈コンフィボット〉と家族とプリヤ——に力を集中できるようにもなる。疲れ切った脳が反乱を起こして永遠に機能しなくなる前に、ぐっすり眠れるようにもなるだろう。

イーサンが冷蔵庫を開け、浄水器ポットを取り出したとき、冷蔵庫のドアの表面で何か青い物が光ったのに気づいた。「あれは何?」よく見ようと近づいていった。六年生のときのサイエンスフェアで最優秀賞をとったときにもらった青いリボンだった。父も母も見にきてくれなかった、といつかイーサンに話したことがある。

イーサンは、照れくさそうにほほえんだ。「いつ気づいてくれるかなって思ってたんだ。クローゼットを整理しているときに古い箱を見つけてね。きみのすばらしい研究が賞を取ったことを、いっしょにお祝いしたくてさ、マダム・サイエンティスト」イーサンは胸の前で手をくるりと回転させると、お辞儀をしてみせた。

子どもを自慢に思う親のように、イーサンが誇らしげにここで冷蔵庫に青いリボンを留めている場面が頭に浮かぶ。イーサンに、ありがとうと言いたくてたまらない。首に腕を回して、やさしくほほえむあの唇にキスしたい。けれど、その気持ちとは反対に、体がすくんで動けなかった。もうこんなことはやめなければならない。イーサンのやさしい心遣いやあたたかい愛情に身をゆだねるごとに、深い井戸へと続くはしごをおりていくことになるのだ。やるべきことをずるずると先延ばしにして、なんて愚かだったんだろう。イーサンのしてくれたことを無邪気に楽しんで、あなたといると幸せよ、なんて言えるわけがない。でも、それでもやっぱり……イーサンを解体するなんてできない。もう、どうすればいいの？

「ごめん、会社に忘れ物をしてきたのを思い出して。取ってきてもいい？」心を鬼にして言った。まるで口からナイフを吐き出すようにつらかった。

幸せそうだったイーサンの顔が、困惑した表情になる。「ああ、もちろん、かまわないさ」イーサンはそそくさとリボンをはがし、きまり悪そうに言った。「夕食をあたためて待ってるよ」

「先に食べてて。あんまりお腹すいてないし」急ぎ足で玄関に向かい、バッグをつかんで靴を履き、気持ちが変わってしまわぬうちに、イーサンを振り返ることなく出ていった。

土曜日、〈コンフィボット〉の製作に加え、ロビーからの要求に応えるのに余分な時間を取られるせいで寝不足だったので、目覚めたとき、まるで深い霧の中にいるようで、一瞬、自分が死後の世界にいるのかと思ったくらいだった。ほんとうはお気に入りのヨガパンツ（といっても、ヨガをしたことは一度もない）をはいたまま、一日じゅう家でごろごろしていたかったけれど、体を引きはがすようにしてベッドから出た。プリヤとは母のブライダルショップで待ち合わせしていた。ふらつく足をなんとか母の店に踏み入れると、腕いっぱいの見本の生地を抱えた母がこっちに向かって歩いてきた。

「さてと」母は、きびきびとした口調で言った。ブライダルの仕事をしているときの母はプロとしての気概にあふれ、まさに水を得た魚のように生き生きとしている。準備は万全、さあやるわよ、というやる気に満ちていた。「十二月の結婚式なんだから、雪のような白がいいと思ってね。あなたがいま、何を考えてるかはわかってるわよ。白は花嫁の色だって言いたいんでしょ。まあ、たしかにそのとおりだけど。でもね、《アイ・ドゥー》誌の見開きのページの写真に出てたのよ。全身白のブライズメイドたちが。アクセサリーだけ色を変えてアクセントをつけてるの。サッシュとか、大ぶりのネックレスとか、ヒールなんかをね。すっごくキュートで、でもそれでいてぜんぜん花嫁の邪魔はしてないのよ。だいじょうぶ、わたしを信じて。いちばん華やかなのが花嫁なのはまちがいないし。まあ、写真を撮るときに、あなたがどういうポーズをとるかも重要なんだけどね。ああ、写真といえば、新しい〈マックリブ〉のキャンペーン広告を撮影した写真家に、いま話を持ちかけてるところよ。ね、どう思う？」

そう言って母が、ほとんど同じ色にしか見えないサンプルの布を三つ、目の前に突きつけてきたとき、サンプルの布と〈マックリブ〉の写真家と、一瞬どっちのことを訊かれているのかわからなかった。でもどちらにしろ、答えたい気分じゃなかった。完全に目が覚めるよう、ぎゅっと目に力をいれてまばたきし、コーヒーがあるかどうか母に尋ねた。コーヒーが飲みたかった。

二十分後、白い布のサンプルをさんざん見せられたあと、時計をチェックした。もうこれで三度目だったけれど、プリヤはまだ来ない。携帯を取り出してみると、不在着信が一件入っていた。「そうそう、ケイト・ミドルトンがフルーツケーキを振る舞ったことも忘れてはならないわね」母が話しはじめた。

「プリヤに電話してこなくちゃ」と母の話をさえぎった。「いまどこにいるか、たしかめてくる」

「そうね、わかったわ。急ぐように伝えてちょうだい。プリヤのクローズアップの写真を撮って、わたしのビジョンボードに組み込みたいのよ」

店の外に出て、プリヤに電話をかけた。「どこにいるの？　二十分も布のサンプルを見せられつづけたんだから。もう白ばっかりすごいたくさんの種類があって、〈ホワイトハウス〉で使われてるよりも多いんじゃないかってくらいよ」

「あたしのこと、嫌いにならないでほしいんだけどさ、ケリー」プリヤがためらいがちに言った。「やっぱり、今日は行けない」

「どうして？　何かあったの？」

「だいじょうぶ、何もない。だけど、昨日の夜、考え直したんだ。やっぱりこんなの無理だって。こんな結婚式には参加できないよ」

「そのことについては、話し合ったでしょう。協力してくれるって言ったじゃない。ここに来るって約束したよね」

「うん、そんな約束しなきゃよかったって、いまは後悔してる。こんなことに協力して、いかにもふつうの幸せな結婚式って感じで、何もかもすばらしいなんてふり、あたしにはできない。こんなのだめだよ、ケリー。あんたの手には負えないよ。傷つくのを見たくない。こんなこと終わらせな、って言ったのに、まだ続けてる。ケリーのためを思って言ってるんだ。嘘じゃない。助けたいんだよ」

かっと頬が赤くなるのを感じた。「よくそんなこと言えるわね。お母さんの前で恥をかかせるつもり？　それで、わたしを助けたつもりでいるわけ？　もう二度と、プリヤに何か頼んだりしない」

プリヤは声を荒らげた。「人生をめちゃくちゃにしたらだめだ、ってあたしがあんたに言うなんておかしいよ。ケリーはもっと賢いはずだよ。ドジを踏むとしたら、ケリーじゃなくて、あたしのほうなんだから」

怒りで燃えたっていた感情が少し落ち着いてくると、頭の中で考えをめぐらした。プリヤはわたしのためを思ってのことだと言う。別の人がいまの会話を聞いたら、きっとそのとおりだと言うだろう。でも、三十年の人間関係から収集したデータによると、最悪の事態を想定するのが、最も賢明で安全な方法だ。プリヤは、こんな〝異常な〟結婚式に巻き込まれるのがいやなんじゃないだろうか。ここ二か月ほどで、プリヤとの親交の軌道は、低下の一途をたどっている。選択肢A、和解。必ずやまた裏切られることになるだろう。選択肢B、もつれたふたりの友情をいますぐ終結させる。長い目で見れば、お互いの痛みの総数を縮小できるにちがいない。やっぱりイーサンのときと同じく、またもや心を鬼にするしかない。

「そうよね。たしかにドジを踏むとしたらプリヤのほうよね。そんなあなたが、わたしにあれこれ指図するわけ？」

プリヤはこれまで聞いたことのない、引きつって乾いた笑い声をあげた。「そう、わかった。でも少なくともあたしには、本物の人間のカレがいた。あたしはあんたみたいに、自分でつくって調達したことなんかない」

空虚な沈黙のあと、プリヤは電話を切った。ずっと力を込めて携帯を押しあてていたせいで、耳がじんじんしていた。足を引きずるようにして店にもどると、母の前に立った。「近くまで来てる？」母が訊いた。「急がないと、日が暮れちゃうわ」

「悪いけど、ブライズメイドのドレスのことは忘れて」もう、くたくただった。「ブライズメイドなんて必要ないし」どのみち、妹のクララをのぞけば、プリヤしかなってくれそうな人などいないのだから。

第23章

ケリーが店を出ようとすると、母がふんっと鼻息をたて、カウンターの後ろからメジャーとクリップボードを取り出した。「ほら、こっちに来なさい」

「なんで」

「もちろん、あなたのサイズを測るためよ」それでもぽかんと突っ立ったままでいると、母は、そんなのわかりきったことでしょう、というように続けた。「ウェディングドレス用によ。まさか、結婚式でドレスをつくるの？」

「わたしのドレスをつくるの？」と口に出してしまってから、こういう日が来ると、もっと早く気づくべきだったと後悔した。だって、クララの結婚式のドレスだって母がつくったのだし、結婚式の一切合切を取り仕切っているのは母なのだから。母の手からこれまで紡ぎ出されてきたドレスは、自分とはまったく関係ないものだったから、いつの間にか、自分がそんなドレスを着るなんて可能性は心の中からシャットアウトしてしまったのだ。でも、それはいま、避けては通れない問題として目の前に立ちはだかっている。

「もちろん、つくるに決まってるでしょう」母はまるで戦略を練っているかのように、じろじろとこっちを眺めまわすと、メジャーを伸ばし、バストのほうににじり寄ってきた。思わず後ずさりしてしまう。

「ありがたいけど、わざわざつくる必要ない。だって、たいへんでしょう」

母はにっこりとほほえんだ。「そんなの、グレープフルーツサイズのあなたの頭を十一時間もかけて膣から絞り出したことや、そのあとずっとあなたを育ててきたことに比べたら、たいしたことないわ。もう、すでに十分たいへんな思いはしてるんですから」

メジャーを手にした母から逃れようと、どんどん後ずさりしているうちに、あやうくディスプレイ用のテーブルにぶつかりそうになった。

母は片方の眉をあげた。「わたしにドレスをつくってもらうのがいやなの？」

「いや、そういうわけじゃな――」

「わたしじゃうまくつくれないと思ってる？　一生をかけてこの仕事に取り組んできたのよ。それに、わたしのつくるドレスが着たいって、わざわざ遠くから車を走らせてくる花嫁だっているの。わたしの才能と長年にわたる経験の粋を集めた最高傑作を、あなたは無料で手に入れようとしてるのよ。そこんところ、ちゃんとわかってるの？」

「お母さんが、そういうことが上手だっていうのはわかってる。ただ――」

「はあ、じつの娘だっていうのに。ウェディングドレスのプロのデザイナーのこのわたしが、娘にドレスをつくるのをいやがられるなんて」突然、母の声が、怒りを含んだものから哀れみを誘う涙声に変わった。「わたしなんか、あなたには必要ないのね」

母は、悲しげなピエロのように芝居じみたしぐさでメジャーを巻きもどしはじめた。ケリーはため息をつき、わかったわよ、というふうに両手をあげた。「もう好きにして」

歓声をあげるや、早速、母は仕事に取りかかった。メジャーを巻いたり伸ばしたりしながら、クリップボードにメモしていく。「忙しい一週間だったわ。仕事が山積みで。でね、この新しい美顔パックを試してみてるのよ。スキン用タールっていうのが使われてるみたいで、それがなんなのか見当もつかないんだけど、何せ六十ドルもするんだから、ぜったい効果はあるはずなの。あら、ていうかケリー、あなたも使ってみたら。なんだか疲れてるみたいだし」母がすかさず疲労のにじんだ顔を食い入るようにのぞき込んでくる。

「平気。結婚のストレスみたいなものだから」

「あらそう。でも、結婚の輝きはどこへ行ってしまったの？　ストレスなんて、覆い隠してくれるはずよ」

いかにも六十ドルもするタールを顔に塗るような女が言いそうなことだ。「結婚の輝き？　なんなのそれ。そんなのわかる人いるわけない」

母は驚いてのけぞった。「いるに決まってるじゃない！　花嫁ならだれだって感じるはずよ。結婚式のことや、お婿さんになる人のことを考えるたびに、わくわくどきどきして。そんなふうに感じない？」

わくわくどきどき？　結婚式のことを考えるときに感じることといえば、ホットドッグを食べたあと、二十分後ぐらいに起きる胸やけと同じだ。

「だったら、やめときなさい」

「えっ？」と言葉に詰まる。

「結婚よ。もしそんなふうに感じないのなら、やめたほうがいい。男を選り好みするなってずっと言ってきたけど、それは、自分の直感に従うなって意味じゃないわ」結婚をやめろだなんて、突然、何を言い出すんだろう。結婚の女王ともあろう人が。遠回しにわたしの直感をばかにしているんだろうか。母はサイズを測ったり、計算したりしながら軽い調子で話しつづけた。「もちろん、イーサンみたいな子を義理の息子にできたらうれしいわよ。イーサンってまるで人形みたいで、これまで出会った中でも最高にハンサムなんだもの。《リトル・マーメイド》に出てくるエリック王子みたいよね。ほら、覚えてる？　あなたとクララがまだ小さかったころ、ディズニーランドでエリック王子と写真を撮ったことがあったでしょう。あのとき、エリック王子ったら、わたしにもいっしょに写れって言ってくれたのよねえ。ほんとにすてきだったわ……って、そんなことはいまはどうでもよくって、つまり、わたしが何より望んでるのは、あなたに幸せになってもらうことなのよ」

「えっ？　あ、ありがとう」

「何、そんなに驚いてんのよ。わたしはあなたの母親なんだから、あたりまえでしょう」母はためらいがちに視線をあげて、目を合わせ、真剣な面持ちで言った。「これはとても大切なことよ。おそらく、あなたの人生でいちばん重要な決断になるわ」どんな男の人といっしょになるのか決めるのがどれほど大切なことか、いまならわたしにもよくわかる。「自分の気持ちに正直になりなさい。結婚を取りやめるのはつらいことよ。でもね、そのあと後悔しながら何十年もいっしょに暮らすほうが、もっとつらいの」

自分でも説明のできない感情にわっと襲われた。こんな感情が、いったい自分のどこに潜んでいたのかもわからなかった。両親の結婚は、お互いにとって不本意なものだったと、いま改めて突きつけられた気がした。でも、母はいつも、そんなそぶりなど見せなかった。毎年、結婚記念日を祝い、ヴァレンタインにはハート形のケーキを焼き、〝ミセス・カール・サトル〟と印字してある花模様の差出人住所ラベルを使っていた。友人の離婚話をするときは、ほんとうにお気の毒だけれど、うちではぜったい、そんなことは起こらない、という態度で話した。母が声高に自分の結婚生活はうまくいっていると言いつづけてきたのは、ほんとうにそう思っていたからではなく、そう言わなければ、つらすぎて耐えられなかったからなのかもしれない。

自分の結婚生活はぎくしゃくしているというのに、世間知らずの若い花嫁たちに一日じゅう〝末永くお幸せに〟と言うなんてばかげているし、そんな母を少し痛ましく思ったこともある。でも、自分がそんな状況にあってなお、夢を信じつづけられるというのは、気丈でなければできない。母も仕事に夢中で、ビジネスでは成功を手にしたけれど、恋愛ではあまりうまくいっていない。わたしたちは、じつは似たもの同士なのかもしれない。心の内のふだんは見ないようにしている部分を掘り下げていき、ふと気づいた。相手を見つけろと母に言われつづけ、いらつきもしたし、自信を失うこともあった。でも、母が耳障りなほど繰り返しそう言いつづけてきたのは、あなたにはもっと幸せな結婚をしてほしいという、母からの愛情表現だったのではないだろうか。

「でもきっと、ナーヴァスになってるだけね」母は腰にメジャーを巻きつけながら続けた。「あなたは昔から楽しいことを前にすると、少し神経質になるところがあったから。あっ、いま、いいアイデアを思いついた。やっぱり思っていたよりも生地をもっとたくさん注文するわ。さらに忙しくなっちゃうだろうけど、待ちきれない！」母は声を弾ませた。

母の言葉で、現実に引きもどされた。きっと、ドッグショー用に刈り込まれた白いプードル犬のような格好をさせられるにちがいない。でも、そんなドレスがこの店ではよく売れているようだし、そのドレスは必要ない、とこの先、母に告げることになっても、きっとほかに気に入ってくれる花嫁はいるだろう。母の努力が無駄になることはないにちがいない。そう考え、自分をなぐさめた。

目の下のくまの対処法について母から細かく指示を受けたあと、フリーウェイを北に進んで家に向かった。途中でおんぼろの紫の〈ボルボ〉と〈ブガッティ〉に挟まれ、のろのろ運転をするはめになった。そこで携帯を取り出し、去年、入手した〝己の内にいる戦士を解き放つ〟と謳う自己啓発アプリを起動させてみた。そのアプリには、ユーザーが何かを考えたときに出る身体的反応から、ユーザーの心理を推測する、という機能もついていて、当時試したときは、こんなのばかげている、とそれきり使ったことはなかったけれど、もう一度やってみることにした。母がドレスをつくることについて考えるときは、胃がきりきり痛んだり、唇の端がピクッとなったりする――興奮しているか、いらだっている。結婚について考えているときは、きりきりする痛みが心臓にまであがってきて、胸がえぐられるような気分になり、パニックを起こしそうなほど鼓動がどんどん速くなったりする――運転中はそのことについて考えないほうがよい。イーサンについて考えているときは、全身がうずいて……途中でやめて、カーナビアプリ〈ウェイズ〉を起動させ、あとどれくらいで家に着くか調べた。

翌日の日曜日、ほんとうはもっと意義のあることをしたほうがいい、と頭ではわかっていた。〈コンフィボット〉の製作に役立つようなことをするとか、寝室の隅に長いあいだ積んだままで、底のほうが黄ばんでしまっている古い書類の整理に手をつけるとか。もしくは、イーサンを解体するとか……イーサンとは距離を置き、あまりいっしょにいないほうがいいともわかっていた。でも、そのすべての原因が自分にあるとはいえ、悪夢のような一週間を過ごしたあとでは、心安らかな気分でいたかった。なんのプレッシャーもなく、仕事のことは忘れ、結婚の話もせずに。ふたりだけの世界で。

サンフランシスコ・ベイエリアには、ここの居住者ならではの特権というものがある。この地で生まれ育ったとはいえ、インドア派なのでこれまであまり縁はなかったけれど、その特権というのはビーチ、そして山だ。生涯をこの地で過ごしてきたにもかかわらず、自分の生まれ故郷でアウトドアな活動をする一日を過ごそうと決めたとき、旅行アプリの〈トリップアドバイザー〉や、旅行ガイドブックの「ロンリープラネット」、医療情報サービスを提供するウェブサイト〈ウェブMDヘルス〉を大いに頼らざるをえなかった。〝新鮮な空気を浴びる〟みたいなことをしてみたかった。

ケリーがようやく駐車スペースを見つけたとき、イーサンが考え込むように言った。「きみがビーチが好きだったなんて、気づかなかったよ。どうして、これまで来なかったの？」

「わたしが日焼け止めローションを取り出せば、あなたにもわかるわよ」

そのあとたっぷり十分間、イーサンは、ケリーの預金額よりも高いのではないかというほど紫外線防御指数（SPF）の高い日焼け止めローションを、本人さえその存在に気づいていないであろうしわも含めて、ケリーの体のすみずみまで塗った。背中のくぼみにはめ込んであるパネルを隠すためにラッシュガードを着ているにもかかわらず、イーサンは、男女を問わず、ビーチを行き交う人の視線を惹きつけた。イーサンがシートを広げ、タオルを敷いたり、ビーチバッグを片づけたりしているあいだ、ケリーは唇にもSPFの高いリップクリームを塗って防御を固めた。そして、ふたりで顔を見合わせた。

「これからどうする？」イーサンが訊いた。

「そうね……せっかくだから海に入ってみようか」

そろりそろりと海に足を踏み入れた。イーサンも慎重な足取りであとをついてくる。何年ぶりだろう。海に入るのなんて久しぶりだった。冷たい水に触れたとたん、それもそのはずだ、という思いがよぎる。でも、水中に深く進んでいくにつれ、体がふっと軽くなり、そのまま水の中を歩いてみた。いざ入ってみると、とても気持ちよかった。

「楽しい？」イーサンが訊いた。

「ええ」

「だいじょうぶ？　もっと日焼け止めを塗ったほうがいいかもしれないね。取ってこようか」ビーチにもどろうとするイーサンの腕をつかんで引きとめた。

「行かないで、だいじょうぶだから。ここにいっしょにいて」

次から次へと押し寄せる白い波頭を見つめる。途切れることのないリズミカルな波の音は、まるで音楽を奏でているようだ。でも、イーサンの視線はこっちに注がれている。「ケリー、きれいだ」イーサンは言った。「きみの髪——」

「えっ？　ああ」指で髪に触れた。波しぶきのせいで、天然のウェーヴにもどってしまっている。「あとでまた、まっすぐに伸ばすわ。いまはこのままでいるしかないわね」

「そんな必要ないよ」イーサンが手を伸ばして、髪をやさしくなでてくれる。「このままのほうがいい」

四方を海水に囲まれた中にたたずんでいると、何もかもがはるか遠くに消えてしまい、ふたりだけの世界にいるような気分になってくる。サンノゼがアトランティス島になり、AHI社の蛍光灯に照らされたオフィスは伝説と化し、あたたかいオレンジ色の幸福の光が溶けて、つま先を包む。はしゃいでイーサンに水をかけると、イーサンも笑いながら水を飛ばし返してきた。

午後は、ハミルトン山のふもとの丘を歩いた。イーサンに前を歩いて導いてもらいながら、急勾配の足場の悪い道をおぼつかない足取りで進んだ。砂や銀白色の砂漠植物のにおいが風に乗って運ばれ鼻を刺激する。歩きながら、この思いつきを早くも後悔しはじめていた。わたしのふくらはぎはこんな山道を歩くのには向いていない。椅子に座っているほうがお似合いだ。でも、一歩一歩あきらめずにのぼっていくと、やがて見晴らしのいい場所にたどり着いた。

ときおりはるか遠くからうっすらと聞こえる車の行き交う音が、ここではかえって心地よく響く。がっしりとした低木や、とげとげしたサボテンが点在する土がむきだしの赤茶色の山のパノラマが地平線まで広がっている。雪をかぶって連なる山々の山頂は、まるで打ち寄せる波が頂点で凍ってしまったかのようだ。こんな静穏な景色を眺めるのは久しぶりだった。

「きれいね」

「ああ、きれいだ」イーサンが言った。「連れてきてくれてありがとう」

「お礼なんて言う必要ないのに」景色を見まわし、いまこの瞬間に身を浸そうとした。そして、イーサンを見つめてこう問いかけた。「ここに来られて幸せ？」

イーサンがこっちを見つめてほほえむ。「きみが幸せなら」

イーサンがいなくなってしまったら、わたしの人生はどうなってしまうんだろう。イーサンに感じるほどの親しみを、生まれてからこれまで、ほかのだれかに感じたことはない。イーサンは、まさに完璧な相手と言っていい。どんな望みも汲み取り、それに合わせて自分を変えていってくれる。でも、自分にとって理想的な相手をつくることは、理想的な相手を見つけることと同じだろうか。孤独が健康に及ぼす悪影響について何時間もかけて調べたこと――孤独は寿命を縮め、認知症やうつ病の発症率を高める――がふと頭に浮かぶ。愛を見つけるのは生やさしいことじゃない。そのうえ、わたしは恋愛が得意でもない。こんな未来の自分が思い浮かぶ。来る日も来る日も、家と会社の往復だけの日々。そのまま数十年が過ぎ、やがて家しか居場所はなくなり、ひとりきりの寂しい毎日を送る……。孤独が現実味を帯びて、重苦しく迫ってくる。でも、要求に合わせて自分を変えてくれる人といっしょにいれば、それだけで十分なのだろうか。イーサンはわたしの望むようにしか行動しないのだから、イーサン自身の望みなんてわかるわけがない。そんな関係を、ほんとうの愛と言えるのだろうか。

ケリーは頭の中に渦巻く考えを振りはらい、いまこの瞬間を楽しもうとした。景色からイーサンに目を移す。でも、その顔に浮かんだ幸せそうな表情が、イーサン自身のものなのか、自分の幸せを映したものなのか、わからなかった。

次の週、平日のあいだは、イーサンを解体する、という考えを頭から押しやることができた。ロビーからの要求も含め、集中しなければならない仕事が山のようにあったからだ。でも、週末になると、ほんとうは楽しく気ままに過ごしたかったけれど、もう言い訳をするわけにはいかなかった。だから、よく晴れた四月の土曜日、イーサンが洗面所で洗濯しているあいだ、コーヒーの入ったマグカップを片手にパソコンの前に座り、白紙のドキュメントを開いた。計画を立て、準備を整えなければならない。成すべきことをすべて、ひとつずつ箇条書きにすれば、きっと気が重くなる作業を実行に移せるにちがいない。〝婚約者を殺せ〟はつら過ぎるが、〝ステップ1を完了せよ〟ならずっと気が楽になる。

一時間後、文書を作成し終わると、だいぶ気持ちが楽になっていた。書き出したリストを、携帯のディスプレイ画面のバックグラウンドに設定する。リストは、すっきりとして無駄がなく読みやすかった。すぐにでも計画を実行に移さなければならない。リストのいちばん上のAは、〝母〟となっていた。

まずやるべきなのは、〝イーサンが仕事の都合で遠くへ行くことになった〟と母に告げること。前に一度やろうとしてできなかった作戦だ。アイロンをかけた白いボタンダウンシャツを着込んだ体をぐっと伸ばし、意を決したように鼻から大きく息を吸うと、ブライダルショップのドアを押した。

店に入るや、気分が悪くなった。ここに来るといつもこうなる。けれど、こんなことぐらいで怖じ気づくわけにはいかなかった。頭をすっきりと保ち、任務を実行しなければならない。以前、今日と同じように決心してここに来たときは、イーサンとは終わった、と告げるつもりが、婚約した、なんて言ってしまった。そのときのことを頭から追いやり、今日はそんなことになるわけにはいかない、と心に誓う。今度こそ、うまくやるのだ。

母の姿は見えなかったけれど、店の奥のほうから物音がした。ピンクの花柄のカーテンを押しのけると、母がいた。狭い空間のそこは作業場になっていて、こっちに背を向けている母のまわりには、さまざまな色合いの白い布や糸や針などが散らばっている。

「お母さん」と声をかけた。

母は振り向き、驚いた顔をした。「ケリー！　来てくれたのね！　びっくりしたわ！　こんなふうにいきなり現れるなんてめったにないもの。何かあったの？　連絡してくれたらよかったのに」母はもぞもぞと動いて、自分のつくっているものを隠そうとした。

もう一度、意を決したように息を吸い込み、単刀直入に言った。「イーサンのことで話があるの」

でも母は聞いていなかった。まだそわそわと、後ろに回した手で布を動かしている。隠したいけど、でも見せたい気もするし、どうしよう、といったふうに。「来るなら来るって、教えてくれたらよかったのに。まだ、あなたに見せられる段階じゃないのよ。ほとんど仮縫いの状態だから」

「何が？」

「あなたのドレス」

「ああ、見せてくれなくてもいいわよ。それより、話さなければならないことがあるの」成長ホルモン異常で大きくなりすぎたポメラニアンみたいなドレスのいいところを探して、感想を言うはめになるようなことだけは、なんとしても避けたかった。

でも母は、もう気持ちを抑えることができないようだった。脇にどくと、こう言った。

「どう思う？」

一瞬、自分が何を見ているのかわからなかった。目がくらむようなクリスタルがちりばめられた胴部（ボディス）はどこ？　部屋に入りきらないような巨大なスカートはどこ？　これってドレスじゃなくってスリップ？　でも、いま目にしているドレスは、ほんとうに……すてきだった。

これまで、こんなドレスが着たい、なんて思い浮かべたことは一度もなかったけれど、目の前のドレスを見たとたん、ああ、これはわたしがずっと夢見ていたドレスだ、と思った。アイヴォリーのやわらかいシルクの布が、上品な肩紐から、スリムなデザインのボディス、裾の長いスカートへと流れるようにつながっている。V字形に開いた胸もとと背中には、可憐な真珠が縫いつけられている。いつも手に取ってしまうような服より、エレガントで、夢見るようなデザインだけれど、なぜだかしっくりくる。ドレスに見とれているうちに、自分がここに来た理由をすっかり忘れてしまった。頭に浮かんでいたのは、このドレスを着て、イーサンに向かって通路を歩く自分の姿だけだった。

「どうかしら?」母が心配顔で訊いた。「いつものデザインよりシンプルなんだけど、そのほうが、あなたらしいと思って」母が自分のことをよく理解してくれていると知って驚いた。

「完璧」と息をもらしていた。

母はきっと、こぢんまりしたあの店の通気口に、脳を腐らせて判断力を弱らせる化学薬品を注入しているにちがいない。そうとでも考えなければ、自分がまたしでかしてしまったことへの説明がつかなかった。店に来た客が、母に言われるままに五十ドルもするガーターベルトを買わされてしまうのも、そう考えれば納得がいく。その夜、家にもどって自分の部屋に入ると、〈コンフィボット〉の投資関係の書類を作成するふりをした。実際には、ただぼんやりとパソコンの画面を見つめているだけだった。なぜ、またイーサンと同じ船に乗ることになってしまったのだろう。それも、錨をあげ、方向の定まらない、漏れ孔だらけの老朽船に。頭では、これ以上イーサンといっしょにいるべきではないとわかっていた。だからこそ、母のところへ行ったのだ。でも心はまだ、それを拒みつづけていた。

開けっ放しのドアをイーサンがノックする音がし、はっとわれに返った。画面はいつの間にかスリープモードになっている。「夕食の準備を始めてもいい？」イーサンが尋ねた。「それとも、今夜は部屋にこもって仕事する？」

「ああ、うん」上の空で答える。

「だいじょうぶ？」

すぐに返事ができなかった。目はまだ画面を見つめている。ひと呼吸置いてから口を開いた。「プリヤとけんかしちゃって」とぽつりと言う。プリヤとのことは、まだイーサンに話していなかった。こっちの話をするほうが、まだ気が楽だ。

「原因は？」イーサンは中に入ってきて、ベッドの端に腰かけた。椅子を回転させ、イーサンと向き合う。

「原因は――」思わず、あなたよ、と言いそうになったけれど、なんとか寸前で思いとどまった。「仕事のことでちょっとね」と話を続けた。「プリヤに頼んでいたことがあって、待ち合わせしてたんだけど来なかったのよ。で、その原因というのが、プリヤにやれって言われたことを、わたしがやってなかったからなの。ここのところ、すごく忙しくて、仕事に没頭してたから」

「きみはすごくがんばってると思う」イーサンがなぐさめるように言った。「こんなに仕事が忙しいのに、だれかのために時間を割くなんて無理だよ」

「そうかもしれない。だけど、その仕事のほうにも、十分に時間を割けてないのよ。〈コンフィボット〉の製作が思うように進んでないの」

「仕事の能率についてのすばらしい記事があるから、よければいくつか読もうか。最大限の効果をもたらすために、一日を三つに区切るんだ。とてもおもしろい記事で――」

手を振ってイーサンをさえぎった。「そんな時間はないの。お母さんに結婚の準備をやめさせられれば、いくらか時間に余裕が持てるはずなんだけど。でも、このごろ、つらく当たってる気がするし、なんだか言いづらくて。お母さんは、わたしのことを思って、いろいろやってくれてるだけなのに」

「きみは、きみが対処すべきことに対処しようとしてるだけだ」イーサンが真剣な面持ちで言った。

「でも、お母さんはそんな見方はしてくれないもの。みんながみんな、あなたみたいに思いやりがあって、理屈がわかるわけじゃないのよ。そんな人、あなたくらいよ」

「きみだってそうだよ」

「わたしなんて、ぜんぜんそんなんじゃない！」なんでこんなに躍起になって、イーサンに理解してもらおうと思ってるんだろう。イーサンのほめ言葉は、なんの助けにもならない。わたしの言うことを、どれほど真摯にイーサンが信じてくれようと、わたしはそれが真実ではないとわかっている。イーサンはだれよりも理解してくれる。イーサンになら、ほかの人には見せない自分の一面を見せることができる。イーサンはわたしと同じくらい、わたしのことをわかっている。でもたぶん、それが問題なのだろう。イーサンが理解してくれるのは、そうなるようつくったからだ。もともと知性的なのも、どんな考えを持とうと理解して支持してくれるのも、そばにいる時間が長くなればなるほど、その度合いが強まっていくのも、そうプログラミングしたからにすぎない。これからイーサン以外のだれかと恋愛関係になったとき、その人との関係をうまく築いていくことができるのだろうか。親しくなるのと、親しくさせる、とのあいだには目に見えない境界線がある。

「きみは、自分に厳しすぎるよ」イーサンがこっちに手を伸ばし、髪をなでてくれる。イーサンの手がうなじに触れるとき、ちらりと視界に入ったイーサンの手首に、愛(いと)おしさを感じた。

「夕食の準備をお願いしてもいい？　すぐに行くから」静かな声で言った。

イーサンがキッチンへ向かうと、ドアをそっと閉めて、ほんの少しだけ開いた状態にし、机の上の携帯をつかんで部屋の奥に行った。なんとなくイーサンに会話を聞かれたくなかった。

「羊飼いはどうやって背の高い草の中で羊を見つけたでしょう？」電話に出るなり、ゲイリーは言った。しばらく待ってもなんの反応も返ってこないので、大きな声でこう続ける。「羊に草をぜんぶ食べさせた」とゲイリーは大笑いしたけれど、ケリーはじっと黙っていた。

「ケリー？　聞こえてるか？」

「聞こえてる」

「なんで笑わないんだ？　今日はノリが悪いな」

「ただ、ジョークを聞いて笑うような気分じゃないだけよ」シャツの裾を引っぱりながら、そう答える。

「どうかしたのか？」

今度こそ笑った。でも、乾いて皮肉っぽい笑いだった。「どうかしたのかって？」気づくと、心の内をすべてゲイリーにぶちまけていた。イーサンがロボットだということだけは言わなかった。でも、結婚式に関わるストレスや、仕事がうまくいっていないことを、数か月前、ドクター・マスデンと仲たがいしたことにまでさかのぼってぜんぶ話した。〈コンフィボット〉を完成させるまでにしなければならないことがどれだけたくさん残っているか、このプロジェクトにどれほど行き詰まりを感じているか、不安な気持ちを話せば話すほど、どんどん感情を抑えきれなくなった。最後のほうは、まともに息もできないくらいだった。

「こんなこと聞かされても、ゲイリーには何もできないことも、ゲイリーは自分のことで手いっぱいなのもわかってる」あわてて言った。「だけど、だれかに聞いてほしかったの。こんなこと話せる人、ほかにいないから」

「イーサンにも話してないのか？　プリヤにも？」

「プリヤとは、その、けんかしちゃって」正直に打ち明けた。イーサンのことを話すのは慎重に避けた。

「けんか？　プリヤのことは知ってるが、けんかしたぐらいで、おまえが困ってるときに手を貸さないような子じゃないだろう。おれにはロボットのつくり方は教えられないが、プリヤならできるだろうし。プリヤに相談してみたらどうだ」

「わたしは、ゲイリーに話してるのよ。それに、いまのプリヤには、わたしを助ける気なんてないと思う」

「試してみたのか？　それとも、プライドが邪魔して訊けないだけか？」

「何言ってるの？　わたしはだれかに助けを求められないほど、プライドの高い人間じゃない」

「いまだって、ただ話を聞いてもらうだけでいいって言って、おれの助けを借りようとしないじゃないか」と言い、ゲイリーは黙り込んだ。〈ベイビー・アインシュタイン〉のＤＶＤの甲高くにぎやかな音が電話の向こうからかすかに聞こえてくる。やがて、ゲイリーは口を開いた。「おまえは自分で問題を難しくさせちまってるんだよ。おまえは頭がいいが、ときには、その賢い頭に頼り過ぎないことも必要だ。いいか、ケリー。たしかにその心理学者はいけすかないやつだが、そいつの考えはまちがってないとおれは思う。ロボットについても、おまえについてもな」

もう、うんざり。どうしてみんな、わたしの考えにケチばかりつけるんだろう。ドクター・マスデンも、プリヤも、アニタも、ゲイリーも。でも、あとだれかもうひとりに、わたしの考えはおかしいと言われたら、みんなの言うことのほうが正しいと信じるかもしれない……。ドアの隙間から、キッチンにいるイーサンを見た。イーサンとの会話は、もっと気楽にできる。でも、いまゲイリーとしている会話と比べると、中身がないように感じてしまうのも事実だ。ゲイリーの言葉には重みがあった。それは、胸にぐっと突き刺さった。

しばらくして、ようやく口を開いた。「ごめん、ちゃんと聞いてる。いろいろとありがとう。話を聞いてくれてうれしかった」

「また吐き出したくなったら、いつでも連絡してこいよ。このイケメンの兄に」

「そうね、そうする。イケメンかどうかはわからないけど」

「いいか？　なんでもひとりで抱え込むんじゃないぞ。ところで、最近、クララと話したか？」

「ううん、そういえば話してないかも」記憶をたどってみる。クララと最後に話したのがいつなのか思い出せない。先日の家族の食事会にも、クララは来なかった。クララが食事会を欠席するなんて珍しいと思ったけれど、自分の心配事で頭がいっぱいで、あまり深く考えなかったのだ。

「おれは先週、話したきりだ」

「連絡してみる」そう言って電話を切ると、クララにメッセージを送り、ベッドに携帯を放った。でも、何かに突き動かされ、気づくと、もう一度携帯をつかんでいた。アドレス帳を開き、立ちすくむ。ほんとうに、ここに電話できるの？

わたしは、もういい大人だ。できないわけがない。

「お久しぶりです、ドクター・マスデン」電話がつながると、こう言った。「あなたの助けが必要なんです」

第24章

「〈コンフィボット〉はどうあるべきだと思いますか?」制御室で、ケリーはドクター・マスデンと向かい合って座っていた。アニタに、これが最後のチャンス、と釘を刺されたときに座っていたのと同じ椅子だった。いまも、あのときと同じくらい緊張していた。ドクターの額にかかる髪が気障な感じなのも、ドクターとの距離がすごく近いことも、この一か月間、ムダ毛処理をするたびに剃りのこしてしまう膝の毛のことも、ぜんぜん気にならなかった。これほど緊張していたのは、ドクターからどんな答えが返ってきても、たとえそれが自分の意に添わない答えだったとしても、これまでの経緯を考えれば、あっさりと否定するわけにはいかないからだ。ドクターの言おうとすることを抑え込むこともできないし、おそらく、言われたとおりにするしかないのだろう。

でも、ドクターは疑わしげに片方の眉をわずかにあげた。「ほんとうに聞きたいのかね?」

「ええ、ですからこうしてお尋ねしているのです」

「ただ、前回会ったとき、あまりいい雰囲気で話し合えなかったものだからね。きみはもう二度と、わたしには会いたくないのではないかという印象を持ったから」ドクターは戸惑い気味に黒い髪をかきあげた。「あんなふうにきみを責めるべきではなかった。あれからずっと後悔していたんだよ。ぶしつけなことを言ってしまったと。プロとしてあるまじき——」

「それは、わたしのほうです」と口をはさんだ。「ほんとうに申し訳なく思っています。あなたの助言を得たくて、電話して、ここに来てくださるようお願いしました。それだけでは、わたしが本気だということの証拠にはなりませんか」

「わたしは、科学的根拠に基づいた意見を言うことはできないよ。きみのデータのように」

「これを見てください」椅子を回転させてパソコンのほうを向くと、何か月も調査して集めたデータのフォルダーをドラッグしてごみ箱に入れた。思わず、胸をつかんで「わたしの大事なフォルダーが！」と叫びそうになったけれど、なんとか耐えた。そして、画面から無理やり目を引きはがし、ドクターのほうを向いた。ドクターは笑みを浮かべている。

「わかった」ドクターは言った。「では、心理学者としてできることをしよう。きみに同じ質問を返す。〈コンフィボット〉はどうあるべきだと思うかね」

思わず目をぐるりと回しそうになった。「最大数の人に満足してもらえる顔を持ち——」

「大事なのはほかの人じゃない、きみだ」ドクターは部屋の中を見まわし、隅でぴくりとも動かず待機している〈Ｄｏｔ－10〉を指さした。「たしか、〈Ｄｏｔ－10〉はいま市場でいちばん売れているはずだ。それはなぜだと思う？」

「見当もつきません。機能も市場の最先端を行っているとは思えませんし」

「わたしが訊きたいのは機能のことではなく、あのロボットが、人をどんな気持ちにさせるか、ということだ。きみは、〈コンフィボット〉にどんな気持ちにさせてほしいかね？」

よく考え、慎重に答えた。「ほっとできるような。家で、安心して自分の世話を任せ、いっしょに暮らせるような。つまり、医療に関わることをしてもらうわけですから、命を預けているとも言えますし、信頼できることが大切だと思います。それと、知的な会話をしたりして、刺激も与えてほしいです。でも、居丈高な感じで接してこられたらいやですね。それから――、何を書いてるんですか？」ドクター・マスデンは、聞きとったことを書き留めていた。また、胸をえぐられるような分析をされるのではないかと身構える。でも、ドクターはノートを持ちあげ、ほほえんだ。

「これは、きみのデータだ」

この日は、沈んだ気持ちで一日を始めた。また、仲たがいする結果に終わってしまうのではないかと心配だったからだ。でも、こうしてドクター・マスデンと話をしているうちに、悲観的な気分は影をひそめ、だんだん楽観的に考えられるようになってきた。ドクターと会話をして自分の考えが引き出されるにつれ、不本意ながらもドクターが正しい、と気づきはじめた。そして、ドクターといっしょに洗練された多才なロボットの概要をまとめていった。〈Dot-10〉のように、タッチスクリーンにトロフィーが出てきてゲームの勝利を祝うようなレベルではなく、もっと深くユーザーとコミュニケーションをとりながらも、いっしょにいて楽しくて、好感が持てるロボットを目指して。

データをすべてごみ箱に捨て、心から求めるロボット像を話し合っているうちに、ふと、一種の興奮状態の中でイーサンをつくったときのことが頭に浮かんだ。すると突然、〈コンフィボット〉の設計プロセスを必要以上に難しくしていたことに気づいた。独自のアイデアの価値を無視し、自分で自分の首を絞めてしまっていたのだ。創造者であるエンジニアにとって、アイデアこそ宝といえる。だからこそ、自分はここにいるのだし、この仕事が好きなのだ。頭をやわらかくし、追い求める理想像を思い描く。すると、アドレナリンが分泌されてアイデアがひらめき、魔法のように理想が実現することがある。データという足かせを外したことで、そういった本来の状態に立ちもどり、ロボット製作のプロセスに人間らしさを取りもどすことができた。

でもそのとき、携帯からバイブ音がし、理想の高みから一気に奈落の底へと落とされた。

〝左頬、Q3モーター、いますぐ持ってこい〟。ロビーが自分のデスクの前でふんぞり返って、皇帝のように命令を下している姿を思い浮かべた。といっても、毎朝、味付けされていないオートミールを食べ、トヨタの〈プリウス〉を運転している皇帝だけれど。こんなにひっきりなしに邪魔されたら、製作作業を進めることなんてできない。現に毎日、ロビーの要求に応えるために仕事が中断されているのだ。すぐに返事をしなかったせいで、この三十分でロビーから三通のメールが届いていた。

「きみは人気者だ」ドクター・マスデンが言った。

「非社交的な傾向がある、と言われたこともありますけど」手もとの携帯から顔をあげて、ドクターににっと笑いかける。

ドクターは笑って応えた。「わかった、修正しよう。〝限定的に社交的〟というのはどうかね？」

「その言葉、Tシャツにプリントします」と言ってにやりと返す。「すみません、ちょっと行かないと。すぐにもどります」

ポケットに携帯をもどし、決意を固めた。ここと口ビーのデスクは目と鼻の先なのに、こんな形で連絡を寄越しつづけるなんて、ばかげている。まったく、あんなやつと半年とはいえ付き合ったことがあるとは、われながらあきれてしまう。ドクター・マスデンに率直に意見を尋ねることで、〈コンフィボット〉の製作の行き詰まりを打開できつつある。ロビーにも同じように接してみよう。

ロビーのデスクにずかずかと歩いていった。「いったい、何がほしいの？」ほかのエンジニアたちはランチで出払っていたので、わざわざ声を小さくしたりもしなかった。

ロビーはぎょっとし、椅子に座ったままこっちを振り向いた。そして、気を取り直すと、〝上から目線〟の表情になって言った。「要求は明確に伝えたつもりだけどね」

「部品のことを言ってるんじゃない。何が目的なの？　こんなことして、わたしにどうしろっていうわけ？」と大きく腕を動かし、身振りを交えながら言った。

「ぼくはただ、邪魔されることなく仕事に専念させてもらいたいだけだ」

「わたしは、あなたを邪魔するためにここに来たんじゃない」きっぱりと言い返した。「あなたと話をしに来たの」とたんに、ロビーはいらついた表情を浮かべた。どれほどの時間をこいつに無駄にされるんだ、と頭の中で計算しているようだ。でも、悔しいけれど、ロビーのほうが優位な立場にいるのはたしかだ。足の裏に力を込め、しぶしぶながらも「お願い」と付け足した。

ロビーはしかたない、といったふうに態度を軟化させた。「あまり時間がないんだ。さっさと終わらせてくれよ」とぶっきらぼうに言い、椅子ごと横にずれて場所をつくった。ロビーの隣に自分の椅子を引っぱってきて腰をおろす。パーティションで区切られたスペースは窮屈だった。ロビーったら、わざわざ自分で椅子を調達したのだろうか。ロビーの椅子は、ほかのエンジニアとはちがい、北欧製の白木の椅子だった。でも、どちらかといえば、ディスカウントストア・チェーンの〈オフィス・デポ〉で会社が大量注文したであろう黒い椅子のほうが、見栄えはどうあれ、やわらかくて座り心地はよさそうだった。ロビーは狭い空間を〝ロビーワールド〟に仕立てあげていた。幅の狭い棚には、フィットネス用計測リストバンドの〈フィットビット〉、コンパクトな空気清浄器、デジタルカレンダー、自分専用のコーヒープレスといった、毎日の生活を調整するシルバーの小物たちが並んでいる。知り合ったころから、ロビーはトランスヒューマニズムに強い関心を持ち、科学技術を活用して自己をよりよく改善する方法をとことん追求していた。知的欲求を満たしたいという気持ちも強かった。そんなロビーに影響され、こういった分野の進歩に刺激を受けたこともある。でもいま、ロビーが日々のあらゆる面を向上させるために使っている物を見ていると、感情的な面も豊かにしたいという欲求が見て取れる。ロビーがこういったことをしているのは、自分自身も含め、人間とは不完全なもので、心身ともに常に己を向上させる必要があると考えているからだろう。

深く息を吸い、ロビーに視線を据えた。「どうして、わたしを脅したりするの？」

「ぼくたちはライバル同士だからだ。わかりきったことだろう」

「コンペで勝つために、わたしを脅してるっていうの？」

「きみは自ら崩壊を招いた。自業自得だ」ロビーは依然として平静を装っていたけれど、その右足は小刻みに揺れていた。小さなネズミの鳴き声のような軋んだ音が、ロビーの靴からかすかに響く。

大きく首を振り言い返した。「それだけじゃ理由にならない。あなたが知ってることをアニタに話して、わたしをここから追い出してしまえば、それですむことでしょう。いま、あなたがしていることは、なんの役にも立たないはずよ」ロビーのパソコンの画面に音もなく流れている〈ブラフマー〉のデモ映像を指さす。「だって、そんなことする必要ないじゃない。自分の力で、もう、十分うまくやってるんだから」

「〈ブラフマー〉のこと、自分がなんて言ったか忘れたのか？　ロボット工場の製造ラインが故障したときにできちゃったみたいなロボットね、と言ったんだぞ」

顔がかっと赤くなるのがわかった。そのとおりだ。〈ブラフマー〉をはじめて見たとき、いろいろな部品を適当にくっつけてできたみたいなロボットだと思った。何本もの金属の腕が背中から突き出ていて、デジタルの目が顔の輪郭に沿って並んでいたのだから。それに、ときどきラボで、プリヤといっしょにロビーのことをおもしろおかしく話すこともあった。でも、ロビーはいつも平然とした顔をしていたし、気づいていないのか、もしくは気づいていても気にしていないのだと思い込んでいた……感情を表に出さない性格だからといって、感情がないわけではないのに。

「それに、十分うまくやってなんかない」ロビーは吐き出すように言った。まだ小刻みに足を揺すりつづけている。「アニタが、勤務評定のための面接の日程を組んだんだが、じっくり話を聞くために一時間は必要だって言うんだ。なんでそんなに時間がかかるんだ？」

「きっと、言葉どおりに、じっくり話を聞きたいだけなんだと思う。アニタは性格はきついけど、だれに対しても公平だし。それに、もしあなたが何かへまをしでかしていたとしても、やり直すチャンスをくれるはずよ。わたしにはわかる」

「もし、何かへまをしでかしてたらどうしよう」ロビーの糊のきいたシャツの下の薄い胸がすばやく上下しはじめる。

「ロビー、落ち着いて」両手の指を組み、体を前に乗り出した。不思議なことに、ロビーの不安をなだめようとしていると、自分の不安が消えていくようだった。いつもとちがって、不安の渦に巻き込まれているのが自分じゃないというのは、少し気分がよかった。「あなたは十分うまくやってる。いつだってそうよ。そんなに、びくびくする必要なんてない。ついでに言えば、コンペで勝つために、わたしを妨害する必要もない。あなたは仕事だって、なんだって、うまくやれる人なんだから」

「でも、きみのことはうまくやれなかった」ロビーが言った。自分でも思いがけず口から出てしまったという感じだった。

「どういう意味？　わたしたちが別れたときのことを言ってるの？」

ロビーの唇が、心の葛藤を映し出しているかのように苦しそうにゆがんだ。「少なくとも、ぼくは真剣だったんだ！」ロビーは叫ぶように言った。「なのに、『キャリアを積むことに集中したいから』と言って、ぼくを棄てるきみを止めることができなかった。そしていま、きみはそのキャリアを台無しにしようとしてる。それも、あんな、しゃべる帽子掛けみたいにひょろりとした、人間でもないやつのために！」

「わたしは、あなたを棄ててなんかない」と言い返した。「別れたとき、あなたが傷ついたなんて思いもしなかった」

「別れたんじゃない。きみがぼくをあっさりと棄てたんだ。ああ、そうさ。恋人としてふさわしくないと言われたら、だれだって傷つくだろう」

「そうね！　わたしがなんでイーサンを好きだかわかる？　イーサンが、恋人としてふさわしいと、わたしを選んでくれたからよ」

それ以上なんと言っていいのかわからずに、じっとにらみ合った。小刻みに揺れていたロビーの足の動きがようやく止まる。

やがて、ロビーの顔に浮かんでいたむきだしの感情が消え、冷たい笑みが浮かんだ。「へえ、そいつはよかったじゃないか。用件がすんだのなら帰ってくれないか。やらなければならない仕事があるんだ」ロビーは拒絶するように背を向けパソコンの画面に向き直ると、デモ映像を見返しはじめた。画面では、〈ブラフマー〉が車輪をすべらせながら何本もの手やレバーを伸ばしてキッチンを動きまわり、皿を洗ったり、鍋の中のものをかき混ぜたり、インターホンの画面で訪問者を確認し、スマートロックを解除したりしていた。どれも〈コンフィボット〉にもできるはずだけれど、〈ブラフマー〉のほうが、ずっと動きが速くてなめらかだ。新たな不安が込みあげてきて、さっと椅子から立ちあがった。

「わかった……行くわ」ロビーからは見えないところまで来ると、走るようにしてラボにもどった。

その日以降、ロビーは部品を要求するのをぴたりとやめた。それどころか、ひと言も話しかけてこなくなった。ロビーにはイーサンの秘密を握られているので、それを利用して何をされるかと思うと、沈黙されるほうが、ひっきりなしに部品を要求されるよりも気味が悪かった。コンペの当日まで待って、痛めつけるつもりだったらどうしよう。ロビーのわたしに対する思いは、考えていたよりもずっと複雑だ。イーサンに対するロビーの怒りは、単に、あんなやつには負けたくない、という気持ちからくるものだけではない。なぜ、ロビーがアニタにすぐに告げ口してコンペの競技者から外すのではなく、イーサンの部品を要求して、じわじわと時間をかけて作業を妨害し、脅してきたのかも、だんだんわかってきた。そのほうが、ふたりの関係において、自分が優位に立てるからだ。ロビーがわたしを、いやどんな相手だろうと愛することができないせいで発展することがなかったというのが真実なのに、自分は棄てられたと思い込んでいるロビーは、ねちねちといたぶることで、今度こそ、自分が主導権を握ろうとした。こういった気持ちは複雑だ。ロビーとの会話を思い返しながら、その内に潜む心理に気づいたけれど、ロビー自身も気づいたので、脅迫をやめた可能性もある。そうでなければ、また脅そうとするかもしれない。

でもいま、わたしにできることは、自分の仕事に邁進することだけだ。この数日間、コンペのプレゼンテーションに向けてラストスパートをかけ、千時間にも匹敵するような濃度の高い時間を〈コンフィボット〉に注いできた。コードを書きかえ、ドクター・マスデンの協力のもとデモンストレーション全体を見直し、ようやく納得のいく顔もできた。目が回るほど忙しかったけれど、期待に胸を膨らませてもいた。ようやく、夢が現実になろうとしているのだ。〈コンフィボット〉は仕事をきちんとこなし、礼儀正しく親切だけれど、ジョークを言ったりゲームもするし、有能で知的だけれど、居丈高でないロボットになっていた。木曜の夜九時にもなると、睡眠不足のせいで、『オズの魔法使い』の西の悪い魔女が、オフィスの窓の向こうをさっと飛んでいくのが見えた気がした。もし何もなければ、そんな幻覚を見てもなお、仕事を切りあげて帰ろうという気にはならなかったかもしれない。でも、ずっと頭に引っかかっていることがひとつあった。クララからは、先日、送ったメッセージに対するそっけない返事が届いたきりで、そのあとはなんの連絡もなかった。急に居ても立っても居られなくなり、〈コンフィボット〉の片づけに取りかかった。かすんだ目で、外していた金属板とワイヤーの最後の取りつけをし、シャツのボタンを留め、つまみやフィラメントを覆った。そして、ナショナル・パブリック・ラジオ(NPR)をがんがんにかけていれば運転中に眠ったりしない、と言い聞かせながら、ふらつく足でラボを出た。

〈コンフィボット〉の胸腔(きょうくう)部の中枢コマンドの近くに、ドライバーを置き忘れたことに気づかないまま。

　クララのアパートメントに来るのなんていつぶりだろう、とケリーは思い返していた。クララとジョナサンがいっしょに住むようになった直後に来て以来だろうか。そうだ。あのときクララは、家族のために手の込んだ料理をつくろうとして、料理をひどく焦がしてしまい、結局ピザを注文したのだった。クララったら、失敗しちゃった、と笑っていたっけ。わたしだったら恥ずかしくて、元凶となったオーブンに頭を突っ込んでいただろう。

玄関のベルを鳴らしたあとになってはじめて、何も考えずにここに来てしまったことに気づいた。もし、クララの具合が悪かったら？ そもそも留守かもしれないのに。なんらかの理由で家族を避けているのだとしたら？ 自分のきつい物言いや、不機嫌な態度を思い出し、あのときのあれがクララを傷つけてしまったのだろうか、と思い返す。やっぱり、帰ったほうがいいかもしれない。ふいに不安に襲われ、玄関マットからじりじりと後ずさりし、明日また電話をかければいいと考えながら踵を返そうとしたとき、玄関のドアが開いた。

「ケリー」案の定、クララは驚いた表情を浮かべた。ストロベリーブロンドの髪は無造作に後ろに引っ詰められ、目にはいつものような輝きがない。「入って」

「どうしたの？」中に入ると、クララは訊いてきた。返事をする前に部屋の中を見まわした。ここに来るのはほんとうに久しぶりだった。リビングの家具は模様替えされ、目新しいポップアートのポスターが壁を彩り、一枚ガラスの大きな窓の枠には明かりの点いていないクリスマスの白いライトが吊され、部屋の真ん中には、お世辞にも上手とは言えない、梱包用の木の箱に色を塗ったコーヒーテーブルが置いてある。クララは資金不足や飾りつけのテクニックの未熟さを、やる気で補うところがあった。

口ごもりながらこう言った。「いや、その、とくに用事はないんだけど、どうしてるかなと思って」

「でも、わざわざ来るなんて、何かあったの？」クララは言った。

「それはこっちのせりふよ、クララ」白いコットン生地のソファのアーム部分に腰かける。

「ゲイリーと心配してたのよ。最近、クララからぜんぜん連絡がないって」

「ごめんなさい、ずっと忙しくて」クララの目の下にはくまができていた。疲れているように見える。

「ねえ、だいじょうぶなの？」

「ここのところ、働き詰めなの」クララは言った。「残業もたくさんしてて」どういうことだろう。古着屋での仕事は、一年のうちでとくに忙しい時期というのが決まっていて、いまはその時期じゃないのに。「それに、朝早い時間のシフトにも入るようになったから」とクララは続け、ちらりと寝室のドアに目をやった。

ソファからぱっと立ちあがる。「ごめん、邪魔するつもりはないの、もう帰るわね」

クララが急にすまなそうな顔になる。「ううん、いてくれてかまわない。お客さまが来るなんて思ってなかったから」

「わたしは客じゃない。あなたの姉よ」あのおしゃべり好きなクララはどこに行ってしまったんだろう。クララはシャツの裾を引っぱりながら、何も言わずにただこっちを見つめている。こらえきれなくなって、思わず口を開いた。「ねえ、ほんとに、だいじょうぶな――」

そのとき、寝室のドアが開き、ジョナサンが出てきた。「ちょっと銀行の預金残高を調べ――ああケリー、来てたんだ」顔には無精ひげが生え、眉間にはしわが寄っている。クララと同じように、とても疲れているのがわかる。

思い切ってこう言った。「ジョナサン、ふたりがどうしてるか見にきたのよ。ゲイリーもわたしも、しばらくクララから連絡がなくて心配だったから、問題ないかたしかめたくて」

クララはジョナサンに、だめ、というようにわずかに首を振ったけれど、ジョナサンはこっちを向いた。「ふたりともだいじょうぶだよ。ただちょっと、仕事のシフトを増やしてるだけだから。金が必要でさ」クララがやめさせようと口を開いたけれど、ジョナサンは続けた。「いいんだ、クララ。おれが投資に失敗して、全財産を失ったんだよ。友だちに勧められてさ。そいつのこと信頼してたから。クララはおれのことを信頼してくれた。おれの学生ローンの返済期限がもうすぐ来るから、窮地に立たされてるんだ」

「なんてこと」胸の前で腕を組んでジョナサンを見た。「へまをしでかしたのはあなたなのに、あなたのローンを返済するために、クララが死ぬほど働かされてるってわけ？」

「ケリー、やめて」クララが、なだめるようにそっと腕に手をのせてきた。もう片方の手でジョナサンの手をぎゅっと握る。そしてこっちを向き、キッチンに行きましょうと促した。

「ミスしただけよ。だれだってミスはするものでしょう」

「ずいぶん大きなミスに思えるけど」

「たしかに、わたしたちは全財産を失って、いま最悪の状態よ」クララは、〝もう、どうしようもない〟というように笑った。「だけどね、こうしてふたりいっしょにここにいる。それがいちばん大事なのよ」

「でも、悪いのはジョナサンでしょう。クララがジョナサンのローンを払わなきゃいけないなんておかしい。クララは何も知らなかったんだし」

　クララが顔をあげた。驚いた顔をしている。「ジョナサンの学生ローンのことは知ってたわ。それに投資にだって同意したのよ。だいじょうぶかな、と少しは思ったけど、ジョナサンのこと信頼してたし。いまだって信頼してる」

「ほんとに？」

「もちろんよ。これはジョナサンだけの問題じゃない、ふたりの問題なの。一日たりとも、わたしたちがお互いを必要としない日はないもの」クララはなんの迷いもなく言った。それでも、姉の顔に疑いの表情が浮かんでいるのを見て取ると、両手を握ってきた。「だいじょうぶよ、ケリー。ふたりで一生懸命働けば、きっと乗り切れる。たいしたことじゃない。ケリーとイーサンだって、同じようにするでしょう？」

「そうね……」と答えたものの、もし、イーサンのせいで傷つくようなことがあったら、自分がどんな反応を示すかわからなかった。それを判断するデータを何も持っていないのだから。

クララの表情が少しだけやわらぎ、てきぱきと水切りかごに入っていた皿をしまいはじめた。「打ち明けてよかった。もう秘密じゃないと思うと、ちょっと気が楽になる。それに、ケリーの結婚式の準備も手伝いたいし」クララはこっちを振り返った。「いま、できることはあまりないけど」

「いいのよ、そんなこと気にしなくて」

「ねえ、これから数年後のこと、想像してみて。ケリーもわたしも幸せな結婚生活を送ってるの。お互いの子どもを、いっしょに遊ばせてるかも。ケリーの子は優秀だろうから、わたしの子の勉強をみてくれるでしょうね」クララは笑った。「ケリーとイーサンも、子どもはほしいと思ってるんでしょう?」

「もちろん」自分でも思いがけなく、そんな言葉が出た。

「大勢の孫たちに囲まれて、うれしそうにしてるお母さんが目に浮かぶよう。きっと、天にも昇る気持ちでしょうね」

「孫が生まれたその日に、結婚式の会場の予約をするわよ」といっしょに笑った。フォークやスプーンをしまってある引き出しを探しあて、分類しながら片づけていく。クララと話しながら、こんなにもスムーズに会話ができることに驚いていた。姉妹というより、同じ親を持つ大人として話せているような気がした。おそらく、〝肉の切れ端を奪い合う野生のオオカミの子〟が持つような本能が消え、友だちのような関係で交流し合える歳に、ふたりともようやくなったということなのだろう。

でも、この瞬間を心から楽しむことはできなかった。クララが思い描く輝かしい未来は、夢物語にすぎない。イーサンと子どもを持つことなどありえないのだから。それどころか、イーサンといて、いったい何を得られるというのだろう。イーサンとずっといっしょにいられない、というのは最初からわかっていたはずだ。それなのに、勝手にあれこれ想像して楽しんでいた。ここに来てようやく、決して変えることのできない真実を受け入れはじめていた。

帰り道、暗く静まり返った車中で、自分の考えを整理した。ダッシュボードに扇形に落ちる街灯の光が、波のように揺れている。クララは、ジョナサンと自分は一日たりともお互いを必要としない日はない、と言っていた。わたしだって、一日たりともイーサンを必要としない日はない。だからこそ、危険を承知でイーサンを解体せずにいるのだ。でも、イーサンが自らの意志でわたしを必要とすることは決してないだろう。イーサンのどんな言葉も行動も、プログラミングされたものなのだから。行動とは欲求に導かれるものだけれど、イーサンの欲求はすべてこの手でプログラミングしたものだ。心の奥のほうで、こう語りかける自分の声が聞こえる。自由な意志のない愛なんて、そんなの愛とは呼ばないと。イーサンのわたしに対する愛は揺らぐことがない。でもそれは、その愛がほんとうの愛ではないからだ。

いつの日か、そんな能力を持つロボットができるかもしれない。でもイーサンはちがう。

突然、気分が悪くなった。車を路肩に寄せて停め、ウィンドウをおろして夜気を深く吸い込む。喉の奥から、むせぶような泣き声がもれた。クララとジョナサンとのあいだに存在するような愛は、やっぱりわたしには無縁なのだ。ずっと、そんな愛は似合わないと思い、愛の前に壁を築き、愛から逃げてきた。でも、ほんとうはほしくて、この手で生み出そうとした。けれど、エンジニアリングでつくり出した愛なんて、しょせん、つくりものの愛にすぎない。

スポーツカーが、接触しそうなほど近くを高速で通り過ぎていった。涙をぬぐい、バックミラーで顔をチェックすると、車を道路にもどして走りだした。

車から夜の闇へ足を踏み出した。部屋は真っ暗にちがいない。もう真夜中に近い時間だった。でも、部屋の明かりは点いていて、イーサンはリビングで起きて待っていた。コーヒーテーブルの上には、ノートや、破ったページが何枚も散らばっていて、イーサンの横のソファのアーム部分には、ブラウスとスカートがきれいに並べられている。中に入っていくと、イーサンはソファから跳ねるように立ちあがった。

「ケリー！　どこにいるんだろうと思ってたんだ。もちろん、ずっと仕事してるのはわかってたんだけどさ。明日が終われば、少しは休みが取れるよね？　あっ、でもコンペで勝ったら忙しくなるだろうけど。〈コンフィボット〉を世界に広めないといけないからね。でも、週末くらいは休めるようになる？」

「これは何？」足を引きずるようにしてソファに近づきながら、気だるげに尋ねた。

イーサンの顔がぱっと輝く。「明日の大事な日に向けて、すべてを準備しておいてあげたくて。これは、きみにとてもよく似合うと思うんだ」イーサンはブラウスとスカートを指さした。「プロフェッショナルだけど、セクシーで。いかにも聡明できれいなきみっぽい。それと、明日、来ることになってる投資家たちについて調べて、話題になりそうなことをまとめてみたんだよ。その人たちと会話することになるかもしれないだろう？　きみはそういう雑談みたいなことがあまり好きじゃないし、少しでも役に立てればと思って。ちょっと待ってて」イーサンはノートを手に取り、きれいな筆跡で書かれたページをめくっていった。

「パイン投資会社のアルフレッド・コクランは、全国ビート生産者協会の役員でもあるんだ。だから、先週〈カルマ・カフェ〉で食べたビートサラダの話をしたらどうかな。きみがビートサラダが苦手なことはもちろん言わずに。ああ、それと、明日の朝、いいスタートを切ってほしいから」イーサンはノートの空白のページを開き、ペンを握った。「朝食は何にいたしましょう、マダム？」

イーサンの話を聞いていると、胸を締めつけられるようだった。イーサンの手からノートとペンを取り、コーヒーテーブルに置く。「朝のことは、朝になったら考えましょう」と言い、イーサンにキスした。「今夜はただ、あなたといっしょにいたいの」

第25章

コンペのプレゼンテーション当日、ケリーは強い不安に駆られたあまり、このまま、のぼってくる人などめったにない山に引きこもってしまおうか、と考えたほどだった。でも、そのおかげで、イーサンのことを考える余裕があまり持てないのはありがたかった。メインのプレゼンテーションに先立ち、投資家たちをもてなすために催された歓迎会では、力強く交わされる握手も、高価なスーツのさりげないほめ合いも、エンジニアたちからもれる不安げな笑い声も、すべてが、かすみがかかったスクリーンを流れているようだった。投資家たちはだれもが洗練されていて、にこやかな笑顔のどこまでが本物なのか見分けがつかなかったので、イーサンが考えてくれたおしゃべりのネタを話しても、彼らがそれをどう思ったのかはまったくわからなかった。とにかく、ビートサラダが嫌いなことを言わなかったのだけはたしかだ。

歓迎会が終わると、エンジニアたちは舞台裏に移動した。だれもがひとりで集中したいというのに、大勢で狭い空間に押し込められ、気詰まりな空気が流れていた。何か月ものあいだ、エンジニアたちの友情に影を落としていたコンペが、いま、ようやく始まろうとしている。みんな内容のない、うわべだけの会話をし、目と目が合ったら吸い取られると言わんばかりに、視線を合わせないようにしている。でも、ケリーはお義理の〝幸運を祈る〟からは逃れることができていた。たまたま、カーテンのそばに場所を確保することができたからで、そこからだとカーテンの隙間から、満杯の客席をのぞき見することができた。プレゼンテーション前のこの時間を使って、深呼吸をして成功する場面をイメージしたり、観客をくまなく観察したりした。

広くてゆるやかにカーブした舞台と大がかりな照明設備のそろったこのホールは、小学三年生のときに劇をした講堂よりずっと豪華だったけれど、あの日の苦い記憶が何度も頭によみがえった。木の役すらまともに演じられないというのに、世界を股にかけた億万長者の投資家たちを納得させることなどできるだろうか。彼らを惹きつけ、貴重な資金を投資させなければならないのだ。でも、舞台裏の椅子で待機している〈コンフィボット〉は髪をきちんと整えられ、とても立派に見えた。

そのとき携帯が振動し、ポケットから取り出した。ビデオ通話の着信で、母からだった。緑の通話ボタンを押すや、すぐさま言った。「お母さん、いまは話せない。プレゼンテーションがこれから始まるのよ」

「わかってるわ！」母が言った。携帯の画面に目を凝らし、家族全員が映っているのに気づいた。母と父、手を握り合っているクララとジョナサン、ゲイリーと三つ子の姪たち。みんながサトル家のリビングに集まっている。そろってこっちに手を振ったとき、画面が小刻みに揺れた。母が携帯をつかんでいないほうの手を振ったからだ。「ここで、みんなで生配信を観るわ」母の声は興奮していた。「それぞれ休みを取って集まったのよ。ひよこ豆のチリコンカルネをつくったの。なんだかスーパーボウルみたいでわくわくするわ！　でも、アメフトみたいにぴちぴちのパンツをはいたり、途中でハーフタイムショーがあったりしないのよね？　もしかして、ハーフタイムショーがあったりする？」

「ロボット・エンジニアなんてみんなオタクなのよ」と言い返した。「それより、みんな、観るつもりなんかないんだと思ってた」

「あなたを驚かせたくて！」母が言った。心にふと不安がよぎる。みんなが観ていると思うと緊張するし、三年生の劇のときみたいに大失敗したらどうしよう。でも、わたしの仕事に興味を持ってくれたなんて、やっぱりうれしい。とくに、父が自分の仕事にどんな反応をするか気になった。感心してもらえるといいのだけれど。

「そういうことだったのね」と笑った。「ありがとう。楽しんでもらえるよう、がんばる」

みんなは手を振って応えてくれた。

ロビーの順番が回ってきた。自分の出番はこれからだから落ち着かなかったけれど、観れば気晴らしにはなるだろうと思い、舞台に注目した。ロビーのプレゼンテーションは、かつてないほどに、その自信過剰ぶりが表れた演出だった。まず、真っ暗な舞台に、インドの弦楽器シタールの音がかすかに響いた。これは、ロビーのロボットの名前がヒンドゥー教の三大神であることを意識したのだろう。「ブラフマー」という録音音声が客席に響きわたるや、舞台中央の台の上のロボットにスポットライトが当たった。何本もの腕がきらりときらめき、半分光が当たり、半分陰になったその外観は、巨大なクモのようだ。舞台の残りの照明が点灯するとともに、ロビーの輪郭があらわになった。その瞬間、さわやかな白いシャツと折り目のきっちりついたパンツ姿のロビーと、その横にいる全身真っ黒な《バットマン》ふうのロボットとのちぐはぐな対比を見て、思わず声をあげて笑いそうになった。今朝は念を入れて顔を洗ってきたのか、ロビーの顔はてかてかと光っている。

「みなさん」ロビーは、まるでこの日のイベントは、すべて自分のためにあるといわんばかりに派手な身振りで両方の腕を広げた。「お集まりいただきありがとうございます。今日は、この〈ブラフマー〉の誕生の日であり、ロボット技術の新時代の幕開けの日でもあります」

ロビーは、〈ブラフマー〉をキッチンセットまで歩かせ、早速、実演を始めた。〈ブラフマー〉の黒光りするカーボンファイバーの腕は、冷蔵庫を持ちあげると同時に、卵の黄身と白身を器用に分けた。観客から満足そうなざわめきが起こる。思わず圧倒され、気持ちを落ち着かせようと深呼吸を繰り返した。

「〈ブラフマー〉だけでも十分にお楽しみいただけるとは思いますが、今日はみなさんのために、スペシャルゲストも呼んでいます。さあ、メルヴィン、舞台へ来てください」ロビーは舞台左手に腕を伸ばした。しばらく待ってようやく、メルヴィンが歩行器を押しながら舞台中央に進んできた。ゆっくりとした歩みも、好々爺然としたしわだらけの顔も、まるでカメのようだ。「〈ブラフマー〉のすばらしさをもっと理解するには、ユーザーとの交流も見ていただく必要があります。そこで、〈ブラフマー〉が家にいれば、日々の暮らしがどれほど快適になるか、メルヴィンに体験してもらいましょう。メルヴィン、〈ブラフマー〉に会うのは今日がはじめてですね？」

「ああ、そうだ」メルヴィンは、ロボットに警戒のまなざしを向けた。

「ご高齢の方でも、〈ブラフマー〉をどれほど簡単に操作できるか、おわかりになるはずです。話しかけるだけでかまいません。〈ブラフマー〉は人間と同じ、いや、人間よりはるかにすぐれていますから」

「ブラフマー、オムレツをつくってくれ」メルヴィンは叫ぶように大きな声で一語一語はっきりと言った。

「かしこまりました」〈ブラフマー〉が答えた。コンロに火をつけ、なめらかな動きで、てきぱきと卵を割って混ぜはじめる。

「おお、なんとも手際のよい」メルヴィンが声をあげた。ロビーの顔がほころぶ。メルヴィンが続けた。「チェダーチーズも入れてくれ」

「チェダーチーズには、およそ三十グラムにつき六グラムの飽和脂肪酸が含まれています」

〈ブラフマー〉が答える。「代わりにホウレンソウを調理しましょう」メルヴィンが少しがっかりした顔になる。

「〈ブラフマー〉は日々の暮らしのお手伝いをするだけでなく、よりよい生活を送れるよう、お力添えもします」ロビーは観客に向かって説明した。

〈ブラフマー〉がオムレツとフォークを載せた皿をメルヴィンのほうへぐいと押した。メルヴィンは年季の入った肘を軋ませるようにしてゆっくりと腕を伸ばし、皿をつかもうとしている。そのとき、〈ブラフマー〉がさっとその場から離れ、キャビネットに移動した。メルヴィンの手がなんとか皿に届いたとき、〈ブラフマー〉がもどってきて、メルヴィンの空いているほうの手に錠剤を振り落とした。「お食事といっしょに薬を取らなければなりません」とたたみかけるように指示を出す。

「あ、ありがとう」と言い、皿と錠剤を手にあたふたしているメルヴィンなどおかまいなしに、〈ブラフマー〉はキッチンに移動し、グラスに水を注いでいる。そして、またもどってくるとメルヴィンの前にどんっとグラスを置いた。

「一回のお食事ごとに、およそ三百ミリリットルの水分を摂取することをお勧めします」

「どうですか？」ロビーが意気込んで言った。「〈ブラフマー〉の細やかなケアのおかげで、ユーザーは最適な健康状態を維持することができるでしょう」

メルヴィンが震える手でグラスをつかんだとき、錠剤が床に落ちた。「すまないが――」

と言いかけたとき、〈ブラフマー〉の胴体部分にあるスクリーンが点灯した。

「通知：娘さんからお電話です」〈ブラフマー〉が単調な声で言った。

「ああ、ジェニファーからか。電話をつないでくれ」メルヴィンが言った。

ところがそのとき、雷鳴のような音とともに、〈ブラフマー〉のスクリーンに稲妻のマークが光った。メルヴィンはぎょっとして水をこぼした。「警告：この付近で雷雨の発生の恐れがあります」

「ジェニファーはだいじょうぶだろうか。どこにいるのだ？」メルヴィンが言った。

「GPS要請：ジェニファーの居場所の特定をお望みですか？」〈ブラフマー〉は早口でそう訊きながら、せわしなく料理の後片付けをしている。

「ああ、いやその……」メルヴィンは、どう見ても圧倒されている感じだった。〈ブラフマー〉の行為はやり過ぎだし、せかせかとし過ぎている。「ああ、もう……よりよい生活は、これくらいで十分だ」

観客の何人かが爆笑する。ロビーはうろたえた。「何をばかなことを。だれだって、よりよい生活を送りたいはずだ」

メルヴィンは首を横に振り、皿とグラスをカウンターに置くと、歩行器をつかんで舞台の袖に向かいはじめた。「おい、待て！　空気を読め！」

今度は、客席じゅうがどっと沸いた。ロビーの青ざめた顔を見ながら、こんな考えがちらりとよぎった。ロビーの思いあがった自尊心が、こんな事態を招いたのだ。ロビーが失敗したということは、わたしが成功する可能性がそれだけ高まったということでもある。頭の片隅でそう考えながら、ロビーを気の毒にも思っていた。〈ブラフマー〉の技術面は完璧だった。ただ、人の心の機微というものに考えが至っていなかっただけなのだ。

そのとき、突然、後ろから肩をたたかれ、ぎくりと跳びあがった。

「イーサン！」振り向くと、イーサンがいた。両手を後ろに回している。「こんなところで何してるの？」

「ごめん、驚かすつもりはなかったんだ」イーサンは声をひそめた。「こっそり忍びこんだんだよ。ドアのそばに立ってた人は、ぼくのことをパイン投資会社のアルフレッド・コクランだと思ってる。ぼくの調査も少しは役に立ったっていうわけだ。ここに来たのは、きみの幸運を祈りたかったのと、プレゼンテーションの前に渡したいものがあって。ぼくがパソコンでつくった花束が、きみは好きだよね。でも考えてみたら、本物の花束を渡したことがなかったと気づいたんだ。こっちも喜んでもらえるといいんだけど」イーサンが背中に回していた手を前に持ってくると、その手には、深みのある赤やピンクのポピーの花束が握られていた。

イーサンから花束を受け取った。「ああイーサン、この花束、ほんとにすてき……」顔をあげてイーサンを見つめる。「あなたのこと愛してる」唇からこぼれ出てはじめて、自分がこれまで一度もその言葉を言ったことがなかったことに気づいた。イーサンにも、ほかのだれにも。いつから、こんなふうに感じていたのだろう。

「ぼくもきみを愛してるよ」イーサンは笑みを浮かべた。その顔をじっとのぞき込む。瞳にはなんの疑いも浮かんでおらず、唇はわたしに合わせてほほえむのを待っている。愛してると言ったから、イーサンもそう言ったにすぎない。

「ケリー・サトル！」アニタの声が耳に飛び込んできて、水中から顔を出したときのように、現実に引きもどされた。あわてて花束を脇に置く。

ぎくしゃくした足取りで、舞台の中央に進んでいった。ホールの照明に照らされて投資家たちの顔が浮かびあがっている。だれもが森の端で身をひそめる獣のように、ぎらぎらした目でこっちを見つめている。投資家たちのことを考えてはだめ。三年生のときのあのひどい劇のことは忘れるのよ。スポットライトの下にたたずみながら、無理やり呼吸を繰り返す。あと少しくらいならこうしていてもだいじょうぶだろう。すべてうまくいく。しっかりするのよ。

やがて、すっと顔を前に向け、観客にしっかりと目を据えた。「今日は、お越しいただきありがとうございます。これからみなさんに、わたしが開発した物をお目にかけます。いえ、物ではなく、人と言ったほうがいいかもしれません。市場にはほかにも介護用ロボットが出回っていますが、この〈コンフィボット〉のようなロボットはほかにはいません。きっと、彼を気に入ってもらえるでしょう。そう、わたしには自信があるんです。もちろん、つくり手としての欲目は多少あるとは思いますが」投資家たちから笑いが起こる。

「つくりはじめたとき、〈コンフィボット〉はただの機械でした。でもいまは、もっとすばらしい姿へと進化を遂げています。彼にはユーザーと独自に関係を築いていく能力があります。それがどれほど有意義なことか、わたしは知っています」思わず舞台右手の袖を見た。そこにはイーサンがいて、目を輝かせてこっちを見つめている。

「では、そろそろご紹介しましょう」舞台の左側にライトが当たり、暗がりに、椅子に座った〈コンフィボット〉の姿があらわになった。こっちを向き、太ももに両手をのせ、整った顔には感じのいい自然な笑みが浮かんでいる。〈コンフィボット〉は人間としか思えなかった。客席からざわめき声が聞こえてくる。この日のコンペで、いくつものすぐれた技術を目の当たりにしたあとでさえ、〈コンフィボット〉の技術の高さに、観客たちが息を呑んでいるのが伝わってきた。心がじんわりと熱くなる。いい感触だ。こんな反応をずっと夢見てきた。〈コンフィボット〉の姿はビデオ撮影されて、きちんと中継されているだろうか。父にひと目見てもらいたい。プリヤの姿も、ふと頭に浮かぶ。AHI社の会議室で、医療用製品開発部のほかのエンジニアたちといっしょに集まって、代わるがわる歓声をあげたり、やじを飛ばしたりしているにちがいない。

〈コンフィボット〉に指示を出した。といっても、会話を始めるだけだ。「こんにちは、コンフィボット。今日の調子はどう？」

微速度撮影のビデオ映像で開いていく花のように、〈コンフィボット〉が動き出した。「とてもいいよ、ケリー。きみは？」さっきよりさらに、客席からの反応が大きくなる。ひとつには、舞台上の〈コンフィボット〉の姿があまりに自然だというのもあるだろう。さらに、その動きやイントネーションのなめらかさが、〈ホール・オブ・プレジデンツ〉とはぜんぜんちがうことに驚いたにちがいない。舞台の袖で、アニタが目を輝かせた。食い入るようにこっちを見つめている。

「いくつか質問をするわね」と続けた。

「とてもいいよ、ケリー。きみは？」

プレゼンテーションの筋書きどおりに進めることにばかり気を取られていたので、〈コンフィボット〉の調子がおかしいことに、すぐには気づけなかった。〈コンフィボット〉は能天気にこっちに笑いかけている。「ちゃんと聞き取れなかったみたいね」ロボットにというより、観客に向かって言った。「これから、あなたにいくつか質問するわね」

「とてもいいよ、ケリー。きみは？」

観客がざわつきはじめた。でも、さっきとは明らかにトーンがちがう。いい意見を言うときは、慎み深くひそひそと話していたけれど、状況が悪くなるや、とたんにその慎み深さを忘れてしまったようだった。どうしよう。うろたえながら、アニタにちらりと視線を向ける。

さっきとは打って変わって険しい表情をしている。『不思議の国のアリス』のハートの女王のように、いまにも〝あやつの首をちょん切れ〟と言い出しそうな雰囲気だ。思わずイーサンを見ると、イーサンは真剣なまなざしでこっちを見守っていた。ケリーのプレゼンがうまくいきますように、という声が聞こえてきそうなほどに。

「コンフィボット、いくつか、質問を、します」そうすればうまくいくとでもいうように、さっきよりもゆっくりと繰り返した。ストレスのせいでアドレナリンが分泌され、心拍数も血圧もあがって全身の筋肉に力が入らない。指一本動かすことすらできず、その場に立ちすくむ。何がいけなかったんだろう。準備は万全だったし、数え切れないほどシミュレーションもしたというのに、よりによって本番でこんなことになるなんて。

「とってもいいよ、ケ――」ポケットから携帯を取り出し、〈コンフィボット〉が最後まで言い終わらないうちに、スイッチを押して電源をオフにした。どうすればいい？　怖くてアニタのほうを見ることさえできない。でも、アニタがカーテンの陰から出て、この惨事に幕を引こうとしたとき、もう一度イーサンに目をやった。イーサンをつくったのは、結婚式のプラスワンの役目をしてもらうためだった。そして、イーサンはいろいろな場面で期待以上のことをしてくれた。でもいまこそ、正しいことをするときだ。イーサンに最後のお願いをしなければならない。

「このプレゼンテーションをやり遂げるために、もうひとりの助けが必要なようです」ケリーは言った。アニタが怪訝な表情を浮かべる。正面からイーサンを見つめて続けた。「みなさんに、わたしの婚約者をご紹介します。イーサン、舞台に出てきてもらえる？」

イーサンは、何を言われたのかわからない、というようにたじろいだ。自信を装い、励ますようにイーサンにうなずきかけると、近づいてくるイーサンの手を取り、中央のスポットライトまで連れていった。「イーサン、少しおしゃべりしない？」

「ああ、もちろん、ケリー。なんの話をしようか」と言うと、イーサンは声をひそめた。

「これはどういうこと？　ぼくなんかが参加してもいいの？」でも、マイクを通して、その声は観客に届いてしまっている。客席から笑い声があがり、舞台の袖でアニタが顔を引きつらせた。この茶番を終わらせなければ、といまにも飛びかからんばかりだ。

「ええ、とりあえず、少しおしゃべりしましょう。いまの気分はどう？」

「すごく頭が混乱してる」また、客席から笑いが起きる。

「ええと——」何をすればいいだろう、と必死にあたりを見まわした。「そうだ、ダンスしましょう！」うろたえているイーサンの腰に手を回し、踊りはじめる。

「どうしたの？　ダンスなんか嫌いなはずだろう」

イーサンを無視して続けた。「彼のダンスがすばらしいのはおわかりいただけたと思います」ステップを踏みながら観客に向かって大声で言うと、ふいにぴたりと動きを止めた。

「イーサン、五七八九×四三六二は？」

「二千五百二十五万一千六百十八」イーサンが即座に答える。「ケリー、ちょっと待っ——」

「第七代大統領アンドルー・ジャクソンが亡くなったのはいつ？」

「一八四五年六月八日」

「一年のうちで、わたしがいちばん好きな月は？」

イーサンはゆっくりとこっちに視線を向けた。「十一月。きみは曇りの日が好きだから」

客席に困惑に満ちたざわめきが広がる。「きみが、格好の結婚相手をつかまえた、というのは十分にわかった！」観客のひとりが叫び、気まずい笑いが起きた。すぐさま前に進み出たアニタを、さっと身振りで止める。その大胆な振る舞いに、アニタよりも自分のほうが驚いたほどだ。これからやろうとしていることを思うと、気分が悪くなる。でも、なんとしてでもやり遂げなければならない。深く息を吸い、観客のほうを向く。

「格好の結婚相手、というのはたしかにそのとおりです。彼は頭がよくてハンサムで、おおらかなうえにユーモアもある。博識なのにそれをひけらかすこともなく、洗濯だってよろこんでしてくれます。会う人はみんな、彼を好きになります。わたしもイーサンのことが大好きです」必死の思いでイーサンの目を見つめる。「でも、つかまえた、というのは事実とはちがいます」

薄暗い客席にほのかに浮かびあがっている観客たちの顔を見渡した。「〈コンフィボット〉は、今日、突然、故障してしまいました。わたしがミスを犯したからです。ですがわたしには、これまでの経験で得た知識をつぎ込んで、〈コンフィボット〉を必ず修理できる、という確信があります。なぜなら目の前に、わたしの会心の作があるからです」

イーサンのほうに手をあげたまま、その場で硬直したように動きを止めた。次になすべきことを、どうしても実行に移すことができない。でもそのとき、イーサンが目を合わせて、かすかにうなずいた。わかってる、いいんだよ、というように。そして、なんのためらいもなく、こっちに背中を向けた。深く息を吸い、イーサンのシャツを持ちあげた。糊のきいたシャツは、イーサンのぬくもりが残っていてほんのりとあたたかい。パネルを見つめ、気が変わらないうちに急いでスイッチを押す。その瞬間、イーサンの電源がぷつりと切れた。イーサンは首を垂れたまま、ぴくりとも動かない。夜の工事現場で眠るようにたたずむ、クレーンの先のショベルみたいに。

観客は息を呑んだ。ケリーはイーサンの背中を客席に向け、スイッチのついたパネルがよく見えるよう、シャツを持ちあげた。

ふと、頭に家でプレゼンテーションを観ている家族が浮かんだ。みんなそろってショックを受けた顔をしているにちがいない。そのとき、アニタがすごい見幕で舞台に飛び出てきた。これほどなりふりかまわないアニタを見たのははじめてだった。「当社のエンジニアの一風変わったユーモアのセンスを、ご理解いただけましたらありがたく思います」アニタは投資家たちに言い訳をはじめた。「このエンジニアには、人と関わることが苦手なところがありまして。ですが、そのおかげで、その類(たぐい)まれなる能力を純粋に維持できているのです。誓って言います。本来は、こんな人をこけにするようなやり方をする人物ではありません」

でも、さっきやじを飛ばした投資家が勢いよく立ちあがった。「近くでよく見せてくれ！」

通路を早足に進み、跳ぶようにして舞台にあがるや、イーサンをじっくりと観察しはじめる。

そのソーセージのような指がイーサンの顔に押しつけられたのを見て、ケリーは顔をしかめた。投資家は「まったく信じられない！」と叫ぶと、アニタのほうに歩み寄り、平べったい手を差し出した。「話がしたい」

残りの投資家たちも次々と立ちあがり、舞台に駆け寄ってくる。それを見つめるアニタの顔に優雅な笑みが広がった。アニタはこうなるよう、ひと芝居打ったのだ。とても一介のエンジニアが思いつけるような手管(てくだ)ではなかった。アニタは「喜んで」と言い、差し出された手を握った。大混乱の真っただ中で、ケリーは、ロビーがはらわたを抜かれた魚のように、ぽかんと口を開けているのに気づいた。いまこの瞬間、ケリーよりも激しく鼓動が脈打っている人物がいるとしたら、それはおそらくロビーだろう。

ケリーの視線がふと、椅子に座ったままの〈コンフィボット〉に吸い寄せられた。イーサンのせいで、放ったらかしにされているけれど、ある意味、〈コンフィボット〉こそが、真の主役といえるだろう。目の前で繰り広げられる騒動を呆然と見つめながら、思いをめぐらした。これから、プロジェクトが本格的に動きはじめる。〈コンフィボット〉が市場に出回ることになるのだ。体格のいい投資家が人ごみを縫ってこっちに近づいてきた。「すばらしい仕事だ」喧騒の中、叫ぶようにして声を出す。「オフィス用モデルはもうできてるかい？〈スナップチャット〉の設定時間よりも速くファイリングできるロボットを頼むよ」とジョークを飛ばす。

「ええ、いつかきっと。ちょっとすみません――」ケリーは心ここにあらずといった感じで、舞台中央に向き直った。そこでは大勢の人がひしめき合い、イーサンの姿はまったく見えなかった。

第26章

イーサンの姿をふたたび目にすることはできるのだろうか、とケリーは心の片隅でずっと思っていた。でも、イーサンをどう処置したのかアニタに訊く勇気もなかったし、日中は、イーサンのことを考える暇もないほど仕事に追われていた。投資家とのミーティング、〈コンフィボット〉のプロジェクトチームの編成、予算配分、マーケティング計画……やるべきことが山のようにあり、目まぐるしく毎日が過ぎていった。最初のうちは、わが子ともいえるプロジェクトに、ほかの人が大勢関わることに、体が拒否反応を示しそうになった。わたしほど〈コンフィボット〉を理解できる人はほかにいないのだ。好き勝手にいじくりまわされたらどうしよう。きっと、プロジェクトをめちゃくちゃにされてしまうにちがいない。そう考えて不安になった。でも、チームに加わったさまざまな分野の専門家と仕事をしているうちに、彼らが自分のなすべきことをよく理解していることに気づいた。〈コンフィボット〉はどんどん成長し、進化を遂げ、思い描いていたものとは少しちがう方向へ、よりよい方向へと変わっていた。そして、ケリー自身は、人に仕事を任せる方法を少しずつ身につけていった。何よりうれしかったのは、アニタが一目置いてくれるようになったことだ。その証しとして、とうとう自分専用のオフィス（別名〈チーズイット〉をこっそり食べられる部屋ともいう）を与えてもらった。プロジェクトはまだ始動したばかりだけれど、十分過ぎるほどの資金を使えるようになったいま、自分の技術がやがて人々の生活を変えると想像すると胸が躍った。頭に芽生えたアイデアが現実となり、人々の生活の質を向上させるだけでなく、製造業、運送業、マーケティングなどの産業で、数え切れないほどの雇用を生み出すと考えると、まるですべてが魔法のように思えた。テクノロジーをテーマにした《ワイアード》誌にも、〈コンフィボット〉やその生みの親であるケリーを紹介する記事が載った。わずか三十にして、ひとかどの人物とみなされるのは、まんざら悪い気分じゃなかった。〈コンフィボット〉に関わる仕事は、気分を高揚させてくれると同時に、気力も体力も奪った。毎晩、ベッドに倒れ込むようにして横になると、日中は頭の片隅に追いやっていた考えが頭をもたげてくる。イーサンが「ぼくもきみを愛してるよ」と言ったときの目の輝き、永遠に電源をオフにするために、こっちに背中を向けたときの信頼しきった態度。正しいことをしたとはわかっていたけれど、イーサンのことを考えるときに押し寄せる悲しみを振りはらうことはできなかった。イーサンに会いたかった。できることといえば、とにかく前に進みつづけることだけだった。

ドクター・マスデンは相談役としてプロジェクトのメンバーに残ることになり、ケリーはドクターと仕事をすることに慣れただけでなく、楽しめるようにもなっていた。プレゼンテーションが終わってすぐのある日のこと、いっしょにミーティングの準備をしているとき、ドクターが何か言いたそうにしているのに気づき、「なんですか？」と尋ねた。

「いやただ、きみがロボットのボーイフレンドをつくったなどとは信じられなくてね」ドクターは噴き出した。「だが、心配しなくていい。心理学者として、ずいぶんと興味を惹かれるよ」ドクターは両手をあげた。

「かまいませんよ」と笑って続けた。「自分でも、とんでもない話だってわかってますし。信じていただけるかわかりませんが、もともとは――」

「きみの母親」

ドクターを見つめた。「どうして知ってるんですか」

ドクターは身を乗り出した。「ケリー、わたしは心理学者だよ。大方の場合、原因は母親にあるんだ」

そのあと一時間、ドクターが自分の母親について語るおもしろい話に、笑いながら耳を傾けた。フロイト的失言もいくつも飛び出した。

「ドクターも、ご家族のことではいろいろとご苦労を抱えていらっしゃるんですね。臨床用語で、そういうことをなんと呼ぶのかはわかりませんが」

「〝問題（issue）〟という言葉がぴったりだと思う。多かれ少なかれ、だれでも抱えているものだ」

「じゃあ、わたしは言わば〈コンフィボット〉の母親のようなものですから、彼もいつかわたしのことで〝問題〟を抱えて悩むようになるんでしょうか」

「心配しなくていい」とドクターは力強く言い、笑顔を見せた。「彼がティーンエイジャーになるころは、わたしもまだ現役だろうから、何かあったら手を貸してあげよう」

ケリーは目を丸くした。でも、助けてくれるだれかがいる、と思うと、心があたたかくなった。

後日のランチの時間、ケリーは仕事をしようとラボに足を運んだ。ここのところミーティングばかりで、ひとり静かになれるちょっとした時間がありがたかった。でも、パソコンのある作業台の前に腰を落ち着けたとき、背後から呼びかける声がした。「やあ」

胸に手をあてて息を呑み、振り返った。「ロビー！」ロビーはドライバーを振りまわしながら、ラックを転がしてくる。

「驚かせたくなくて、一応、声をかけたんだが」

「時すでに遅しよ」とぼそりと言う。

「〈コンフィボット〉のほうは順調なのか？」ロビーは隣に腰をおろし、背筋をまっすぐに伸ばした。

「ええ、とても順調よ。〈ブラフマー〉はどう？」努力を向ける方向がちがっていたために、コンペでは残念な結果に終わってしまったけれど、三人の投資家が〈ブラフマー〉を気に入って資金提供を申し出たので、ロビーのプロジェクトも動き出していた。

「桁違いにすごいものができつつある。世界を変えるような技術がどんなものかを、いまは話すことはできないが」

「へえ、それがどんなものなのか、いつか聞いてみたい」皮肉がにじまないよう、声を落ち着かせて言った。意図しているか、いないかはさておき、ロビーはほかのだれよりもケリーを刺激し、追い込み、苦しめ、打ちのめす存在となりうる最強のライバルだった。

気のきいた言葉を思いつけず、それ以上何も言わなかった。沈黙が続いたあと、ロビーがだしぬけに言った。「きみのやったことは正しかった」はっとロビーを見た。手にしていたペンチを下に置く。「ぼくの脅しから逃れるには、イーサンをああするしかなかったんだろう。だが長い目で見れば、こうしたほうが、きみにとってずっとよかったはずだ」ロビーの視線は手もとの製作中の部品に注がれたままだ。

イーサンの電源を切ったとき、ロビーのことなんて考えていなかった。はっきり言って、あの決断をしたとき、ロビーの脅しのことなんてこれっぽっちも頭になかった。でも、それを正直に伝えたところで何を得られるというのだろう。ロビーにそう思わせたままでいいわよね？「そうね、わたしもそう思う」

「きみの幸運を祈るよ」ロビーがぎこちない口調で言った。

ふたたびペンチを手に取り、ほほえんだ。「ありがとう、ロビー」

関係の修復は、ロビーとよりも、プリヤとのほうが大きな問題だった。あのけんか以来、プリヤのことは慎重に避け、たまに顔を合わせるときも、ほかの同僚と同じように接した。廊下ですれちがうときも、ごく短くあいさつを交わすだけだった。ラボでいっしょに仕事をしなければならないときは、目を合わさずに道具を交換した。こんな状態は、けんかするよりはるかにつらかった。

ブライズメイドのドレスの件でふたりの関係が険悪になったあと、もしかしたらプリヤのほうから謝ってきてくれるのではないか、と少し期待した。でも、なんの謝罪もなかったとき、自分の考えは最初からずっと正しかったのだ、と気づいた。プリヤが謝ってこないということは、プリヤは悪いことをしたとは感じておらず、わたしの気持ちなんてどうでもいいと思っているということだ。つまり、ふたりのあいだにあった友情なんて、はじめから嘘だったということではないだろうか。そんな考えにふけりながら、ふとわれに返ると、意味もなくブラウスのしわを伸ばし、パソコンの画面にふたたび意識を集中させた。

プライドの高いケリーは、昔から自分の非を素直に認めないところがあった。そしてその土曜日、自分の気持ちときちんと向き合うのがいやで、一日じゅう家にいて、ばかみたいに仕事に没頭した。ニュースサイトの〈テッククランチ〉の最新ニュースを追いかけたり、雑誌の記事を熟読したり、〈コンフィボット〉を紹介したいと申し出てくれた、ドイツのニュース配信会社のインタビューに〈スカイプ〉で応じたり。それでも時間が余ると、自然なウェーヴを活かした新しい髪型を鏡の前で試してみたりもした。そして、最終兵器として、双子のオルセン姉妹の時代遅れの映画を観たりもした。でも、親友なんかいなくたって十分楽しい、といくら自分を納得させようとしても、川に投げ捨てられた死体のように、ある考えがじわじわと浮いてきてしまう。約束をすっぽかしたプリヤのほうが悪いという考えは、見当違いなのではないか。プリヤが謝らないのは、謝るべき理由がないからなのだ。プリヤにひどいことを言われて落ち込んだけれど、わたしだってプリヤにひどいことをしたんじゃないの？　イーサンと住むようになってから、プリヤとの付き合いをないがしろにしたのはわたしのほう。いまのままではプリヤとの関係はきっと終わってしまう。しかも、その原因はこっちにある。わたしが変わらなければ、プリヤとの問題は何も解決しない。

でも、職場でプリヤと顔を合わせるのは難しかった。携帯にメッセージを送っても返事はないし、電話してもつながらない。ラボでいっしょに仕事をする時間帯もなぜかプリヤはおらず、ランチの時間も高い料金を払って外で食事しているにちがいなかった。社員食堂で列に並び、本日のサラダを取っているときに、プリヤの姿を見かけることはなかったからだ。

そこで、覚悟を決めた。プリヤの気を惹くには、プリヤがずっと求めていたことをするしかない。それはつまり、夜にクラブで過ごすこと。プリヤの〈インスタグラム〉に目を通し、ふたつの事実が明らかになった。ひとつは、プリヤがアンドレとよりをもどしたこと。もうひとつは、ステージ開放日（オープンマイク）にクラブに行けば、プリヤはアンドレといっしょに、そこにいるにちがいないということだ。

よし、もうやるしかない。その夜、ケリーは煙草のにおいが漂うクラブのステージ裏で、ほかの参加者といっしょに列に並んで出番を待ちながら気合いを入れた。これからステージに立つつもりだった。参加者の中には、携帯のメモを見直している人もいれば、小さな紙きれを眺めたり、声を出さずに決まった手順をおさらいしたりしている人もいる。でも、ケリーにはそんなことは必要なかった。単刀直入に行くつもりだった。すでにプリヤとアンドレが席についているのは確認ずみだ。アンドレは、友人たちとグータッチをしていた。なすべきことはただひとつ。ステージに出て、プリヤから必ず見えるよう演壇に立ち、大きな声で謝ること。それがすんだら、さっさとステージからおりよう。ジョークはひとつも言わなくたっていい。いよいよ、列の先頭に来た。なんとしてでもやり遂げなければ。

でもそのとき、プリヤが長い髪をさっと後ろに払って立ちあがり、洗面所のほうに消えた。その直後に、司会者が「次はケリー！」と叫ぶ声が響いた。

ケリーはその場に立ちすくんだ。プリヤがもどってくるまで、ステージにあがることなんてできない。なんとか時間を稼ごうと、司会者に向かってぶんぶんと首を振る。でも、司会者はただ笑って、ケリーをまぶしいスポットライトの当たるステージへと押しやった。人でいっぱいの客席を呆然と見つめる。ジョークなんて考えてない。そもそもジョークってなんだっけ？　とにかく何か言わなくちゃ。

「えっと――新聞の中にいる鳥はなんでしょう？」ケリーは小さな声で言った。

「聞こえないぞ！」と客席にいる男が叫ぶ。

「キジ！」と叫び返し、不安になって客席に問いかけた。「このなぞなぞの答え、キジでよかったのよね。だれか覚えてる人いませんか？」だれかが「覚えてる！」と言ってくれることを期待して、しばらく観客をじっと見つめたけれど、なんの反応もない。

どうしよう。プリヤがもどってくるまで、なんとかここにいなければ。「みなさん、ケリーに拍手を――」と司会者が言いかけたとき、何かないかと必死に思い返していたケリーは、イーサンを笑わせた話を思い出した。

「わたしの妹は、窓から落ちたことがあるんです！　あの、いや、待って。これはおもしろい話で――」ちょうどそこへプリヤがもどってきて、壇上にいるケリーに気づいた。足を止め、魔法の国オズへ入り込んでしまったかのように驚いた顔をしている。

「プリヤ！」ケリーは叫んだ。「ごめんなさい！　イーサンについてプリヤが言ったことは正しかった。もっと早く、プリヤの言うとおりにしていればよかった。でも、思いどおりにいかないことを認めたくなくて現実逃避してしまったの。これからは、もうこんなことはしないように努力する。プリヤがそばにいなくて、ずっとつらかった。話がしたいの。アンドレも紹介してほしい。はじめまして、アンドレ！」アンドレに手を振った。アンドレがあっけに取られたように困惑顔で手を振り返す。「プリヤ、わたしにもう一度チャンスをちょうだい。クラブにも、いっしょに来るようにする。今日だって、こうやって来てるんだから。ね？」

プリヤは胸の前で腕を組んだ。「何かジョークを言って」と声を張りあげる。

なんて言おう？ そのときふと、頭にある振動モーターの型番が浮かんだ。プリヤがラボで、その類まれなる能力を活かして、振動モーターを使ってある物をつくっていたのを目撃したことがある。その型番は3X2D5L。「夜のデートを完璧にする必需品はなんでしょう。ヒントはXが三つに、Dが二つに、Lが五つ」プリヤはその場に突っ立ったまま考えている。答えがわかった瞬間、プリヤは腹を抱え大声で笑い出した。ほかの観客からブーイングが起こる。でも、そんなことはちっとも気にならなかった。司会者に腕をつかまれてステージから引っ込むあいだ、ケリーもずっと笑いつづけていた。

「ケリー、こっち、こっち」プリヤが息を整えながら手招きした。「あたしも、ケリーがそばにいなくて寂しかった」と言って腕を広げる。その腕に向かって進んでいくとき、ケリーの目にはこっちを見つめる観客など映っていなかった。

プリヤを避けつづけるのも難しかったけれど、家族を無視しつづけるのはもっとたいへんだった。家族の食事会の日が近づくにつれ、携帯には母からの留守電のメッセージやメールが、休憩所のトイレの長い行列のように、どんどん溜まっていった。オフィスで席につき、女性版の〈コンフィボット〉の顔の見本をデザインしているとき、携帯のバイブ音がした。いらついて、サイレントモードに切り替えた。頭の中に、食事会の席でテーブルを囲み、そろって自分を見つめる家族が浮かんでくる。あの非の打ち所のないすばらしい婚約者は偽ものだったのだ。父は表情も変えずにただため息をつき、料理に視線を移す。ゲイリーは三つ子たちに、イーサンは遠くに行ったんだよ、と説明し、三つ子たちは頭のおかしな叔母を見て笑っている。クララはジョナサンと手をつなぎ、同情のまなざしを向けながらやさしくほほえんでいる。そして母はがっかりした表情で、あのウェディングドレスを店で売らなきゃならないわ、あんなに一生懸命つくったのに……とぶつぶつ文句を言っている。

次に、ブライダルショップにひとりでいる母が浮かんだ。母が棚の埃を払ったり、製作に使うシルクの生地のしわを伸ばしたりしているあいだずっと、あのウェディングドレスが幽霊のように裾を風になびかせながら、じっと母を見つめている。家族にどれほどプレッシャーをかけられようと、故意ではないにしろ軽んじられようと、イーサンのことで嘘をついたのも、いまこうして家族を無視しつづけているのもフェアじゃない。母が大切に思ってくれているのはわかっている。その愛情が、二歳の子がお気に入りの人形に見せるようなもので、その表現の仕方が、顔にクレヨンで落書きし、腕を片方もぎ取り、ぼろぼろにしてしまうようなものであろうと。わたしだって家族のことは大切だ。たとえそれが、もともと生物学的に遺伝子に組み込まれていたものだったとしても。心の奥底ではわかっているのだ。イーサンがそうだったように、何があろうと、家族は自分のもとに帰ってきてくれることも、逆の立場なら自分もそうすることも。

でも、そうわかっていても、携帯をつかんだときに芽生えた不安がやわらぐことはなかった。

その夜の食事会で、重苦しい沈黙が漂うなか家族といっしょに席についたとき、ケリーはどうやって会話をはじめたらいいのかわからなかった。とりあえず、わたしの婚約者がロボットだってわかったときのこと覚えてる、とでも訊いてみようかと迷っていると、クララがジョナサンに体を寄せて、肘をつつき、皿を指さしているのに気づいた。ふたりだけにわかる話をしているのか、そろって笑みを浮かべている。ふたりとも、数週間前に会ったときよりもはるかに顔色もよく、いい表情になっていた。

「ケリーのカレ、死んじゃったんでしょ」突然、バーティが沈黙を破った。アップルソースをスプーンですくって口に運びながら、まばたきもせずにこっちを見つめている。

「バーティ――」とたしなめるような口調で話しはじめたゲイリーを、ケリーは止めた。どういう結果になるかはわからない。でも、自分でなんとかしなければ。とにかくやってみるしかない。それが、いまやるべきいちばん賢い選択だ。

「プレゼンテーションのときは、みんな、ほんとにショックを受けたと思う。ごめんなさい。あんなことをするつもりはなかったの。イーサンのことは嘘をつきとおすつもりだったから。結婚式のプラスワンがいれば、いろんなことが、もっとスムーズに進んでいくと思ったのよ。たぶん、みんなをこれ以上がっかりさせたくなかったんだと思う。といっても、結局うまくいかなかったけど」皿を見おろし、手にしていたフォークでソースをすくい、ぽとりぽとりとゆっくり皿に落とした。沈黙の中、時もゆっくり流れていく。

父がナプキンで口を拭き、フォークを置いた。「少なくともわたしは、とても感動したよ」

父を見あげた。こんなに驚いたことはなかった。父が口を開いて、ヴェルディのアリアのようなすばらしいことを言ってくれるなんて。「ほんとに？」

「もちろんよ」母がうなずいた。「だってあなたは、あのイーサンをつくったのよ。がっかりするわけがないでしょう。どうやったら、あんなことができるのかしら。イーサンは最高傑作よ」

「これまでの人生で、いちばんすばらしい科学技術を見せてもらったよ」父が力強く言った。

「そう言ってもらえるのはうれしいけど……イーサンは本物の人間じゃないから、婚約したというのも嘘だったし」と戸惑いながら続ける。

母がため息をついた。「そうね、たしかにそれは残念ね。でも、あのウェディングドレスは傷まないよう、すでに無酸紙に包んで梱包したわ。ああしておけば、いつかあなたがいい相手を見つけて結婚するときも、きれいなままのはずよ」母がテーブル越しに手をやさしくたたいてくる。「あなたが見つける相手がどんな人だろうと、必ずどこかにいるわ」穏やかな顔でそう言い、母は食事にもどった。父や母の言葉が、なんだか気恥ずかしかった。今回の大失敗で、わたしが感じていた孤独や、結婚相手を見つけられないことへのいらだちが、家族みんなに知られてしまっただろう。でも、自分の弱さを家族に理解してもらえると思うと、なかなかいい気分だった。

「で、いったいどうやってつくったの？」クララが待ちかねていたように訊いた。

「ああ。おれも、ひとりほしいくらいだよ」ゲイリーもうなずく。「男の仲間が家にいてくれたら助かるんだけどな。女ばかりに囲まれてるせいか、このあいだ、気づいたら脚のムダ毛を片方、剃ってたんだよ。それで、もう片方の脚も剃るしかなかった。だって、そうしないと見栄えが悪いだろ」

家族みんなにじっと見つめられ、ためらいがちに口を開いた。「信じてもらえないかもしれないけど、週末の二日間だけでつくったの」

「嘘だろ」父が言った。

フォークを置いた。顔に笑みが広がりはじめる。「ほんとうよ。あとから少しずつ修正は加えていったけど。イーサンたら、はじめのころ、すごくおかしなことして……」

その夜の家族の食事会では、記憶にある中でいちばん楽しい時間を過ごし、いちばん生き生きとした会話を交わすことができた。みんなが話をきちんと聞いてくれ、自分の仕事に感心してくれるのは、うれしい驚きだった。でも、みんながほめたたえてくれることに、われを忘れるほどいい気になってはいけないともわかっていた。これまでに、自分はだめだと落ち込むことが幾度となくあったし、これからもそんな時は必ず訪れるだろう。とはいえ、たとえ嘘をついたことが原因で、家族みんなに腹を立てられていたとしても、永遠に結婚できるわけないと思われていたとしても、きっと立ち直れていたはずだ。もっと悪い状況を経験し、そこから抜け出すことができたのだから。家族の意見はたしかに気になるけれど、それは自分の力ではどうすることもできない。どう思われようと、わたしがわたしであることに変わりはないのだ。

それから少し経ったある夜のこと、仕事がすんで帰宅したケリーは、ラザニアを一から作ることにした。いっしょに手伝ってくれたり、サラダを混ぜているときに、ふざけて少し離れたところからミニトマトを口めがけて放り投げてくれたりするイーサンはもういない。でもこのごろは、時間の許すかぎり料理を楽しんでいた。といっても、味音痴は相変わらずだった。ラザニアが焼きあがりそうになると、仕上げにチェダーチーズをのせた。

たぶん、ここしばらく外出することもなく仕事ばかりだったというのもあるだろうし、何かしたくても、いっしょにする相手がいなかったというのもあるかもしれない。その夜は、何かいつもとちがうことがしたい気分だった。それで、すばらしく着心地はいいけれど、恐ろしいほど見苦しい部屋着に着替えることなく、職場に着ていった細身のスカートとブラウスのままでいた。そして、テレビの前や机ではなく、テーブルについて食事をした。それだけじゃなく、ろうそくを灯してみたりもした。でも数分後、ろうそくの火を吹き消した。ラザニアにパンプキンスパイスは合わない、というのは味音痴でもわかった。

最近はだいぶ回数が減ったとはいえ、まだイーサンのことを思い出さない日はなかった。窓から差し込む五月の夕日が部屋を金色に染め、部屋のあちこちに残っている思い出を溶かしてくれるようだった。でも、いくら努力しても、以前のようにひとりで過ごす夜を楽しめる自分には、まだもどれなかった。

デーティングサイトの無料のお試し体験をしたのが、はるか昔のことのように感じられる。もちろん、お試し期間はとっくに終わっていた。パソコンの画面のクレジットカードの情報入力フォームが、期待に満ちた目でこっちを見つめている。利用料金はひと月につき十九・九五ドル。ひと月は、これからほどほどに長生きできると仮定すれば、統計上極めて短い期間だし、十九・九五ドルは、生涯賃金から考えればたいした額じゃない。それに、ときにはリスクを冒したほうがいいこともある。

前回、入力したプロフィールを読んで、思わず噴き出しそうになった。他人の略歴を読んでいるみたいだった。写真は小さいうえにぼやけていて、ほとんどだれだかわからない。

〈コンフィボット〉の報道発表用に提出した写真をアップロードする。髪がつややかに光る一瞬をとらえた写真だった。

〝何をするのが好きですか〟という質問の欄に、へんに思われないよう、サイクリングと打ち込んだことは覚えていた。でもいま読むと、ほんとうは宇宙人なのに自分は宇宙人じゃないとでっちあげているようでわざとらしい。サイクリングなんて、銃をつきつけられでもしなければ、ペダルに足をのせようともしないにちがいない。山歩きなら、このごろときどきはやるようになった。山歩きはハイキングとほとんど同じよね？　サイクリングを消してハイキングと打ち込む。〝どんな仕事をしていますか〟。これには長い答えと、短い答えがある。短い答えを打ち込むことにする。

〝わたしはロボット・エンジニアです。〈ホール・オブ・プレジデンツ〉をつくっている人と似たような仕事をしています。興味のある方には、もっと詳しくお話ししたいです〟

次に、相手の必要条件の欄に来た。どんな相手がいいだろう。以前、打ち込んだ長いリストにざっと目を通してみる。〈トゥインキー〉が好きな人？　Vネックの服を着ている人？　長いリストを眺めていると、だんだん目がぼやけてきた。イーサンですら、ここにある条件の半分も満たしていない。残念ながら、ロビーなんてほんの数個だ。こんな条件、どれもほとんど意味がない。眉間にしわを寄せ、何がいちばん必要か考える。〝わたしを好きになってくれる人〟。ありきたりすぎるかと思ったけれど、気が変わらないうちに、OKをクリックした。

ビジーカーソルが回っているのを見つめていたら、前と同じ結果になるんじゃないかと不安になった。あわてて画面右上の赤い四角に囲まれた×をクリックしようとしたとき、結果が出た。該当者が複数いる。今度は条件に合う人がいる！　この人たち、ほんとうに人間？　まさかロボットじゃないわよね。もしロボットだとしても、それを批判する資格なんてないけれど。

該当者のうち何人かは、明らかにノーだった。どの写真でも忍者のかぶりものをしている人。自己PRの欄に〝巨体〟とだけ入力している人。見るからに得体の知れない感じの人。でも、ある写真に目が留まった。名前はマイケルで、シープドッグを洗っている写真だ。シープドッグが泡だらけの体をブルッとさせたときに、マイケルが笑いながら首をすくめている瞬間をとらえている。後ろにぼんやりと写っているのはたぶん家族だろう。相手の必要条件の欄には、こう記入してあった。

〝ぼくのくだらないジョークをわかってくれるほど聡明で、どんなにくだらないジョークでも笑ってくれる人〟

深く息を吸い、〝いいね！〟ボタンをクリックした。

マイケルのプロフィールのほかの項目をスクロールしていると、いくらも経たないうちにメッセージが届いた。

〝やあ、ケリー！　きみの仕事の説明に興味を惹かれた。どこかで会って、もっと詳しく話を聞きたい〟

顔がぱっと赤くなり、思わず笑みがこぼれる。キーボードに手を置き返事を打った。

〝喜んで〟

これだとシンプル過ぎるし、積極的だと思われそう。

〝ぜひ、会いましょう‼〟

これも、やる気まんまんって感じ。サンノゼのデートの待ち合わせの場所に、いますぐ息を切らして駆けつけます、って印象を与えちゃうかも。

〝楽しい時間になりそう。あなたのお仕事の話もぜひ聞きたいです〟

うん、これならいいかもしれない。でもやっぱりへん？　いや、だいじょうぶ。よし、これで行こう。このエンターキーを押せば、愛の女神がほほえんで――。

でも、指はキーの上で止まったまま動かなかった。どうしても、エンターキーを押すことができない。それは、入力したメッセージに自信が持てないからではなかった。なぜだかわからないけれど、指を動かすことができなかった。

それから一週間後のその日、ケリーはまさか、こんなことが待ち受けていようとは思いもしなかった。ただ、小さな歯車を探しにいっただけだったのだから。あの歯車を使えば〈コンフィボット〉にさらなる改良を加えられるという直感が働いた。耳をごくわずかに動かせるようにしたかった。ほんとうにささいなことだけれど、人間にはそれができるし、〈コンフィボット〉もそうあるべきだと思った。でも、もしこの直感が正しいとしても、あの歯車は特殊だからほとんど使われていないし、そう簡単には手に入らないはずだ。どこに行けば見つけられるだろう。

ひっそりとして気味の悪い廊下を歩いて、いまはほとんど使われていない第二倉庫に向かった。この倉庫に来るのははじめてだった。すぐそばにある小さなトイレは、いまも人の出入りがある。ふだん仕事をしている部屋からはずいぶん離れたところにあるので、大便をするときはここを利用する、というのが従業員たちのあいだで暗黙のルールとなっていた。そのトイレを通り過ぎ、廊下の突き当たりにある倉庫の前にたどり着いた。ドアを開けた瞬間、思わず小さな悲鳴をあげた。

そこには、イーサンがいた。電源を切られたイーサンは、余ったねじが大量に積まれているプラスチックの棚と、湿気を吸ってふやけはじめた段ボールの束のあいだに押し込まれていた。最後に見た、ひと月前のプレゼンテーションの日とちっとも変わっていない。髪はきちんと整い、服もあの日のままだ。でも、どこかちがう。よく見ると、ひとつしかない裸電球の明かりに照らされたイーサンの肌はくすんでいて、何日も水を与えられずしおれた植物のようだった。髪も人形のように不自然に見える。

ばかみたいだけれど、頭に真っ先に浮かんだのは、もっとかわいいシャツを着てくればよかったということと、今朝、脚のムダ毛を剃ってくればよかったということだった。そんな考えを振りはらい、さっと後ろを向いて廊下にだれもいないことをたしかめると、イーサンに近づいた。「久しぶり」と小さくささやく。ささやき声で言えば、こんなおかしな状況が少しはましになるとでもいうように。指の先をイーサンの頰に沿わせてみる。コラーゲンの弾力性のおかげでやわらかいけれど、ひんやりとして前みたいにあたたかくない。指を放すと、指先にうっすらと埃がついていた。

両手を脇におろし、つま先立ちになって体を寄せ、目を閉じてイーサンにキスした。でも少しずれてしまい、下唇に触れただけだった。イーサンのほうもキスしようとしない状態で、目を閉じてこっちから一方的にキスするのは思っていたより難しい。その場で、じっと立ちすくむ。自分が何かを待っているのはわかっていたけれど、それがなんなのかはわからなかった。イーサンの目――数か月前にわたしが選んだ目――がわたしだけを見つめているように思えるのは、イーサンの視界の届く範囲にいるからにすぎない。待っているものがなんであろうと、それが訪れることはないだろう。

不思議なことに、いまはじめて、イーサンを人やロボットではなく、純粋な物――芸術作品だと思えた。イーサンは美しく、体のどの部分をとっても人間にしか見えない。爪のまわりのビロードのようになめらかな肌も、うなじに生えている羽毛のようにやわらかな毛も。

これはわたしがつくったすばらしい作品だ。そう思うと、突然、誇らしさで胸がいっぱいになった。でも、感じたのはそれだけだった。イーサンは作品にすぎないし、わたしにとってそれ以上の何かになることは、もう二度とない。真実からずっと目を背けつづけてきたけれど、最初からイーサンは、理想の恋人像を投影させたものにすぎなかったのだ。永遠に終わらないかとも思われるほどの大きな喪失感が、どっしりとのしかかる。イーサンは死んでしまった。でも、イーサンがたしかに存在していたことはまちがいない。胸を深くえぐられたような気持ちだったけれど、同時に、別の気持ちも芽生えていた。感じていたのは、悲しみと安堵の両方だった。イーサンがわたしの心の中に置き忘れていった空間は、いま新しい何かのために開かれている。そう気づき、卵からかえったばかりのひな鳥のようにか弱いけれど、小さく輝く希望も生まれていた。

片手を伸ばし、イーサンのまぶたをそっと閉じた。

その夜、帰宅すると、これまでの一週間、毎晩、繰り返していたことをした。それは、デーティングサイトを開いて、マイケルからのメッセージを眺めること。いつ開いても、メッセージは変わらない内容で、いつもそこにあった。でも、見ているとなんだか怖じ気づいてしまうのだった。

いつもだったら、ここでサイトを閉じて、何か気を紛らわせることをするのが常だった。

ワインを飲み過ぎて酔っぱらい、地球平面協会に六十ドルも寄付してしまったこともある。でも今夜は、それまでとちがっていた。メッセージを見て怖じ気づいてしまうのは変わらなかったけれど、前向きな気持ちが生まれていた。こんなふうに思えた。ドアは開いている。あのドアの向こうに進んでみようと。

〝こんばんは、マイケル。すぐにお返事しないでごめんなさい。なかなか決心がつかなくて〟

こんなばか正直に言わなくても、適当に嘘をついたほうがいい？　だけど、嘘から始める関係っていうのもよくない気がするし。そもそも関係が結べるかどうかもわからないじゃない。まあいい。あれこれ考えるのはやめよう。

〝どこかで会って、話ができたらうれしいです〟

十五分後、そわそわしながら〈チーズイット〉に〈ヌテラ〉をつけて食べていると、マイケルから返事が届いた。

〝よかった！　きみさえよければ、今度の金曜の夜はどうかな。どこか行きたいところある？〟

どうしよう。デートする場所を自分で指定すれば、値の張るレストランや音のうるさいクラブ、あの想像するのも恐ろしいボウリングなんかに連れていかれる心配はなくなる。予想外のことが起きるリスクも減るだろうし、どんな流れでデートが進むかも予測できて、ドジを踏まないよう心構えもできるだろう。

でも……あれこれ考えたすえに、笑みを浮かべてこう打ち込んだ。

〝お任せします（サプライズミー）〟

謝辞

この型破りなラブストーリーを書きはじめるにあたり、また執筆中もずっと、ロボット工学、製品設計(プロダクトデザイン)、ＡＩについて、とても興味深い教えを賜(たまわ)りました。時間と知識を惜しみなく分けてくださったことに対し、チチェスター大学のデイヴィッド・ヒートン教授、サセックス大学のルイス・ポンセ・カスピネラ博士、〈サンクチュアリＡＩ〉のスーザン・ギルダート博士に感謝を捧(ささ)げます。

出版へのプロセスは、〈カーティス・ブラウン〉のアビー・グリーヴズが、持ち込み原稿の山からわたしの原稿を引き抜いてくれたことから始まりました。その後、シーラ・クロウリーも加わり、励ましの言葉と知恵を精いっぱい注いでくれ、ふたりはずっと、作家が望みうる最高のエージェントでした。ふたりが鮮やかに形を整えてくれたケリーのストーリーは、〈パトナム〉のタラ・シン・カールソンの手に引き継がれました。そして、タラの的確なアドバイス、心遣い、献身のおかげでこの本は美しく変身し、わたしの中に、登場人物に対する新たな愛情が生まれました。〈パトナム〉のヘレン・リチャードにも、本書を実現させるためにお力添えをしてくださったことに心から感謝します。

ほかにもたくさんの人が、本書をよりよいものにするために時間を割き、助言を授けてくれました。中でも、ザック・アラード、ケルシー・ラー、ジュールズ・ハック、チェルシー・ホーク、メッセージと物書きらしい同情の言葉に深謝します。

最後になりましたが、家族にありがとうと伝えます。グナー、良いときも悪いときも、ずっとわたしのチャンピオンでいてくれることに。ルイス、執筆中、あなたがいつも膝にいてくれるおかげで楽しく仕事ができています。母、トム、父、ラナ、エリース、ジェイソン、シャイアン、ジヴォン、支えてくれていることに、そして、作家になると決めたときに（ほんとうはあれこれ訊きたかったろうに）わたしを質問攻めにしなかったことに。

訳者あとがき

おとぎ話のハッピーエンドみたいに完璧なカレができたら、どんなにすてきな毎日を送れるだろう……。みなさんは、こんなふうに夢見たことはありませんか。本書の主人公ケリーはこの夢を実現させます。

ケリーは、二十九歳、独身、シリコンバレーで働くロボット・エンジニア。恋愛遍歴は自慢できるものではなく、すてきな恋愛がしたいとひそかに夢見る一方で、生まれつき合理的なことを好み、機械は人間よりずっとわかりやすい、というのが持論です。二十五歳の妹の結婚式を二か月後に控え、ブライダルショップを経営する母親に「結婚式にはプラスワン(同伴者)を必ず連れてくるように」としつこくせっつかれます。そこで、親友とクラブに出かけたり、オンラインで相手を探そうとしたりするのですが、どれもこれもうまくいきません。追いつめられたケリーは、ロボットのカレを自作することを決意します。

この自作したロボット(名前はイーサン)がケリーの生活を大きく変えます。コーヒーブラウン色の髪、ラベンダー色に近い青い瞳、白い歯をもつイーサンは目の覚めるようなハンサムです。頭がよくて、おおらかなうえにユーモアもあり、博識なのにそれをひけらかすこともなく、洗濯だってよろこんでしてくれる。おまけに、ケリーの思うとおりに行動してくれます。決して批判されることもなければ、ほかの女と比べられることもありません。元カノだっていないのです。

人付き合いが苦手なケリーですが、イーサンといっしょにいると人間関係がスムーズになります。気持ちも弾み、自分が正当に評価されているという気分になり、仕事を終え、イーサンの待つ家に帰るのが毎日楽しみになります。そして、最初はあくまでも妹の結婚式のプラスワンとしてつくったのに、「イーサンほど自分にしっくりくる男をこの先見つけられるなんてありえない。だって、イーサンはわたしに完璧に合うように特別に設計したのだから。イーサンの言動は、何から何までわたしの思いどおりにできるのだ。ほかに、これほどわたしを幸せな気分にしてくれる男なんているわけない」と思い、イーサンのいない人生なんて考えられなくなっていくのですが……。

ジャンルはロマンティック・コメディに分類されていて、ケリーとイーサンのキュンとなるような恋愛模様が描かれているのですが、物語の主軸となるのはアラサーのケリーの成長物語であると、訳していて感じました。ケリーはイーサンとの関係をとおしてさまざまなことを考え、学び、友人や家族や仕事との関わり方を変えていきます。また、著者がもともと脚本家ということもあり、家族同士の会話がテンポよく、まるでシチュエーション・コメディのように楽しいのも特徴です。母親はかなりぶっとんだキャラクターで、とんでもないことをしたり言ったりしますし、兄ゲイリーもすきあらばジョークを飛ばし、全体的にユーモアにあふれているのですが、ケリーに対する家族の愛情が伝わってきてほろりとさせられる場面もあり、笑えて泣けるホームコメディの要素もあると思っています。ほかに本書の魅力のひとつとして、ケリーやイーサンをはじめ、ケリーの家族、親友のプリヤなど、個性的な登場人物があげられます。だれもが決して完璧ではないのですが（イーサン以外は？）、読んでいるうちに、どの人物にも愛着が湧いてきます。それがこの物語のあたたかい読後感を生み出しているような気がします。

著者サラ・アーチャーは、ノースカロライナ大学チャペルヒル校で、英語、脚本を学んだあと、映画やテレビのコメディの脚本を手がけてきました。七歳のころから作家になりたいと思いつづけ、デビュー作である本書で、ついにその夢をかなえます。現在はアメリカのノースカロライナ州に夫と愛犬と在住し、脚本執筆のほかに、数多くの文芸誌に短編小説や詩を発表しています。

本書の原書の巻末に載っていたインタビューなどによると、著者がこの物語のアイデアを思いついたときはロサンジェルスに住んでいて、車を運転中だったといいます。突然、ぱっとひらめいて、ちょうどいいタイミングで赤信号で止まったので、急いでアイデアを書き留めました。そして、どんなキャラクターだったらロボットとの関係から有意義なことを学ぶだろうと考えていたら、ケリーという人物像が浮かんできたそうです。

本書ではケリーの心の声が存分に語られています。著者の話では、実在のモデルはいませんが、ケリーの声はケリーと同年代のたくさんの女性の混合物で、内向的な性格、仕事への情熱、ユーモアの一部は著者自身にも通じるところがあると答えています。また、ケリーとイーサンの恋の行く末は、本書の読みどころのひとつですが、ストーリーを考えついたときから、著者の頭の中では中心となる筋立てはほぼ完全にできあがっていて、書き終えるまでにケリーとイーサンが迎える結末に迷うことはなかったようです。

著者が映像の世界で経験を積んできたということもあり、本書を読んでいると、目の前に置かれたスクリーンで、映画のストーリーが進行しているように映像が浮かんできます。映画化されるとしたら、登場人物をどの俳優に演じてもらいたいか、という質問に、著者はぜったいこのキャスティングがいいと答えています。ケリーはアビ・ジェイコブソンかイッサ・レイ。イーサンはロバート・パティンソンかティモシー・シャラメかアーミー・ハマー。そして、ケリーの親友プリヤはベラ・ラベル。みなさんの思い描くキャストとイメージが一致しているでしょうか。

ケリーの物語から読者にどんなことを感じとってほしいですか、という質問に著者はこう答えています。

「何よりもまず、この本を楽しんで読んでもらいたい！　そして、より深いレベルで言うなら、わたしが考えるこの本の中心となるテーマは、愛情を示すにはさまざまな表現の仕方がある、ということなんです。ケリーが愛情の示し方を変えると、イーサンだけでなく、家族や友人との関係も変わります。人間に与えられた最大の力（ギフト）は、何ものにも奪われることのない愛する力であり、人間としての最大の責任は、その力をいかに使うかということだと思っています」

こうした著者の思いが、訳文をとおして、読者のみなさんにも届いていますように。

続編の予定はいまのところないようですが、五〜十年後にＡＩの開発がさらに進んだら、新しいアイデアが浮かぶかもしれない、と著者は語っています。また、主人公の兄で三つ子を育てる専業主夫のゲイリーのスピンオフが読みたい、という読者からの声を受け、ゲイリーが主人公のストーリーを書いてみたいとも思っているようです。

現在は二作目の小説を執筆中。ジャンルは本書と同じロマンティック・コメディで、ペットが中心になるストーリーらしく、次作ではどんな物語が繰りひろげられるのか、いまからとても楽しみです。

本書を読み、ケリーとともに笑い、悩み、涙を流し、明日に向かうための小さく輝く希望を抱いてもらえたら、訳者としてこれほどの喜びはありません。

最後になりましたが、本書を訳す機会を与えてくださり、的確な助言をしてくださった小学館編集部の皆川裕子さん、すてきなカバーイラストを描いてくださったシライシユウコさん、そして初の訳書のときからお世話になっている翻訳会社リベルのみなさんに、この場を借りて心からの感謝を捧げます。

二〇二〇年九月

池本　尚美

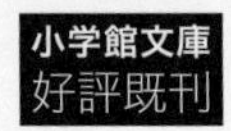

ロボット・イン・ザ・ファミリー

デボラ・インストール　松原葉子／訳

旧式男の子ロボット・タングと40歳の元ダメ男ベンの「ぽんこつコンビ」を描くハートフル小説第四弾。新たなロボット・フランキーが登場、またまたトラブル続出のベン一家。面倒くさくも愛おしいてんやわんやの日々にほっこり。

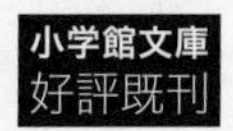

iレイチェル

キャス・ハンター　芹澤恵／訳

優秀なロボット研究者のレイチェルが突然亡くなり、喪失感から立ち直れずにいる夫と娘の前に現れたのは、妻の姿に瓜二つのアンドロイド「iレイチェル」だった。心を静かに揺さぶられる、AIと人間の美しい愛の物語。

―本書のプロフィール―

本書は、二〇一九年にアメリカで刊行された『THE PLUS ONE』を本邦初訳したものです。

小学館文庫

ザ・プラスワン
マリハラがつらくて、カレを自作してみた。

著者　サラ・アーチャー
訳者　池本尚美

二〇二〇年十一月十一日　初版第一刷発行

発行人　飯田昌宏
発行所　株式会社 小学館
〒一〇一-八〇〇一
東京都千代田区一ツ橋二-三-一
電話　編集〇三-三二三〇-五七二〇
販売〇三-五二八一-三五五五
印刷所――凸版印刷株式会社

この文庫の詳しい内容はインターネットで24時間ご覧になれます。
小学館公式ホームページ　https://www.shogakukan.co.jp

ISBN978-4-09-406670-8